Von Pearl S. Buck sind
als Heyne-Taschenbücher erschienen

Des Lebens ganze Fülle · Band 01/861
Tod im Schloß · Band 01/5063
Peony · Band 01/5082
Gebiete dem Morgen · Band 01/5112
Die Töchter der Madame Liang · Band 01/5139
Die beiden Schwestern · Band 01/5175
Söhne · Band 01/5239
Das geteilte Haus · Band 01/5269
Mandala · Band 01/5303
Stolzes Herz · Band 01/5327
Der Regenbogen · Band 01/5462
Ostwind – Westwind · Band 01/5917
Die erste Frau · Band 01/5959
Die Mutter · Band 01/5994
Die springende Flut · Band 01/6147
Das Haus der Erde · Band 01/6206
Geliebtes, unglückliches Kind · Band 01/6239
Von Morgen bis Mitternacht · Band 01/6298
Der Engel mit dem Schwert · Band 01/6407
. . . und weiter führt der Weg nach Westen · Band 01/6696
Die große Liebe · Band 01/6816
Frau im Zorn · Band 01/6871

PEARL S. BUCK

DIE FRAU DES MISSIONARS

Roman

WILHELM HEYNE VERLAG
MÜNCHEN

HEYNE ALLGEMEINE REIHE
Nr. 01/6043

Titel der englischen Originalausgabe
THE EXILE
Deutsche Übersetzung von Richard Hoffmann

6. Auflage

Printed in Germany 1987
Umschlagfoto: Bildagentur Mauritius, Mittenwald
Umschlaggestaltung: Atelier Heinrichs & Schütz, München
Gesamtherstellung: Presse-Druck Augsburg

ISBN 3-453-01545-2

ERSTES KAPITEL

Aus den rasch vorbeihuschenden Bildern dieser Frau, die mir zu Dutzenden durchs Gedächtnis ziehen, wähle ich eins, das am meisten sie selbst ist. Dieses Bild: hier steht sie in dem amerikanischen Garten, den sie im dunklen Herzen einer chinesischen Stadt am Yangtse angelegt hat. Sie ist in der Blüte ihrer reifen Jahre, eine kraftvolle, sehr aufrechte Gestalt mit schöner, freier Haltung; so steht sie mitten im heißen Sommersonnenschein fest auf den Füßen. Sie ist nicht hoch gewachsen, auch nicht sehr klein; sie hält einen Spaten in der Hand; sie hat in ihrem Garten gegraben. Es ist eine gute, kräftige Hand, die den Spaten hält; es ist eine feste, braune Hand, nicht zu zierlich gepflegt, und zeigt die Spuren so mancher Arbeit. Dennoch ist diese Hand schön; ihre Finger laufen unerwartet spitz zu und zart.

Die tropische Sonne brennt auf die Frau herab, doch die hält ihr ohne Furcht den Kopf entgegen; ihre Augen sind klar der Sonne geöffnet, haselnußbraune Augen mit goldigen Flecken unter dunklen Brauen, sehr ehrlich in ihrem Blick, umrahmt von kurzen, dichten schwarzen Wimpern. Zu dieser Zeit ihres Lebens blieb man nicht stehen, zu schauen, ob sie schön sei oder nicht. Man war festgehalten, gefesselt von Wucht und Kraft des Lebens in diesem Gesicht, von der geraden, nicht kleinen Nase, die zwischen den Augen einen ziemlich breiten Raum frei ließ, von dem beweglichen, sehr ausdrucksvollen und verwandlungsfähigen Mund mit den gar nicht schmal geschnittenen Lippen, von dem kleinen kraftvollen, gut geformten Kinn, von dem schönen Hals und den Schultern. Die Sonne scheint ihr heiß aufs Haar. Das ist dicht und weich und umrahmt in Locken das Antlitz. Die Farbe des Haars ist warmes Kastanienbraun; nur dort, wo es von den Schläfen zurückgestrichen ist, und über der niederen, breiten Stirn zeigt es zwei weiße Flügel, und dort, wo es auf dem Hinterkopf zu einem großen vollen Knoten geschlungen wird, mischt sich das Weiß wieder und wieder in die Strähnen.

Eine seltsam kraftvolle Gestalt ist sie dort in dem amerikanischen Garten, den sie im dunklen Herzen einer chinesischen Stadt angelegt hat! Man könnte sie wahrlich für nichts anderes halten als für eine Amerikanerin, obwohl die Sonne der Fremde ihr die Haut brauner gebrannt hat, als sie von Natur gewesen. Müßig lehnt ein chinesischer Gärtner an einer Staude des nahen Bambushains; die blaue Baumwolljacke und die Hose aus dem gleichen Stoff hat er locker um die Mitte gegürtet und trägt einen breiten, aus Bambusfasern geflochtenen Hut auf dem rasierten Schädel.

Doch weder Bambus noch ein chinesischer Gärtner kann sie exotisch machen. Sie ist ganz sie selbst. Und eigentlich hat der Mann mit ihrem Garten hier wenig zu tun, es sei denn, daß er zum Gießen die Eimer schleppt. Sie hat dort an der Ziegelmauer, die das Grundstück umschließt, amerikanische Blumen gepflanzt, Goldlack und Lichtnelken und Rosen. Sie ist es, die das Gras so weit brachte, daß es glatt und gepflegt unter den Bäumen wuchs, und sie hat vor der Veranda ein Beet mit englischen Veilchen angelegt. Ihrer Überredung gehorsam, ist der wilde Wein über die häßlichen, eckigen Umrisse des Missionshauses geklettert, und auch andere Schlingpflanzen haben schon zwei Seiten des Gebäudes bedeckt. An einem Ende der langen Veranda hängen die schweren Blüten weißer Kletterrosen, und wenn man näher geht, ruft einen die Herrin des Gartens scharf zurück, denn dort hat eine Turteltaube ihr Nest gebaut; die Frau wacht darüber ebenso eifrig wie die Taubenmutter selbst. Einmal sah ich sie zornig — und sie konnte oft zornig sein —, weil dieser müßige Geselle von Gärtner das Nest geplündert hatte, und sie überschüttete ihn mit einer Flutwelle geläufiger chinesischer Vorwürfe, so daß er erstaunt fortschlich. Dann wandte sie sich in leidenschaftlichem Mitleid der flatternden Taube zu, und sie dämpfte ihre Stimme, bis man nicht mehr geglaubt hätte, daß dies dieselbe Stimme sein könne; so lockte sie den Vogel; sie bog die Rosenzweige hierhin und dorthin und hob das geplünderte Nest vom Boden, um es zart zurückzulegen. Dann sammelte sie, zornig betrübt, die gebrochenen Eierschalen und vergrub sie. Und niemand freute sich mehr als sie, als die Vogelmutter in dieses zurückgegebene Nest wieder vier Eier legte.

„Das war doch gut und wacker von ihr!" rief die Frau mit blitzenden Augen.

Aber dieses Bild in dem amerikanischen Garten, den sie in einem fremden Lande angelegt, ist nicht der Beginn. Es erklärt nicht sie, noch auch, wie sie, durch und durch Amerikanerin, dazu kam, den Garten in China anzulegen. Vielleicht kann man sie aber überhaupt niemals erklären. Immerhin, der Beginn muß wenigstens erzählt werden.

Ihre Familie stammte von lebenstüchtigen, wohlhabenden, unabhängigen Holländern ab. Ihr Großvater war in Holland in der Stadt Utrecht ein tüchtiger Kaufmann gewesen. In jenen Tagen der Handarbeit galt er als reich, denn er hatte eine Fabrik zu eigen, die hundert Handwerker beschäftigte; dort erzeugte er Kunstmöbel aus ausländischem Holz. Gewiß kamen aus dieser Fabrik gar viele der Rosenholzschreibtische jener Zeit, viele alte eingelegte Tische und Mahagonimöbel.

Dieser Holländer, Mijnheer Stulting, hegte leidenschaftliche Liebe zu schöner Arbeit und sorgfältiger Ausführung. Auch war er sparsam und bewahrte sein Geld auf, bis man füglich sagen konnte, er besitze ein Vermögen. Er lebte mit seiner Familie in einem typischen Utrechter Stadthaus, einem Haus, massig, behaglich, geräumig und voll mit gediegenem, schönem Hausrat — das alles war über jede Vorstellung hinaus ordentlich und sauber. Im Grund seines Wesens war er Städter, dennoch hatte er seinen Garten, einen rechteckigen Garten, hinter dem Hause, wo er in kleinem Maßstab mit Tulpen und anderen Blumenzwiebeln Versuche anstellte; dort saß er abends mit seiner langen Pfeife und seinem Römer voll Wein.

Am Tag des Herrn, den er immer unverbrüchlich als Sabbattag heiligte, ging er mit seiner Frau und seinem Sohn, dem jüngsten und letzten, der im Haus geblieben, zur Kirche. Es wäre ihnen gar nicht in den Sinn gekommen, anderes zu tun, denn unter den dreihundert Seelen dieser Kirchengemeinde gab es keinen, dem die Kirche wichtiger gewesen wäre als ihm, Mijnheer Stulting, der die Gemeinde auch durch reichliche Spenden förderte. Er hatte eine kräftige Stimme, und wenn er in der Kirche die Psalmen anstimmte, die er so gerne sang, rollte seine Stimme laut aus dem kurzen dicken Hals. Sein Sohn, ein zarter, schlanker Junge, stand stets neben ihm und sang desgleichen. Er war kleiner als sein Vater, auch viel schlanker gebaut und immer sehr sorgfältig gekleidet. Daneben stand die Mutter, groß, weich, freundlich; sie summte leise die Melodie des Psalms vor sich hin, dennoch konnte sie ihre Gedanken nie ganz von dem gewaltigen Sonntagsessen loslösen, das im Kachelherd der makellos reinen Küche warm gestellt war.

In dieser Kirche herrschte am Sonntagvormittag inbrünstiger Glaubenseifer. Und der Pastor gab sein Bestes, ein Mann von hoher, gertenschlanker Gestalt, mit flammenden Augen und volltönender Stimme. Für ihn lag manchmal eine schier unerträgliche Herausforderung in den Augen dieser dreihundert Menschen, die sich immer wieder hier versammelten, ihn zu hören — und das waren schöne, ruhige, ehrliche Augen, sinnend, gelassen, andächtig, kritisch. Sie wußten sehr genau, ob ihr Seelenhirt, während er die Predigt entworfen, Gott nahe gewesen war oder nicht. Sie forderten kräftige Kost fürs Hirn, nahrhafte Speise, Stärkung für den Geist. Und das gab er ihnen, ohne Schonung seiner selbst.

Dann kam im Lauf der Geschichte die Zeit — freilich währte sie nicht lange —, da in Holland religiöse Unduldsamkeit herrschte, und diese Unduldsamkeit lastete schwer auf unseren Frommen. An dem Sonntag nach Erlassung des Ediktes, das ihnen die Freiheit des Gottesdienstes raubte, kamen diese dreihundert wieder zusammen, diesmal nicht, ihrem Pastor zu lauschen, sondern um zu beraten, was zu geschehen habe. Während die anfangs ruhigen Reden immer lauter und lauter wurden, zeigte sich wenigstens das eine klar: diese Männer und Frauen waren nicht gesonnen, Eingriffe in ihre Glaubensfreiheit zu dulden. Endlich erhob sich Mijnheer Stulting; schwerfällig stand er auf, reckte den dicken Nacken und blickte funkelnd aus den dunklen schwerlidrigen Augen über die Gruppe. Seine laute Stimme klang wie Posaunenruf.

„Was mich und mein Haus betrifft, wir dienen dem Herrn! Wenn wir es in der Heimat nicht können, wollen wir unser Land verlassen!“

Er hielt inne und blickte durchdringend um sich. Sie

alle wußten sehr genau, daß es unter ihnen niemanden gab, der mehr zu verlieren hatte als er, der angesehene Fabrikherr. Er machte eine Pause und rief dann dröhnend:

„Wir wollen fortziehen! Wer geht mit uns?"

Rasch wie eine auflodernde Flammenzunge erhob sich der weißhaarige Pastor, in Verzückung lächelnd. Zwei Dutzend junger Leute sprangen auf, die Lippen zusammengepreßt zu einem geraden Strich, blitzenden Auges. Langsam folgten die älteren Männer. Die hatten mehr zu verlieren: gutgehende Geschäfte, angesehene Firmen, Häuser und Ländereien. Zuletzt standen die Frauen auf; da und dort waren die Blicke einer jungen Frau einem Jüngling gefolgt, der aufgesprungen, und jetzt — freilich nicht allzu bald nachher —, erhob sie sich schüchtern. Zuallerletzt kamen die Mütter; sie hielten die kleinen Kinder an sich gepreßt, und ihre Augen waren bekümmert und geängstigt und gar sehr verwirrt. Am Ende standen alle dreihundert da, und der Pastor fühlte bei diesem Anblick Tränen auf seinen Wangen, frohlockend, daß er solche Seelen lenkte. Er hob die Arme zum Gebet, und alle fielen unter der Macht seines Blicks auf die Knie. Die Gebete, die emporstiegen, füllten die Kirche mit ihrer Kraft und Glut. Diese Menschen also sollten fortziehen und alles verlassen für Gott und die Freiheit.

Aus solchem Blut stammte die Amerikanerin.

Als die tiefe Inbrunst dieses Tages sich verflüchtigt hatte, war dennoch kein Fünkchen der Entschlossenheit matter geworden. Mijnheer mit seiner gediegenen holländischen Tüchtigkeit verkaufte die Fabrik vorteilhaft und veräußerte alles, was er besaß.

Auch wollte er es seiner Frau nicht allzu schwer machen. Sie weinte, wenn sie durchs Haus ging, doch weinte sie leise und abgewandten Gesichtes, denn sie wollte durch nichts den Gatten von seiner Pflicht abbringen, und sie zweifelte auch gar nicht daran, daß er weit besser als sie wisse, was Gottes Wille sei. Sie, die stets alle Hände voll zu tun hatte, beim Braten und beim Waschen, beim Aufräumen und beim Überwachen der Mägde, fand nur wenig Zeit, an Gott zu denken, und mußte das ihrem Gemahl überlassen. Zudem brauchte sie so lange, auch nur ein paar Verse der Schrift zu buchstabieren, daß sie sich mit dem begnügte, was ihr Eheherr morgens und abends aus der Bibel vorlas, und es bereitete ihr großen Kummer, daß sogar dann ihre Gedanken am Morgen oft ganz von selbst zu dem Kaffeekuchen und zu den Würsten abschweiften, obwohl sie doch so gerne dem Wort Gottes gelauscht hätte; abends aber schämte sie sich noch mehr, denn, wie immer sie es auch anstellen mochte, während des Gebets schlief sie oft kniend ein, so daß ihr Gatte sie wecken und aufheben mußte. Da war sie sehr zerknirscht, und ganz besonders deshalb, weil Mijnheer sie nie tadelte, sondern ihr nur in seiner breiten, freundlichen Art sagte:

„Nun, meine gute Hulda, du bist wohl sehr müde?“

„Ach, Johann“, erwiderte sie dann jedesmal voll Demut, „ich habe den aufrichtigen Wunsch, Gottes Wort zu vernehmen, doch warum kann ich nicht zuhören?“

Und da er jetzt gesagt hatte, daß sie fortmüßten, war auch sie überzeugt, daß sie es müßten, doch zeigte er sich nicht allzu hart gegen sie und erlaubte ihr mitzunehmen, was sie am meisten liebte. So packte man Federbetten und blaues und weißes Geschirr und Silber und den Hausrat, den sie brauchte, in ungeheuerlich große Kisten.

Auch die beiden älteren Söhne, die verheiratet waren, mußten ihren Haushalt auflösen, denn sie alle gehörten derselben Kirche an. Im Hause Mijnheer Stultings war nur Hermanus zurückgeblieben, der jüngste Sohn, der sich in seiner Kindheit so aufrecht und gerade gehalten. Er hatte nicht wie die anderen den Kaufmannsberuf erwählt, denn er war, von einer nicht mehr jungen Mutter geboren, der schon einige Kinder vom Tod entrissen worden, sehr zart. Zudem gab es, als er zum Mann heranreifte, genug und übergenug Wohlstand in dem reichen Haus, und der Jüngling war stolz und feinfühlig und liebte die Schönheit. Darum stellten ihm Vater und Mutter die Wahl seines Berufes frei. Da wählte er, und er wollte Goldschmied werden, denn er liebte es, Edelsteine zu sehen und zu berühren; er lernte auch, wie man Uhren macht und ihre Schäden behebt, denn er war entzückt von der unfehlbaren, zarten Genauigkeit ihres zauberhaften Räderwerks.

Hermanus war eigentlich ein seltsamer Sohn für so gediegene, behäbige Eltern. Zwischen Vater und Mutter im Kirchenstuhl oder neben seinen derben Brüdern und ihren Frauen und Kindern schien er irgendwie von anderer Art, klein und zart und verträumt, wie er war — groß nur im Stolz und Selbstgefühl, so daß ihm, wenn es sich vermeiden ließ, niemand gern widersprach. Zudem war er besser erzogen als die übrigen, denn er hatte gefordert, daß man ihn in manchen Dingen unterweise. Er beherrschte mehrere Sprachen, schrieb Noten und Verse, zeichnete schön und führte eine gute Feder. Neben diesen Gaben hatte er noch eine schöne Singstimme und ein unfehlbar scharfes Gehör. In seinen frühesten Jahren hatte man diese Begabung schon erkannt, und als er kaum noch der Kindheit entwachsen war, hielt er bereits in der Kirche die Stimmgabel und gab für die Psalmen den Ton an.

Und aus solchem Blut stammte diese Amerikanerin, denn der Jüngling, der zarte, flammende, stolze, leidenschaftlich für die Schönheit entbrannte Jüngling war ihr Vater.

Manchmal wurde der jüngste Sohn im Auftrage

Mijnheer Stultings in Geschäften auf Reisen geschickt, und er liebte dies. Wenn er fort war, putzte er sich immer ein bißchen heraus; so kaufte er in Amsterdam eine bunte Weste oder seidene Kniestrümpfe, denn es bereitete ihm die größte Freude, makellos saubere Wäsche zu tragen, doch war er nicht minder heikel, was die Wahl seines Parfüms und den Schnitt seines Rocks betraf. Dennoch konnte man ihm allezeit vertrauen, auch wenn er nicht immer einen treuen Diener mitgenommen hätte, denn eben diese Eigenschaft bewahrte ihn vor den derben Sünden junger Männer — dies und der heftige Stolz auf sich selbst.

Als Mijnheer, ehe er das Land verließ, sein Haus auflöste, schuldeten ihm einzelne Firmen noch Geld, denn die Möbelläden vieler Städte hatten gern die vollendeten Stücke gekauft, die er erzeugte und die alle von ihm selbst geprüft wurden, ja oft von seinen eigenen Händen die letzte Glättung erhielten. Und darum schickte er jetzt seinen Sohn aus und sagte zu ihm: „Hermanus, geh noch einmal nach Amsterdam und suche persönlich den Chef dieser Firma auf, um alle Rechnungen klarzustellen. Sag ihm, daß ich die Heimat verlasse, weil ich frei sein will, und daß es ein Ende ist und ein Beginn."

Der Eigentümer der Firma, zu der Mijnheer seinen Sohn schickte, war Franzose aus einem Hugenottengeschlecht und aus wohlhabendem Haus. Hermanus hatte ihn schon öfter besucht und dort die junge Tochter kennengelernt. Jedesmal war er tiefer in den Bann dieses zarten, dunkeläugigen Mädchens geraten, das leichter war und gebrechlicher als die blonden holländischen Mädchen, die er kannte, denn sie reichte ihm trotz seiner kleinen Gestalt kaum über die Schulter. Doch die Sitte des Landes war so streng, daß die beiden nie allein miteinander sprachen, obwohl sie bei den letzten Begegnungen Blicke gewechselt, und diese Blicke waren verschmolzen, und er ahnte, daß zwischen ihm und ihr eines Tages mehr gesagt werden mußte.

Jetzt wußte er, daß er sie zum letzten Male sah. Sie hielt den kleinen dunkellockigen Kopf über den Stickrahmen gesenkt, sittsam und wortlos, während Hermanus die Botschaft seines Vaters bestellte, und da sie hörte, er ziehe in die Fremde, hielt sie aufblickend den Atem an, und er sah, daß sie sich die Hand an die Brust legte. Plötzlich wuchs in seiner Brust die bebende, warme Erregung, die er bisher kaum für Liebe gehalten, und breitete sich aus und erstickte ihn beinahe. Jetzt erkannte er, daß dieses kleine französische Mädchen die Seine werden mußte. Und dann bat er, stammelnd und errötend, gepeinigt von Stolz und Angst, ihren Vater, sich um das Mädchen bewerben zu dürfen. Der alte Mann schickte die Tochter sogleich aus dem Zimmer; seine schwarzen Augenbrauen hoben sich mit einem Ruck die Stirn hinan, seine Augen öffneten und schlossen sich, die Schultern zuckten, die Finger wackelten, und er war gar sehr erstaunt über das, was geschehen. Doch wollte er weder ja noch nein sagen, denn er wußte, daß der Vater dieses jungen Mannes reich war. Darum trachtete er Zeit zu gewinnen und sagte, später werde man ja sehen.

„Aber ich reise in weite Ferne“, sagte Hermanus fest, denn er war plötzlich kühn geworden. „Es muß sogleich sein.“

Ah, dann sei es unmöglich, erklärten die zuckenden Augenbrauen und die bebenden Lider. Hermanus aber wandte sich hochmütig ab, und trotz dem stolzen Gesicht schlug ihm das Herz in der Brust gar wild.

Als er auf die Straße trat, hätte er, ungeachtet seines ganzen Stolzes, am liebsten geweint. Wankend schritt er durch die mit runden Steinen gepflasterte Straße seinem

Gasthof zu, schier blind, weil er vor Tränen nichts sehen konnte. Es war unmöglich, die Heimreise hinauszuschieben, denn er hatte sich seines Auftrags schon entledigt. Da hörte er — konnte er es glauben? — hinter sich leise eilende Schritte, und dort stand sie, einen kleinen Spitzenschal über dem Haar; sie ergriff seinen Arm und sprudelte Fragen hervor. Ob er fortgehe? Wie, nach Amerika? So weit? Ach, das sei sehr weit! Und ihre Augen schauten plötzlich zu Boden, hübsche, aufrichtige Kinderaugen, braun und mit Gold gesprenkelt. Hermanus sah sie verzweifelt an; irgendwie mußten in diesen einen Augenblick Monate langsamen, hergebrachten Werbens zusammengedrängt werden. Da kam ihm seine holländische Gradheit zu Hilfe. Er sagte schlicht: „Wollen Sie mich zum Mann?"

Und sie blickte zu ihm auf, rasch und aufrichtig. „Ja, ich will", sagte sie.

Dann machten sie rasch ihren Plan. Sie lebte allein im Haus, nur mit ihrem alten Vater und der Haushälterin — ihre Mutter war schon lange tot; ja, sie könne ohne große Mühe fliehen. Ja, sie könne in einer halben Stunde mit ihm zusammentreffen und dann wollten sie den Postwagen nehmen. Ja, sie sei ihrer ganz sicher — der Gedanke sei ihr nicht neu —, sie habe sich schon gesagt, wenn er sie bitte, werde sie ihn nehmen. Sie sei bereit, zu seinen Eltern zu gehen — nach Amerika.

Fiebrig glühend vor Liebe und Angst stand Hermanus in der stillen krummen Straße und wartete, nicht ganz frei von Verwirrung; doch früher, als sie gesagt, kam sie in ihrem Mantel und mit der kleinen Haube wieder herbeigelaufen. Er führte sie in den Gasthof, wo ihn der Diener erwartete, der trotz seinem Phlegma entsetzt war. Sie beruhigten ihn durch Schmeichelreden und setzten ihren Willen durch. Am nächsten Morgen traten sie vor Mijnheer Stulting und vor dessen Gattin, blaß und erschöpft von der nächtlichen Fahrt, aber entschlossen und unbeugsam.

Auch solche Fähigkeit zu Leidenschaft und Liebe vererbte sich auf die Amerikanerin, denn die beiden waren ihre Eltern.

Die Gemeinde konnte Utrecht nicht so schnell verlassen, wie man geplant hatte. Dreihundert Menschen können sich nicht so rasch entwurzeln. Zudem gab es auch solche, die darauf hofften, die Regierung werde ihre Politik ändern. Doch diese Änderung kam nicht, und so traf man innerhalb eines Jahres alle Vorbereitungen. Das war genügend Zeit, und Hermanus heiratete seine kleine Französin, und es wurde ihm ein Sohn geboren, den sie Cornelius nannten; so zogen zur Stunde der Abreise drei Generationen der Familie Stulting mitsammen aus der Heimat.

Die dreihundert fuhren sodann, geführt von ihrem Seelenhirten, über den Atlantischen Ozean. Sie charterten ein Schiff, das sie gemeinsam hinüberbringen sollte. Auf diesem Schiff lebten sie ruhig und schauten festen Blickes der unbekannten Zukunft entgegen, während sie praktische Pläne machten, was sie beginnen würden.

Sie brauchten nahezu zwanzig Tage, den Ozean zu überqueren, und acht Personen starben an Influenza. Sie wurden im Meer bestattet. Während die Leichen in die Wogen versenkt wurden, betete der Pastor, an dessen dünnem weißem Haar der scharfe Seewind zerrte.

Doch für Hermanus und seine Frau war es eine Zeit der Wonne und Liebe. Es betrübte sie recht wenig, daß der alte Franzose hatte sagen lassen, er verzeihe seiner Tochter zwar, wünsche sie aber nicht mehr im Haus zu sehen.

„Was hätte ich denn zu Hause zu schaffen!“ rief sie

munter, als sie davon hörte. „Auch habe ich ihn nie liebgehabt; er ist ein grausamer alter Mann. Ah, 'Ermanus!"

Hermanus war nur noch mehr entzückt, weil sie seinen Namen nie anders aussprechen konnte als mit diesem den Franzosen eigentümlichen wohllautenden Fehler. Wohin sie gingen, wußte er kaum, darin vertraute er seinem Vater, wie in allem anderen auch. Jetzt jedoch war seine Liebste bei ihm und neben ihnen ihr kleiner Sohn.

Sobald sie in Amerika gelandet waren, begannen die Schwierigkeiten. Diese Holländer waren nicht sentimental und dachten jetzt mehr an die praktischen Fragen des Lebens als an den Wunsch, der sie getrieben hatte, die Freiheit zu suchen. Und das kam ihnen zustatten, denn die Leute in New York waren gierig und schlau, und als das Schiff mit den stattlichen holländischen Kaufleuten und Handwerkern in den Hafen einlief, waren diese Reisenden Beute für jedermann, und die Holländer, denen man den Wohlstand ansah, mußten selbst für die geringsten Dienste, deren sie bedurften, Goldfüchse springen lassen.

Aber sie trugen es mit Fassung und fuhren unverzüglich zu den Ländereien in Pennsylvanien, die sie auf dem Papier gekauft hatten. Als sie hinkamen, erwies sich dieses Land bloß als Morast, der zu nichts taugte, und sie durften nicht hoffen, es bepflanzen zu können. Es war anfangs der Wunsch aller gewesen, sich gemeinsam an einem Orte niederzulassen, wo sie eine Gemeinde mit Häusern, Werkstätten und Kirche gründen konnten. Einige verloren den Mut und gingen in die Städte zurück, an die sie mehr gewöhnt waren. Mijnheer Stulting gehörte nicht zu diesen. Er stand auf dem nassen sumpfigen Land, so wie er in der Kirche gestanden hatte, und rief die auf, die ihm und ihrem Pastor folgen wollten. Er erklärte, man werde im Süden mit dem Geld, das ihnen geblieben sei, neuerlich Land kaufen, und so könnten sie beisammen bleiben. Aus der Schar, jetzt nicht mehr ganz dreihundert Seelen, erhoben sich nicht mehr ganz hundert, um ihm zu folgen. Dann kauften sie Land in Virginia und zogen hin, grimmig, betrübten Herzens und erfüllt von Heimweh. Doch diesmal war das Land gut, eine gleichmäßig ebene, fruchtbare Hochfläche in einem Kranz von Bergen. Und dennoch: wie schwer fiel es diesen Städtern und Städterinnen, die an die geschäftige Behaglichkeit des Lebens in der reichen holländischen Stadt gewöhnt waren und nicht einmal in ihrem kleinen, dicht besiedelten und gut kultivierten Heimatland von Landarbeit und Bauernleben etwas gewußt hatten! Hier lagen ringsum wilde Berge, und auf dem Land, wo sie leben mußten, standen große Wälder. In der Nähe war eine kleine englische Siedlung, doch zogen überall Indianer vorbei, auch durch dieses Siedlungsland, und wenngleich sich die Indianer nicht feindselig betrugen, war das doch ein beängstigender, wilder Anblick.

Trotzdem bangten die Holländer nicht. So gut es ging, tauschten sie Hacken und Beile und Messer ein und hieben nach den Anweisungen, die ihnen von den Engländern gegeben wurden, Bäume nieder. Jede Familie baute sich eine rohe Blockhütte, dann aber taten sie sich zusammen und bauten eine größere Hütte — die Kirche. Am ersten Sonntag in dieser Kirche, wo als Kirchenstühle gefällte, noch unentrindete Baumstämme dienten und als Kanzel ein großer Baumstumpf, versammelten sie sich unter einem fremden Himmel, den sie jetzt zu dem ihren machen mußten, um den Gott anzubeten, dem sie so viel geopfert hatten. In den ersten beiden Jahren zogen manche wieder weiter, denn Mühsal und Entbehrungen waren für die älteren und auch für die weniger widerstandsfähigen dieser Städter zuviel. Die jetzt hier standen, Gott zu preisen, waren nur noch zwischen fünfzig und sechzig an Zahl, und manchem liefen, mochte er Gott auch preisen, die Tränen übers Gesicht. Aber ihr Pastor war noch bei ihnen, gespenstisch anzusehen und bejammernswert alt, aber noch immer ungebrochen. Im nächsten Jahr starb er.

Wieviel Arbeit hatten die Siedler in diesen ersten Jahren zu schaffen! Sie mußten das Land urbar machen und die Saat säen, um sich zu nähren. Vorerst wurden die Bäume gefällt und von Pferden und Menschen an Ketten fortgeschleppt. Die Stümpfe ließ man stehen, bis die wichtigere Arbeit des Säens und Erntens getan war. Dann wurden im Winter die großen Stümpfe ausgegraben; wieder wand man Ketten darum, und Menschen und Rosse entrissen der Erde mühsam und laut stöhnend die Stümpfe. Man setzte diese an der Grenze des Grundes ein, und das war der erste Zaun, den die Siedler hatten. Aber die Arbeit schuf viel Pein. Bald hätte niemand mehr auch nur einen einzigen von ihnen als Städter erkannt, bis auf Hermanus. Seine schlanke Gestalt war zu zart, um von großem Werte zu sein, wo Muskelkraft nottat, und er bewahrte trotz allem sein vornehmes, ein wenig geckenhaftes Gehaben. Selbst hier in der Wildnis beschäftigte er sich, halb im Spiel, mit seinem Handwerk, und Leute, die Taschenuhren oder Wanduhren hatten, brachten sie ihm, manchmal von weit her.

Hermanus, seine Frau und die Kinder lebten in einem Blockhaus neben dem der Eltern. Die furchtlose kleine Französin war eine prächtige Pionierin geworden. Fröhlich trotz allen Strapazen, rasch von Füßen, flink von Händen, praktisch und leidenschaftlich, arbeitete sie wie im Flug, hielt die Hütte makellos sauber und betreute die Kinder, von denen Jahr für Jahr eins kam, drei kleine Mädchen nach Cornelius und schließlich ein Sohn. Dann gönnte sie sich ein paar Jahre Rast vom Kinderkriegen.

Nie hörte diese kleine Frau auf, ihren Gatten anzubeten. Für sie war er herrlich, allzu herrlich für ein solches Leben. Was sie betraf — sie konnte sich damit abfinden. Sie mußte kochen, nähen, die Kinder pflegen; überall auf Erden war das die Arbeit der Frau, und man konnte es auch hier tun. Emsig grub sie in dem kleinen Garten; sie ging die zehn Meilen bis zu der englischen Siedlung und brachte eine Bruthenne heim mit sechs frischen Eiern und begann Hühner zu züchten. Es tat ihr leid, daß es zwar einen Teich hier gab, aber keine Enteneier; die Enten in Frankreich waren so hübsch! Jeden Tag wusch und plättete sie ihrem Gatten ein Hemd, ein weißes Hemd, das sie selbst genäht hatte. Er stand nicht vor zwölf Uhr auf, und sie brachte ihm immer, noch ehe er zum Frühstück ging, eine Schale Schokolade ans Bett. Es kam ihr nie in den Sinn, daß sie, ehe er zu Tisch ging, sich an Kaffee und Kuchen gütlich zu tun, schon ein halbes Tagewerk für ihre Familie geleistet hatte. Sie vergötterte ihn und war hingerissen von seiner vornehmen Art, von seinem frischen Aussehen, von den rasierten Wangen und von dem fleckenlos weißen Hemd und dem Kragen. Kein zweiter in der ganzen Siedlung glich ihm.

Diese kleine Französin lernte vielleicht rascher als irgendeine der massigeren Holländerinnen, sich der Wildnis anzupassen und diese Einöde in einen Garten zu verwandeln, einen gepflegten französischen Garten. An allen Ecken und Enden sammelte sie Schößlinge und Setzreiser; es schien, als könnte sie nie jemanden besuchen gehen, ohne mit irgendeiner zärtlich in ein Tuch gebundenen Wurzel zurückzukommen. Die Ihren lebten gar trefflich und gediehen bei Gemüse und Hühnern und Eiern, und einem englischen Nachbarn schmeichelte sie als Entgelt für geleistete Näharbeit ein Kalb ab; so hatten sie bald auch als eine der ersten Milch zu trinken.

Sie war so praktisch und so fröhlich, daß man gesagt hätte, sie mache sich nichts aus der Wildnis und nichts aus der Mühsal, die ihr dort oblag. Doch eines Tages kam sie von ihrem Kartoffelfeld heim und hielt bei der Tür der Hütte ein Weilchen inne, um hineinzuschauen, ob ihr kleinstes Kind wohlbehalten sei, das in einem hölzernen, aus einem ausgehöhlten Baumstamm verfertigten Krippchen lag. Das Mädchen schlief, aber zum Entsetzen seiner Mutter ringelte und dehnte sich quer über dem Kind eine Klapperschlange in trägem Behagen.

Die Mutter lehnte sich halb ohnmächtig an den Türrahmen. Ihr rasches Denken sagte ihr, sie dürfe keinen Laut von sich geben und sich nicht bewegen. Wie aber, wenn das Kind aufwachte oder sich regte? Schweigend sank sie an der Schwelle nieder und beobachtete die Schlange, matt vor Entsetzen und in verzweifeltem Gebet. Da kauerte sie, die Schlange aber lag gemächlich ausgestreckt auf dem Kind. Die Sonne stieg höher, und bald kam die Zeit, da die anderen zum Mittagmahl heimkehren mußten. Sie betete weiter. Endlich begann sich die Schlange gleichmütig zu bewegen und glitt über den Rand der Wiege auf den Lehmboden, um einem Spalt zwischen zwei Balken zuzustreben.

Da ergrimmte die tapfere kleine Mutter. Fest packte sie die Harke, die sie in der Hand gehabt hatte; sie stürzte sich auf die überraschte Schlange und schlug und hieb schreiend zu. Als Hermanus heimkam, lag seine Frau halb ohnmächtig und schluchzend neben der zerstückelten Schlange auf dem Boden, das Kind aber war erwacht und spielte friedlich. Das war das erstemal, daß er sie je weinen sah.

Das nächste Kind, das zur Welt kam, war Carie, und diesem Kind fiel die beste Reife der Mutter als Erbteil zu, ihr Frohsinn, ihr Hausverstand, ihr Mut, ihre Anpassungsfähigkeit — Leidenschaft und Temperament dieser kleinen französischen Mutter.

Die holländischen Siedler fügten jetzt allmählich ihr Leben ins Leben der amerikanischen Nation. Sie taten dies bewußt und aus freien Stücken, obwohl es unter den älteren manche gab, die sich — und sogar Mijnheer Stulting tat dies dann und wann — nach dem sicheren Behagen der alten Heimat sehnten. Für ihn war es ein schwerer Schlag, als der Pastor in den ersten Jahren starb; auch war er nie so ganz mit den Nachfolgern zufrieden, die den Platz des Verstorbenen ausfüllen sollten.

Am schwersten war zu tragen, als sie hörten, daß die Regierung sechs Monate nach dem Auszug aus der Heimat ihre Politik geändert und allen Staatsbürgern Glaubensfreiheit gewährt hatte. Hätten sie nur noch ein wenig Geduld geübt, dies alles wäre nicht nötig gewesen: all die bittere Arbeit, alle die Toten! Es gab einige, die ihm, Mijnheer Stulting, jetzt vorwarfen, er sei zu vorschnell gewesen. Er sah sie an mit flehenden, zerknirschten Blikken, niedergeschmettert von dem, was er getan hatte. Trockenen Mundes flüsterte er vor sich hin: „Dennoch geschah es für Gott und die Freiheit!"

Da kam ihm seine wackere Gattin zu Hilfe. Sie trat seinen Anklägern entgegen und sagte mit ihrer sanften Stimme — das erste und einzige Mal, daß man sie je in der Gemeinde sprechen hörte: „Wie hätten wir es denn voraussehen können? Der liebe Gott weiß jetzt wenigstens, daß wir bereit waren, alles zu verlassen und ihm zu folgen. Jetzt kennt er unsere Herzen. Wir haben uns bewährt. Und wer von euch hätte mehr aufgegeben als mein Mann, und welche Frau mehr als ich, die ich ein schönes Haus mit zwölf Zimmern hatte und einen Kachelofen in jedem Zimmer?"

Dem war so, und kein Wort wurde weiter gesprochen,

bis Mijnheer am Ende entschlossen sagte: „Zurückzukehren ist unmöglich, wir können nur vorwärtsschreiten. Wir müssen in dieser neuen Nation aufgehen. Unsere Kinder sollen lernen, die Sprache des Landes zu sprechen, und auch wir wollen es versuchen, soweit wir dessen noch fähig sind. Laßt uns den Gesetzen dieses Landes gehorchen und seine Bürger werden und nicht mehr die Bürger des alten Landes sein."

Und sie schickten sich an, in Hinkunft nach seinen Worten zu tun.

Es war Mijnheers Traum, vor seinem Tode eines Tages noch ein Haus zu haben, dem gleich, das er in Holland gehabt, und er dachte, wenn er ein solches hätte, könnte er seine Erinnerungen leichter vergessen. Dieses Gefühl lebte besonders stark in ihm, weil er sah, daß seine Frau sich nach einem Haus sehnte, nach einem wirklichen Haus, und daß sie sich in den derben, aus Baumstämmen gezimmerten Stuben noch immer nicht recht heimisch fühlte.

Das Land, das sie hatten, war reich, und die älteren Söhne Mijnheers bestellten es gut, so daß am Ende jedes Jahres außer Lebensmitteln auch noch ein wenig Geld zurückblieb. Holz hatten sie in Menge, und in der englischen Niederlassung gab es eine kleine Sägemühle. Darum beschloß Mijnheer, das Haus, nach dem ihn verlangte, zu bauen. Er entwarf den Plan und arbeitete selber eifrig am Bau mit, und seine Söhne wendeten ihre freie Zeit daran. Er sah voll Entzücken, wie seine gute alte Frau, die trotz ihrer Verwirrung alles so geduldig ertragen hatte, sich darüber freute.

Am Rand der Siedlung bauten sie es, ein stattliches Haus aus Holz und Mörtel, mit zwölf Stuben, glatten Fußböden und tapezierten Wänden, ein Stadthaus. Das Holz nahmen sie von ihrem eigenen Grund, und was sie an Arbeit nicht selbst leisten konnten, beschafften sie sich durch Tausch. Doch der Bau dauerte lange Zeit, länger als zwei Jahre, und ehe das Haus vollendet war, kam der zweite Winter, der bitterböse Winter der Berge, und Mijnheer erkältete sich, als er beim Bau stand, die Arbeit zu überwachen. Ehe man noch recht wußte, daß er krank sei, lag er im Sterben und war auch schon tot. In demselben Winter verschied ruhig und sanft seine Gattin, die sich jetzt nichts mehr aus dem Haus machte.

Als die beiden aus dem neuen Land in eines zogen, das ihnen noch neuer war, richteten sie den Blick auf ihre Enkeltochter Carie, die in der Wiege lag, doch freilich, dessen erinnerte sie sich nicht. Aber in Hirn und Körper trug sie das Gepräge ihrer Großeltern.

Eine Woge der Entmutigung durchflutete in diesem Winter des Jahres 1858 die Siedlung. Die Ernte war mißraten, und etliche der Holländer entschlossen sich, die Feldarbeit aufzugeben und irgendwohin in eine Stadt zu ziehen, dort Handel zu treiben. Darunter waren auch die beiden älteren Söhne Mijnheers, die mit ihren Familien fortgingen. So blieben also nur Hermanus und seine Familie und das unvollendete Haus.

Aber der kleine Knabe, der noch im alten Land geboren worden, war jetzt an fünfzehn Jahre alt und klug und ernst für sein Alter. Mit seiner Hilfe und mit den Arbeitskräften, die er auftreiben konnte, vollendete Hermanus das Haus, und sie bezogen es. Carie zählte damals zwei Jahre, und ihre frühesten Erinnerungen kreisten um dieses neue Haus und seine großen kahlen Zimmer.

Auch das Haus, die geräumige, schöne Wohnstätte, geschaffen aus dem Geiste Mijnheers, des Großvaters, und vollendet von den emsigen Händen des Bruders, hatte solcherart teil am Werden dieser Amerikanerin.

Von hier an konnte Carie ihre Geschichte selbst erzählen, wie sie sich ihrer erinnerte, und sie hat sie mir, nachdem sie nach China gezogen, durch so viele Jahre erzählt. Sie wandte niemals lange Stunden ans Erzählen. Sie hatte immer allzuviel Arbeit, um stundenlang sprechen zu können. Doch wenn ich auf die dreißig Jahre zurückschaue, die ich sie kannte, finde ich in den zusammengefügten einzelnen Bruchstücken ein sehr klares Bild ihrer Jugend und ihrer Mädchenjahre an einem Ort, der in jener alten Zeit zu einer kleinen Stadt heranwuchs, einer Stadt auf der fruchtbaren Hochebene im Gebirge, die Little Levels heißt.

Am Sonntagabend erzählte sie gewöhnlich mehr als sonst. Im Sonntag lag etwas, das ihr die Erinnerungen an die Heimat klarer ins Gedächtnis rief. Am Sonntag erhob sie sich morgens mit einem anderen Gesichtsausdruck als an Werktagen. Dieser Ausdruck barg weniger Ziel und Wollen, aber größeren Frieden. Ihre niedere, eckige Stirn war glatt, und die hellen Augen, gewöhnlich funkelnd und rastlos, blickten gelassen.

Das Frühstück in dem sonnigen Speisezimmer des Missionshauses war am Sonntag immer sehr munter. In meinem Gedächtnis lebt es als Nebeneinander verschiedenster Dinge: eines blendend weißen Tischtuchs; des unvermeidlichen Blumentopfs auf dem Tisch, mit der Pflanze, die gerade in Blüte stand; heißen Kaffees; frischen warmen Brotes nach Art des Südens; eingemachter Früchte und Specks mit Eiern. Ein gelber Chinesenjunge eilte bei Tisch hin und her und bediente. Sie gab ihm kurze Weisungen, während ihre Hände mit den blauen Schalen und Täßchen beschäftigt waren. Gelegentlich blickte sie in den Garten hinaus, immer gleich liebevoll, ob der Garten nun in Blüte stand oder kahl unter winterlichen Himmeln dalag.

„Er ist hübsch“, sagte sie dann.

Manchmal sagte sie auch während der Mahlzeit:

„Ein ruhiger Sabbatmorgen ruft mir immer den Gedanken an die Heimat wach. Könnte ich nur eine Kirchenglocke läuten hören! Ich erinnere mich, wie daheim mein Vater jeden Sonntag zur Kirche marschierte, die Bibel unterm Arm — kerzengerade, sogar noch mit achtzig Jahren!“

Kirchenglocken — die vermißte sie, die Glocken, deren klare Schlichtheit über stille Dörfer klingt. Manchmal bei Tag und oft bei Nacht schwebte durchs Bambusgehölz des Tals unter dem Missionshaus die tiefe düstere Trauer der Tempelglocke mit ihrem vereinzelten herzzerreißenden Ton. Das war der Frau verhaßt. Zu ihr sprach das von allen Schatten und Geheimnissen, von dem ganzen Düster des östlichen Lebens ringsum, und sie haßte Düster und Geheimnis. Als später in der Stadt eine kleine christliche Kirche eingeweiht wurde, fand Carie keine Ruhe, ehe sie in ihr Heimatdorf geschrieben und die Leute bewogen hatte, Geld für eine Kirchenglocke zu spenden, für eine fröhliche kleine Kirchenglocke, in Amerika gemacht, für eine helle Glocke, auf daß die munteren Töne durch die chinesischen Straßen hallten, als ein Gruß, den man sich nicht amerikanischer denken kann. Oft sah ich Chinesen, würdige alte Herren, zusammenschrecken, wenn über ihnen die Glocke so fröhlich zu bimmeln begann, und sie blieben stehen und verrenkten sich die Hälse, um hinaufzustarren, was das wohl sein mochte. In der ganzen Stadt gab es nichts, das so lebhaft und so klar gewesen wäre wie der Klang dieser Glocke. Wenn Carie sie am Sonntagmorgen hörte, vergaß sie nie, lächelnd zu rufen: „Nun, ist das nicht hübsch? Es klingt wie zu Hause!“

Aber am Ende des Sonntags war sie uns gegenüber am gesprächigsten. Da hatte sie schon zweimal die Kirche besucht, zuerst am Morgen den Gottesdienst in der Chinesenkirche, und dann nachmittags jene rührende Gemeinde weißer Männer und Frauen, die sich hier, fern der Heimat, versammelten, den Gott ihrer Erinnerung anzubeten. Da wie dort spielte sie die Orgel und entlockte mikroskopisch kleinen Spielzeuginstrumenten Wunder der Musik. Jeden Choral intonierte sie, und ihr schöner voller Sopran stieg bis zu den Dachsparren empor, eine frohe, liebliche Stimme, auch dann noch groß und klar, als Caries siecher Körper schon zu einem Nichts zusammenschrumpfte.

Auch an den Sonntagabenden sang sie vor ihrer Hausorgel, einem Geschenk des Bruders Cornelius, der ihr der liebste unter allen Geschwistern gewesen, denn Cornelius hatte an ihnen Vaterstelle vertreten, weil Hermanus sein ganzes Leben zart blieb und eher selber Fürsorge brauchte, als daß er seinen Kindern Stütze geboten hätte. Habe ich anfangs gesagt, ich erinnerte mich Caries am deutlichsten in ihrem amerikanischen Garten? Ich glaube, ebensogut entsinne ich mich ihrer in dem freundlichen kleinen Wohnzimmer des Missionshauses, einem Zimmer, das sie hübsch und nach amerikanischer Art ausgestattet hatte, mit weißen Vorhängen an den Fenstern, mit frischen Blumen und Korbsesseln. Dort saß sie an Sonntagabenden vor der Orgel und sang. So saß sie in dem amerikanischen Haus, an das sich die dunklen Ziegeldächer der chinesischen Häuser preßten, und zu all den Rufen der Straßenverkäufer, den Schreien der Kinder, den lärmenden Flüchen des regen Straßenlebens sang sie alte Choräle, die uns viele Meilen weit über Meere und Länder entrückten. — „Näher, mein Gott, zu Dir", „Verweile bei mir", „Jesus, Du Liebster meiner Seele". Diese und viele andere Kirchenlieder sang sie, versäumte aber nie, immer wieder auch Choräle sieghafterer Art vorzutragen, und wahrlich, ihre

Stimme taugte von Natur aus besser zu Heiterkeit und Triumph als zu Betrübnis, und am liebsten hörten wir von ihr: „Ich weiß, daß mein Erlöser lebet" und „Freut euch, die ihr reinen Herzens". Das waren ihre Lieblingslieder. Als sie am Ende ihres Lebens im Sterben lag, wandte sie in den Kissen den Kopf, die unbezwinglichen Augen funkelten in dem kleinen, abgemagerten Gesicht, und sie konnte noch sagen: „Singt bei meinem Begräbnis nichts Trauriges, singt mir den Choral ‚Gloria'!"

Diese klare Stimme hatte immer etwas Triumphierendes, trotz all dem dunklen lärmenden Leben, das uns ringsum so dicht umgab. Freilich, es kamen Zeiten, da sie überhaupt nicht singen konnte, und zu solchen Zeiten war uns das ganze Haus eine Last. Aber wenn sie wieder fähig war, und das geschah immer bald, in diesem trauten Raum mit der kargen Einrichtung zu singen, fühlte ich mich in das Dorf der Little Levels entrückt und sah durch ihre Augen die edle Schlichtheit jenes einstigen Amerika.

Wenn sie sich dann Zufriedenheit und Ruhe ersungen und ihr Herz vom Heimweh erleichtert hatte, und wenn wir tief im Bann ihres Gesanges waren, setzte sie sich mit uns winters zum Feuer, und wenn Sommer war, auf die lange Veranda vor dem Garten, und zu solchen Zeiten sahen wir sie, Bild für Bild, wie es ihr eben beim Erzählen einfiel; wir sahen sie als Kind, als Jungfrau, als junge Gattin.

Sie führte uns das schöne große Haus vor Augen. Dort, unter seinem Dach, hatte sie ihre ersten Erinnerungen. Es war ein großes weißes Haus mit drei Geschossen, so sagte sie, und eine Bewegung ihrer Hand ließ es vor uns erstehen. Darunter lag ein tiefer kühler Keller, wo man die Milchkannen aufbewahrte. Dort standen auch die Regale mit den runden holländischen Käselaiben und die Kannen mit Beeren- und Traubenwein. Die Beeren sammelten die Kinder im Sommer, Schwarzbeeren und Himbeeren und Brombeeren. Manchmal unterbrach sie sich hier und sagte sinnend: „Jeden Sommer gingen wir in die Wälder und sammelten Beeren. Ich erinnere mich an Himbeeren, rot, mit einer Art silbernen Taues darauf. Wenn Wein aufgetragen wurde, wählte ich stets Himbeerwein, weil mir noch immer schien, als hätte er jenen Silberglanz bewahrt und als wäre er süßer denn anderer Wein. Ach du meine Güte, wie waren meine Beine immer von den Heckenrosen zerkratzt!"

Sie hielt inne und lächelte in die Dämmerung. Wie sie so dasaß, sahen wir das kleine Mädchen mit den braunen Beinen tief im Strauchwerk, einen Strohhut auf dem Kopf, zum Schutz der Haut vor der Sonne.

„Aber freilich, genützt hat der Hut nichts", erklärte sie immer, „denn ich war braun wie eine Nuß und schämte mich dessen schrecklich, bis Greta geboren wurde; die war nämlich noch brauner, und da hörte man auf, mich zu necken, und neckte sie. Aber sie war hübsch und hatte große schwarze Augen wie ein junges Fohlen."

In späteren Jahren sah auch ich das Haus, und es war genau so, wie sie es geschildert hatte. Davor lag ein großer umfriedeter Hof mit einem breiten Tor im Zaun. Daran war ein Zauntritt, und zu diesem führte Carie gar oft ihr Pferd, um es zu besteigen, aber das geschah erst dann, als sie schon ganz erwachsen war und einen langen Reitrock trug, der sie beim Aufsitzen hinderte. Als kleines Mädchen lief sie auf die Wiese, packte ein Pferd bei der Mähne und sprang ihm laufend auf den Rücken, so daß ihr dunkles Lockenhaar hinter ihr herflatterte.

„Diese schöne Freiheit!" träumte sie manchmal. „Mir tut oft das Herz weh, wenn ich die kleinen Chinesenmädchen sehe und mich daran erinnere, wie ich lief und auf Pferde sprang und über die kleinen Hügel und durch die Täler galoppierte. Und sich vorzustellen, daß sie hier nichts anderes haben als die schlammigen alten Wasserbüffel, die auf den Straßen umherlungern!" Ihre Augen, deren Ausdruck sich immer der Rede lebhaft anpaßte, blickten betrübt auf die aneinandergekauerten chinesischen Dächer jenseits der Gartenmauer.

Rings um das weiße Haus, das das Heim ihrer Kindheit gewesen war, dehnten sich weite Flächen; vor der Tür lag ein Blumengarten, und ein mit Fliesen belegter Pfad führte zu der quadratischen Vorhalle hin, deren offene Seiten von wildem Wein verhängt waren, und hier im grünen Schatten standen hölzerne Stühle. Dann stand man einer großen weißen Tür gegenüber, die zu allen Jahreszeiten, außer im Winter, weit geöffnet war; diese Tür hatte einen kupfernen Türklopfer und darüber ein fächerförmiges Glasfenster. Als ich dort war, stand die Tür offen, und ich blickte in eine breite lange Hall und auf deren anderer Seite hinaus auf einen Rasen mit Bäumen und Phloxbeeten; dahinter lag ein Obstgarten.

Links und rechts von der Hall waren die Zimmer. Ich spreche deshalb davon, weil wir, lange ehe wir sie in Wirklichkeit sahen, sie schon genau kannten und weil sie uns Amerika bedeuteten. Gleich links vom Eingang kam man ins Wohnzimmer, einen kühlen dunklen Raum mit Roßhaarmöbeln, Bücherschränken und einem hübschen Rosenholztisch in der Mitte. Dort stand auch ein Piano, und auf dem Piano lagen Geigen und eine Flöte. An den Wänden hingen wirklich schöne Kupferstiche und Federzeichnungen, geschaffen von Hermanus, auch ein oder zwei Landschaftsbilder und über dem Kaminsims aus geschnitztem und geriefeltem weißem Holz ein dunkles Ölporträt Mijnheer Stultings. Ein Teppich mit Blumenmuster bedeckte den ganzen Boden, und lange Glastüren führten in den Garten.

Rechts lag das Zimmer, in dem Hermanus und seine Frau so viele Jahre geschlafen hatten. Nun war es, als ich es sah, vom ältesten Sohn Cornelius in Besitz genommen worden; er bewohnte es mit seiner Frau, während Hermanus, ein gerade aufgerichteter, sehr gepflegter alter Gentleman mit erstaunlich silbrigem weißem Haarschopf, im Nachbarraum wohnte, aus dem man, wenn die Tür offenstand, das Ticken sehr vieler Wanduhren und gewaltig großer alter Taschenuhren hören konnte, denn das war des alten Herrn Lieblingsbeschäftigung. Hermanus kam jeden Morgen pünktlich um acht aus diesem Zimmer, obwohl die Familie schon um sieben Uhr frühstückte. Als ich ihn zuerst so sah, war er siebenundachtzig Jahre alt, aber höchst sorgfältig gekleidet und von sehr aufrechter Haltung; das dichte, aufgestellte weiße Haar trug er aus der niederen, eckigen Stirn zurückgekämmt, genauso wie Carie. Er schritt mit einem höflichen, vielleicht ein wenig kriegerischen Gutenmorgengruß weiter ins Speisezimmer, das am anderen Ende der Hall lag und dessen eine Seite zum Gemüsegarten schaute, während man von der mit Glastüren versehenen Längsseite in den Obstgarten kam. Es war ein kühler, kahler, langgestreckter Raum, aber mit ein paar schönen Möbelstücken und einem erlesen geschnitzten ovalen Tisch.

Dieser Tisch erklärt die Freude, mit der sich Carie einst in einem Shanghaier Trödlerladen auf einen ovalen Tisch stürzte. Am Tag vorher war, so erklärte der schmierige chinesische Besitzer, irgendwo eine Auktion gewesen, und dort hatte er den Tisch einem Schiffskapitän abgekauft, einem Engländer, der ihm gesagt hatte, der Tisch sei aus Teakholz, von Indien nach England transportiert und dort von englischen Arbeitern zu einem Tisch verarbeitet. Der Kapitän habe ihn in sein Haus nach Shanghai gebracht, doch nach dem Tod seiner Gattin verkaufte er seine Habe, und so fiel der Tisch diesem chinesischen Trödler in die Hände und stand in dem staubigen kleinen Laden, anmutig und voll Würde, zwischen Haufen von Kram und gebrochenen Korbmöbeln und alten Waren aus Bambusfasern. Carie kaufte ihn für wenige Dollar, nahm ihn nach Hause und polierte ihn und freute sich seiner. Später nahm sie ihn überallhin mit, obwohl sie in hochgelegenen Zimmerchen wohnte, in Häusern, deren Treppen so schmal und so gekrümmt waren, daß man den Tisch nicht hinauftragen konnte. Dann wurde er an Seilen hochgezogen und durch ein Fenster gezwängt; so baumelte er einige Minuten über der schmalen chinesischen Straße zum Erstaunen eines ins Stocken geratenen Straßenverkehrs von Schiebkarren und Rikschas und emporgewandten gelben Gesichtern. Doch all die Jahre, die ich Carie kannte, saß sie am schmalen Ende dieses ovalen Tisches, und ich wußte auch warum, sobald ich den Tisch im Speisesaal des großen Hauses gesehen hatte. Durch die Glieder solcher Erinnerungen verband sie uns allmählich mit ihrer Heimat.

Im Stockwerk jenes Hauses — am Ende einer breiten Mahagonitreppe mit weißem Geländer — lagen vier große Schlafzimmer, und das erste rechts war Caries Zimmer. Von dort schaute man über die grün bewaldete Hochfläche der Little Levels zu den fernen Bergen, unmittelbar unter dem Zimmer aber war der Blumengarten und dahinter ein großer Ahorn. Im Zimmer sah man an der einen Wand tiefe Schränke, tief genug für die Reifröcke, die Carie als Mädchen trug, und einen Sitzplatz am Fenster, der gleichzeitig als Hutschachtel diente, in der sie ihre Hauben aufbewahrte. In der Mitte des Zimmers stand Caries Bett, breit, weiß und kühl, hinter geblümten Musselinvorhängen. An den Wänden, deren Tapeten mit winzigen Sträußchen hellroter Rosen und blaßgrünen Farnkrauts gemustert waren, hingen drei Bilder: eine Madonna, sehr gedunkelt und alt, in Goldrahmen, die Hermanus einmal in Frankreich gekauft hatte, eine Daguerreotypie von Caries Mutter und ein Farbendruck — ein Hirte, der des Abends auf einem Pfad zwischen niederen Hügeln seine Schafe nach Hause führt. Carie liebte von je das Bild des Hirten, der die Schafe führt. In ihrem Zimmer im Missionshaus hing ein Bild mit dem gleichen Vorwurf, ein Ausschnitt aus einer Zeitschrift, den sie selbst eingerahmt hatte, und auf dem Grabstein ihrer kleinen Kinder waren die Worte des Guten Hirten eingemeißelt: „Er trägt die Lämmer im Busen." Und so machte mir dieses Zimmer ihres Heims viele Kleinigkeiten des anderen Hauses verständlich, das in fernem Lande stand, auf fremder Erde.

Auf dem Boden dieses Mädchenzimmers lag eine frische strohfarbene Matte und darüber ein mit Rosen gemusterter Teppich. In den hohen Fensternischen standen Sessel, und an den Fenstern hingen geraffte weiße Vorhänge mit rosafarbenen Schleifen. Zwei Stühle standen im Zimmer, ein weißgestrichener Schaukelstuhl und dann ein Stuhl mit Rohrsitz und gerader Leiterlehne. Dann sah man noch ein kleines Toilettentischchen aus Rosenholz, einen Schreibtisch und über dem Tisch einen ovalen Spiegel in geschnitztem blassem Goldrahmen. Irgendwo stand immer eine Vase mit Blumen, irgendwo lag ein geöffnetes Buch, ein Stück rasch vorwärtsschreitender Näharbeit. Es war ein Zimmer, unbeschreiblich duftig und schlicht und rein. Ich habe die Einzelheiten so genau beschrieben, denn hier lebte sie ihr ureigenes Leben, hier schlief sie und hier hatte sie ihre Träume.

Noch weiter oben war der große Dachboden, durch dessen Giebelfenster man über die ebenen fetten Wiesen schaute. Hier unter dem Dach standen Koffer, kleine, harte Koffer mit rundem Deckel, die man aus Holland mitgebracht. Dort gab es auch Stöße, immer größer werdende Stöße von „Pearson's Magazine" und anderen Zeitschriften; dort warteten Kisten mit alten Kleidern und Lappen, daß ihr Inhalt zu Fleckchenmatten geflochten werde. Von der Decke hingen Zweiglein getrockneter Pflanzen, die zu sammeln und hier aufzubewahren die kleine Französin einst die Kinder gelehrt hatte, denn man konnte damit Suppen würzen und Heiltränke daraus bereiten.

Dieser Dachboden war nie heiß. Er lag hoch; zudem wehte in dem breiten, einer Ebene ähnlichen Tal immer ein kühler Lufthauch, sogar im Sommer. Oft kamen auch schwere silberglänzende Nebelschwaden, die sich nachts erhoben und bis zum halben Vormittag in den Bodensenkungen liegenblieben; beim Sonnenuntergang hatte die Luft wieder Gebirgskühle.

Nachdem ich voll Überraschung die Stärke jener kräftigen Luft gefühlt, verwunderte ich mich über die Ausdauer, die Carie in diesen Jahren ekler Sommerhitze und modrig heißer Herbsttage zeigte. Es war kein Wunder, daß sie, aufgewachsen in diesem funkelnden, kühlen Sonnenschein, in diesen reinen Silbernebeln Amerikas, manchmal in der dicken Schwüle ohnmächtig wurde, die ein Augustmittag über chinesische Städte breiten kann, denn diese Städte sind allzusehr erfüllt vom menschlichen Atem und vom Gestank schwitzenden Menschenfleisches.

Doch in dieser klaren Ebene, hier in den raschen Nebeln, in den scharfen Winden und im Sonnenschein, wuchs das junge Mädchen heran, gewann Kraft und Geschmeidigkeit. Hier waren viele Äcker zu beaufsichtigen, hier waren Tiere zu betreuen und zu liebkosen: Kühe im Stall, großäugig, geduldig, fruchtbar; Pferde, die man reiten und mit Zucker und Äpfeln füttern konnte; hier waren Hühner und Truthühner auf dem Stoppelfeld zu hüten, wenn das

Getreide geschnitten war, so daß sie die Heuschrecken fangen konnten, die überall umherhüpften. Hier war das Leben im Heim, das Haus voll mit Kindern, hier war die geschäftige, zwitschernde kleine Mutter, hier der zarte, stolze Vater, hier der ältere Bruder, ernst und gütig. Jedermann arbeitete, emsig und glücklich, und Abende gab es, Abende bei Musik, da der eine die Geige spielte, ein zweiter die Flöte, ein anderer Klavier, und da alle miteinander sangen.

Einmal fragte ich Carie: „Was ist deine deutlichste Erinnerung aus der frühesten Jugend?"

Ihre Augen funkelten und wurden dann sinnend weich und blitzten wieder auf. „Einmal, als ich drei Jahre alt war, wollte ich meiner kleinen Mutter helfen, die Geschirr wusch. Ich nahm eine große blaugemusterte Bratenschüssel vom Tisch. Das war eine Schüssel, die Großvater in den alten Tagen aus Holland mitgebracht hatte. Ich trug sie langsam und fürsorglich, um sie im Speisezimmer in den Schrank zu schließen, und sie war so groß, daß ich über dem Rand nicht den Fußboden sehen konnte. Ein Brett stand ein ganz klein wenig hervor, und ich war barfuß und stieß mit der Zehe an. Da fiel ich dickes, schweres kleines Mädel auf die blaue Schüssel und schlug sie in Scherben. Ich erinnere mich, daß Vater mich an Ort und Stelle prügelte, und ich weinte furchtbar, nicht weil die Schläge schmerzten, sondern weil meine einzige Absicht gewesen war, bei der Arbeit zu helfen. Bis zum heutigen Tag habe ich das Gefühl, daß ich die Schläge nicht hätte bekommen dürfen. Selbst jetzt, mit fünfzig Jahren, empfinde ich sie noch immer als Ungerechtigkeit!"

Beim Sprechen knetete sie auf dem Küchentisch einen großen, weichen, lockeren Klumpen Brotteig. Hier in China buk sie unser Brot immer selbst: große braune, süße Laibe und kleine knusprige Semmeln, wie man sie in den Südstaaten aß. Das Fenster stand offen, und von der Straße unten kam ein Lärm von Zimbeln, von irgendeiner Prozession, die vorbeizog, und in diesen Lärm verwob sich das fadendünne Winseln einer Flöte. Ich ging müßig zum Fenster, um zu sehen, was los sei, und da zog eine Götzenprozession vorbei — keine sehr große Prozession, und auch das Götterbild war nicht groß, wie man sah, denn der Gott saß gar klein und matt in seiner Sänfte, eine kleine Lehmfigur in bunt zusammengewürfelten Papierkleidern. Vor ihm ging ein zerlumpter Priester mit den Zimbeln, und hinter der Sänfte kamen zwei weitere Priester, von denen der eine trostlose Weisen auf der Flöte blies. Der dritte Priester trug eine hölzerne Trommel in Gestalt eines Fischkopfes, und auf diese schlug er gelegentlich, wenn es ihm gerade einfiel, mit einem hölzernen Schlegel. Die Leute auf der Straße hoben kaum den Kopf, aber hinter ihr lief hartnäckig eine kleine Schar von Knaben, um zu sehen, was es zu sehen gab.

Sie knetete ihr Brot, war aber zehntausend Meilen entfernt. Dann sagte sie: „Ja, aber es war ein glückliches Leben in jenem Haus. Solange ich mich zurückerinnern kann — glaubst du vielleicht, daß mich diese alberne Flöte daran erinnert hat? —, hatten wir das Haus immer voll Musik. Die Älteren spielten alle irgendein Instrument, und wir Kleinen sangen. Cornelius war ein guter Gesanglehrer. Einige Jahre später, im Seminar, als ich die beste Gesanglehrerin hatte, die man haben kann, konnte sie mir nicht mehr viel beibringen, das mir neu gewesen wäre. Cornelius hatte mich schon gelehrt, meine Stimme richtig tönen zu lassen. Wir sangen oft den ‚Messias'. Wie gut ich mich daran erinnere!"

Dann hob sie die Hände von dem Teig, stellte sich schlicht hin und sang das „Halleluja" aus voller, bebender Kehle. Der chinesische Koch ließ die Pfanne fallen, die er gerade in der Hand hielt. Er starrte seine Herrin an und ging dann wieder verstockt zu seinen Töpfen, denn er konnte sich keinen Reim darauf machen, wenngleich er schon daran gewöhnt war, sie plötzlich singen zu hören. Der Lärm der Zimbeln verblaßte in den Geräuschen der Straße, und als ich sie beobachtete, konnte ich sehen, wie sie im Chor der weißen, schmucken amerikanischen Kirche stand, die man an die Stelle des alten Balkenbaues setzte. Als ich viele Jahre später dort war, preßten sich die Apfelbäume an die offenen Fenster und erfüllten die Kirche mit ihrem Duft. An diesem Tag war im Chor ein junges Mädchen, Cornelius' Tochter, und sie sang ebenso, doch klang ihre Stimme nicht so voll und nicht so mitreißend wie die Stimme dieser Frau hier in der chinesischen Stadt.

Plötzlich hielt sie inne; die Luft in der Küche schien vom Widerhall ihrer Stimme zu pulsieren; sie wandte sich wieder dem Brot zu. „Nun ja", sagte sie nach einer Weile, „es war eine glückliche Zeit, bis der Bürgerkrieg kam. Was für eine Zeit das war!"

Ja, was für eine Zeit! Als der Krieg ausbrach, lebte die Familie Stulting in dem Teil Virginias, der sich dem Norden anschloß und später Westvirginia wurde. Damals war Hermanus kein junger Mann mehr. Er zählte vierzig Jahre, hatte eine zarte, steife, aufrechte Gestalt und sein Haar lag schon wie ein silbernes Netz über dem feingezeichneten Gesicht. Auch seine kleine französische Gattin zeigte Spuren eines Lebens, das härter gewesen, als ihr guttat. Sie war zu einer winzigen Gestalt zusammengeschrumpft, und man konnte die Keime der Tuberkulose schon bemerken, die später ihr Leben hinwegraffen sollte. Cornelius war ein Mann von zwanzig und sah alt aus für seine Jahre, ein geduldiger junger Mann, ungewöhnlich klug und freundlich in seiner Art, mit dunklen Augen und dunklem Haar; er liebte Bücher und Musik. Doch hatte er die Feldarbeit übernommen und es als unvermeidlich anerkannt, daß die Erhaltung der Familie eher ihm oblag als dem Vater. Seltsame, magische Persönlichkeit dieses Mannes Hermanus, daß er zwar nie an den Strapazen dieses Lebens teilnahm und daß seine wählerische Art den älteren Kindern zwar allzufrüh Lasten aufbürdete, daß aber doch alle ihn verehrten und sich gemeinsam mühten, damit er der städtische Gentleman bleiben könne, der er von Geburt war! Kam es dem Knaben Cornelius je in den Sinn, wenn er sich ums Morgengrauen in den derben Arbeitsanzug zwängte, daß sein Vater schlafend lag und noch weitere drei Stunden schlief, bis sie alle gefrühstückt hatten, und daß ihm selbst dann die Schokolade ins Zimmer gebracht wurde, damit er sie vor dem Ankleiden trinke? Einmal richtete ich diese Frage an Carie, und sie sagte: „Er befriedigte in jenen Tagen wohl irgendein Bedürfnis in unserem Leben. Wir alle liebten feine und schöne Dinge, und davon war nach dem Krieg nicht viel übriggeblieben. Aber keiner von uns bekrittelte je unseren Vater. Wir nahmen einfach auf Treu und Glauben das Wort unserer Mutter hin, er sei nicht kräftig genug für die schwere Arbeit, und man dürfe sie daher nicht von ihm fordern. Er betreute immer die Bienen und veredelte Weinreben und Rosenstöcke. Er hatte eine wundervolle Gabe für die Bienenzucht, und wir bekamen immer köstlichen Honig. Ich glaube nicht, daß er auch nur ein einziges Mal im Leben gestochen wurde. Er hatte eine zarte Art und die gewandtesten, geschmeidigsten Hände, die ich gesehen. Und kein Körnchen Schönheit entging ihm je. Es wuchs dort am Stall ein weißer Weinstock, und ich kann mich jetzt noch erinnern, wie die großen weißen Trauben zwischen den taugrünen Blättern glänzten. Er rief uns immer zu sich, bevor er die Trauben schnitt, und sagte, wir sollten dies ansehen. Er sagte, sie kämen an Schönheit dem Mondachat gleich. Ich glaube, das ist der Grund, warum wir ihn liebten — weil er uns die Augen für die Schönheit öffnete.

Ja, natürlich war Cornelius der eigentliche Mann in der Familie. Ich weiß, daß er und unsere Mutter immer die Rechnungen der Familie besprachen und sich berieten, wie man das Geld am besten ausgeben sollte. Seit ich mich erinnern kann, ging ich mit allem, was ich brauchte, zu meinem Bruder. Natürlich hatte das zur Folge, daß er nicht heiraten konnte, solange wir alle klein waren. Ich kann mich auch nicht erinnern, daß er damals je ein Mädchen angesehen hätte. Er heiratete erst, nachdem wir alle erwachsen waren, lange nach dem Krieg.

Aber noch immer bedeutete uns unser Vater viel. Wir waren nicht gewöhnliche Farmer wie die Leute ringsum. Wir hatten Bücher und Musik und die Malerei unseres Vaters und seine Juwelierarbeit. Vater bedeutete uns diesen Unterschied. Ich erinnere mich, daß ich mächtig stolz war, weil mein Vater einen schwarzen Rock trug und sein weißes Hemd und seinen Kragen täglich wechselte, was keiner unserer Nachbarn tat. Erst nach Jahren kam mir in den Sinn, daß trotzdem etwas Grausames an diesen weißen Kragen lag. Irgend jemand — unsere Mutter, solange sie konnte, und dann eins der älteren Mädchen — mußte immer und täglich diesen Kragen und dieses Hemd waschen und plätten, gleichgültig, wieviel Arbeit zu tun war."

Als der Krieg ausbrach, wurde es daher eine Quelle heftiger Furcht, was man beginnen solle, wenn Cornelius in den Kampf ziehen müsse. Er war entschlossen, sich nicht freiwillig zu melden. Hermanus hatte sie alle unterwiesen, vor Sklaverei Abscheu zu hegen, und selbst in einer Gegend, wo viele der reicheren Leute Sklaven hielten, wenn sie Arbeitskräfte bei der Feldarbeit brauchten, verstand sich Hermanus nicht dazu, Sklaven zu kaufen. Irgendein hartnäckiges Gefühl für Freiheit lag ihm im Blute und rief ihm zu, er müsse sich versagen, menschliche Wesen zu kaufen und seinem Willen zu unterwerfen. Wenn er Negerarbeiter beschäftigte, bezahlte er die Arbeit gewissenhaft in barem Geld und wollte keinen Neger zu eigen haben. Alle Kinder erbten von ihm diese leidenschaftliche Liebe zur Freiheit, und als der Krieg rief, fühlten sie sich durch nichts bewogen, Cornelius für den Süden herzugeben. Gleichzeitig war das Gefühl der Treue für den Süden stark genug, den Gedanken an einen Kampf gegen Virginia unerträglich zu machen. Darum war jetzt Neutralität, eine Haltung, die selbst in den besten Zeiten schwierig ist, der einzig mögliche Weg, der ihnen offenstand, und Hermanus und Cornelius erklärten sich als neutral. Das war kein Standpunkt, der geeignet gewesen wäre, sie in jenen hitzigen Zeiten beliebt zu machen, aber Hermanus wenigstens kümmerte sich nicht darum. Eigentlich war sein Temperament so, daß er durch Widerstand trotziger wurde, und ich habe gehört, daß er zu jener Zeit noch großartiger einherstolzierte und in übertrieben gerader Haltung zur Kirche ging und daß er mit noch größerer Willkür die Psalmen intonierte. Es gab bedrohliches Gemurre, besonders bei den Sklavenbesitzern, aber seine Lauterkeit, seine Furchtlosigkeit und sein Hochmut waren so stark und ausgeprägt, daß sich niemand offen gegen ihn erhob.

Bei Cornelius, einem jungen Mann, war es anders. Wenn man ihn anging, er solle sich der einen oder anderen Seite anschließen, erwiderte er, seine Mutter, sein kleiner Bruder und seine Schwestern seien auf ihn als Ernährer angewiesen, und wenn er fortzöge, gäbe es niemanden, der sie betreue. Mit Geduld und Schweigen trug er die

Spottreden, die er im Dorfe hörte, und setzte seine Arbeiten auf den Feldern festen Sinnes fort.

Dennoch, als im Lauf der Zeit die Knappheit an Menschen auf seiten des Südens immer fühlbarer wurde, mußte er auf irgendeine Möglichkeit sinnen, wie er die Zwangsanwerbung umgehen könnte. Zuerst hatten sie es nicht für möglich gehalten, daß man ihn wirklich ergreifen und ins Heer zwängen werde. Doch dies geschah. Als er einst mittags heimkam, warteten auf ihn ein paar Süd-Soldaten mit leisen Stimmen und stählernen Augen, Männer in grauen Uniformen, und sie folgten ihm ins Haus. Einer sagte: „Du wirst wohl kämpfen müssen, mein Sohn, ob du willst oder nicht. Wir brauchen Männer."

„Dann müßt ihr mich mit Gewalt fortführen", antwortete Cornelius schlicht, und er erwiderte ihren Blick.

„Schön, dann wenden wir eben Gewalt an", sagte der Soldat, und er rief seinen Leuten zu: „Bindet ihn!"

Die drei anderen traten vor, banden ihm die Handgelenke zusammen, führten ihn hinaus und hoben ihn auf das wartende Pferd. Die kleine französische Mutter war im Garten gewesen, Bohnen zu pflücken, und die Schreie der Kinder riefen sie herbei. Sie sah im Augenblick, was geschah. Sie stürzte zu ihrem Sohn hin und umklammerte sein Bein.

„Ihr müßt ihn freilassen — er ist unser Ernährer!" rief sie keuchend.

Der Soldat griff an die Mütze. „Bedaure, Gnädigste — Befehl!"

„Nein — nein — nein — ihr müßt ihn freilassen — er ist mein Sohn!"

„Vorwärts — !" sagte der Soldat unvermittelt; sie bestiegen ihre Pferde und ordneten sich in einer Reihe; die kleine Frau aber begann mitzulaufen, an das Bein ihres Sohnes geklammert. Erschreckt beugte er sich nieder, um ihr zuzuflüstern: „Ich werde schon einen Weg zurück finden, Mutter, laß — du kannst ja nicht Schritt halten, ich will desertieren —"

„Ja, und dafür erschossen werden!" flüsterte sie ungestüm. „Nein, ich lasse dich nun und nimmer ziehen."

Sie lief schneller, denn das Pferd fiel in kurzen Trab; schließlich wurde sie beinahe über den Boden geschleift, wollte aber nicht loslassen. Der Soldat, der die Führung hatte, konnte diesen Anblick nicht ertragen. Er hielt an, um mit ihr zu verhandeln.

„Gnädige, es hat ganz und gar keinen Sinn. Er muß mit. Es ist Befehl. Es tut mir furchtbar leid, Gnädige, aber überall müssen die Söhne in den Krieg."

„Meiner nicht!" keuchte sie entschlossen. Die Haube hing ihr über den Rücken, und ihr graues Lockenhaar hatte sich gelöst und flatterte zerzaust um das schmale Gesichtchen. Vor Ermüdung traten ihr die Augen vor, ihre Kehle pulsierte und die Brust schien ihr vor schwerem Keuchen zu bersten. „Wenn er geht — gehe — auch ich. Außerdem — wir sind nicht — für die Sklaverei. Es ist doch die Freiheit — für die unser Land eintritt? Wollt ihr — ihn zum Kampf für etwas zwingen — woran — woran wir nicht glauben?"

Der Soldat sah sie an. Dann gab er wieder — einigermaßen unschlüssig — den Befehl: „Vorwärts, marsch!"

Wieder fiel das Pferd in leichten Trab, der Soldat versuchte, die kleine braungekleidete Gestalt nicht zu sehen; die aber hatte sich keuchend an das Bein des jungen Mannes geklammert, und ihre Füße trippelten halb, halb liefen sie auf der rauhen Straße. Ihr Mund war in schrecklichem Keuchen geöffnet und ihre braunen Augen starrten wild verzweifelt vor sich hin. Der Sohn beugte sich über sie und rief mit leiser Stimme: „Mutter — Mutter — Mutter —"

Das war zuviel. Der Soldat ließ sie eine Meile weit

so laufen, dann hielt er an, stieg vom Pferd, nahm die Mütze ab und verbeugte sich.

„Gnädige, Sie haben gesiegt. Er gehört Ihnen." Und dann sagte er zu den Männern: „Nehmt ihm die Stricke ab und laßt ihn frei!"

Im nächsten Augenblick standen Mutter und Sohn allein auf der Straße, und in der Ferne sprengten die Leute mit einem reiterlosen Pferd davon. Cornelius blickte seine Mutter mit unaussprechlicher Zärtlichkeit an, und ihre Augen blitzten und sie begann mit zitternden Händen sich das Haar zu ordnen. Dann fühlte sie Schwäche, sie lehnte sich an ihn und flüsterte mit trockenen Lippen: „Ich wollte es eben nicht dulden!"

Aber es war eine Warnung für sie, denn das konnte ihnen nochmals zustoßen. Ein anderer Offizier mochte vielleicht nicht so nachsichtig sein wie dieser. Sie mußten Cornelius verstecken. So verließ er noch am selben Abend das Haus und ritt davon, mit einer kleinen Rolle Bettzeug und einem Vorratskorb, und er ritt zu dem Berg, den man in der Ferne sah. „Droop Mountain" hieß der, und dort stand in einem kleinen runden, schalenförmigen Tal auf dem Gipfel eine leere, verfallene Hütte neben einer oder zwei verlassenen Wiesen.

Hier verlebte der junge Mann einsam die zwei Jahre, die der Krieg währte. Er grub das Land um und bepflanzte es mit Bohnen und Mais und Weizen, und wenn er erntete, stahl er sich nachts heim, um den Seinen Lebensmittel zu bringen und um seine Mutter zu sehen und sich zu holen, was er für sich brauchte. Als die Little Levels vom Auf- und Abwogen der beiden feindlichen Heere überflutet wurden, als die Felder verwüstet und Scheunen und Lagerhäuser geplündert waren, bedeuteten diese kargen Vorräte, die Cornelius brachte, für die Familie den Lebensunterhalt und oft alles, was sie erwarten durften. Absichtlich erwähne ich in diesem Lebensabschnitt Caries, der in den Bürgerkrieg fällt, die Dinge nicht, die man in jedem Buch über den Krieg finden kann. Ich berichte nur, was sie mir erzählte, mir, einem kleinen amerikanischen Mädchen, und dieses Mädchen war fremd in der chinesischen Stadt und sah Amerika durch die Augen der Frau, deren Geschichten aus dem Heimatlande mich erschauern ließen — aus dem Land, das ich nie gesehen hatte.

Den Krieg kannte ich sehr gut. Zu dieser Zeit durchlebten die Weißen in China die Ungewißheit und all die Gefahren des Boxeraufstandes. Jeden Abend wurden meine Kleider neben mein Bett gelegt, damit ich sie sogleich anlegen könne, wenn der Ruf zur Flucht erging. Carie lehrte mich, wie ich sie hinlegen sollte, wie ich mir die Schuhe am schnellsten zubinden könne, wie ich den Hut vom Boden neben dem Sessel im Gehen aufzuheben hätte, falls wir bei Tag marschieren müßten, unter der vergifteten östlichen Sonne. Ich hatte dies für mich allein zu machen, denn es war noch jemand jüngerer da als ich, der nicht auf sich achten konnte. Ein Korb mit Kondensmilch stand Tag und Nacht für den Säugling bereit, an der Tür, wo man ihn im Vorbeigehen hastig aufnehmen konnte. Carie war bis in die kleinste Einzelheit vorbereitet und bereit und furchtlos und erlaubte auch uns nicht, Angst zu haben. Wir wußten, daß sie uns in ihre Obhut nahm.

Diese Furchtlosigkeit war nicht nur ihrer kühnen Natur angeboren, nein, Carie hatte sie auch während jener vier Jahre des Bürgerkrieges als kleines Mädchen erlernt. In dem langen heißen Sommer des Jahres 1900 baten wir sie oft: „Erzähl uns Geschichten von unserem Krieg in Amerika!“ Und sie schuf uns von neuem die erregenden Tage, schilderte sie vom Gesichtspunkte eines kleinen Mädchens in der Hochebene von Westvirginia, dem Grenzland zwischen Nord und Süd, wo beide Heere im Kampf hin- und zurückfluteten. Als ich später im Geschichtsunterricht diese Zeit zu studieren hatte, kannte ich alles schon von Carie, und es war ungleich lebendiger und vollständiger, als irgendein Buch es mir bieten konnte.

Ich erfaßte durch sie den Geist großer Truppenmengen, die anfangs munter und sicher sind, dann unsicher, überrascht, verbittert, noch später rachsüchtig und bedenkenlos, schließlich verzweifelt und besiegt. Noch fürchterlicher jedoch waren die siegreichen Armeen, die sich als brandschatzende Eroberer triumphierend über die fruchtbaren Felder wälzten.

Einmal sagte sie, und ihre Augen waren düster in der Erinnerung: „Die Yankees schrien uns immer zu, Sherman habe gesagt, er werde einen Pfad ziehen, geradenwegs nach Georgia, eine Straße, so breit und kahl, daß nicht einmal eine Krähe ein Maiskorn fände. Und ich glaube, das hat er auch erreicht.“ Und dann sagte sie sehr schlicht: „Sherman hat erklärt, der Krieg sei die Hölle. Nun, heute muß er schon wissen, ob das stimmt oder nicht. Jetzt sitzt er schon viele Jahre dort.“

Oder sie sagte: „Nicht, als ob irgend jemand in meiner Familie für die Sklaverei gewesen wäre. Wir waren ebensowenig dafür wie Lincoln. Wir waren Amerikaner und konnten nicht in Amerika Sklaven sehen und es billigen. Aber das war nicht die richtige Art, Sklaven zu befreien — ganze Mengen auf einmal loszulassen. Nach dem Krieg wagten wir ja kaum, uns im Freien zu bewegen, und dabei hatten wir in unserer Gegend nicht einmal viele Neger. Ich erinnere mich, daß mein Bruder Cornelius für eine Zeit dem Ku-Klux-Klan beitreten mußte, damit uns die befreiten Sklaven ungeschoren ließen.“

Einmal lachte sie plötzlich, und sie setzte sich nieder und

lachte, bis ihre Augen naß waren: „Ich werde nie einen Morgen vergessen, als die Yankees im Obstgarten über Nacht ihr Lager aufgeschlagen hatten. Es war im Winter, und die Bäume standen kahl. Ich ging aus dem Haus, um hinter der Scheune zu den Leuten hinzuspähen, denn ich hatte so viel über sie gehört — in unserer Gegend erzählte man, sie hätten Hörner wie der Teufel. Nun, als ich hinauskam, waren die Bäume voll mit sonderbaren Früchten. Ich konnte mir nicht vorstellen, was das war, und stahl mich näher, und es waren Brotlaibe. Die Leute hatte Laibe aus saurem Maismehl bekommen und sie nicht essen wollen; und darum warfen sie zum Spaß das Brot auf die Bäume, bis die Äste voll davon waren. Das war ein furchtbar drolliger Anblick! Aber die Vögel fraßen noch Monate daran."

„Hatten die Yankees Hörner?" fragte ich atemlos.

„Nein", erklärte sie zwinkernd. „Sie waren genauso wie alle anderen, und das enttäuschte mich furchtbar."

Das war eine unserer Lieblingsgeschichten, und wir baten Carie immer wieder darum. Eines Tages hörte Hermanus, daß ein Yankee-Heer heranziehe. Zu dieser Zeit hatte er gerade ein paar sehr schöne alte Schmuckstücke im Haus, die einer reichen Grundbesitzersfamilie aus der Nachbarschaft gehörten und die er frisch fassen sollte. Er hatte außerordentliche Angst, man könnte sie ihm rauben, denn ihr Wert überstieg bei weitem jeden Betrag, den er hätte ersetzen können. Er beschloß daher, den Schmuck zu verbergen, tat ihn in einen kleinen Deckelkorb, trug ihn auf die Wiese neben dem Garten und legte ihn dort, ziemlich weit entfernt, unter einen großen flachen Stein. Am Nachmittag kamen die Yankees und wählten zu seinem Entsetzen gerade diese Wiese als Lagerplatz. Sie saßen auf dem Stein, sie benutzten ihn als Tisch und errichteten über Nacht dort ein Zelt. Aus seinem Fenster konnte Hermanus das beobachten. Solange das Tageslicht anhielt, hielt er Wache am Fenster, um zu sehen, ob irgendeiner sich bücke und unter den Stein schaue. Beim Abenddämmern schien noch immer alles in Ordnung, soweit man es wahrnehmen konnte. Doch nach Einbruch der Dunkelheit formten trotz dem Licht großer Fackeln die Schatten so undeutliche Gestalten, daß niemand genau hätte sagen können, was geschah.

Hermanus ging in jener Nacht auf und ab; er betete und befahl allen, zu beten, und machte sich die ganze Zeit Vorwürfe, daß er die Juwelen nicht ihrem Eigentümer zurückgegeben hatte. Verwirrt bemühte er sich, darüber nachzudenken, was er tun sollte, wenn sie verlorengingen, denn ihr Eigentümer galt als stolzer Mann und als hart und rechthaberisch, und die Juwelen waren Familienschmuck und ganz unersetzlich. Als das Morgengrauen emporstieg, zogen die Truppen ab, Hermanus aber lief aus dem Haus, ganz krank vor Angst. Er bückte sich, um unter den Stein zu schauen. Dort lag das kleine Körbchen mit den Juwelen, genau so, wie er es hingelegt hatte, unversehrt und von niemandem berührt. Bei diesem glücklichen Ende ihrer Geschichte — und Carie erzählte das Ende immer sehr aufregend, mit gesenkter Stimme und weitgeöffneten Augen und lebhaftem Mienenspiel — atmeten wir alle tief auf. Gewöhnlich erzählte sie diese Geschichte am Abend, wenn wir auf der Veranda saßen und über die bewässerten Felder und die strohgedeckten Bauernhäuser im Tal hinausblickten in die Ferne, wo auf einem Hügelhang eine schlanke Pagode im Bambusgehölz zu schweben schien. Aber wir sahen von all dem nichts. Wir sahen so deutlich, als wären wir dort gewesen, die rauheren Felder und die zerklüfteten Berghänge unserer Heimat und auf ihnen die dahinjagenden Pferde und die flatternden Fahnen der Soldaten in Blau und Grau.

Dann kam der schreckliche Tag, da Nord und Süd in der Schlacht beim Droop Mountain zusammenstießen. Den ganzen Tag und die ganze Nacht donnerten die Kanonen von beiden Seiten über den Berg, und die Familie saß voll Angst im Haus, kaum fähig, auch nur zu beten, denn sie fürchteten, Cornelius könnte in seinem Versteck entdeckt werden. Doch noch vor der Morgendämmerung taumelte er ins Haus, mit zerfetzten Kleidern und wunden Händen, und auch seine nackten Füße waren arg zerkratzt. Er hatte sich den ganzen Tag in einer Höhle verborgen gehalten und war dann im Schutz der Dunkelheit den steilen Felsenhang des Berges hinabgelaufen. Er lebte und war unversehrt, aber sein kleines Feld, das er zur Saat gepflügt, hatten die Geschosse der Kämpfenden verwüstet.

Dann kam der Tag, an dem im Hause überhaupt nichts mehr zu essen war bis auf ein Viertelmaß getrockneter Bohnen, und an diesem Tage kam eine verzweifelte kleine Bande flüchtiger Süd-Soldaten, zerlumpt, barfuß, ausgehungert. Als die kleine Mutter sie sah, kochte sie den ganzen Vorrat von Bohnen, und es gab für jeden eine Schale Suppe mit Bohnen. Am Nachmittag aber gingen die Kinder und suchten Löwenzahnblätter zum Abendessen.

Diese Geschichten und viele andere erzählte sie uns während der heißen Sommertage außerhalb der chinesischen Stadt. Alles ringsum brodelte vor Haß gegen uns, die wir fremd waren, aber ich wußte es nicht. Wenn ich ihr lauschte, sah ich mein Heimatland und das Heldentum meines Volkes, und das stärkte mich. Sie kannte keine Furcht. Sie hatte schon als kleines Kind gelernt, verwundete und blutende Männer zu sehen, ohne ohnmächtig zu werden, hatte gelernt, Hunger zu erdulden, sich dreinzuschicken, so gut es ging, und Hilfe zu ersinnen, wenn es scheinbar keine mehr gab, und all dies war verklärt worden durch die hohe Spannung der Stunde.

Sie zählte acht Jahre, als der Bürgerkrieg zu Ende ging, und ihre Familie mußte sich so wie alle andern in der Gemeinde den neuen Bedingungen anpassen. Als die Niederlage offenkundig war, zeigte sich überall das fieberhafte Verlangen, ein neues Leben zu beginnen. Während der vier Jahre hatte es keine Schulen gegeben. Carie lernte ohne Lehrer das Lesen, indem sie bald den, bald jenen fragte, was der eine oder andere Buchstabe bedeute. Aber außer dem Lesen verstand sie nichts. Die kleine Schwester, nur um weniges jünger als sie, konnte nicht einmal lesen.

Und viele Kinder waren in der gleichen üblen Lage, denn die Eltern hatten an anderes denken müssen: die Väter in dem verzweifelten Kampf, die Mütter bei der Landarbeit und im Laden und bei dem Versuch, nicht nur die Stelle einer Mutter auszufüllen, sondern auch die des fernen Vaters. Nun wollten alle, daß irgendwie neue Schulen ins Leben gerufen würden, damit man die vertanen Kriegsjahre wieder einbringe.

Cornelius, den die Unwissenheit seines Bruders und seiner Schwestern gar bitter schmerzte, war der erste in der Stadt, der eine Schule organisierte. Er unterrichtete selbst, indem er, so gut es ging, die Landarbeit am frühen Morgen und am Abend nach seiner Heimkehr verrichtete. Die Schule wurde in einem Raum in der Kirche untergebracht, doch wuchs sie sehr rasch, übersiedelte dann in ein eigenes Gebäude und wurde später unter dem Namen „Die Akademie“ bekannt.

Für Carie war das das Tor zum Leben. Sie strebte jetzt schon länger als zwei Jahre ungeduldig nach Wissen und nach Studien, und die sollten ihr helfen, viele Dinge zu verstehen, die ihr allmählich unverständlich wurden. Sie war in gewissen Dingen ein sonderbares Kind, phantasievoll, leidenschaftlich, gefühlstief, oft bis zum Leid, eine seltsame Mischung aus Ungestüm, praktischem Hausverstand und tief mystischer Veranlagung. Oft lag sie nachts barfuß im tiefen Gras der Wiese vor dem weißen Haus unter den Sternen und blickte zum Himmel auf und grübelte über die Sterne, und was diese wohl seien, und schmerzvoll verlangte es sie, das Weltall zu ergründen. Die Sterne übten stets Zauber auf sie. Ich erinnere mich, daß sie sich in den heißen Sommernächten in der chinesischen Stadt oft über der lärmenden Straße aus dem Fenster beugte und zu den Sternen hinaufblickte, die schwer und golden am schwarzpurpurnen Himmel hingen, und dann sagte sie: „Es ist schwer zu glauben, daß das dieselben Sterne sind, die ich als kleines Mädchen auf jener Wiese gesehen habe. Dort schienen sie mir kühl und silbern, unendlich ferne und unstofflich. Hier sehen sie massig aus und schwül und allzu nahe. Ich träumte oft, es lebten Leute auf ihnen — durchsichtiges, zartes Elfenvolk. Aber hier hat man das Gefühl, daß menschliche Wesen dort leben — heiße, böse Menschen. Seht den roten Orion, wie er dort an der Spitze der Pagode hängt.“

In der Schule ihres Dorfes lernte sie die Anfangsgründe der Astronomie, einer Wissenschaft, die sie immer besonders liebte, nur daß sie manchmal von den mathematischen Berechnungen ein wenig verwirrt wurde. Sie hatte eine lebhafte Phantasie, die nach jeder trockenen Tatsache fassen konnte, ihr Stoff und Leben zu schenken. Cornelius war ein geborener Lehrer und sie eine fähige Schülerin, nicht so sehr durch Gedächtnis wie durch Verständnis und rasche Auffassung, so daß gar bald diese beiden nicht nur das Band zwischen Bruder und Schwester verknüpfte, sondern auch das zwischen geliebtem Schüler und leidenschaftlich verehrtem Lehrer.

Die Nachkriegszeit war im Leben der kleinen Stadt in

Westvirginia eine Zeit tiefer geistlicher Inbrunst, gepaart mit dem durch die Not gebotenen asketischen Leben. Diese Atmosphäre war die Luft, die Carie in ihrer Jugend atmete und die ihrer im Wesen sinnlichen und schönheitliebenden Natur für ewige Zeiten Hemmungen auferlegte. Doch gab ihr diese Luft auch Gelegenheit zu Erlebnissen mancher Art, und an diesen entzückte sich ihr vielseitiger Geist. Ich erinnere mich, daß sie einst sagte: „Ich habe allerlei Arbeiten verrichtet, die notwendig sind, den Menschen am Leben zu erhalten, und ich bin dessen froh. Nach dem Bürgerkrieg gab es keine Läden, man konnte nichts kaufen. So zogen wir unseren eigenen Flachs und spannen Leinenfäden und woben unsere eigenen Bettlaken und Tischtücher und Wäschestücke. Wir färbten unsere Kleider, deren Stoff wir aus selbstgesponnenen Baumwoll- und Leinenfäden selbst gewoben und die wir selbst genäht hatten. Ich lernte, welche Farben man aus verschiedenen Kräutern und Rinden und aus allerlei Wurzeln gewinnen kann. Manchmal schlugen unsere Versuche fehl, doch trotzdem mußten wir die Kleider tragen, und wir schoren Schafe und wuschen die Wolle und krampten sie und spannen sie und woben sie. Ich bin froh, daß ich das alles gelernt habe."

Sie mußten sogar die Reifen selber machen, die man damals in den Röcken trug, und sie machten sie aus den langen Ruten der Haselnußstauden. Die waren recht brauchbar, solange sie nicht trocken wurden und einknickten. Ich erinnere mich, daß ich immer wieder eine Geschichte hören wollte, die sie gerne fröhlichen Auges erzählte.

„Wie mein Reifen einschnappte? Nun, eines Sonntags ging ich zur Kirche — natürlich mußten wir jeden Sonntag gehen, aber an diesem Sonntag sprach ein Missionar, und die kleine Kirche war sehr voll. Die liebe gute Mrs. Dunlop, die Frau des Pfarrers, saß neben mir. Sie war ein liebes Geschöpf, und ich liebte sie, aber sie war sehr dick und preßte sich die ganze Zeit an mich, so daß mir vorkam, als würde sie immer breiter und breiter. Zudem hatten wir einen heißen Sommertag. Nun, sie breitete sich immer mehr aus und stieß an meinen Reifen, und endlich — es war eigentlich gar kein großer Reifen, weil mein Vater keine allzu großen Reifen duldete —, und endlich also stieg mein Reifen an der Vorderseite hinauf und hob mir den Rock skandalös in die Höhe, und ich versuchte ihn hinunterzupressen, und das ging nicht. Nun war ich schon ganz verzweifelt, weil ein junger Bursche gerade hinter mir saß und ich ihn kichern hörte, und so gab ich dem Reifen einen festen, herzhaften Stoß, und da hörte man einen lauten Krach. Mein Haselnußreifen! Der Rock ging freilich ganz plötzlich wieder hinunter, aber ihr hättet ihn sehen sollen, als ich aufstand; er hing nur so an mir, dermaßen lang, daß er auf dem Boden nachschleifte. Die gute Mrs. Dunlop stellte sich vor mich, und hinter ihr ging ich zum Wagen und kletterte recht schnell hinein. Später lachten wir darüber und lachten immer wieder, aber an diesem Tag selbst schämte ich mich furchtbar, obwohl auch ich mir das Lachen nicht verbeißen konnte. Ich wußte, daß ich drollig aussah. Vater sagte, es sei die gerechte Strafe für meine Eitelkeit. Vielleicht hatte er recht, aber ich war immer der Ansicht, es sei bloß deshalb geschehen, weil die Gerten zu trocken waren und Mrs. Dunlops Ausbreitung nicht standhalten konnten."

Für uns amerikanische Kinder in der chinesischen Stadt gab es in diesem ganzen spannenden Bericht über das Leben unserer Heimat nichts Aufregenderes als die Geschichte vom Ahornzucker. Daheim erzeugte man damals nach dem Bürgerkrieg alles, was nur erzeugt werden konnte, und man kaufte nichts, mit Ausnahme der Schokolade, die Hermanus am Morgen haben mußte, und mit Ausnahme von Kaffee und Tee.

Bis zum heutigen Tag habe ich nie bei der Zuckergewinnung zugesehen, ja ich bin noch nicht einmal dabeigewesen, wenn der Baum angebohrt wird, damit man den süßen Saft sammle, aber im Geist habe ich es erlebt. Ich hatte dieses Erlebnis immer wieder und wieder in dem östlichen Land, nur in der Phantasie. Aber ich weiß, daß man in der kühlen Zeit beginnt, im frühen Frühjahr, wenn der Frühling eigentlich mehr Hoffnung ist als Wirklichkeit; da geht man hinaus und zapft die Bäume an, die im Herbst so golden schimmerten. Und das bedeutet, daß man ein kleines Loch bohrt und ein hölzernes Rohr hineinsteckt und einen Eimer darunter stellt; in den rinnt der süße Saft. Wenn die Eimer voll sind und genug Saft gesammelt ist, nimmt man sie alle und schüttet sie in den großen Eisenkessel im Zuckerlager. Die Jungens haben Holz gefällt, und der Kessel wird auf ein derbes Gestell gehängt. Dann macht man Feuer, und das Wasser beginnt zu kochen.

Das ist dann die Zeit für fröhliches Treiben, denn alle jungen Männer und Mädchen des Orts versammeln sich im Zuckerlager, sehen zu bei der Bereitung des Zuckers, legen Hand an beim Umrühren und schieben große Holzscheite unter den Kessel. Wenn Schnee kommt, und Schnee soll um diese Zeit kommen, unternimmt man zwischendurch Schlittenfahrten, und es gibt Scherz und Gelächter. Jedermann hat purpurrote Wangen, aller Augen sind hell und überall gibt es Frohsinn.

Wenn der Sirup dick genug ist, wird er in große Fässer gefüllt und bereitgestellt für die Buchweizenkuchen und Waffeln und Pfannkuchen des ganzen übrigen Jahres; will man aber festen Zucker haben, muß man den süßen Saft noch länger kochen, und es bedarf großer Erfahrung, genau zu wissen, wann der richtige Augenblick gekommen ist, daß man die heiße Masse in die kleinen und großen Formen gieße.

Große runde Formen lieferten die großen Zuckerhüte, die das ganze Jahr im Haus aufbewahrt wurden, aber es gab auch viele hunderte kleine herzförmige Zinnformen, auch gleich Sternen und Halbmonden und in vielen anderen Gestalten, und auch die wurden gefüllt. Der beste Spaß und am köstlichsten war es, den heißen Zucker auf den Schnee zu gießen und ihn zu essen, wenn er sich plötzlich abkühlte, so daß man gleichzeitig Hände voll Schnee und erstarrendem heißem Zucker in den Mund stopfte. Wenn dann alles zu Ende war und die Zuckerbereitung vorbei, ging man in der scharfen herrlichen Luft singend nach Hause, und keinem war jemals übel, obwohl man gar viel gegessen hatte — soviel das Herz nur begehrte. Das kam daher, daß es so rein war in den Wäldern, wo das Zuckerlager stand, und daß der saubere kalte Schnee alles bedeckte und die scharfe Luft einem für alles Kraft und Ausdauer gab. Ach, Carie, welche Träume von unserer Heimat hast du in uns wachgerufen!

Schnee! Wie sie uns den Schnee in Amerika vor den Blick zauberte! Manchmal, nach langen Zwischenzeiten, hatten wir ein kurzes Schneetreiben in der südchinesischen Stadt, in der wir wohnten, nur manchmal, an kühlen, feuchten Wintertagen. Da preßten wir das Gesicht an die Fensterscheiben und beobachteten, wie der Schnee, weiß vor dem grauen Himmel, herabkam und sogleich schmolz, sobald er die wärmeren schwarzen Dachziegel berührte. Ich erinnere mich, daß einmal im Hof der Wind in eine Ecke eine ganz dünne Schneeschicht angeweht hatte, dünn wie ein Hauch, aber dennoch aus Schnee. Wir liefen hinaus, wir hüpften und schrien: „Schnee — Schnee!“ In einem Winter von nie gehörter Kälte fiel wirklicher Schnee vor der Stadtmauer, und dort lag auf den unbebauten Grabfeldern mindestens ein Zoll hoch Schnee, und wenn man nicht allzu genau die Stoppeln betrachtete, die hervorstanden, sah die Welt weiß aus und sauber. Die Bambusstauden waren Federn gleich, bestäubt mit Schnee, und der junge Weizen stand frisch grün zwischen den weißen Hügeln der Gräber. Carie nagelte ein paar Bretter einer Kiste zusammen, die Kondensmilch enthalten hatte, band ein Seil aus Grashalmen daran, und so glitten wir auf diesem Fahrzeug die steilen Böschungen chinesischer Grabhügel hinab und träumten von amerikanischen Schlittenfahrten.

Als ich nach Jahren in den tiefen Wäldern der Blauen Berge Virginias wirklichen Schnee sah, wußte ich, daß ich ihn im Geiste die ganze Zeit richtig gesehen hatte und dies nur den Erzählungen dieser Amerikanerin dankte. Ich sah Wiesen unter dem Schnee, der sie bedeckte, friedlich und still schlafen. Ich sah Dächer unter großen Decken von Schnee, Fenster, die darunter hervorlugten, traut und fröhlich, Rauch, der zum ruhigen Himmel emporwirbelte. Es war alles genauso, wie sie gesagt hatte. Ehe ich noch um eine Biegung des Bergpfades schritt, rief mir mein Herz schon zu, die Schatten auf dem Schnee unter dem Schutz der Hügel müßten blau sein, und als ich um die Biegung kam, lagen dort blaue Schatten. Schon vor zehn Jahren hatte sie mir diese Schatten gezeigt, zehntausend Meilen von hier, so daß ich sie kannte.

All diese Schönheit ihres Heimatlandes senkte sich in die Jahre ihres Lebens zwischen der frühesten Kindheit und dem dreiundzwanzigsten Jahr, als sie fortzog. Da es das große Erbe ihres Vaters gewesen war, daß er ihr gezeigt hatte, wo man Schönheit findet, bedurfte sie jetzt kaum noch des Zeigens, denn sie hatte Augen, zu sehen.

Die weite Schönheit von Wiesen und Tälern und Bergen, die Schönheit der Jahreszeiten, wie sie der Reihe nach kommen, das alles sah sie mit nie versagendem Empfinden; aber auch kleine Schönheiten sah sie nicht minder rasch, kleine schöne Dinge: dicht wachsendes Moos, kleine Blumen und Insekten. Einmal beugte sie sich über eine bunte, grellrote und schwarze Spinne und streckte schließlich den kleinen Finger aus, die Farbe zu fühlen, die Spinne aber biß sie, und Caries ganzer Arm schwoll von dem Gifte an. Später schaute sie nur mehr, doch war es bezeichnend für ihren Gerechtigkeitssinn, daß sie immer wieder betonte, sie habe schließlich das Tier gereizt, und dessen Schönheit war ihr durch den Biß nicht getrübt.

Diese Liebe zur Schönheit und das unverzügliche Sichöffnen vor Schönheit waren also ein Teil ihres innersten Marks und ihres Blutes. Gefühl und Hingabe angesichts der Schönheit lebten stets in ihrem Wesen. Sie konnte sich an einer Wiese, die im Frühlingssonnenschein lag, berauschen, konnte strahlend lachen und beinahe tanzen. Aber ebensosehr liebte sie die Schönheit sauberer, einfacher, stetiger Dinge. Für sie lag Schönheit nicht nur in einem Bergsee im Mondschein, sondern auch in einem Zimmer, das man ruhig und sauber und frisch gemacht hatte, oder in frischgewaschenem, glänzendem Geschirr. Ich erinnere mich ihrer Worte, eine der Freuden in den harten Zeiten nach dem Bürgerkrieg habe darin bestanden, daß neues Geschirr gekauft werden mußte und daß man einstweilen jeden Tag das blau-weiße Porzellan mit dem Weidenmuster und die dünnen geschliffenen Weingläser verwendete, die die Großeltern aus Holland mitgebracht hatten. Jeden Tag wusch sie sie aus freien Stücken und zog dies jeder anderen Hausarbeit vor, damit sie solche Zartheit mit den Händen befühle. Dies blieb ihr für alle Tage ihres Lebens eine Erinnerung an Schönes.

Ihre Natur war sinnlich. Sie liebte die Berührung mit Dingen, mit Seide, Porzellan, Leinen und Samt, liebte die Zartheit der Rosenblätter, die Rauheit der Tannenzapfen. Ich kann mich erinnern, daß sie glatte, steif trokkene Bambusblätter in die Hände nahm und rieb. „Wie hart und glatt und schön!" murmelte sie. Sie hatte einen ungewöhnlich scharfen Geruchssinn. Eine der Martern ihres Lebens im Osten war der Gestank von Jauche und menschlichem Unrat, ein Geruch, der über die Stadtmauer in den Garten drang, denn dort ist der Abfall der Stadt der wichtigste Dünger für die Felder, die man damit begießt, um der Erde reiche und rasche Frucht abzuringen.

Für ewige Zeiten erinnere ich mich des ersten Males, da wir in ihre Heimat zurückkehrten. Bis zu den Knien stand sie da im Gras einer Wiese oder vielleicht in einem Wald und tat einen tiefen Atemzug nach dem anderen, oder sie schnupperte rasch und kurz und lebhaft — ein leichtes Verkosten der Düfte.

„Was gibt's?" riefen wir, denn wir wollten uns nichts entgehen lassen, und ihre Antwort klang fröhlich: „Ich rieche bloß das alles! Wißt ihr, eins der schönsten Dinge an unserem Amerika ist sein Geruch — sein schöner, schöner G e r u c h !"

Sie liebte es, eine Handvoll Tannennadeln zu nehmen, sie in den Händen zu reiben und an die Nase zu halten, und sie wurde trunken vom Tannenduft und schloß in Verzückung die Augen. Und das waren die Gerüche, die sie liebte: reine, scharfe Gerüche, oder der zarte Duft einer Teerose. Viele der orientalischen Blüten mochte sie deshalb nicht leiden, weil sie ihren schweren süßen, moschusartigen Duft nicht ertrug.

In musikalischen Dingen hatte sie ein gutes, gründliches Wissen, dennoch blieb die Musik für sie in erster Linie Erlebnis und Gefühl. In den Jahren meiner ungeduldigen

Halbwüchsigkeit ärgerte ich mich darüber, daß sie ernste Musik nicht hören konnte, ohne daß ihr die Tränen über die Wangen strömten, doch waren dies nicht Tränen des Schmerzes, sondern Mitschwingen eines Herzens, das allzu fein gefügt und gefühlvoll war, um die Schönheit der Musik ungerührt zu tragen. Mit dem Hochmut meiner Jugend sagte ich: „Wenn du die Tränen nicht zurückhalten kannst, warum willst du dann immer wieder Musik hören?"

Sie warf mir einen ihrer tiefen, festen Blicke zu und erwiderte endlich: „Du verstehst das nicht. Wie könntest du auch? Du hast noch nicht Zeit gehabt zu leben. Eines Tages wirst auch du lauschen und wirst hören, daß die Musik nicht Technik und Melodie ist, sondern der Sinn des Lebens selbst, unendlich traurig und unerträglich süß. Dann wirst du es verstehen."

In ihrer großen Liebe für Farben lag ein sonderbarer Widerspruch. Sie gab immer zarten und fein abgetönten Schattierungen den Vorzug. Ich habe viel darüber nachgedacht, denn in ihrem Wesen lagen eine Leidenschaft und ein Ungestüm, das mir nach barbarischeren Schattierungen zu rufen schien, und ich habe eine Theorie, mag die nun richtig sein oder nicht, daß die Menschen in ihrer instinktiven Wahl von Farben sich am wahrhaftesten offenbaren. Das Rot und Gelb des alten kaiserlichen China waren ihr immer verhaßt. Ich glaube, in diesen Farben war eine Hingabe, die sie erschreckte — eine Hingabe an das Körperliche. Ich glaube, das erschreckte sie, weil sie in ihrem eigenen Blut etwas allzu Leidenschaftliches spürte und Angst hatte vor ihrem eigenen Gefühl. Nein, sie wählte als Lieblingsfarbe das blasse, kühle, rosige Gelb einer Teerose, die neben den Verandastufen wuchs — einer amerikanischen Teerose —, und sie liebte auch die warme Zartheit des altmodischen Lachsrot. Später, als ihr Haar weiß war und sie Kleider aus silbrigem Grau zu tragen begann, war immer irgendwo eine dieser beiden Farben vertreten. Ich glaube, sie wußte, daß in ihr eine gewisse heidnische Eigenschaft lag, eine Leidenschaft, ein Temperament, das allzu kräftig und lebensfroh war, und das Puritanische in ihrem Blut und ihrer einstigen Erziehung kämpfte erbittert dagegen an.

Wenn sie aus dem einsamen Grab, in dem sie jetzt liegt, zurückkommen könnte, würde sie sich wahrscheinlich über die Worte nicht freuen, die ich soeben niedergeschrieben habe. Sie würde mich verwirrt ansehen und sagen: „Habe ich nicht mein ganzes Leben gerade gegen diese Dinge gekämpft, die du mir jetzt, da ich tot bin, nachsagst?“ Und ich würde, wenn ich könnte, antworten: „Ach ja, wir sahen den Kampf, aber weißt du denn nicht, daß wir dich gerade wegen dieser Dinge liebten, die du an dir haßtest?“

Denn wenn wir an sie denken und von ihr sprechen, fühlen wir in ihr zwei verschiedene Persönlichkeiten. Die eine ist dieses warme, fröhliche, sinnliche, heißblütige Wesen, eine Frau, rasch bereit, das Lächerliche zu sehen, eine geborene Schauspielerin und Mimikerin, die uns alle lachen machte, wenn sie in einer ihrer spaßhaften Launen war und anfing, Stimme und Haltung und Art irgendeines Menschen nachzuahmen, oder sie riß uns alle mit in einen fröhlichen Chor, oder sie warf an einem Sommertag ganz plötzlich die Arbeit hin, um einen Ausflug vorzuschlagen. Die andere Persönlichkeit ist die puritanische, die praktisch-mystische, die Gott nachstrebte, ihn aber nie erschaute, die immer weitere Gebete und Stunden tieferer Weihe, größerer Andacht plante, aber nie ganz erreichte, was sie plante, und aus diesem Gefühle religiöser Unzulänglichkeit leidenschaftlich streng gegen sich und gegen die andere Seite ihres Wesens war, gegen die leidenschaftliche und gefühlvolle Seite, die, wie sie gelernt hatte, schlecht war und von Gott fortführte.

Wenn ich über die Zeit ihres Lebens nachdenke, die ihr die Form gab, beginne ich diesen Zwiespalt ihrer innersten Natur zu verstehen. Von Hermanus hatte sie die Liebe zur Schönheit, ein Gefühl, untrennbar von ihrem Wesen. Von ihren wackeren holländischen Großeltern die praktische Entschlossenheit, die sie nicht rasten ließ — die Fähigkeit, sich um der Gerechtigkeit willen aufzuopfern, lag ihr tief im Blut. Sie war in der Überlieferung aufgewachsen, wie jene für Gott alles hinter sich ließen und in ein neues Land zogen. Sie stammte von Pilgern ab. Aber in dieser an sich schon nicht einheitlichen Mischung war auch noch das fröhliche, praktische, nicht allzu religiöse Herz der kleinen französischen Mutter, die nicht Gott leidenschaftlich geliebt hatte, sondern in erster Linie Hermanus und ihre Kinder und erst dann, um ihrer Lieben willen, auch den lieben Gott.

Dennoch lernte ich in späteren Jahren, als ich mein Land und dessen Leute genauer kannte, auch Carie besser kennen. In dieser Ungleichmäßigkeit, in ihrer Vielfalt und Verschiedenheit, die auf die unähnlichen Quellen ihres Blutes, auf das Pioniererbe, auf die lebhaften und elementaren Erlebnisse ihres Daseins zurückgingen, war sie erst recht amerikanisch.

Denn trotz all dem frohen Leben in dem großen weißen Haus, trotz dem Musizieren und der Schule und den Gesellschaften im Dorf fühlte sich Carie nicht immer glücklich. Vielleicht war niemand zu ihrer Zeit ganz glücklich, denn man mußte immer an seine Seele denken.

In ihren freudigsten Augenblicken entsann sie sich ihrer Seele. Manchmal hielt sie beim größten Spaß, wenn ihre Freunde ihren Scherzworten, ihrem Necken und Lachen lauschten, plötzlich inne, als ob eine kalte Hand sich ihr ans Herz legte, und sie dachte entsetzt: Was wird aus meiner unsterblichen Seele? Manchmal, wenn sie im Haus arbeitete und einen Augenblick rastete, um durch die offene Tür in den Garten zu schauen und sich zu fragen, ob es im Himmel schöner sein könne, jagte ihr scharf die Furcht durch den Sinn: Aber ich bin noch nicht gerettet — werde ich in den Himmel eingehen?

Es war sehr schwer, nicht an solche Dinge zu denken. Lange Gottesdienste in der Kirche am Sonntag, Gebete daheim zweimal am Tag, die sanft eindringlichen Fragen des Seelenhirten, der Wunsch der Eltern, ein jedes ihrer Kinder „gerettet" und als treues Mitglied der Kirche zu sehen — all das hielt sie ab, völlig glücklich zu sein.

Doch war es nie die Angst vor der Hölle, was Carie dazu trieb, Gott finden zu wollen. Eigentlich habe ich sie nie ängstlich gesehen, und ich glaube nun und nimmer, daß irgend jemand imstande gewesen wäre, ihr eine Hölle furchtbar genug auszumalen, daß sie gegen ihren Willen etwas getan hätte. Nein, sie hegte den leidenschaftlichen Wunsch, gut zu sein. Sie sagte uns gar oft: „Es ist so schön, gut zu sein — mein Kind, sei gut, denn das ist das Herrlichste auf Erden." Sie wollte Gott suchen, denn dies war, so hatte man ihr gesagt, der einzige Weg, gut zu sein. Die Güte, die man selber hatte, war nichts anderes als schmutziger Tand, es sei denn, man suchte Gott.

Sie erzählte mir einst, daß sie in den Jahren des Heranwachsens durch die Rastlosigkeit dieser Suche unglücklich gewesen sei. Eine nach der anderen der leichtherzigeren Freundinnen wurde „bekehrt" und nahm das Abendmahl. Aber Carie saß meuternd und verzweifelnd in der kleinen Kirche und lehnte Brot und Wein kopfschüttelnd ab. Sie wollte weder sich noch sonst jemanden betrügen. Sie hatte gebetet und gebetet.

In ihrem Tagebuch finde ich aus jener Zeit die Eintragung: „Zwischen meinem zwölften und fünfzehnten Jahr ging ich oft eine Woche lang Tag für Tag in die Wälder hinaus, hinter die Scheune, kroch durch ein Gebüsch von Holunder in eine kleine Höhle und warf mich zu Boden und schrie zu Gott empor, er solle mir ein Zeichen geben — irgend etwas, daß ich an ihn glauben könnte. Manchmal schwor ich, ich würde wie Jakob nicht von der Stelle gehen, ehe er mir ein Zeichen gegeben. Doch das kam nie. Das Bimmeln der Kuhglocken sagte mir, daß es Abend sei und daß die Kühe zum Melken heimkehrten, und so mußte auch ich ins Haus und den Tisch decken."

Wieder und wieder trug sie ihre Seelenkämpfe zu der Lehrerin der Sonntagsschule, zu Mrs. Dunlop, der Gattin des Priesters, und die freundliche, gelassene Frau versuchte, dieses leidenschaftliche, ehrliche Herz „zum Heil zu führen".

„Schenke dich Gott, mein Kind — das ist alles", sagte sie, voll Liebe für dieses dunkle, aufrichtige Mädchen, das sie nie ganz verstehen konnte. „Gewiß ist es doch eine sehr leichte Sache, daß du dem lieben Gott dein Herz schenkst?"

Aber Carie wollte mehr haben. „Ich will fühlen, daß Gott es annimmt!" rief sie. „Ich kann mich schenken, aber warum nimmt er mich nicht? Warum gibt er mir kein Zeichen?"

Das überstieg das Verständnis der alten Mrs. Dunlop. Sie konnte nur geduldig wiederholen: „Schenke dich bloß — schenke dich bloß, mein Kind!"

Es waren stürmische Jahre für Carie. Ihre Verzweiflung darüber, daß sie Gottes nicht sicher sein konnte, führte sie oft in die entgegengesetzte Stimmung der Bedenkenlosigkeit und einer Fröhlichkeit, die zu wild war, um Glück zu sein. Manchmal erkannte sie voll Grauen das Wirrsal in ihrem jungen Blut und fühlte sich hoffnungslos verworfen. Sie ängstigte sich vor den Anfängen der Begierde.

Sie war zu jener Zeit ein dunkles, hübsches Mädchen, reif für ihre Jahre, voll lebhaftem Frohsinn, gerne bereit zu lachen, aber doch ernst in ihren Zeiten des Ernstes. Sie hatte rote Lippen und blühende Wangen, und eine Masse natürlicher kastanienbrauner Locken hing ihr in einem „Wasserfall" über den Kopf.

Was das Erlebnis war, das sie zu jener Zeit hatte, weiß ich nicht genau, denn sie sprach davon zu niemandem. Ich weiß nur, daß sie während jener Jahre sich leidenschaftlich in den hübschen Jungen mit der drolligen schönen Stimme verliebte, der sie einst, als ihr Rockreifen zusammenklappte, in der Kirche ausgelacht hatte. Er war jetzt ein junger Mann, groß und blond und hübsch, und tat sich etwas darauf zugute, zu den „Ungläubigen" zu zählen; dennoch kam er des Gesanges wegen in die Kirche und wohl auch Caries wegen. Sie trafen auch in der Gesangsschule zusammen, wöchentlich an einem Abend.

„Er konnte einem das Herz aus dem Leib singen", sagte Carie wider Willen, mit ernstem Blick. Dies sagte sie als schon grauhaarige Frau, aber ich konnte in ihren Augen sehen, daß beim Gedanken an ihn die Erinnerung noch immer warm war. Darüber hinaus sagte sie uns kein Wort. Ich glaube, sein großer hübscher Körper sprach unerträglich zu ihrem heißen Blut, und die Puritanerin in ihr hatte Todesangst vor ihm. Ob er sie lange Zeit liebte, weiß ich nicht.

Daß er sie mit besonderen Blicken betrachtete, das weiß ich, denn wenn man in sie drang, gab sie zu, daß er „nett" zu ihr war, und daß sie ihm „Einhalt gebieten" mußte, weil sie nicht den Wunsch hegte, ihn zu heiraten.

„Warum nicht?" fragten wir, denn er erschien uns romantisch.

„Weil — weil — er nicht gut war. Er trank und er entstammte einer Familie, die trank. Es ist nicht leicht, gut zu sein, und ich fürchte, wenn ich ihn geheiratet hätte, wäre ich vielleicht geworden wie er."

Ob Carie für sich allein auf diesem Standpunkte hätte beharren können, ist nicht gewiß. Doch war das zufällig in dem Jahr, da ihre kleine Mutter erkrankte, und Carie wurde aus dem jugendfrohen Leben ihrer Welt gerissen und mußte Tag und Nacht an der Seite des Todes verbringen. Als sie zusah, wie ihre Mutter langsam dahinschwand, legte sie das Gelübde ab, immer das Gute zu wählen und nicht das Böse, der rauhen Seite des Lebens zu folgen und nicht der fröhlichen und, solange sie lebte, gegen die Sinnlichkeit anzukämpfen, die ihr, das wußte sie nur zu gut, im Blute lag. Sie wollte gut sein; sie wollte bis zum äußersten sich selbst verleugnen; sie wollte sich Gott schenken. Wie konnte sie sich am völligsten verleugnen? Wenn sie ihr ganzes Leben und ihr Selbst nur Gott schenkte, dann gab er ihr vielleicht ein Zeichen, und so konnte sie ihm folgen und ihn finden.

Denn angesichts dieser plötzlichen Krankheit vergaß Carie ihrer eigenen Seele in einem neuen Entsetzen. Die Mutter hatte Carie ganz offenkundig mehr geliebt als alle anderen Kinder. Carie konnte so oft mit ihr lachen. Carie hatte so flinke Hände. Sie war so tüchtig beim Kochen und so sparsam. Sie war es auch, die das Kräutersammeln und die Gartenarbeit am meisten von allen Kindern liebte. Und sie war kräftig. Manchmal ergriff sie ihre Mutter und hob sie hoch in die Höhe wie ein Kind und drohte ihr, sie nicht niederzustellen, ehe sie ihr versprach, nicht so schwer zu arbeiten oder mehr zu essen. „Du großes, böses Mädel!" rief dann die kleine Frau, und sie tat so, als wäre sie gekränkt. „Stell mich nieder — sofort, sag' ich! Ich bin deine Mutter!" Aber sie mochte es gerne und verließ sich immer auf ihre Tochter. Und Carie hatte ihre Mutter mehr als lieb. Sie zollte ihr Bewunderung, und die beiden waren innig vertraut, das heißt bis auf jene dunkle Suche nach Gott. Da mußte Carie allein gehen, denn die kleine Französin konnte die Sehnsucht im Herzen ihrer Tochter nicht verstehen. Zur Kirche gehen, niederknien, wenn der Vater betete, das Haus sauber halten und die Mahlzeiten möglichst gut zubereiten — das genügte für eine Frau. So sagte Carie nichts, aber sie liebte ihre Mutter überaus zärtlich, weil diese so kindlich war.

Und jetzt in ihrer Krankheit wurde die Mutter in Wahrheit zum Kind und klammerte sich an ihre große Tochter.

Die Krankheit war rasch gekommen; an einem Wintertag ging die Mutter in den kalten Keller, um aus einem Topf eine Schüssel mit Pickles zu füllen, und weil der Topf leer war, blieb sie länger im Keller, um einen anderen zu öffnen, und so erkältete sie sich. Das wurde bald zu einem rüttelnden Husten und dann zu einer rasch vorwärtsschreitenden Schwindsucht. Obwohl Carie nicht glauben wollte, daß ihre Mutter todkrank sei, war sie doch viel zu ehrlich, die Wahrheit nicht zu erkennen.

Nicht daß sie Furcht gehabt hätte — nein, nicht einmal vor dem Tod. Tapfer machte sie alles durch. Sie war munter am Lager der Kranken, hielt das Krankenzimmer spiegelnd sauber und freundlich mit immer frischen Blumen, wusch und stärkte und plättete die kleinen Spitzenhauben, die die Mutter trug, nähte ihr hübsche Bettjacken und legte all ihre einstige Freude am Ankleiden von Puppen in die Fürsorge für die kleine hohläugige Frau in dem großen Bett.

Jetzt zog Hermanus in ein anderes Zimmer, und Carie schlief neben ihrer Mutter; sie erwärmte mit ihrer stämmigen Jugend den kleinen gebrechlichen, kalten Körper und ließ nicht zu, daß ihre Mutter Furcht hege.

Doch einmal verfiel die Mutter nachts in furchtbares Husten, und Carie lief zu ihr, ihr den Kopf zu heben. Da blickte ihre Mutter sie an, krank und gerüttelt, und stöhnte: „Kind — ist das — der — T—o—d?“ Sie buchstabierte das Wort geradezu.

Plötzlich konnte Carie die Angst im Blick ihrer Mutter nicht ertragen. Oh, wenn sie nur Genaues über Gott gewußt hätte — wenn sie ihrer Mutter nur hätte sagen können: „Ich weiß.“

Sie mußte ein Zeichen haben . . . Sie wollte sich schenken. „Ich will mein ganzes Selbst Gott schenken — mein ganzes Leben“, flüsterte sie leidenschaftlich. Ihr Sinn ging bedenkenlos auf ferne Suche. Es durfte keine Halbheit geben — kein Opfer, das nicht vollständig gewesen wäre. „Ich will Missionarin werden, um mich dann völliger zu schenken.“

Jählings kam das Ende. Die Mutter stieß einen leisen Schrei aus, und Carie hob sie in den Armen hoch. Sie sah, wie die trüben Augen ihrer Mutter hell wurden. Ein flüchtiges Lächeln der Überraschung verzog ihre weißen Lippen, und sie keuchte: „Wie? Es ist also alles — w a h r !“

Für einen plötzlichen Augenblick schaute sie klar durch die Wände in die Weiten einer anderen Welt und dann starb sie. Carie, die den Ruf hörte und den Blick der Mutter sah, fühlte ihren Herzschlag stocken. W a r d a s d a s Z e i c h e n G o t t e s ? In tiefer Andacht legte sie ihre Mutter zart nieder.

ZWEITES KAPITEL

So weihte Carie ihr Leben dem Dienst Gottes. Festen Sinnes schickte sie sich an, ihr Gelübde zu erfüllen. Es war tragisch, wie sehr die Mutter ihr fehlte. Jetzt konnte sie am Abend nie wieder so leichten Herzens singen, weil dieses kleine friedliche Wesen fort war, und sie bewahrte im Gedächtnis die Stunde, da sie sich Gott geschenkt.

Aber noch immer gab Gott kein Zeichen, daß er ihr Geschenk annahm. Sie hatte zu warten, bis sie klar erkannte, was jetzt als nächstes zu tun war; einstweilen aber mußten die Tage verstreichen wie früher, in Arbeit und Schule. Nur war sie jetzt ruhiger und festeren Herzens. Sie lehnte es ab, sich an den Unterhaltungen des Dorfes zu beteiligen. Sie wollte nie wieder mit Neale Carter ausgehen. Sie studierte eifrig und bereitete sich vor für das, was sie versprochen hatte.

Der Gedanke an die Missionstätigkeit war ihr nicht neu. Mehrere Male waren in die kleine Dorfkirche hagere sonnverbrannte Männer gekommen, Missionare aus fernen Ländern, und hatten flammende Worte und Erzählungen mitgebracht. Wider Willen hatte sie gelauscht, hingerissen von den mutigen Abenteurern im Dienste Gottes. Aber sie selbst hatte noch keinen „Ruf" erhalten. Das hätte doch bedeutet, daß sie Amerika verlassen mußte! Sie konnte Amerika nicht verlassen. Und jedesmal stahl sie sich aus der Kirche, dem Blick des Missionars ausweichend, froh und erleichtert.

Jetzt war das alles anders. Sie mußte bereit sein zu

gehen — sie war bereit. Sie hatte es versprochen. Sie ging ruhig ihren Arbeiten im Hause nach, aber wenn irgend jemand diese Ruhe bemerkte, sagte er bloß: „Carie nimmt den Tod ihrer Mutter sehr schwer.“ Doch ging es viel tiefer. Sie begann jetzt schon, den Schnitt durch ihr Leben zu tun, war bereit, daß ihr ein Weg gezeigt werde.

Zwei Jahre vergingen, und als die Zeiten besser wurden, entdeckte Hermanus, daß sein Steckenpferd von praktischem Nutzen war, denn nach den härtesten Tagen des Wiederaufbaus kamen die Leute von fern und nah und brachten ihm Uhren zum Reparieren und Steine zum Fassen. Er verfertigte auch Taschenuhren, nach denen große Nachfrage herrschte. Es wohnte eine Art Zauber in seinen schlanken, beweglichen Fingern, ein Zauber, der dem verstocktesten Uhrwerk Bewegung ablockte. Zum erstenmal im Leben trug er zum Einkommen der Familie ansehnlich bei.

Cornelius war jedoch noch immer die Hauptstütze mit seiner Tätigkeit als Lehrer und Pflanzer. Die beiden älteren Schwestern hatten in ihren tüchtigen Händen die Führung des Haushalts und die Pflege der jüngeren Kinder. Die große Sorge der Familie war Luther, der jüngere Sohn, der an Wesen und Erscheinung Carie am meisten ähnelte. Doch während in ihr ein starker Wille zur Selbstzucht lebte und der ehrliche Wunsch, gut zu sein, war in ihm in seiner Jugend der Körper der Herr. Er lehnte sich auf und wollte nach Westen ziehen, wo damals die Goldfelder jeden jungen Mann anlockten, der einen Tropfen Wanderlust in den Adern hatte. Doch die Familie vereinigte sich, ihn zurückzuhalten, er aber hatte immer die Mutter am meisten geliebt, und sie hatte ihn verstanden, und jetzt, da sie nicht mehr war, fiel es schwer, ihn zu bändigen. Hermanus wollte ihn in einem mächtigen Jähzornanfall gründlich verprügeln, aber der Junge überragte ihn, ein großer schwarzäugiger, schwarzhaariger junger Mann, und der kleine, hochmütige, angriffslustige Vater konnte seinen Wunsch nicht in die Tat umsetzen, so gern er es auch getan hätte. Cornelius verprügelte seinen Bruder einmal auf Geheiß des Vaters, doch dann warf er, Ekel im Herzen, die Peitsche fort und weigerte sich, es wieder zu tun. Nichts schien mehr den gewohnten Lauf zu nehmen, seit die Mutter gestorben. Doch irgendwie ging das Leben der Familie weiter, und Carie wartete noch immer in angespanntem heimlichem Entschluß.

Zur Zeit, da sie achtzehn Jahre zählte, war der alte Dr. Dunlop, der Priester ihrer Kindheit, bereit, in den Ruhestand zu treten, denn er war schon fett geworden und schläfrig beim Gottesdienst; es zeigte sich deutlich, daß ein neuer Priester kommen mußte. Bei dieser Frage ergriff Hermanus die Führung, wie er es bei allem im Orte tat, und nach vielem Wählen und vielem Sichten der verschiedenen jungen Männer, die ins Dorf kamen, um Probepredigten zu halten, wurde ein großer ernster Mann gewählt, jung an Jahren, doch mit den Merkmalen früher Gereiftheit, dank seiner Erfahrung im Krieg. Er kam aus demselben Staat, aus der Nachbargrafschaft Greenbrier. Sein Vater war dort ein führender Landwirt; nach dem Krieg hatte der junge Mann in der Schule unterrichtet und dann das Seminar besucht. Aus College und Seminar war er mit einer ganzen Menge von Auszeichnungen hervorgegangen, darunter einer besonderen Belobung für seine erstaunlichen Fähigkeiten in den Sprachen, besonders in Sanskrit, Arabisch, Hebräisch und Griechisch. In dem kleinen Dorf hatte man für humanistische Bildung etwas übrig, und Hermanus pflegte in seiner Familie kulturelle Überlieferungen, an denen er von jeher festgehalten hatte. Zudem war der junge Priester von angenehmem Äußern, groß, freundlich und hellblond, und hatte eine zarte, kleine, wuschelköpfige Frau, die er auf dem Arm tragen konnte wie einen hübschen Arbeitssack. Seine Probepredigt war, was die Lehre betraf, orthodox, und er erklärte die traditionellen Seiten der Vorausbestimmung und des freien Willens befriedigend; zudem war die Predigt lang und handfest und überstieg bei weitem das Verständnis der meisten jüngeren Gemeindemitglieder. Das genügte. Er war der Richtige.

Im selben Sommer, nachdem er ins Dorf gezogen war und sich in dem von Schlingpflanzen bewachsenen Pfarrhaus neben der weißen Kirche niedergelassen hatte, erhielt er den Besuch seines jüngeren Bruders, der noch im College studierte, und diesen jungen Mann müssen wir erwähnen, im Hinblick auf Carie. Er war ein Student, der nach dem Priesterberuf strebte, ein hochgewachsener, magerer Jüngling mit kurzsichtigen blauen Augen und unbestimmtem, mystischem Blick, mit freundlicher Stimme und mildem Lächeln. Er war sehr schüchtern und still und lehnte festen Sinns alle Einladungen in den Chor oder in die Singschule ab. Er erwiderte lächelnd, er habe sehr viel zu tun — er müsse mit seinem älteren Bruder lesen. An Sonntagen saß er ein wenig abseits und schien niemanden zu sehen; sein Gesicht zeigte einen Ausdruck hingerissener Inbrunst. Wenn Carie ihn ansah, was sie nicht oft tat, erschien er ihr als ein außerordentlich frommer junger Mann, dem es vielleicht einigermaßen an Humor fehlte, der aber gewiß sehr gut sein mußte. Ihr eigener Humor war für sie eine ewige Ursache des Strauchelns. Sie schämte sich sehr, daß sie noch immer komische Dinge bemerken konnte, selbst wenn sie sich bei Begräbnissen ereigneten, und mehr als einmal hatte die Lachlust sie zu ihrer argen Beschämung sogar in der Kirche befallen. Und auch an solche alberne Kleinigkeiten dachte sie voll Reue, zum Beispiel, wenn sich die Fliegen in dichten Massen im Tüll auf dem Hut der kleinen Miss Nelson sammelten, die die Orgel spielte. Dort verfingen sie sich unverzüglich in den Falten des Stoffs und begannen verzweifelt zu summen und zu schwärmen; unter diesem Wirrwarr saß Miss Nelson, eine kleine schüchterne Dame in mittleren Jahren, halb ohnmächtig da vor Verlegenheit, scharlachrot im Gesicht. Mindestens einmal während jedes Gottesdienstes lief sie zwischen zwei Chorälen hinaus und kam zurück, befreit von dieser Pest, doch dauerte es immer nur kurze Zeit, ehe die süßliche Stärke des Tülls neue Fliegen anlockte; sie kamen durchs Fenster hereingesegelt und strebten geradenwegs diesem Hut zu. Sommer für Sommer war dieser Tüllhut eine Fliegenfalle und ein großer Spaß für die jüngeren Mitglieder der Gemeinde.

Aber der Bruder des Priesters sah solche Dinge in der Kirche nicht einmal. Seine Gedanken waren anderswo — ohne Zweifel dort, wo sie sein sollten. Carie, die sich immer gedemütigt fühlte durch das Mißverhältnis zwischen dem Erreichten und dem Erstrebten, wurde ernst, wenn sie diesen Ausdruck der Anbetung auf dem harten, ein wenig blassen jungen Gesicht sah. Aber wenn sie mit ihm sprach, war es anders. Sie achtete ihn gar sehr, schenkte ihm jedoch kaum einen Gedanken. War denn nicht die Missionstätigkeit ihre Zukunft?

Als sie neunzehn Jahre zählte, hatte sie alles gelernt, was Cornelius sie lehren konnte, und er wollte nicht, daß ihr lebhafter und blendender Geist sich damit zufriedengäbe. Die Familie hatte ihr Vermögen nach dem Krieg wiedergewonnen, man brauchte jetzt das Mädchen nicht allzu notwendig im Haus. Luther hatte sich beruhigt und war endlich einverstanden, zur Schule zu gehen und „eine Erziehung zu genießen“, und Cornelius beschloß, Carie in ein Seminar für junge Damen zu schicken, damit ihr jede Möglichkeit geboten sei, nicht nur ihren Geist zu entwickeln, sondern auch ihre kraftvolle, schöne Stimme.

Das durfte kein gewöhnliches Seminar sein. Abgesehen von dem üblichen Stundenplan forderte Hermanus auch, daß die Anstalt einwandfrei sei, was die religiöse Lehre betraf — also presbyterianisch —, und daß der Nachdruck bei der Erziehung auf die Moral und auf sittsames Betragen gelegt werde. Nach langem Suchen fand man die ideale Schule: Bellewood Seminary, bei Louisville in Kentucky.

Dorthin zog Carie in ihrem neunzehnten Jahr, mit wilderregtem Herzen. Sie hatte zur Reise, besonders für das Dampfschiff, ein neues braunes Kaschmirkleid angelegt. Das hatte hinten einen großen Bausch, sechs Rüschen um den Saum des Rockes und an Brust und Manschetten cremefarbene gefältelte Spitzen. Ein hübsches braunes Hütchen, mit den gleichen Spitzen gesäumt, saß hoch auf ihrem Lockenhaar. Sie war überaus zufrieden mit ihrem Äußeren, obwohl sie zu ihrem Bedauern fand, daß ihr Mund ein wenig groß sei. Doch hatte sie damals die rötesten Lippen, die man sich vorstellen kann, und rosig erblühte Wangen. Einmal, viele Jahre später, fragte ihre kleine Tochter naiv: „Mutter, warst du als Mädchen hübsch?“ Da tanzte das Licht in den goldigbraunen Augen, und sie antwortete bescheiden: „Neale Carter schien dieser Ansicht zu sein, als er von mir Abschied nahm!“

Die nächsten zwei Jahre im Bellewood Seminary waren glückliche Jahre, reich an Freundschaften. In ihrer Klasse gab es siebzehn Mädchen, und sie selbst wurde zur Führerin unter ihnen und errang in bemerkenswertem Maß der Kameradinnen Liebe. Sie hatte eine so umfassende Natur, daß sie jedes Menschenwesen ins Herz schließen konnte, und es war merkwürdig, wie verschieden ihre Freundschaften waren. Als Schlüssel für augenblickliche Anteilnahme diente es, wenn jemand Liebe und Hilfe brauchte.

Ich glaube, Neale Carter gewann sie wahrscheinlich mehr dadurch als durch irgend etwas anderes — er brauchte sie nämlich, daß sie ihn bessere. Wenigstens erzählte sie uns, daß er sie damit beinahe gewonnen hätte, aber ihr scharfer und unabhängiger Humor entdeckte, daß er sich bei seinem nächsten Fall — er war dem Trunk ergeben — ein wenig zu sehr freute, zu sündigen, damit er Vergebung finde, und so verlor er sie.

Ich habe hier als Andenken an ihre Schultage zwei Aufsätze in der schönen, spinnwebendünnen Handschrift jener Tage. Der eine heißt: „Königin Esther". Es ist eine Abhandlung über das Opfer, das die jüdische Königin ihrem Volk brachte — immer dieser Zauber der Selbstaufopferung! —, und darüber, wie Esther bereit gewesen, ihr Leben — hätte es notgetan — ihrem Volke zu weihen. Aber der Aufsatz endet mit der entzückend naiven Versicherung, daß die, die recht handelten und auf Gott vertrauten, gewißlich des Lohnes teilhaft würden.

Für den anderen Aufsatz erhielt sie eine goldene Medaille, an der ein Ring befestigt war, so daß man sie an einem schmalen Band um den Hals tragen konnte. Auch dieser Aufsatz ist überaus schön geschrieben, ohne eine einzige Ausbesserung. Es handelte sich hier offenbar um einen Klassenwettbewerb über ein moralphilosophisches Thema. Der Aufsatz ist voll von inbrünstiger religiöser Dogmatik. Ich kann daraus sehen, daß Carie, wenigstens mit zwanzig Jahren, jenes ungern zufriedene Ringen ihrer Mädchentage weit von sich geworfen hatte und eine junge Dame geworden war, gewillt, edel und christlich zu sein. Beinahe würde ich sagen, daß in diesen Zeilen Heuchelei liegt, wenn ich nicht genau wüßte, daß in Carie immer auch jene andere Seite bereit war, humorvoll jeder Laune nachzugeben. Die Erklärung liegt darin, daß sie bis ans Ende ihres Lebens die Feder nicht zur Hand nehmen konnte, ohne daß sich Feierlichkeit über sie gesenkt hätte, und so schrieb sie allerlei gottgefällige Ermahnungen nieder, in Wirklichkeit Ermahnungen für Carie selbst. Schon in diesem kleinen Tagebuch spendete sie sich solcherart Stärke. Ich glaube eigentlich, daß das Geheimnis daran die Notwendigkeit war, ihre eigene Seele zu stützen, eine Notwendigkeit, die Carie immer deutlich fühlte. Sie predigte sich ohne Unterlaß Moral, voll Angst, ihr lachendes Herz könnte sie doch noch irreleiten.

Eins ist gewiß: wäre sie die Person gewesen, die man hier in dem Aufsatz „Moralische Beweise für das Christentum", in diesem ausgezeichneten und absurden Aufsatz, findet, sie hätte nicht die allgemeine Liebe ihrer Schulkameradinnen so sehr erringen können, daß manche von ihnen ihr bis an ihr Lebensende schrieben. Die Mädchen der Klasse, die fünfundzwanzig Jahre nach Absolvierung der Schule noch am Leben waren, machten ihr eine hübsche Fleckchenbettdecke aus Seiden- und Samtstücken und jede stickte ihren Namen auf ihr Viereck, und sie schickten ihr die Decke nach China. Carie drückte sie an die Brust, lächelnd, mit nassen Augen. „Die lieben Mädchen!" murmelte sie, obwohl diese jetzt alle schon grauhaarige Frauen waren, so wie sie selber.

Ich erinnere mich, daß sie dieses eine Mal ihrer Liebe zu Farben die Zügel schießen ließ; sie säumte die Decke mit einem herrlichen Streifen scharlachfarbener chinesischer Brokatseide, und die Decke war uns allen ein stolzer Besitz und ein Prunkstück. Sie lag im Gastzimmer auf dem Bette, doch als Carie in der chinesischen Stadt am Sterben war, ließ sie die Decke holen, und man breitete sie über die Kranke, gleich einer Hülle von Liebe und Ehrfurcht. Ich freue mich wenigstens darüber, daß sie damals starb und nicht mehr die Tage der letzten Revolution erlebte, in denen die Decke in die Hände blutdürstiger

Plünderer geriet! Da würfelte man um die Decke, und sie fiel einem dunklen wilden Kerl zu, desgleichen ich weder früher noch später je gesehen habe, und der wickelte sie sich um die nackten dreckigen Schultern.

Mit zweiundzwanzig Jahren hatte sie die Studien beendet und kehrte heim in ihr Dorf. Sie fühlte sich jetzt ganz als junge Dame. Aber die Jahre der Zucht im Seminar und der Nachdruck, den man dort auf die Religion gelegt hatte, hatten sie in ihrer Absicht, als Missionarin auszuziehen, bestärkt. Jetzt teilte sie ihren Entschluß dem Vater mit. Er war ungemein erstaunt und sehr zornig und verlachte den ganzen Plan. Wie? Eine junge hübsche Frau sollte in ein Land gehen, wo die Leute Heiden waren und einen Christenmenschen wahrscheinlich fraßen? Wie? Seine Tochter? — Nun und nimmer!

Carie war über die Maßen erstaunt, denn sie hatte gedacht, ihr Plan werde das tief religiöse Herz ihres Vaters erfreuen. Sogleich verlor sie die ohnedies nicht allzu gefestigte Selbstbeherrschung. Hitzig stritt sie mit ihm und hielt ihm vor, er solle sich freuen, sie dieser Sache weihen zu können; und er, von dem sie ja ihren Jähzorn und ihren Starrsinn hatte, erwiderte hitzig, aber voll übertriebener Würde, daß alles Vernünftige Grenzen habe, selbst die Anbetung Gottes. Es sei nicht schicklich, daß eine junge unverheiratete Dame von erst zweiundzwanzig Jahren den Missionsberuf ergreife.

Das war das erstemal, daß Carie von ihrem Vater so ketzerische Reden hörte, und sie brach in Zornestränen aus. Was früher hochfliegender Entschluß gewesen, wurde jetzt außerdem zu verbissenem Starrsinn.

Während der Weihnachtsfeiertage dieses Jahres kam der jüngere Bruder des Pastors zurück. Er war noch größer, noch bleicher, noch verschlossener. In Caries neuer exaltierter Gemütsverfassung erschien er ihr wundervoll. Neale Carter und seine Kumpane waren derb und schrecklich. Dann hörte sie unter den Mädchen ihres Alters flüstern, dieser junge Mann wolle Missionar werden. Ihr Herz stockte. War das der Weg?

Eines Tages ergriff sie die Gelegenheit, mit ihm zu sprechen, und ihre sonstige frohe Leichtigkeit war jetzt plötzlich sonderbarer Scheu gewichen. Das geschah nach dem Gottesdienst in der Kirche, wo die Leute zumeist am Tor und auf dem Rasen der Kirche verweilten. Er neigte den Kopf, höflich und ebenso schüchtern wie sie. Sie sagte ihm, und ihre Seele leuchtete in den goldenen Augen: „Ist es wahr, daß Sie Missionar in China werden wollen?"

Gespannt erwartete sie die Antwort.

„Ja, ich halte es für meine Pflicht", erwiderte er einfach. Seine hohe weiße Stirn war glatt und rein, als er so dastand, den Hut in der Hand, und die blauen Augen blickten ruhig.

Sie rief feurig: „Oh, auch ich, auch ich will schon seit Jahren gehen!"

Zum erstenmal sah er sie mit Interesse an. Seine blauen Augen schauten unbestimmt, ein wenig kühl, in ihre dunklen, glühenden.

„Ja?" sagte er.

In späteren Jahren, da sie ihn so gut kannte, bedeuteten ihr diese schlichten Worte „Ich halte es für meine Pflicht" den Schlüssel zu seiner Natur, die Erklärung für all sein Tun, das unwiderlegliche Argument seines ganzen Lebens.

Er vergaß es nicht. Er kam, ihr einen förmlichen Besuch zu machen, und sie sprachen angeregt über die Religion und über ihr gemeinsames Ziel. Sie beobachtete sein Gesicht, während er sprach und ihr Lehren erklärte, die in den staubigen Büchern der Sakristei nachzulesen sie zu ungeduldig gewesen war. Es schien — so dachte sie wenigstens —, als ob Gott die Absicht gehabt hätte, daß sie beide einander kennenlernten. Caries Blut kreiste nicht schneller, als sie beisammen waren. Sie sprachen so einfach und natürlich über das Gute. Ihr Entschluß wurde edler und lauterer. Die alte weltliche, frohe Natur wich zurück. Als er fortgegangen war, fühlte sie sich kühl und ruhig und fromm. Hier war nichts von der Glut, von dem Lachen und Scherzen, die sie gefreut und doch auch ein wenig beunruhigt hatten, als Neale sich um sie bewarb.

Eines Tages, sehr bald darauf, kam ein Brief. Es war ein Heiratsantrag, sorgfältig geschrieben, in steifen, förmlichen Phrasen. Da sie einen gemeinsamen Lebenszweck hätten, da sie in ihren Anschauungen übereinstimmten, scheine es Gottes Wille zu sein, daß sie sich zusammenschlössen. Zudem sei seine Mutter nicht damit einverstanden, daß er allein und ohne Gattin in die Heidenländer ziehe. Das sei die einzige Bedingung, die sie stelle — daß er sich eine Frau suche. Es falle nicht leicht, jemanden zu finden, der sich zu einer so weiten Reise bereit erkläre. Er habe auf einen Wink des Herrn gewartet. Ihre Begegnung erscheine ihm als Fügung der Vorsehung.

Sie las den Brief voll Andacht. Mit einem solchen Mann konnte sie gut werden. Ihre lebhaft vorauseilende Phantasie malte ihr die gemeinsamen Jahre, das ruhige Vertrauen aufeinander und auf Gott, die gegenseitige Hilfe. Er war kein Mann, der die Gabe der Worte gehabt hätte. Sie, die so rasch im Sprechen und so ausdrucksfähig war, konnte ihm bei seinen Predigten helfen. Er mochte die tiefe Gelehrsamkeit beistellen, sie die Beredsamkeit — eine unbezwingliche Vereinigung! Sie sah eine Ernte dunkler, weißgekleideter Heiden, die getauft wurden und ihrem Mann und ihr mit anbetenden Blicken folgten — sie sah ein erfolgreiches Leben, in dem jene alte, stürmische, leidenschaftliche, vergnügungssüchtige Natur ganz und für immer niedergerungen war. Mit Neale Carter hätte sie ihr Seelenheil verloren, ohne das seine retten zu können. An der Seite dieses anderen Mannes war ihr nicht nur der Himmel sicher, sondern sie konnte auch vielen anderen Seelen den Himmel bringen. Wenn es einen Augenblick lang einen Schatten gab und ihr Herz sich zusammenpreßte beim Gedanken daran, daß sie das geliebte Heim und das Land verlassen mußte, versicherte sie sich im nächsten Augenblick entschlossen, sie wisse, was sie wolle. Sie wollte vor allem gerechten Wandel. Wenn sie alles opferte — alles —, gab ihr Gott gewiß eines Tages ein Zeichen? Dieses Zeichen war ihr sehr nahe erschienen, als sie mit dem jungen Missionar sprach.

Aber sie beantwortete den Brief nicht sogleich. Sie ging zu ihrem Vater, dank ihrem Überschwang mit Ruhe erfüllt, und erzählte ihm beherrscht, daß Gott einen Weg gefunden habe, und daß sie entschlossen sei, den jungen Mann zu heiraten, der als Missionar auszog, und daß sie mit ihm in fremde Länder gehen wolle.

Hermanus war zu dieser Zeit ein weißhaariger und außerordentlich cholerischer alter Mann, aufrecht und schlank wie eine Gerte und kämpferisch wie ein kleiner General. Er ergriff seinen Spazierstock und marschierte zur Tür. Es traf sich, daß es ungefähr drei Uhr nachmittags war, die Stunde, da der junge Missionar seinen Besuch zu machen pflegte. Da kam er auch jetzt langsam über den fliesenbelegten Pfad heran, mit seinem gewohnten, ein wenig zaudernden Schritt. Der kleine zornige Mann stürzte auf ihn zu und fuchtelte ihm mit dem Stock vor dem Gesicht hin und her. Der junge Mann wich erstaunt zurück.

„Herr, ich kenne Ihre Absichten", brüllte Hermanus

mit einer Stimme, die in keinem Verhältnis zu seiner Größe stand. „Sie sollen meine Tochter nicht haben!"

Der junge Missionar hatte ein gewisses Maß trockenen Humors, der manchmal, freilich selten, zutage trat. Er blickte zu dem kleinen Mann hinunter und antwortete sanft: „Oh, ich glaube doch, mein Herr", und ging seines Weges.

Carie erwartete ihn in der Tür, und jetzt war die letzte Spur von Zweifel verschwunden. Der Widerstand ihres Vaters hatte dem jungen Mann nur genützt. Sie gab ihm ihr Jawort.

Cornelius nahm es dann auf sich, den Vater umzustimmen, denn wenngleich der Bruder den Entschluß Caries nicht völlig billigte, anerkannte er doch, daß sie erwachsen war und ihren Willen durchsetzen konnte. Außerdem war der junge Mann ein guter Mann, und Missionsarbeit war edle Arbeit, wenn jemand das Verlangen und die Berufung hatte, sie zu tun. Aber die Hauptsache war, daß Carie ohnedies gewiß so handelte, wie sie handeln wollte, und es schien besser, ihr den Willen zu lassen, mit offenkundiger Billigung der Familie, als daß sie gegen den Wunsch der Ihren fortzöge. Und so gab Hermanus nach wiederholten Beratungen sehr wider Willen seine Zustimmung.

Von nun an machte der junge Missionar jeden Nachmittag um drei Uhr seinen Besuch im Haus, sprach mit Carie eine Stunde im Wohnzimmer — er nannte sie bis zum Tag der Hochzeit „Miss Carie" — und nahm um vier Uhr den Tee mit der Familie, wobei nach dem Brauch des Hauses Wein und kleine Kuchen serviert wurden.

Am 8. Juli 1880 heirateten sie, Carie in einem taubengrauen Reisekleid, denn weißer Atlas und Orangenblüten schienen ein für eine Missionarin kaum passender zarter Tand.

Auf dem Bahnhof gab es einen Augenblick gelinder Verwirrung, als sich herausstellte, daß der junge Gatte nur eine Fahrkarte für den Zug gekauft hatte.

„Du darfst nicht vergessen, daß du jetzt eine Frau hast", bemerkte sein älterer Bruder tadelnd.

In Wahrheit aber war für diesen jungen Mann wichtiger als die Erregung seines Hochzeitstages die Erkenntnis des jungen Missionars, daß endlich sein Traum in Erfüllung ging, daß er endlich auszog, das Werk seines Lebens zu beginnen. „Das Werk" nannte er es damals und auch später immer. Das letzte Hindernis war beseitigt, die Forderung seiner Mutter, daß er eine Frau nehme. Er hatte eine Frau, aber er konnte sich dessen nie so ganz bewußt werden.

Wenn jemals zwei Kinder eine Reise antraten, so waren diese beiden solche Kinder. Beide hatten an engbegrenzten, ruhigen Orten gelebt und waren nie weiter gekommen als bis zur Schule. Jetzt schickten sie sich an, erhaben-vertrauensvoll über die halbe Welt zu reisen, und sie wußten nichts anderes, als daß sie zuerst über Land und dann zur See fahren mußten. Andrew hatte von der Missionsverwaltung, der er unterstand, fünfzehnhundert Dollar in Banknoten, und er trug sie in der Tasche seines zweireihigen langen Rockes. Auf der ganzen Fahrt durch den Kontinent reisten sie sitzend, denn sie wußten nicht, daß man Betten mieten konnte. Als sie San Francisco erreichten, kümmerten sie sich mehrere Tage nicht um Schiffsplätze. Endlich ging Andrew zum Hafen und fand die „City of Tokyo", einen wackeligen, kaum noch seetüchtigen alten Kasten, der am nächsten Tag abfuhr; sie belegten eine Kabine und traten die zweite Etappe ihrer Reise an.

Carie hatte keine drei Tage gebraucht, um zu erkennen, daß in den praktischen Dingen des Lebens sie die Führung übernehmen müsse. Im Gebet und im Predigen mochte Andrew ja machtvoll sein, aber in geschäftlichen Dingen war er vertrauensselig und arglos wie ein Kind. Er hatte einen tiefeingewurzelten Glauben an die menschliche Natur, und obwohl er immer deren Gemeinheit predigte, konnte er von keinem Menschen Böses glauben, es sei denn von denen, deren Lehre sich von der seinen unterschied. Carie war es also, die die Beförderung des Gepäcks und der Habe aufs Schiff überwachte und die auszog, die Erfordernisse einer Seereise zu erforschen.

Wer weiß nach so vielen Jahren, einem halben Jahrhundert, was in ihren Herzen war, als sie an jenem heißen Sommertag von der amerikanischen Küste in See stachen? Gewiß hörte ich einmal aus ihrem eigenen Mund, daß sie einen Augenblick furchtbaren Entsetzens erlebte, als ihr klar wurde, daß sie ihr Heimatland verließ, und sie lief in ihre Kabine hinab, um nicht zu sehen, wie das Schiff sich in Bewegung setzte und wie die Kluft zwischen ihr und der geliebten Küste weiter wurde. Sie empfand in diesem Augenblick ein feindseliges Gefühl gegen den frommen Mann, dem sie sich angetraut hatte — nein mehr: eine, wenn auch sogleich unterdrückte Feindseligkeit gegen Gott selbst, der sogar in dieser Stunde der Trennung aus dem hohen Himmel, in dem er lebte, nicht sprechen wollte, um ihr durch irgendein Zeichen kundzutun, daß sie recht gehandelt.

Die Gewässer, über die das wackelige, kleine alte Dampfschiff sie den ganzen nächsten Monat trug, blieben für Carie bis ans Ende ihres Lebens ein Ozean des Schrekkens. Sie fand schon nach einer Stunde, nachdem das Land außer Sicht war, daß sie für Seefahrten nicht taugte. Die Seekrankheit befiel sie in besonders bösartiger Form, nicht nur mit Brechreiz, sondern auch mit heftigen Schmerzen in Kopf und Rücken, die sich im Lauf der Zeit nicht legten, sondern eher schlimmer wurden. Sie war im Gebirge erzogen und hatte von jeher das Gebirge geliebt. Sie vermochte im Meer nur wenig Schönes zu sehen, und auch das war nur schrecklich und zermalmend. Aber ich glaube, das ging zum Teil darauf zurück, daß das Meer für sie immer ein Mal der Trennung von ihrem Land bedeutete, ihrem Heimatland, das sie desto tiefer liebte, je mehr die Jahre verstrichen — der Ozean bedeutete in der Tat eine so große und unüberwindliche Trennung, daß sie in ihren letzten Lebensjahren nie mehr in ihre Heimat zurückkehrte und lieber an einem fremden Orte starb, als daß sie eine Seereise gewagt hätte. Einmal wankte sie, grün vor Seekrankheit, über die Landungsbrücke eines Schiffes, wandte uns die funkelnden, selbst in diesem Moment humorvollen Augen zu und sagte: „Jetzt will ich mehr denn je in den Himmel kommen, denn in der Bibel heißt es, daß es dort kein Meer mehr geben wird."

Für eine junge Frau war es besonders unangenehm, während der ganzen Flitterwochen zu erbrechen. Aber gewiß war es an Andrews Seite weniger unangenehm, als es mit einem anderen gewesen wäre. Er hatte absonderlich wenig Blick für weibliche Reize, und sogar für die seiner Gattin. Sie sah dies und konnte darüber lächeln, mochte sie auch ein wenig verletzt sein. Ich erinnere mich, daß sie einmal, viele Jahre später, als die Schönheit ihrer Jugend schon völlig verschwunden war, sagte: „Andrew hat nie bemerkt, wie ich aussah oder was ich trug. Das einzige Mal, daß er je etwas über mein Aussehen sagte, war, als ich nach der Geburt eines meiner Kinder fast schon im Sterben lag, und er glaubte, ich würde nicht am Leben bleiben und war ungewöhnlich gerührt. Da saß er an meinem Bett und sagte ungemein schüchtern: ‚Ich wußte gar nicht, was für hübsche braune Augen du hast, Carie.' Damals war ich schon achtzehn Jahre mit ihm verheiratet und hatte soeben mein siebentes Kind geboren! Da seht ihr, was es heißt, mit einem Heiligen verheiratet zu sein." Dann fügte sie mit dem raschen, unberechenbaren Wechsel, der ihre Gewohnheit war, hinzu: „Nun, mir ist es lieber, mit einem Heiligen verheiratet zu sein, der mein hübsches Aussehen nie bemerkt, als mit einem Sünder, der es bei jeder anderen sieht."

In Japan waren die beiden erstaunt über die Zivilisation und Kultur, die sich ihnen dort, sogar während der kurzen Aufenthalte in Hafenstädten, zeigten. Besonders der jungen Frau, die voll Entzücken die zarte Miniaturschönheit dieser Menschen sah, erschien es unglaublich, daß eine so elfenhaft schöne und vollendete Nation verworfen sein könnte. Aber Andrew ließ sich nicht so leicht durch Schönheit verwirren und war erst wieder beruhigt, als er allenthalben Götzentempel sah, in denen die Leute beteten. Ganz offenbar war es doch noch immer ein „Heidenland".

Die alte „City of Tokyo" fuhr nur bis Japan, und sie mußten auf einen Ozeanraddampfer umsteigen, der das Chinesische Meer durchkreuzte. Auf diesem Schiff hatten sie eine jämmerlich rauhe fünftägige Überfahrt. Doch bevor sie in die berüchtigt wilden Gewässer kamen, verbrachten sie zwei herrliche Tage im japanischen Binnenmeer. Dort werden die Wasser des Ozeans von den Inseln und Bergen Japans sicher umschlossen und liegen gezähmt und ruhig und mit ihrer Schönheit zufrieden da. Für Carie war dieses Meer immer eine Erinnerung an friedvolle Lieblichkeit, und bei jeder späteren Seefahrt fand sie neue Freude daran.

Als sie sich China näherten, hielt sie eifrig Ausschau nach malerischen Küsten, ähnlich denen, die die Annäherung an Japan so unvergeßlich gemacht hatten, doch solche Küsten waren nicht zu sehen. Der Yangtse strömte massig und stumpf ins Meer, und seine gelben, schlammigen Fluten boten starrsinnig dem reinen Meerwasser Trotz. Sogar das Schiff schien zu schwanken und zu taumeln, als es den Strich überquerte, wo die beiden Wasser einander begegnen, ohne sich zu vermischen. Als Land in Sicht kam, lagen zu beiden Seiten des Schiffes lange, niedere, schlammige Ebenen. Carie war ein wenig verzagt. Sollte sie ihr Leben in einem Land verbringen, in dem es keine Schönheit gab?

So kamen sie nach China und gingen in Shanghai an Land, denn diese Stadt war damals ebenso wie jetzt der wichtigste Hafen der chinesischen Küste. Auf dem Kai wartete eine Gruppe alter Missionare, und Carie betrachtete sie eifrig, um zu sehen, was für Männer und Frauen das seien. Insgeheim fühlte sie sich ein wenig enttäuscht, als sie fand, daß diese hier sich äußerlich gar nicht von anderen Leuten unterschieden. Man konnte kein Zeichen ungewohnten Edelsinns sehen, jedoch auch kein Zeichen, das auf irgend etwas Böses gedeutet hätte. Es war eine Gruppe braver, schlichter Leute, ein wenig altmodisch in ihrer Kleidung, Leute, wie man sie auch im Dorf daheim finden konnte. Die Frauen musterten mit versteckter Neugier die Einzelheiten ihres Reisekleides, und Carie fand es rührend, daß die ersten Fragen dieser Menschen Amerika betrafen. Aber sie zeigten sich warmherzig und freundlich, und es machte ihr Freude, daß man sie erwartet hatte.

Für diese älteren Missionare bedeutete es neue Stärke, zwei junge kräftige Amerikaner zu sehen, die frisch aus der Heimat kamen. Im ganzen waren es bloß elf Missionare, denen sich schon seit sieben Jahren kein neuer gesellt hatte. An diesem ersten Abend gab man den beiden im Haus eines Missionars, der in Shanghai lebte, ein Begrüßungsessen, und alle gingen hin, froh, sprechen und

Fragen stellen zu können, die letzten Neuigkeiten aus der Heimat zu hören und Ratschläge zu erteilen.

Ich kann an dieses Essen nie denken, ohne mich Caries zu erinnern, wie sie darüber berichtete und wie sie die Geschichte erzählte, die damit zusammenhing. Nach dem Essen schlummerte Andrew, gesättigt an guter Speise und von der Seereise erschöpft und schlaftrunken, im Sitzen ein, zum argen Entsetzen seiner jungen Frau, die an der anderen Seite des Zimmers war und ihn nicht wachrütteln konnte. Damals erlebte Carie dies zum erstenmal; freilich entdeckte sie bald, daß es bezeichnend für Andrew war, der sein ganzes Leben, wenn er müde war oder gelangweilt, zu jeder beliebigen Zeit leicht und fest einschlafen konnte und bald darauf sehr erfrischt und in bester Laune wieder erwachte. Diese Fähigkeit kam ihm ohne Zweifel in den mühevollen Jahren seiner Pioniertätigkeit sehr gut zustatten, jagte aber seiner Frau immer wieder verzweifeltes Entsetzen ein. So machte sie es sich zur Gewohnheit, wann immer es anging, neben ihm zu sitzen, damit sie ihn mit einer sachten, raschen Bewegung wecken könne; allerdings mußte dies vorsichtig geschehen, damit er nicht mit einem leisen, aber hörbaren Grunzen aufwachte, das die Aufmerksamkeit aller erst recht auf ihn lenkte.

Einmal sah ich sie besonders empört darüber; da saß er auf einer Kirchenestrade mit einer Gruppe gelehrter Männer, unter denen auch er sprechen sollte. Da er die Rede seines Vorgängers ein wenig langweilig fand, schlief er ruhig und mit Absicht ein. Carie saß ganz vorne und bemerkte es sogleich, und wenn Blicke in menschliches Fleisch dringen könnten, hätten ihn ihre Blicke durchbohrt und an die Wand genagelt. Doch er schlief ruhig weiter und weiter, sie aber krümmte sich auf ihrem Platz und sprang beinahe auf, denn als man ihm das Wort erteilte, schlief er noch. Aber wie durch ein Wunder öffnete er im richtigen Moment die Augen, starrte vor sich hin, sah, daß das Rednerpult leer war, und so stand er auf und begann zu sprechen. Die Vorwürfe, mit denen sie ihn jedesmal nachher überhäufte, tat er mit einem ein wenig albernen Lächeln ab, was Carie um so mehr erbitterte, als es ja vollkommen richtig war, daß er nie versäumte, im letzten Augenblick zu erwachen.

Die kleine Gruppe von Missionaren blieb eine Woche in Shanghai, um Vorräte für den Winter einzukaufen. Dieser Hafen war damals der einzige Ort, wo man ausländische Waren erstehen konnte; man kaufte hier sogar den Wintervorrat an Kohle und verfrachtete ihn auf den üblichen Dschunken ins Innere des Landes. Andrew kaufte hier seinen ersten englischen Ulster, denn der Winter im Yangtsetal ist feucht und kühl. Sie erstanden auch Bettzeug und Hausrat für ihr Zimmer, und Carie kaufte, nicht gänzlich mit Billigung Andrews, rosafarbenen Musselin, um Vorhänge anzufertigen.

Dann teilte sich die kleine Gruppe, weil die einen nach Sutschau gehen mußten und die anderen, darunter auch die beiden Neuen, nach Hangtschau. Sie traten die Reise in langsamen, schwerfälligen alten Holzdschunken an und brauchten sieben Tage für die Fahrt von Shanghai nach Hangtschau, was heute unglaublich ist, da eine gute Zugverbindung die beiden Städte auf eine halbe Tagesreise einander nähert und Geschäftsleute aus Shanghai das Wochenende am Westsee von Hangtschau verbringen können. Aber in jenen Tagen gab es in Hangtschau keine anderen Weißen als diese kleine Gruppe: Andrew, Carie und die alte Mrs. Randolph in der einen Dschunke und die Stuarts mit ihren drei kleinen Jungen in der andern. Die Dschunken lagen in dem Sutschaufluß; dort bestieg man sie, und die Bootsleute stakten sie durch die Chinesenstadt, wo die Ufer mit neugierig starrenden Leuten gesäumt waren, die sich angesammelt hatten, die sonderbaren Reisenden zu sehen.

Carie, die ihrerseits diese Menge brauner Gesichter sah, fühlte sich im Herzen bitter zerrissen. Hier waren die „Heiden", die Leute, für die sie ihr Heimatland aufgegeben, für die sie ihr Leben hergeschenkt hatte — o gewiß, sie wollte sich ihnen weihen, sie wollte sich an sie verschenken! Dann wurde sie von Widerwillen erfaßt. Wie schrecklich waren sie anzusehen, wie grausam die schmalen Augen, wie kalt ihre Neugier! Aber die Dschunken glitten endlich aus dem Dunkel der Stadt, wo die Häuser sich so nahe ans Ufer des Kanals drängten, daß es aussah, als würden sie über den Rand des Wassers geschüttet, und manche standen sogar auf Pfosten im Wasser. Im freien Land zog sich der Kanal glatt und still zwischen kleinen ruhigen Feldern dahin, und Carie atmete wieder auf. Die Breite des blauen Himmels, das vertraute Bild der Bäume, ebensolcher Weidenbäume wie bei ihr zu Hause, die Felder, die reif standen zum Schnitt — solcher Anblick war ihr vertraut.

Es war gut, daß Caries erstes Erlebnis in dem neuen Land dieses siebentägige, schöne lange Dahintreiben zwischen erntereifen Feldern war. Schönheit vermochte sie immer zu gewinnen, und hier sah sie Schönheit, seltsame Schönheit, aber doch Schönheit. Der September ging seinem Ende zu, der Oktober nahte, und der Himmel war wolkenlos. Nie ist der Sonnenschein im Yangtsetal strahlender als zu dieser Zeit, da die schwere Hitze des Sommers vorbei ist und der erste Hauch des Herbstes dem Sonnenschein und der Luft kaum mehr anzuhaben vermag, als daß er sie ihrer gefährlichen Stärke beraubt und ihnen die angenehme Wärme läßt. Die Massen federiger schwankender Bambusstauden, die niederen grünen Hügel, die gewundenen, goldig glänzenden Fluten des Kanals, die Felder, gelb vom üppigen, schwerährigen Reis, die kleinen braunen Dörfer mit den strohgedeckten Hütten, die sich fast jede halbe Meile zeigten, der schläfrige Rhythmus der Dreschflegel, die auf den Tennen Getreide droschen, die warme linde Herbstluft — es war gut für Caries Zweck, daß solche Dinge ihre ersten Tage in China erfüllten. Sie saß vorn in der Dschunke und blickte um sich, hingerissen, in ihrer Einfalt verwundert, daß ein heidnisches Land so herrlich sein konnte.

Manchmal riefen sie dem Bootsmann zu, er solle anlegen; dann stiegen sie aus und ergingen sich. Die Dschunken fuhren nicht schneller, als ein Mensch geht, es sei denn, daß Wind wehte und Segel gesetzt wurden. Aber diese Tage des Frühherbstes waren strahlend ruhig und windstill, und die Dschunken wurden an einem Strick gezogen, der an dem einen Mast befestigt und dessen anderes Ende, zu einer Schlinge geknüpft, über die Schultern von Männern gelegt war, die auf einem Saumpfad das Ufer entlang schritten.

Als sie so durch die Gegend fuhren, blickte Carie mit eifrigem Anteil in die Gesichter der Leute, die sie sah. Die hier hatten keine harten Gesichter und sahen nicht grausam aus wie jene in der Stadt, es waren sonnverbrannte freundliche Bauersleute, die freilich die Ausländer neugierig angafften, aber ein Lächeln gerne erwiderten, und Carie verschenkte von jeher ihr Lächeln freigebig. Sie sah sie, Väter, Mütter, kleine Kinder, fröhlich wie Grillen in der Erde; sie sah sie als Familien und als Menschen, die dem Boden das Brot abringen, und sie wurden menschlich für sie und hörten, wie ich glaube, für alle Zeit auf, in ihren Augen „Heiden“ zu sein. Das war auch der Grundton für Caries späteres Leben unter diesen Leuten, obwohl sie — vielleicht als Kind der Zeit, in der sie aufgewachsen — gewiß ein bestimmtes Maß von Rassenvorurteil hatte. Aber menschliches Leid oder menschliche Not oder die Anmut einzelner Personen ließ sie ganz unbewußt jedes Vorurteil vergessen, und sie sah die Menschen als Einzelwesen.

Ich erinnere mich einer Geschichte, die sie uns von ihrer Kindheit zu erzählen pflegte, daß nämlich ihr Vater, obwohl er selbst keine Sklaven halten wollte, seinen Kindern dennoch nicht erlaubte, mit farbigen Kindern zu spielen. Am fernen Ende eines Feldes stand ein Pächterhaus, in dem ein freier Neger für den Pflanzer arbeitete. Er hatte viele Kinder, und Hermanus ließ einen hohen Bretterzaun errichten, an dessen anderer Seite diese Kinder bleiben mußten. Carie sagte: „Wir spielten oft unten auf jenem Feld, aber ich konnte mich nie so recht daran freuen. Die kleinen farbigen Kinder kletterten auf den Zaun und sahen uns zu und blickten uns so wehmütig an. Eines Tages rief Luther: ‚Wir dürfen mit euch nicht spielen!' und die schwarzen Kinder riefen in wirrem Chor: ‚Wir wissen — wir wissen; wir sein kleine Nigger!' Ich konnte nie vergessen, welch trauriges Gefühl mir dies bereitete, und in diesem einzigen Augenblick wußte ich, was es bedeuten muß, schwarz zu sein, in einer weißen Gemeinschaft. Ich erinnere mich, daß ich Luther gar tüchtig ausschalt, weil er so grausam gewesen war, sie daran zu erinnern." Als sie uns diese Geschichte erzählte, waren ihre Augen zärtlich und traurig bei der Erinnerung. Es verlangte sie so sehr danach, alle Menschen glücklich zu wissen.

Wie oft habe ich sie gesehen, wenn sie zu Fuß durch ein kleines chinesisches Dorf schritt und haltmachte, wie Christus einst haltmachte über Jerusalem, um jenen großen traurigen Ruf seines Lebens auszustoßen: „O Jerusalem, Jerusalem!" Ebenso leidenschaftlich hörte ich sie rufen, wenn sie sah, wie sehr das Leben diese Menschen bedrückte. „Es brauchte hier gar nicht so anders zu sein als jetzt“, sagte sie dann. „Eigentlich müßte in diesen Ortschaften wenig geändert werden — die Häuser, die Straßen, die Felder, alles das ist an sich recht gut. Ich möchte, daß es so erhalten bleibe, wie es ist. Aber ach, wenn nur die Leute ihre neugeborenen Mädchen nicht umbrächten und ihre Frauen nicht in Unwissenheit und mit eingebundenen Füßen hielten, und wenn sie nicht blind die Götter nur aus Furcht anbeten wollten — wenn nur der Schmutz von den Straßen entfernt werden könnte und die halbtoten Hunde getötet, das allein würde genügen, denn es ist ein schönes Land, wenn sie nur richtig verwerten wollten, was sie haben!“

Und wieder rief sie: „Ich will gar nicht, daß sie etwas von uns annehmen. Wenn sie nur in ihren kleinen Dörfern und in ihren Marktflecken und Städten lebten, genau so, wie sie sind, und nur die Städte sauber hielten und selber gut wären — wie schön wäre das alles!“

Nie habe ich während ihres ganzen Lebens unter diesen Leuten gesehen, daß sie ihnen etwas anderes beigebracht hätte als die schlichten Wahrheiten der Gerechtigkeit und Sauberkeit. Es entzückte ihren praktischen Sinn, ein heimisches Produkt zu nehmen und den Leuten zu zeigen, wie man es richtig nutzt. „Ihr braucht keine ausländischen Waren und gar nicht viel Geld“, sagte sie zu einer Frau. „Ihr habt genug von allem, wenn ihr nur lernen wollt, es gut zu gebrauchen.“ Wieder und wieder murmelte sie, wenn sie durch eine Stadt oder durch freies Land kam: „Sie haben alles und genug von allem, bis auf zwei Dinge: Sauberkeit und Gerechtigkeit.“ Das waren die beiden Felsen, auf denen Caries eigenes Leben ruhte.

Als sie in dieser ersten Zeit durch die schöne Landschaft an den Menschen vorbeifuhr, war ihr Herz erfüllt von dem Verlangen, ihnen zu geben, was sie an diesen beiden wesentlichen Dingen des Lebens besaß. Daß sie das Land lieblich fand und die Leute freundlich, wärmte ihre innerste Seele und trieb sie zu frischem Eifer an. In einem Lande, das so schön war, konnte es gewiß nicht schwer sein, den Leuten vom lieben Gott zu erzählen. Sie begann diese Jahre mit einer erschütternden Begeisterung für das Leben, das Leben, das sie erwählt hatte. Es gab so vieles, wo sie helfen konnte — Kinder mit wunden Augen, Frauen, die nicht lesen konnten —, oh, Dutzende von Aufgaben waren zu erfüllen. In der Beschäftigung mit diesen Aufgaben vergaß sie beinahe ihren heimlichen Kummer — daß Gott ihr eigentlich nie ein Zeichen gegeben hatte.

Sie erreichten Hangtschau am Morgen eines Sonnabends und gingen durch die schmalen und belebten Straßen, bis sie das Anwesen der Mission erreichten. Schiebekarren, Sänften, Verkäufer, die die Körbe an einer Stange über den Schultern trugen, Zauberer und Straßenfakire, Gassenläden, Frauen, die an Brunnen Kleider wuschen und einander freundlich den Klatsch der Nachbarschaft zuschrien, kleine nackte Kinder, die flink durchs Gedränge der Fahrzeuge und Beine huschten — es schien nicht glaublich, daß es so schmale Straßen und soviel Menschen geben konnte. Doch aus diesem Wirrsal traten sie in ein schmales Tor, und alles war Friede. Hier standen auf einem grünen Rasen zwei weißgetünchte Missionshäuser, freilich gedrungen und einfach gebaut, aber sauber und mit vielen Fenstern und langen Veranden. Hier war auch eine kleine weißgetünchte Kapelle, deren Tor sich zur Straße öffnete. Hier sollte ihr Heim sein, hier in dieser Mission.

Im ersten Haus, das der Straße am nächsten lag, war

das Zimmer, das man Carie und Andrew zugewiesen hatte, und noch am selben Tag brachten sie ihre Habseligkeiten an Ort und Stelle, und Carie verfertigte die rosafarbenen Vorhänge und hängte sie auf. Diese Vorhänge waren ihr für viele Tage Trost und Freude.

Am nächsten Morgen, es war ein Sonntag, gingen sie alle zur Kirche, und Carie und Andrew fühlten begreifliche Erregung, weil sie jetzt zum erstenmal zu ihrem Gott in einem Lande beteten, wo man ihn nicht kannte. An der Schwelle mußten sie sich trennen, denn Andrew ging in die Abteilung der Männer und Carie mit den beiden anderen Amerikanerinnen zur Seite der Frauen. Eine sehr hohe Bretterwand stand zwischen den beiden. Carie setzte sich und sah zu, wie die zwei anderen weißen Frauen zu dieser und zu jener von den versammelten dunkelhäutigen Frauen sprachen. Es gab warme Begrüßungen von allen Seiten, und Mrs. Stuart plauderte geläufig mit den Chinesinnen. Carie fühlte einen Augenblick lang Neid und kam sich vor wie stumm, weil sie nicht sprechen konnte. Aber Mrs. Stuart wandte sich an sie und sagte: „Alle fragen nach Ihnen. Man freut sich sehr, weil Sie dunkle Augen und Haare haben."

Da lächelte auch Carie und hatte ein warmes und freundliches Gefühl und sah mit dem größten Anteil diese chinesischen Frauen jeglichen Alters an, von denen die meisten Kinder im Arm hatten. Sie musterte die netten Baumwolljacken mit den weiten Ärmeln und die breiten, gefältelten Röcke und sah voll Entsetzen die winzigen, spitz zulaufenden Füße. Das mußte sie ändern, so beschloß sie voll unbegrenzten Glaubens an ihre Fähigkeiten und an die Macht ihrer Sendung. Jede Frau trug ein Gebetbuch und ein paar andere Bücher, sauber eingehüllt in ein blaues Baumwolltuch. Als der Gottesdienst begann, trat Mrs. Stuart zu der winzig kleinen Orgel, und sofort gab es ein großes Rascheln der Gebetbuchblätter. Die meisten Frauen hier waren, wie Carie später entdeckte, im Lesen unterwiesen worden und hatten das Gefühl, daß ihre Ehre davon abhänge, wie gut sie es verstünden, die Lieder zu finden, sobald eins angesagt wurde. Der Pastor, es war Doktor Stuart, wartete geduldig, mit einem unterdrückten Augenzwinkern, bis alle, mit erregtem Spähen ins Buch der Nachbarin und mit vielem Geflüster, die Stelle gefunden hatten. Dann gab er ein Zeichen, und Mrs. Stuart begann die Bälge der ein wenig eigenwilligen und gewiß überarbeiteten kleinen Orgel zu treten.

Niemandem war es eingefallen, Carie auf diesen Lärm vorzubereiten. In der kleinen Kirche ihrer Kindheit war das Singen der Psalmen und Choräle ein würdiger und schöner Teil des Gottesdienstes gewesen. Sie hatte auch hier die vertrauten Melodien erhofft und wartete begierig, während Mrs. Stuart die Melodie „Es ist eine Quelle gefüllt mit Blut" einmal spielte. Jetzt zeigte das Gesicht einer jeden Chinesin erregte Spannung. In dem Augenblick, da Mrs. Stuart den Mund öffnete, um zu singen, begann das Wettrennen. Eine jede sang so rasch und laut sie nur konnte, und nach dem Gegröle zu schließen, das von der anderen Seite der Bretterwand herüberdrang, spielte sich in der Männerabteilung offenbar dasselbe ab. Ein so mächtiges Gelärme erfüllte die kleine Kapelle, daß man schier glauben mochte, das Dach werde fortfliegen.

Niemand sang die richtige Melodie, sondern jeder seine eigene. Carie hörte das in panischem Entsetzen, aber doch auch voll erstaunter Belustigung. Die alte Dame neben ihr schaukelte vorwärts und rückwärts und kreischte schreckenerregend schnell in hohem Falsett, während ihre Fingernägel die Schriftzeichen die Seite abwärts verfolgten. Sie war vor allen anderen Sängern fertig, klappte das Buch laut zu und setzte sich triumphierend, um das Buch wieder in ihr Tüchlein zu knüpfen. Neid stand auf den Gesichtern der anderen geschrieben, die das sahen, und sie verdoppelten ihre Bemühungen. Unterdes saß die alte Dame ruhig da, umgeben von einem Nimbus des Sieges.

Das war zuviel für Carie. Sie preßte sich das Taschentuch an die Lippen und lief hinaus. Dort hinter der Kapelle, sicher außer Hörweite, lachte sie, bis ihr die Tränen kamen. Als wieder Ruhe herrschte, nachdem die Stimmen der Langsamsten, langgedehnt und einsam, aber entschlossen bis zum Ende des Liedes weiter gesungen hatten, ging sie zurück und musterte Mrs. Stuart, um zu sehen, wie die es aufgenommen habe. Aber für Mrs. Stuart war das eine alte Geschichte. Sie hatte ihr Buch geschlossen und saß jetzt da, bereit für die Predigt.

Am nächsten Morgen setzten sich Carie und Andrew zu ihrer ersten Lektion in der chinesischen Sprache. Ihr Lehrer war ein sehr kleiner, vertrockneter, verschrumpfter alte Mann, in ein nicht ganz sauberes schwarzes Gewand gekleidet, das ihm um die Fersen flatterte, und er war dadurch bemerkenswert, daß sein rechtes Auge schielte und nach allen Seiten blickten konnte. Sein einziges englisches Wort war „Yes", doch kannte er dessen Bedeutung nicht, und sie lernten bald, daß es für ihn eine Gewohnheit war und keine Vokabel.

Sie hatten ein kleines Lektionsblatt, auf dem die Laute des Hangtschauer Dialekts verzeichnet standen und das von irgendeinem Amerikaner angefertigt worden war, ferner ein Exemplar des Neuen Testaments in chinesischer Sprache. Das waren ihre Lesebücher. Aber der Lehrer begann, und bis Mittag hatten sie einige Sätze gelernt. In weiterer Folge studierten sie mit dem alten Mann von acht bis zwölf und von zwei bis fünf und wiederholten am Abend miteinander, was sie tagsüber gelernt hatten.

Carie zeigte sogleich eine erstaunliche Begabung für die gesprochene Sprache — eine Begabung, die, wie mir erzählt wurde, ihr Gatte Andrew manchmal als ein wenig lästig empfand und die ihn manchmal auch abkühlte, da er in der Doktrin der männlichen Überlegenheit erzogen worden war. Aber er übertraf sie an Geduld beim Studium der Schriftzeichen, und das tröstete ihn, denn er betrachtete dies als die wirkliche Probe der Gelehrsamkeit. Caries rasches Gehör und ihre bemerkenswert natürliche Aussprache blieben ihre Vorzüge. Andrew war ein wenig schüchtern, das zu üben, was er wußte, denn er fürchtete, sich durch Fehler lächerlich zu machen, Carie aber wußte nichts von solchem Stolz oder solcher Verlegenheit. Jedes Wort, das sie lernte, verwendete sie jedermann gegenüber, der bereit war, mit ihr zu sprechen — dem alten Torhüter, der immer gern lachte, dem Koch, der Magd im Haus. Wenn sie einen Fehler beging, konnte sie so herzlich lachen wie irgendeiner und mit ebenso lebhafter Freude. Sie war viel zu frohsinnig, um würdig zu sein, und wurde mit ihrem lebhaften Lächeln und ihren funkelnden dunklen Augen bald ein großer Liebling der chinesischen Damen. Dies auch deshalb, weil in ihr so warme Menschlichkeit lag, daß niemand verfehlen konnte, es zu erkennen. Als sie sah, daß diese Menschen ihr glichen, begann sie sie genauso zu behandeln, als wären sie von ihrer eigenen Rasse, ohne jedes Gefühl der Fremdheit, und dies nicht eingelernt oder mühsam, sondern nur in dem warmen Erguß ihrer natürlichen menschlichen Anteilnahme. Schmutz und Unehrenhaftigkeit waren die einzigen Eigenschaften, die sie entrüsteten und sie zu der staunenden, wenn auch nur flüchtigen Frage bewogen, ob diese Menschen „gut" werden könnten, denn die beiden Übel schienen gar traurig verbreitet.

Nach den Studien des Tages machten sie und Andrew

große Spaziergänge und sahen sich in der Stadt und deren Umgebung um. Sie brauchten nicht lange Zeit, um der Umgebung den Vorzug zu geben, denn die schmalen, krummen Straßen, die Bettler, das gedrängte, schmutzige Leben bedrückten Carie in unerträglicher Weise. Außerdem folgten ihnen immer dichte Scharen, wohin sie auf der Straße auch gehen mochten, und das war unangenehm. Aber ich glaube, am meisten betrübten sie die traurigen Bilder, die man allenthalben sah, und vielleicht ganz besonders die Blinden. Ich habe oft gesehen, wie sie zur Seite trat, um einem Blinden den Weg freizugeben, und sie hatte Tränen im Auge, überflutet von einer Welle leidenschaftlichen Mitleids. Ein blinder Mensch, mochte es ein Mann sein, eine Frau oder ein Kind, bewog sie sogleich, ihre Taschen nach Geld zu durchwühlen, wenn es sich um einen Armen handelte. „Oh, wie hoffnungslos das ist!“ flüsterte sie dann. „So viele, die nie den Himmel sehen, nie die Erde sehen — nie sehen!“

Aber einer ihrer Lieblingsspaziergänge war der auf der Höhe der großen Stadtmauer, von deren Zinnen man über die Stadt schauen konnte und über den Westsee und über die Flüsse, die sich dahinschlängeln und bei der Stadt zusammentreffen. Hier hatte sie Raum und Luft, und hier waren viele Meilen Landes zu überblicken und wenige Menschen, die sie belästigten. Aber sogar hier lernte sie, nicht allzu scharf über die Mauer zu schauen, an deren Fuß oft kleine Leichen lagen, Leichen von Kindern, die gestorben waren oder die man getötet hatte.

Sie gelangte bald dazu, das chinesische Land zu sehen, wie es war und wie es heute noch ist — ein großes Reich der Gegensätze, in dem das Schönste der Natur und des von menschlicher Phantasie Ersonnenen unentrinnbar mit den traurigsten Bildern dieser Erde vermengt ist. Diese Mischung von Schönheit und Leid sollte sie später auf gar seltsame Art an das Land ihrer Wahl binden, manchmal aber wurde sie, davon entsetzt und angeekelt, in ihr Zimmer zurückgetrieben, voll Sehnsucht nach ihrem Heim und der Heimat.

Carie entdeckte bald, daß dieser Heilige, den sie zum Gatten hatte, auch sehr männlich war. Ehe sie noch drei Monate in Hangtschau lebte, war sie schon schwanger. Kinder hatten in ihren Plänen kaum einen Platz gehabt, und in ihrer Unschuld — der unseligen Unschuld ihrer Generation! — wußte sie nicht, was ihr eigentlich fehlte. Sie behandelte sich mit allerlei Pillen und mit Chinin, und am Ende bedurfte es des erfahrenen Blickes der Mrs. Stuart, um die Wurzel des Übels zu entdecken. Als die Wahrheit Carie aufdämmerte, nahm sie sie mit gemischten Gefühlen auf und war sehr überrascht. Irgendwie hatte sie es als sicher angenommen, daß sie keine Kinder haben werde, da sie ja ihr Leben einem Ziel gewidmet hatte. Dennoch war sie nach einer kurzen Zeit des Nachdenkens und des Sichdreinfügens zu weiblich, um sich nicht zu freuen, und sie glaubte fest, daß dies an ihrer Lebensarbeit nicht viel ändern werde — es war nur ein neues Mittel, dieser Arbeit zu dienen, eher durch ein Heim und durch kleine Kinder als dadurch, daß sie Andrew überallhin folgte.

Darum schritt sie hartnäckig in ihrem Studium der Sprache vorwärts, obwohl sie manchmal sich sehr übel fühlte und sich oft niederlegen mußte. Es war nur natürlich bei einer Person von ihrem überschäumenden Temperament, daß es Zeiten des Rückschlags und der Bedrücktheit gab, und in solchen Zeiten fragte sie sich mit einer gewissen Furcht, wie sie es zustande bringen werde, Kinder in einer Umgebung aufzuziehen, die so anders war als die Umgebung ihrer eigenen Kindheit, wie sie die

Kinder bei den Anschauungen ihrer Rasse und ihres Glaubens erhalten und vor Trauer und den Bildern des Todes schützen könnte. Dann kam mit dem Schmerz ihres Körpers der Schmerz des Heimwehs über sie, des Heimwehs nach ihrem Lande, nach den Menschen, die sie in ihrer kleinen Heimatstadt gekannt hatte, Menschen von offenem Blick und aufrechtem Handeln — Heimweh nach all der schlichten Sauberkeit jenes Lebens.

In Hangtschau gab es keinen Arzt; daher fuhr sie, als die Stunde der Geburt herannahte, mit Andrew wieder einmal nach Shanghai, und dort kam ihr erster Sohn zur Welt. Als er in ihren Armen lag, vergaß sie alle Wehen ihres Körpers und ihres Geistes, und wieder herrschte Freude über die Geburt eines Menschen. Er war ein großer hübscher Junge mit blauen Augen und blaßgoldfarbenem Haar, und ihre Liebe strömte ihm entgegen, und all die tiefe Mütterlichkeit in ihr erwachte, um nie wieder einzuschlafen. Man muß gestehen, daß während dieser Jahre, da sie Kinder zur Welt brachte, der Impuls ihres stürmischen Wesens den Kindern entgegendrängte und dem Heim, das sie ihnen bereiten konnte, und während dieser Zeit wenigstens trat die Begeisterung für ihr Ziel zurück und ordnete sich der anderen Begeisterung unter.

Als das Kind drei Monate alt war, wurde Andrew entsandt, den Platz eines anderen Mannes in Sutschau auszufüllen, und dies bedeutete ein Ausreißen der zarten Wurzeln, die sie in Hangtschau zu schlagen begonnen hatten, und eine Übersiedlung nicht nur nach einer neuen Stadt, sondern auch zu einem neuen Dialekt. Aber dafür gab es eine Entschädigung für Carie. Statt des einen Zimmers konnte sie jetzt ihr eigenes Heim haben.

Dieses Heim bestand nur aus drei Zimmern über der Schule der Missionsknaben, und man mußte an der Außenseite des Hauses eine schmale Wendeltreppe ersteigen, um hinauf zu gelangen. Aber sie hatten diese drei Räume für sich und konnten von den Fenstern über die Stadt blicken, deren dunkle Ziegeldächer in allen nur möglichen Winkeln sich aneinanderdrängten und die von schmalen gekrümmten Kanälen durchzogen war. Dicht an der einen Seite der Schulanlage und von Caries Fenster in ihrer Gänze zu sehen erhob sich jene majestätische, jahrhundertealte Pagode, die heute noch steht, uns die einstige Pracht des alten China zu veranschaulichen. Carie wußte, daß dieses Bauwerk heidnisch war, und betrachtete es auch in ihrem geraden Sinn als heidnisch, dennoch gewannen sie die Reinheit seiner Linien und die edle Schönheit der hohen Krone aus Bronze und das wildsüße Bimmeln der kleinen Bronzeglocken an den aufwärts gewendeten Ecken. Dort im Schatten dieser alten Pagode, über dem Lärm der Jungen, die unten in den Höfen spielten, wuchs ihr kleiner blonder amerikanischer Sohn heran und konnte bald allein sitzen und endlich kroch er über den Boden und richtete sich schwankend auf, um durchs Fenster zu starren.

Als er ihren Armen entwuchs, begann Carie Anteil an der Schule zu nehmen, die ihr Gatte leitete. Ihre Aufmerksamkeit wandte sich zuerst den Fragen der Sauberkeit zu. Ihr scharfer Blick entdeckte Zeichen des Unbehagens in den langen Zöpfen, die die Jungen am Hinterhaupt trugen, und sie stürzte sich auf die Jungen mit entsetztem Eifer und rieb ihnen Insektenpulver an die Haarwurzeln und wusch und scheuerte sie erbarmungslos, ungeachtet aller Schreie des Widerspruchs. Dann musterte sie das Bett eines jeden und seine Kleider und räucherte die Räume aus und machte sie alle sauber und unglücklich mit ihrer Reinlichkeit.

Andrew, der die unsterblichen Seelen bearbeitete, hätte keinen Gedanken gehabt an Läuse und Wanzen. Carie, vertieft in ihren Drang nach Reinlichkeit, sah Andrew mit irgendeinem widerspenstigen Jungen beten und hielt inne, um sich voll Reue zu sagen: „Um wieviel besser er ist als ich! Wie kommt es, daß ich die Seelen so vergessen kann?"

Und dann sandte sie eins ihrer raschen Stoßgebete zum Himmel: „Lieber Gott, hilf mir, mich zu erinnern, daß Seelen mehr sind als Körper."

Aber im nächsten Augenblick wurde ihr Interesse in Anspruch genommen vom Zuweisen des Reises und des Gemüses für die Küche, oder es fand sich ein kleiner Junge, der blaß aussah, und sie mußte ihn dazu überreden, ein wenig Milch zu trinken, was seine orientalische Seele verabscheute, oder ein anderer hatte Jucken in den Händen und sie mußte nach der Schwefelmischung laufen. Seelen waren wichtiger, daran glaubte diese Frau aus ganzem Herzen, aber die Körper waren trotzdem so unmittelbar nahe.

Ihr eifriges Streben, hilfreich zu sein, führte sie in dieser Zeit dazu, aus verschiedenen Büchern, die sie in Shanghai kaufen konnte, Medizin zu studieren, und ein Teil ihrer täglichen Arbeit bestand bald darauf in dem Betrieb einer kleinen Klinik, in der sie leichte Krankheiten behandelte, Geschwüre und Infektionen der Haut verband und Mütter bei den Krankheiten ihrer Kinder beriet. Sie lernte es, häßliche Furunkel aufzuschneiden und verfaulte und brandige eingebundene Füße zu behandeln. Wenn sich ihr Fleisch vor Ekel zusammenzog, und das war oft der Fall, so daß sie manchmal vor Übelkeit nicht einmal essen konnte, rettete sie ihr Humor. Sie verfehlte nie, über den Argwohn zu lächeln, den die Frauen einer Chininpille entgegenbrachten — denn wie konnte ein so kleines Ding heilkräftig sein bei einer so furchtbaren Krankheit und dauernden Schüttelfrösten und Fieber und Gelbwerden und Ohnmacht? Sie lernte es, wortlos, aber mit einem Zwinkern in ihren Augen, die Pille in einer großen Schale heißen Wassers aufzulösen und die bis zum Rand voll mit der bitteren Arznei einer alten Dame zu reichen, die bei diesem äußerst abscheulichen Geschmack und angesichts der gewaltigen Menge beruhigt war und, der vollen Genesung sicher, die Dosis verschluckte.

Aber die hauptsächliche Entschädigung für den Ekel ihrer empfindlichen Nerven und für das Entsetzen angesichts lang vernachlässigter Krankheiten war die Freude, gute gesunde Haut von neuem wachsen zu sehen und zu beobachten, wie in blasse, abgezehrte Körper die Gesundheit zurückkehrte. Das war gut. Das war Triumph.

In diesem Jahr sandte ihr ihr Bruder Cornelius eine Orgel, eine Orgel von Mason and Hamlin, stattlich und groß, so wie die Orgel im Wohnzimmer zu Hause gewesen war. Dieses Instrument hatte einen außerordentlich schönen Klang, denn Cornelius selbst hatte es mit großer Sorgfalt ausgewählt, und sein feines Gehör wußte Bescheid. Die Orgel war sechs Monate unterwegs, da man sie durch das Mittelmeer verfrachtete. Sie kam an einem Samstagabend, und Carie konnte weder essen noch ruhen, ehe die Kiste geöffnet war und sie gemeinsam mit Andrew das kostbare Instrument herausgehoben hatte. Da stand es jetzt, ihr eigen! Ihr innerstes Herz war gerührt und sie setzte sich andächtig dazu und spielte einen der Choräle, die man zu Hause gemeinsam gesungen hatte: „Ich weiß, daß mein Erlöser lebet!“, und bald stieg ihre große prächtige Stimme freudig empor und hallte über die Höfe und die Straßen, und in den dämmerdunklen Gassen blieben die Leute stehen, um zu hören, was sie bisher noch nie gehört hatten. Dann sang sie ein Kirchenlied in chinesischer Sprache, und der Diener kam und stellte sich in den Schatten der halbgeöffneten Tür, und sie bemerkte sein lauschendes Gesicht, und es überkam sie in einem großen

Ansturm der Freude, daß hierin vielleicht ihre besonderen Möglichkeiten lagen, Gott zu dienen.

Von nun an wurde die Orgel wie eine lebendige Person in Caries Leben, und bis zum heutigen Tag gibt es Leute, die bei der Erinnerung an Carie sie immer sehen, wie sie sich zu dem Instrument setzte, manchmal mit der Schürze, so wie sie eben war, inmitten der Arbeit und der Haushaltsgeschäfte; doch jedesmal sammelten ihre starken Hände große Garben von Melodien, um sie zu verstreuen, und ihre Stimme drang herrlich in die Weite. Auf allen ihren Wanderzügen mußte sie nun diese Orgel mithaben, und als ihr Heim einst eine strohgedeckte Lehmhütte war, stand die Orgel auf einem Podium aus Brettern, das sie vor der Feuchtigkeit des Lehmbodens schützte, stand aber an einer Stelle, zu der Carie ein halb dutzendmal am Tage laufen konnte, um das Instrument zum Sprechen zu bringen.

Im zweiten Sommer war sie wieder schwanger, und diesen Sommer verbrachten sie in Shanghai, um in der Nähe eines Arztes zu sein, denn sie fühlte sich gar nicht gesund. Gerade als sie im Begriff waren zurückzukehren, erlitt Andrew einen schweren Sonnenstich, und so wurde die Rückkehr verzögert. Carie machte sich nun daran, ihn zu pflegen, denn der Arzt hatte gesagt, Andrews Leben hänge von sorgfältiger Pflege ab. Edwin, den kleinen Jungen, schickte sie zu einer Freundin und widmete sich gänzlich und entschlossen der Aufgabe, das Leben ihres Gatten zu retten.

Sechs Wochen schwebte er zwischen Leben und Tod, und sechs Wochen lang kam Carie nicht aus den Kleidern, sondern badete und erfrischte sich nur am Morgen und Abend und saß die ganze Zeit neben ihm und pflegte ihn. Der Arzt staunte über ihre Ausdauer. Während der heißen feuchten Tage des Spätsommers und des frühen Herbstes blieb sie immer frisch in weißen Kleidern, mit einem Band um den Hals, das schimmernde Haar gewellt und tadellos, das Herz ruhig und gefaßt. Sie war fest entschlossen, daß Andrew am Beginn der von ihm erwählten Laufbahn nicht sterben dürfe. Dann mußte sie auch noch an das ungeborene Kind denken; um dieses Kindes willen durfte sie sich nicht erlauben, furchtsam und ängstlich zu sein. Die meiste Zeit delirierte Andrew, und sie nahm einen Diener auf, der ihr helfen sollte, ihn zu halten, und sie wusch ihn mit kaltem Wasser, bis er ruhig wurde. Sie fand ihren Lohn, denn er erholte sich, obwohl er die ganze spätere Zeit in den Muskeln seiner Arme und Schultern nicht mehr recht bewegungsfähig war, so daß er seine frühere Geschmeidigkeit nie wiedererlangte.

Mit dem Anbruch der kühlen Tage des Spätherbstes waren sie alle wieder in Sutschau, und dort wurde ihnen ihre erste kleine Tochter, Maude, geboren. Das war ein kleines, dickes, hübsches Kind, sehr hell von Haut, mit braunen Augen und lockigem hellem Haar. Edwin war erstaunlich gewachsen und fing schon an zu sprechen und zu singen, und Carie war entzückt, wenn das kleine Kind in der Krippe lag und Edwin neben der Orgel stand, während sie den beiden vorspielte und vorsang. Der Säugling lauschte mit weit offenen Augen, und Edwin entfaltete bald eine klare, melodische kleine Stimme.

Carie war die glücklichste Mutter. Hier und dort fand sie in ihren wenigen Büchern und Zeitschriften und auch im eigenen Gedächtnis kleine Verse und Lieder für die Kinder, und sie füllte deren Leben mit Fröhlichkeit, so daß die Kinder später, wenn sie zurückblickten und reifen Sinnes erkannten, welch einsame und enge Umgebung um sie gewesen war, dennoch keinen Mangel fühlten, weil sie die reiche Kameradschaft ihrer Mutter gehabt hatten.

Ein Teil dieser Fröhlichkeit war das Überströmen ihres warmen, stürmischen Herzens, aber ein Teil war auch der bewußte Entschluß, ihre Kinder vor dem östlichen Leben ringsum zu bewahren, das zu schön war, aber auch zu traurig für Kinderherzen. Sie fühlte sich bedrückt von der allzu überreichlichen Menschheit des Ostens, mit ihrem Sichschicken in menschliches Leid und menschliche Leidenschaft. Sie wollte nicht, daß ihre Kinder das allzu früh kennenlernten. Doch die Schönheit, die es gab und die die Kinder ertragen konnten, wollte sie ihnen zukommen lassen. Sie hielt ihr Töchterchen zum Fenster empor, damit es das hübsche silbrige Bimmeln der kleinen Glocken an der Pagode höre, hängte aber einen gefältelten Vorhang vor die untere Scheibe, damit Edwin den Bettler nicht sehe, der den ganzen Tag unten saß und dessen Nase und Wangen vom Aussatz weggefressen waren.

Während des Winters weihte sie fürwahr ihr Leben in erster Linie den Kindern, und mit den tiefer werdenden Erfahrungen der Mutterschaft begann auch ihre eigene Seele tiefer zu werden. Das alte Grübeln über Gott kam wieder. All die Jahre hatte sie nach einem Zeichen Gottes Ausschau gehalten, einem nicht zu verkennenden Zeichen der Billigung; kein solches war gekommen. Sie konnte nie sicher sein, ob die raschen Eingebungen ihres Herzens aus irgendeiner anderen Quelle kämen als aus ihrem eigenen Herzen und Verlangen. Gott stieg nie zu ihr hernieder, in Lauten und Bewegungen sichtbar. Aber es schien ihr nach einer Weile, daß ihre kleinen Kinder sie vieles über jenen Gott lehrten, auf den sie hoffte — die Abhängigkeit von ihr, die kleinen Gesichter, die sich zu ihr emporwandten, um ihre Stimmung zu erforschen, die sich anklammernden Hände; bis ans Ende ihres Lebens pflegte sie zu sagen: „Wieviel mehr haben sie mich gelehrt, als ich sie je lehren konnte!“ Schließlich verfiel sie in Grübeln und sagte endlich: „Ich glaube, wir verstehen Gottes Pläne ebensowenig, wie die kleinen Kinder die meinen kannten, selbst meine Absichten zu ihrem Besten. Sie vertrauten mir ihr ganzes Leben lang, stützten sich auf meine Liebe und waren wegen dieser Liebe bereit zu glauben, daß ich es besser wüßte. Ich denke, so sollten wir auch Gott sehen — einfach darauf vertrauen, daß er da ist und für uns sorgt."

Allmählich wurde dies ihr ganzes Glaubensbekenntnis.

Als der Frühling herankam, fand sie zu ihrem Schrecken, daß sie wieder schwanger war. Das bedeutete, daß die kleine Maude entwöhnt werden mußte und gerade jetzt, ehe die unerträgliche Sommerhitze kam. Doch sie entwöhnte das Kind so gut sie konnte, ohne die Bücher und zahllosen Hilfsmittel, die die Mütter heutzutage haben.

Doch trotz aller Fürsorge machte dies das Kind krank, und Carie entschloß sich entsetzt, in eine kühlere Gegend zu gehen, damit Maude den Sommer überlebte. So stach sie mit Andrew und den Kindern in See, nach Japan, quer über das Chinesische Meer, und auf einer kleinen japanischen Insel verbrachten sie den Rest des Sommers. Andrew, immer vertieft im Eifer für sein Werk, reiste mit einem japanischen Missionar umher, Carie aber widmete sich den Kindern. Sie verbrachten den ganzen Tag am Strande, wo die klaren Meereswellen zart den Sand hinanrollten bis zum Rande des Fichtengehölzes, und Edwin wackelte ins Wasser und wieder heraus und wurde braun und fröhlich, und sogar die kleine Maude saß mit den Füßen in den warmen kleinen Wellen und hatte die Hände voll Sand. Es ging ihr besser, doch war sie noch nicht gesund, denn man konnte keine frische Milch beschaffen und sie vermochte die dicke Kondensmilch nicht zu verdauen. Am Ende des Sommers war sie noch immer gebrechlich und mager, aber am Leben, und Carie, unendlich dankbar dafür, schickte sich zur Rückreise nach China an. Andrew war schon ungeduldig bestrebt, wieder bei seiner Arbeit zu sein.

Die Reise über das stürmische Chinesische Meer auf dem kleinen Raddampfer wurde noch rauher durch den Ausbruch eines wilden Taifuns. Es schien, als müßte das Schiff noch vor der Morgendämmerung in den großen Wogen zerschellen. Carie fühlte sich verzweifelt übel und hatte keine geringe Angst, aber Furcht und Übelkeit wurden von der größeren Furcht für die kleine Maude hinweggefegt, die am ersten Abend der Reise von einem heftigen Magenübel befallen wurde, das verhängnisvoll zu werden drohte. Carie, gerüttelt von Brechreiz und geängstigt für das Kind in ihrem Leib, taumelte in der kleinen Kabine des tanzenden Schiffes hin und her, das kranke Kind in den Armen. Andrew war keine Hilfe, nur beim Verzweifeln und Beten, denn das Kind wollte ihm nicht zugehen. Die Hitze war erstickend in dem abgeschlossenen Raum, und endlich schrie Carie, sie wolle lieber über Bord gespült werden, als das Keuchen des Kindes länger zu ertragen, und sie lief hinaus und erklomm, ans Geländer geklammert, die Stiege zum oberen Deck. Dort sah einer der Passagiere ihren Zustand. Es war ein alter Missionar, Dr. W. A. P. Martin, und er nahm ihr das kleine Kind sanft aus den Armen und begann mit ihm auf und ab zu gehen. Er erkannte sogleich, daß das Kind im Sterben lag und beobachtete mit zärtlicher Trauer, wie das kleine Gesicht schlaff wurde und das Bewußtsein verlor.

An Bord des kleinen japanischen Schiffes war kein Arzt, und Carie sah, was kommen mußte, und wurde von der tiefsten Verzweiflung des Todes ergriffen. Sie stürzte in ihre Kabine und warf sich in wildem Gebete zu Boden. Wenn Gott jemals bereit war, aus seinem Himmel zu sprechen, so sollte das jetzt sein — so sollte das jetzt sein! Andrew, der ruhig betete, konnte ihren fieberhaften lästigen Ansturm auf Gott nicht ertragen, und er tadelte sie sanft, sie aber wandte sich voll Grimm gegen ihn.

„Du gebierst diese kleinen Kinder nicht", rief sie ihm zu. „Du verstehst nicht, was es heißt, dein Leben in ein Kind zu legen und dann zu sehen, wie es stirbt — ich selbst bin es, die da stirbt!" Dann wurde sie von Wut gegen ihn geschüttelt. „Wäre nicht dieses nächste, das da allzu früh kommt, ich hätte sie durch den Sommer gebracht und retten können. O Maudie — Maudie!"

Sie lief zu der Treppe zurück, die hinaufführte, und dort oben stand der freundliche Mann noch immer, ans Geländer geklammert, während das Schiff im Winde hin und her schwankte. Er hatte einen Zipfel der Decke über das Gesicht des Kindes gezogen und stand da und wartete voll Ehrfurcht, bis die Mutter näher komme. Dann trat er zu ihr und reichte ihr die kleine, leichte, stille Last. „Mein Kind", sagte er sanft, „dieses kleine Mädchen ist zu Gott zurückgekehrt, der es geschenkt hat."

Sprachlos nahm Carie ihr Kind auf die Arme. Das war der erste unmittelbare Schlag, den das Leben ihr versetzte, und sie war dagegen hilflos. Sie mußte allein sein. Sie konnte es nicht über sich bringen, jemanden zu sehen — vor allem nicht Andrew. Sie ging zum Ende des Ganges und öffnete eine kleine Tür, die zum Stern des Schiffes führte, glitt hinaus und setzte sich hinter eine Rolle aufgewickelten Taus. Das Meer lag in großen schwarzen Wogen, und ein bleiern fahles Licht schimmerte dort, wo die schwache Morgendämmerung darauf glänzte. Gischt brach über sie in einem Nebel von Schaum. Sie nahm ihren Rock und hüllte ihn um das Kind, und dann hob sie die Decke und sah das kleine Gesichtchen an. Das war weiß und still und schon von der Starre gemeißelt.

„Sie ist eigentlich verhungert — sie ist eigentlich verhungert", flüsterte Carie.

Eine Woge von Gischt fiel über die beiden, und Carie bedeckte das Kind. Wie sie dieses Meer haßte — wie sie dieses Meer haßte, das große pulsierende, gefühllose Ding! Nun, wenigstens wurde dieser kostbare kleine Leichnam nicht in die ungeheure Gruft geschleudert, dort verlorenzugehen. Sie wollte ihn nach Shanghai zurückbringen und ihn der Erde anvertrauen, in der auch andere weiße Menschen lagen.

Über der grauen See hing der graue Himmel. Wo war in all dem Gott? Es nützte nichts, zu beten — es nützte nichts, ein Zeichen zu erflehen. Trotzig legte sie die Arme um das Kind, kauerte sich zusammen und starrte über die See. Dann schüttelte sie ein großes Schluchzen. Trotz alledem war sie noch immer seekrank. Als sie so dasaß, das tote Kind in den Armen, überkam sie unerbittlich die Übelkeit, und sie mußte auf sich achten, um des Lebens willen, das kommen sollte.

Sie erhob sich schwindelnden Kopfs, trat durch die Tür, tastete sich zu der Treppe und stahl sich, mit der einen Hand ans Geländer geklammert, im anderen Arm fürsorglich das Kind haltend, langsam in die Kabine. Der Wind hatte ihr das lange dunkle Haar ins Gesicht geweht; es war von der Brandung durchnäßt. Andrew stand bei der Luke, die vor dem Sturm fest verschlossen war, und blickte durch das dicke Glas. Doch jeden Augenblick bedeckte das dunkle Wasser die Scheibe, als ob sie unter der Oberfläche des Meeres führen.

Er wandte ihr ruhig das Gesicht zu. „Es ist Gottes Wille", sagte er sanft.

Aber sie warf das nasse dunkle Haar zurück und schleuderte ihm die Antwort zu: „Sprich mir nicht von Gott!“ Und plötzlich brach sie in furchtbares Weinen aus.

Die Schärfe ihres Leides verging endlich, und sie war fähig, dieses Leid ruhig zu betrachten, wenn auch vielleicht nie ohne eine furchtbare Leere, die in ihrer Brust schmerzte. Sie kehrten ins Haus im Schatten der Pagode zurück, und Carie fügte sich festen Sinnes wieder in ihr Leben, lehrte Edwin lesen, bemutterte die Schuljungen, unterwies sie im Singen, in Geschichte, Mathematik und Geographie und anderen wichtigen Gegenständen moderner Erziehung, die diese Schule von den alten klassischen Schulen des Landes unterschied. Sie hielt ihr kleines Haus frisch und nett, buk braune Brotlaibe und machte Butter aus Wasserbüffelmilch, die sie sich jetzt zum erstenmal beschaffen konnten, und füllte in hunderterlei Arten ihre Tage bis zum Rand. Aber sie konnte das Bimmeln der Pagodenglocken nicht ertragen, und wenn der Wind diese Glocken regte, erhob sie sich von jeglicher Arbeit und schloß die Fenster. Sie war froh, als nach zwei Monaten Andrew plötzlich nach Hangtschau zurückgeschickt wurde, damit er dort eine freigewordene Stelle ausfülle. Es war eine Erleichterung, an einen Ort zurückzukehren, an dem Maude nie gelebt hatte und wo es keine Erinnerungen an dieses zu kurze Leben gab.

Carie begann nun, sich mehr mit Andrews Arbeit zu befassen.

Gott war nicht nähergekommen, aber sie zürnte nicht mehr. Darüber war sie jetzt hinaus, denn der Zorn nützte so gar nichts. Sie vermochte sogar manchmal zu sagen: „Dein Wille geschehe“, ohne daß ihr das Herz in heißer Auflehnung in die Kehle stieg. Sie stellte sich wieder die Aufgabe, ihre leidenschaftliche, ungestüme Natur zu bändigen. Es war der alte Kampf. Grübelnd versuchte sie zu erkennen, daß dieses Leid eine Zuchtrute sein mochte, die ihr geschickt worden war, und daß darin vielleicht ein Sinn lag. Vielleicht hatte Gott die Absicht, ihr zu helfen und hatte ihr das Kind fortgenommen, weil sie mit diesem kleinen Kind so glücklich gewesen, daß sie Gottes vergessen hatte. Vielleicht mußte sie durch Leid gelenkt werden, da sie durch Freude nicht gelenkt werden konnte. Sie demütigte sich bis zu diesem Gedanken und begann nun oft in die kleine weißgetünchte Kapelle zu gehen, deren Tor sich auf die geschäftige Straße öffnete, und sprach dort mit Frauen und versuchte, ihnen Unterricht im Lesen zu geben. Es war gut, daß einige von ihnen sich ihrer entsannen, und es wärmte ihr Herz, diese freundlichen Gesichter zu sehen. Als eine sagte: „Ich habe in diesem Jahr mein Kind verloren", gingen Carie die Augen über und sie ergriff die braune Hand und drückte sie fest in tiefem Verstehen.

Aber bei Carie waren Leib und Seele allzu eng zusammengefügt. Wenn sie sich nicht glücklich fühlte, verließ irgendeine Stärke ihren Körper, und während des Winters wurde sie mager und müde. Als der Frühling kam und ein kleines Mädchen geboren wurde, vermochte nicht einmal dies, sie wieder zur Freude zu erwecken. Es war zu früh, wieder ein kleines Mädchen in den Armen zu halten. Sie nahm das Kind ruhig und liebevoll, aber ohne Freude. Das Kind, das sie Edith nannte, spiegelte das Herz der Mutter wider und war ein ernstes, ruhiges Kind, immer geduldig für ihr Alter und sogar als kleines Wurm verantwortungsbewußt und schicksalsergeben.

Im Sommer zogen sie alle auf einen Berggipfel, ziemlich nahe der Stadt, so daß Andrew seine Predigertätigkeit und seinen Unterricht fortsetzen konnte, aber doch weit genug, daß sie Luftveränderung hatten und der feuchten Hitze der Reisfelder entgingen, die träge in der

Sonne brodelten. Auf der Spitze des Berges stand ein Tempel, und in diesem Tempel mieteten sie zwei Stuben.

Es war ein neues Erlebnis für Carie. Die tiefe Stille der schattigen Bambusgehölze und der Fichten, die schweigenden Priester, die würdig einhergingen in ihren grauen Kutten, die dunklen kühlen Tempelhallen, an deren Wänden die Götter standen, träumend und regungslos, das alles zeigte ihr abermals eine neue Seite dieses großen, vielfältigen Landes. Die gewaltigen Götter standen in der Haupthalle des Tempels, aber in dem Raum, in dem sie mit ihren Kindern schlief, blickte aus einer Wandnische eine kleine vergoldete Göttin der Gnade milde herab. Edwin nannte sie „die hübsche goldene Dame", und Carie spann für ihn Geschichten um die zarte puppenhafte Gestalt in dem weiten Gewand und war manchmal nahe daran, dieser geduldigen kleinen Göttin, die auf weiße und fremde Gesichter herabblickte, ein freundliches Gefühl entgegenzubringen.

Wenn die Kinder schliefen, und Carie ihnen Kühlung zufächelte, grübelte sie nach über die Seltsamkeit ihres Lebens, die einst ihrem Zimmer und Heim den Ausblick über sanftgeschwungene Wiesen und saubere Landstraßen geboten hatte, über windumwehte ferne Hügel und weite Himmel — und jetzt saß sie mit den beiden Kindern in der dunklen Stube eines chinesischen Tempels, wo sie durch das runde Fenster über einen Fliesenpfad hinabblicken konnte zu der ungeheuren Weihrauchurne, die sich von dem dichten Grün der Bambusstauden scharf abhob. Während der ganzen Nacht und des ganzen Tages ließ die Tempelglocke in langen, regelmäßigen Zeitabständen ihren einzelnen hallenden Ton erdröhnen, der von den Hügelhängen zurückklang — eine seltsame mystische Musik, erfüllt mit menschlicher Trauer.

Sie hatte plötzlich Angst. Sie nahm ihren kleinen Sohn

in die Arme und rief in ihrem Herzen, sie werde nicht zulassen, daß er, ein kleiner amerikanischer Junge, von der Fremdartigkeit dieses Landes beschattet werde, nein, keines ihrer Kinder! Hernach sollte es das erste in ihrem Leben sein, den Kindern von ihrem Heimatland zu erzählen, von jenem schönen lichten Amerika, wo die Menschen glaubten, daß Gott ein freier Geist sei und nicht eingeschlossen in so furchtbare und groteske Gestalten aus bemaltem Lehm.

Nachher, wenn ums Morgengrauen und bei Sonnenuntergang die Priester ihre traurigen Gesänge sangen und der kleine Edwin zu ihr lief, um sein Gesicht in ihrem Busen zu verbergen, wenn er die schwellende Woge menschlicher Stimmen ansteigen hörte zu dieser langsamen, schwermütigen Musik, tröstete sie ihn mit einer Stimme, die natürlich war und nicht anders klang als sonst: „Das ist bloß ihre Art, Choräle zu singen, mein Herz! Weißt du denn nicht, wie auch wir singen?“

Und dann legte sie die Wange an die seine und sang leise: „Ich will von Jesus sprechen und von seiner Liebe“, und dann verfiel sie in fröhliche Kinderverslein. Bald war die Stube im Tempel erfüllt von ihrer hellen, klingenden Stimme, und die kleinen Kinder waren eingehüllt in die tröstende Sicherheit dieser Stimme. Ihnen bot der traurige Singsang nur einen Unterton, den man beim Klang dieser warmen, frohen Stimme kaum hören konnte. Vor dem Abend sang sie immer: „Mein Land, der Freiheit süßes Land.“ Der kleine Edwin schrie es förmlich mit ihr; es war das erste Lied, das er ganz singen konnte, bis zum Ende.

Aber ihr Körper war auf unmerkliche Art durch das Leid gebrochen, und sosehr sie es auch wollte, konnte sie doch nicht mehr ihrem Schritt wieder Schwung verleihen. Die schlaffe Luft wirkte schwächend, und Moskitos schwärmten von dem lauen Wasser der Reisfelder hierher. Niemand wußte damals, daß die Moskitos Malaria verbreiten, und Carie nahm die Schüttelfröste und Fieberanfälle als natürlich hin. Außerdem erkrankte Edwin an Dysenterie und war durch Wochen fahl und schwach.

Es gab auch noch andere Schwierigkeiten während dieses Jahres, nach der Geburt ihres dritten Kindes. Sie wurden nach Sutschau zurückberufen, und während sie dort waren, ward der junge amerikanische Missionsarzt, der erst unlängst gekommen war und im Haus mit ihnen lebte, von den grauenhaften Bildern des Leides und von der ungeheuren Größe seiner Aufgabe überwältigt und erlag ihnen geistig so sehr, daß er Zeichen des Irrsinns zu zeigen begann. Carie mit ihrer scharfen Auffassungsgabe war die erste, die das argwöhnte, und sie lebte in angespannter Erwartung eines Unheils.

Eines Tages, am Ende einer Mahlzeit, als Andrew schon fertig war und das Haus verlassen hatte, zog Dr. Fishe eine Flasche mit Pillen aus der Tasche und stellte sie vor Carie.

„Mrs. Stone“, sagte er überredend, „Sie sind schon lange Zeit nicht wohl. Hier ist etwas, das Sie ganz gesund machen wird, und zwar sogleich.“ Er lachte schrill und sonderbar, und Carie spürte, wie es sie kalt überlief.

„Aber, Doktor Fishe, ich fühle mich doch jetzt ganz wohl“, antwortete sie überrascht, während sie sich von ihrem Sessel halb erhob.

Doch er faßte ihr Handgelenk und sagte mit leiser, rauher Stimme: „Schlucken Sie die Pillen — schlucken Sie sofort alle!“

Carie sah sogleich, daß sie es mit einem Irrsinnigen zu tun hatte. Ihr rascher Verstand ließ sie nicht im Stich. Sie antwortete ruhig: „Dann warten Sie, bitte, nur einen

Augenblick, bis ich mir Wasser hole.“ Damit nahm sie ihr leeres Glas und verließ ruhig das Zimmer.

Sobald sie aus dem Zimmer war, lief sie, Andrew zu suchen. Er war in dem Raum im Erdgeschoß, der voll war mit Zuhörern von der Straße, und hielt ihnen eine Predigt. Doch als sie keuchend ihre Geschichte berichtete und welche Angst sie für die Kinder hege, wenn der Irrsinnige darauf kommen sollte, daß sie fortgegangen war, kam Andrew sogleich mit. Zum Glück war er größer und stärker als der andere, und es gelang ihm nach kurzem Kampf, den jungen Arzt zu überwältigen, den er unter dem Tisch fand, das Tranchiermesser in der Hand.

Am nächsten Tag brachte Andrew den Wahnsinnigen an Bord einer chinesischen Dschunke und begleitete ihn, Tag und Nacht Wache haltend, nach Shanghai, um ihn dort in die Obhut eines Amerikaners zu geben, der in die Vereinigten Staaten zurückkehrte. Der junge Arzt hatte Perioden völliger Geistesklarheit, in denen er sich genau dessen bewußt war, was geschah, und als er den Amerikaner, dessen Obhut er anvertraut war, einigen der Passagiere erklären hörte, daß der junge Arzt aus dem geistigen Gleichgewicht gekommen sei und daß sie nicht erschrecken dürften, wenn er manchmal sonderbar handelte, ging er sogleich hin und teilte den Mitreisenden listig mit, er bringe den anderen nach Hause, weil der andere irrsinnig sei. Passagiere und Mannschaft blieben einige Zeit im Zweifel, welcher von beiden der Irrsinnige war.

Der Zwischenfall aber schien plötzlich für Carie zuviel gewesen zu sein, und sie entdeckte, daß sie müde war. Jetzt bemerkte sie, was sie früher nie bemerkt hatte, daß sie viel hustete und oft an Fieber litt. Sie gingen nach Shanghai, einen Arzt aufzusuchen, und dort sagte man ihr, sie habe Tuberkulose und müsse sogleich nach Amerika fahren.

Sie kehrte zurück in das schäbige kleine Zimmer in der Missionarpension, um schlüssig zu werden, was sie jetzt tun sollte. Einen raschen frohen Augenblick lang hatte sie gedacht: Ich kann mit Ehren nach Hause zurück! Dann sah sie Andrews entsetztes blasses Gesicht. Hier im Zimmer erinnerte sie sich dessen. Er saß mit dem Rücken zu ihr und hatte die Schultern gesenkt. Sie sagte ruhig: „Andrew, ich fahre nicht nach Hause."

Er fragte nach einem Augenblick: „Was könnten wir sonst tun?"

Sie antwortete leidenschaftlich: „Ich werde dich nicht deinem Werk entreißen. Man soll nie von mir sagen, daß ich es gewesen sei, die dich von deinem Werk gerissen hat. Wir wollen nach Nordchina fahren, nach Tschefu, und dort ein Haus mieten. Dann kannst du predigen, und ich werde von selbst gesund werden."

Sie bemerkte, wie seine Schultern wieder straff wurden. Er wandte sich ihr zu, Erleichterung in Blick und Stimme. „Nun, wenn du glaubst, Carie —"

In diesem Augenblick sah sie ihn an, zu stolz, um weiterzusprechen, verletzt bis in die innerste Seele. Hatte er denn überhaupt eine Ahnung von dem Kampf, der ihr bevorstand? Er war bereit, ein jegliches Opfer anzunehmen; aber das machte ihr nichts aus. Sie konnte allein kämpfen. Da überkam es sie zum erstenmal in voller Klarheit, daß zwischen ihr und diesem Mann in Wahrheit nichts bestand, außer diesem zweifachen Bande: dem Verkünden ihres Glaubens und den Kindern, die sie mitsammen gehabt, und selbst die Kinder waren nur ein Band des Fleisches, denn Andrew war kein Mann, der Kinder je verstanden oder gar geliebt hätte. Nicht daß er ihnen Abneigung entgegenbrachte, aber eigentlich existierten sie für ihn nicht. Sein Leben war eingehüllt in eine mystische Vereinigung mit Gott und mit den Seelen der Menschen, immer nur mit ihren Seelen. Männer und Frauen waren in erster Linie Seelen für ihn und selten mehr. Aber für Carie war das Sinnliche wirklich, und Gott — wo und was war Gott?

Das stellte die Frage ihres Lebens dar. Wenn sie Andrew seiner Arbeit entzog, was blieb ihnen dann gemeinsam, welches Band mochte sie dann noch in irgendeinem wirklichen Sinn verknüpfen? Sie durfte nicht glauben, daß er ihr dann jemals vergeben konnte, ja nicht einmal, daß er die Arbeit wirklich aufgab, die er erwählt hatte. Sie gehörte einem Zeitalter an, in dem die Ehe, wenigstens zwischen achtbaren Leuten und ganz ohne Frage zwischen religiösen, ebenso unwiderruflich war wie der Tod. Sie hatte sich einem Leben an seiner Seite geweiht und wollte es fortsetzen. Sie sagte darum, als Antwort auf alle Ratschläge, sie solle in die Heimat zurückkehren: „Nein, wir wollen in den nördlichen Teil Chinas ziehen. Wir werden ja sehen, ob ich dort nicht gesund werden kann. Ich will mich noch nicht geschlagen geben."

Aber sie war von ungestümem Unabhängigkeitssinn, wenn man sie verletzte, und sie trug Andrew auf, nur die Hälfte des gemeinsamen kargen Gehaltes zu beheben, weil sie jetzt für einige Zeit nicht imstande war, irgendeine Arbeit in der Mission zu verrichten. Dann sagten sie der kleinen Gruppe von Freunden Lebewohl, charterten eine Dschunke und fuhren zur Küste, und Carie wußte nicht, ob sie diese Gesichter je wiedersehen sollte, die ihr durch die tägliche Verbindung vertraut geworden waren. Aber sie hatte ihren Stolz und ihre Entschlossenheit, die sie tapfer erhielten.

Ich erinnere mich ihrer Erzählung, daß diese Dschunke, wie so viele andere, von riesigen Ratten verseucht war, und sie liefen die ganze Nacht zu Caries Häupten über die niederen Balken, und einmal wurde sie nachts plötzlich aus dem Schlaf geweckt, weil eine große Ratte sich in den dicken Strähnen ihres langen gelösten Haares verfangen hatte. Sie mußte mit der Hand hineingreifen, die Ratte packen und zu Boden werfen, und der glatte, sich windende Körper in ihrer Hand bereitete ihr Übelkeit, und es ekelte sie so sehr vor ihrem Haar, daß sie es sich am liebsten abgeschnitten hätte.

Als sie zur Küste gelangten, fuhren sie zu Schiff nach Tschefu, einem Hafen in einer Bucht des nördlichen Chinesischen Meeres. Aber ich darf nicht vergessen, zu erzählen, daß sie am Tag vor ihrer Abfahrt in dem Shanghaier Antiquitätenladen den ovalen Tisch stehen sah, und sie war bezaubert von seinen schlanken, kraftvollen Maßen und kaufte ihn an Ort und Stelle seinem Besitzer, einem feilschenden, gebückten alten Mann, ab. Dies geschah zu Andrews ärgerlicher Verblüfftheit, denn ihm bedeuteten Tische bloß Tische und sonst nichts, und nach seiner Ansicht hatten sie schon Haushaltskram genug, daß es einen verdrießen konnte. Wenn möglich, wäre er mit einem Ranzen gereist und mit einer mageren Geldbörse und einem Buch und hätte sich sonst mit nichts belastet. Aber für Carie war dieses hübsche Stück ein Gegenstand des Entzückens, und als sie an verzweifelten Anfällen von Seekrankheit litt, stärkte sie sich bei dem Gedanken an diesen Tisch und an seine Anmut, an seine schön geschwungenen Linien und an sein glattes helles Holz, wie er nun unter ihr im Kielraum des Schiffes verfrachtet lag.

DRITTES KAPITEL

In Tschefu machten sie sich sogleich auf die Suche nach einem Haus. Andrew hätte am liebsten eins in der Nähe der Chinesenstadt gemietet, die unter den Hügeln lag, aber Carie ließ das nicht zu. Sie war jetzt schon so krank und schwach, daß sie genau wußte, es werde einen Kampf ums Leben geben, und darum wünschte sie eine Umgebung, die ihr diesen Kampf auf jegliche Weise erleichterte. Zudem litt Edwin noch an der Dysenterie, an der er vor sechs Monaten erkrankt war; dieses böse Übel wollte nicht weichen; das Kind war mager und blaß und konnte kaum stehen.

Als sie mir davon erzählte, sah ich, wie ihr Blick mitleidig und zärtlich wurde. „Mein armer kleiner Junge“, sagte sie. „Ich mußte ihm eine Hungerdiät auferlegen, und er hatte die ganze Zeit solchen Hunger. Eines Tages sah er ein paar weiße Brocken auf dem Boden des Speisezimmers; er bückte sich, netzte den kleinen Zeigefinger mit der Zunge und las die Stücke auf, um sie zu essen. Er hatte sie für Kuchenkrumen gehalten und weinte dann bei der Entdeckung, daß es nur Stücke des Anstrichs waren, der von der getünchten Wand abbröckelte. Das Herz hätte einem brechen können.“

Um seinetwillen und um ihrer selbst willen sehnte sie sich danach, die Kinder über Meere und Länder in die Heimat bringen zu können, in die weiten, friedlichen Gegenden ihrer Mädchenzeit. Doch da sie dies nicht konnte, machte sie ein Haus ausfindig, das auf einem

Hügel lag, über dem Meer. Dort wehte der Wind frisch vom unendlichen Ozean, unbesudelt von fauligem Menschenleben. Andrew hatte bloß einen etwas längeren Weg zur Arbeit.

Das Haus war ein niederer steinerner Bungalow auf einem Felsen, der steil zum tiefen, klarblauen Wasser und zur blendendweißen Brandung abfiel. Das Haus hatte einen sandigen kleinen Garten mit einer Steinmauer, die hoch genug war für die Sicherheit der Kinder, aber nicht so hoch, daß Carie sich nicht daran hätte lehnen können, um mit dem Blick die Ferne zu durchdringen und zu träumen, sie sehe zehntausend Meilen weit entfernt die Küste, die sie so innig liebte.

Sie stellte sich nun die Aufgabe, ihr Leben zu retten. Andrew hatte nie erkannt, wie ernst ihre Krankheit war, aber sie wußte sehr genau, daß der Schmerz in ihrer Seite, der unablässige, kurze, trockene, rüttelnde Husten und die fiebrige Ermattung, die jeden Tag über sie kam, Böses bedeuteten. Sie ließ ihr Bett in die Ecke der Vorhalle schieben und stellte es auf Ziegel, damit sie über die Mauer das Meer und den Himmel sehen könne.

Zu ihrer Rechten reckten sandige Berge die hageren kahlen Schultern empor, doch von der chinesischen Stadt am Fuß dieser Berge konnte sie nichts sehen. So hatte sie es gewollt. Sie mußte, wollte sie weiterleben, die gedrängten Straßen vergessen, die blinden Bettler, all das herzzerreißende Elend, das sie so wenig ändern konnte; aber wenn sie so dort lag, grübelte sie noch immer darüber nach.

Andrew war imstande, so dachte sie, die Unglücklichen zu sehen, für sie zu beten und sich damit zufriedenzugeben. Gott rettete gewißlich ihre Seele, und im Himmel waren sie dann glücklich. Auch Carie betete zwar, das ist richtig; sie betete aber mit einer gewissen zornigen Leidenschaft, denn es schien ihr trotz allem ein Unrecht, daß es solche Dinge geben durfte, und der Gedanke an den Himmel konnte die Erinnerung an das, was auf Erden geschehen, nicht verlöschen. Und außerdem, wenn Gott solche Leiden zuließ — und Andrew sagte, er tue dies für seine geheimen weisen Zwecke —, machte dies doch die Wunden in bebendem Fleisch nicht empfindungsloser, bot blinden Augen keine Erleichterung und befreite kein einziges zermalmtes, eingekerkertes Leben. Doch wollte sie ihren Gedanken keinen weiteren Spielraum lassen, denn nirgends war Antwort. Sie zwang sich mit der ganzen Kraft ihrer jahrelangen Schulung in der Dorfkirche zu Gehorsam.

„Ich muß eben den Versuch machen, zu gehorchen", sagte sie sich, um ihr eigenes Herz zu beschwichtigen.

Aber sie vermochte es nicht, anders als Andrew, sich in ihr Zimmer zurückzuziehen und zu beten und befriedigt wieder herauszukommen und nur die Seelen der Menschen im Auge zu haben. Nein, wenn ihr Körper unter der Last des Lebens zusammengebrochen war, hatte das seinen Grund in ihrer eigenen Pein, die sie immer empfand, wenn sie, wo sie nur konnte, wusch und verband und pflegte und den Kranken Arzneien reichte; doch dort, wo kein Mensch mehr heilen konnte und niemand mehr imstande war, Schmerz und Tod zu bannen, hatte sie immer geweint, als beträfe es ihr Fleisch und Blut.

Ich sah sie einst die Nacht bei einer Mutter neben einem kleinen sterbenden Kind durchwachen, und sie betete laut bei der Arbeit; als dann in der Morgendämmerung das Kind starb, nahm sie die kleine dunkle Leiche und weinte in kummervollem Grimm über ihr Unterliegen. Als Andrew das hörte, öffnete er überrascht die Augen und sagte sanft: „Gewiß war es der Wille des Herrn, und das Kind ist jetzt im Himmel." Da schleuderte sie ihm entgegen: „Oh, und glaubst du, daß dies Herz und Arme der Mutter ausfüllen kann?“ Aber unmittelbar darauf sagte sie in tiefer Verzagtheit: „Ach, ich weiß, daß es unrecht ist, so zu sprechen — ich weiß, daß ich sagen sollte: ‚Gottes Wille geschehe‘ —, aber das füllt nicht leere Arme und Herzen.“

Einmal hörte ich, wie einer von dem toten Kind einer anderen Mutter sagte: „Die Leiche gilt nichts, jetzt, da die Seele fort ist.“ Aber Carie sagte schlicht: „Ist der Körper nichts? Ich liebte die Körper meiner Kinder. Ich konnte es nicht ertragen, als sie in die Erde gelegt wurden. Ich habe ihre Körper gemacht und betreut und gewaschen und gekleidet und gepflegt. Es waren kostbare Körper.“

Tod und Kummer blieben ihr immer unfaßbar, da sie so zärtlich war, daß sie nie einem lebenden Wesen weh tun konnte. Es fiel ihr sehr schwer, den Gott der Zeiten zu verstehen, in denen sie aufgewachsen war, und eigentlich verstand sie ihn nicht.

Nach einem dieser tiefen menschlichen Erlebnisse war ihr eine Magd geblieben, die damals zu ihr kam und sie nicht mehr verließ, bis das hohe Alter sie arbeitsunfähig machte. Diese Frau hatte mit einem Mann gelebt, der nicht ihr Gatte gewesen war und den Schädel ihres kleinen Mädchens an dem Morgen, da dieses geboren wurde, zerschmetterte. Carie, die gerade damals an der erbärmlichen Hütte vorbeikam, hörte das verzweifelte Stöhnen von innen, und ihr rasches Gehör entdeckte ungewöhnlich großes Leid, und es war ihr ein Ruf, sogleich nachzusehen, was sich ereignet habe. Sie trat ein, und da lag auf den Knien der Mutter das kleine tote Wesen, aus dessen Schädel das Hirn troff. Der Mann lag auf dem Bretterbett, verdrießlich und fluchend, die Frau aber saß da wie betäubt. Das Kind war im besten Fall ein armes, halbverhungertes kleines Ding und hätte ohnedies nicht lange leben können. In ihrem raschen Umgangschinesisch fragte sie nach dem Vorfall. Der Mann war mächtig erstaunt über ihr Erscheinen und verwirrt durch ihre funkelnden strahlenden Augen, und er entfernte sich ohne viel Federlesens, aber Carie wandte sich an die braune Frau, kniete nieder und fragte sie, was geschehen sei, und so sprachen die beiden Mütter. Caries herzhafter, zärtlicher Groll richtete sich gegen diese Tat und gegen die Verruchtheit der Hand, die solches vollbracht.

„Oh, das arme kleine Wurm!" rief sie leidenschaftlich, und die Frau, die über das tote Kind hinwegstarrte, begann plötzlich zu schluchzen. „Oh, diesen Mann sollte man töten!" fügte Carie ungestüm hinzu.

„Wer darf einen Mann berühren?" schluchzte die chinesische Mutter. „Ein Mann kann ein Mädchen töten, wenn er will — oh, daß er auch mich getötet hätte!"

„Wenigstens wirst du nicht bei ihm bleiben", sagte Carie ernst.

„Wohin kann ich denn gehen?" erwiderte die Frau. „Die Männer sind alle gleich. Ich habe hier gelebt und dort, und die Männer sind immer die gleichen."

Carie fühlte die schlichte Aufrichtigkeit dieser Frau und sagte herzlich: „Du wirst zu mir kommen und bei mir leben. Ich brauche ohnedies jemanden, der mir hilft, mein kleines Mädchen zu betreuen."

Die Frau erhob sich langsam.

„Ich werde ein Stück Matte suchen, um diese Kleine hier einzuhüllen", sagte sie, „dann komme ich mit."

Nie stellte ihr Carie eine weitere Frage. Sie nahm sie in ihr Heim auf, lehrte sie die Führung des Haushalts, versuchte sogar, sie im Lesen zu unterrichten, aber das konnte die Frau nicht erlernen. Doch in ihrer Liebe zu Carie lernte sie, Edwin und das kleine weiße Mädchen sehr zärtlich zu betreuen. Als sie von Maude hörte, weinte sie ein wenig. Dann erinnerte sie sich und sie sagte: „Nur hat der Herr sie nicht mit einem Stein totgeschlagen, während sie an deiner Brust saugte.“

„Nein“, sagte Carie mitleidig mit leiser Stimme und sie sah hier ihre Gelegenheit. „In unserem Lande sind solche Dinge nicht erlaubt“, sagte sie. „Wir glauben nämlich daran, daß unser Gott uns lehrt, gütig zu sein.“

Ah, ihr schönes Land, so dachte sie inbrünstig. Ihr lieber Gott, an den die Menschen glaubten, um gut zu werden!

„Ich würde gerne davon hören“, sagte die Frau. Carie begann, halb stockend, ihr zu erzählen. Wurde sie schließlich von dieser schlichten Frau nicht eigentlich mehr belehrt, als sie sie zu lehren vermochte? so dachte sie. Es mußte ein Gott sein, denn nur dort, wo er nicht war, konnten die Menschen so tierisch werden. Durch solche Gedankengänge wurden ihre Hoffnungen manchmal bestärkt.

Späterhin zog diese Frau mit, wohin immer Carie gehen mochte, und gehörte zum Haushalt und pflegte alle die Kinder, die Carie und Andrew noch bekamen. Diese Kinder liebten Wang Amah oder, wie sie sie nannten, „Pflegemutter“, und sie neckten sie, und ich erinnere mich, wie Carie liebevoll die alte Frau ansah, die hager geworden war und verschrumpft und weißhaarig, und einmal sagte sie: „Ich glaube, Wang Amah war nicht das, was die Leute eine ehrbare Frau nennen, und ich fürchte, sie wird nie sehr viel vom Evangelium verstehen. Aber ich habe sie nie ungütig gesehen gegen eins der Kinder und habe sie auch nie ein schlechtes Wort sprechen hören, und sollte für sie kein Platz im Himmel sein, so kann sie die Hälfte meines Platzes bekommen — wenn ich einen habe.“

Wang Amah war auch in Tschefu mit ihnen, und sie betreute Carie und die Kinder und ermöglichte es Carie, im Bett zu liegen, denn sie nahm ihr die Sorge für die Kinder ab. Andrew setzte seine Predigertätigkeit immer mit gleicher Inbrunst fort, blind gegen alles andere wie der heilige Paulus. Aber Carie lag in der scharfen reinen Luft, schlief, las, aß und kehrte entschlossen zur Gesundheit zurück.

Nach sechs Monaten war der Husten verschwunden; sie konnte aufstehen und jeden Tag ein paar Stunden leichte Arbeit im Haus und im Garten verrichten, ohne daß sie davon wieder Fieber bekam. Das war eine der glücklichsten Zeiten dieser Jahre, die Monate des Wiedergenesens in dem kleinen Haus, das hoch über dem Meer hockte, so daß zwischen Carie und ihrer Heimat nichts lag als der flache Ozean. Sie hatte die Genugtuung, Andrew in der von ihm erwählten Arbeit eifrig tätig zu sehen, sie fühlte den Ansturm der Gesundheit wieder im Blut und war gesättigt von der herben Schönheit des Himmels und der Berge und der See.

Eine große Freude war es für uns alle, als sie wieder anfangen konnte zu singen, zuerst leise und mit der Zeit wieder in voller Stärke.

Für die Kinder hatte diese Krankheit Caries ihr Gutes. Carie verbrachte viel Zeit damit, daß sie ihnen beim Spiel zusah und über sie nachdachte und auf sie stolz war. Sie erzählte ihnen Geschichten und lehrte sie, viele Dinge, die sie im Leben ringsum sahen, nicht nachzuahmen. Sie sagte oft zu ihnen: „Wir sind Amerikaner! Wir handeln nicht so.“

Der vierte Juli war immer ein Festtag. Eine Flagge war gehißt, die Carie selbst gemacht hatte, Feuerfrösche wurden abgefeuert und zur Orgelbegleitung das „Star-Spangled Banner“ gesungen. Lang ehe die Kinder Amerika gesehen hatten, lernten sie, vom Urlaub als vom „Heimgehen“ zu sprechen.

Bei Sonnenuntergang saßen sie oft am Strand und blickten hinaus über das Wasser, und Carie sprach zu ihnen von dem Lande, ihrem Heimatland, das dort jenseits lag und dem sie angehörten. Sie sprach von dem großen weißen Haus und von den Wiesen, vom Obstgarten und von den Früchten, die man dort pflücken und roh essen konnte, so süß und sauber waren sie von Regen und Sonne. Das klang wie eine Erzählung vom Himmel, denn die kleinen weißen Kinder waren ihr ganzes Leben lang daran gewöhnt, daß man sie scharf bewachte, damit sie nichts, was nicht sterilisiert worden war, in den Mund steckten und nicht etwa krank würden, wie es trotz allen Vorsichtsmaßregeln aus unbekannten Gründen Edwin widerfahren war, so daß er erst nach Monaten wieder seinen gewohnten Gesundheitszustand erreichte. Bis zum Ende ihres Lebens bleibt diesen Kindern Amerika das Zauberland, wo man das Wasser vor dem Trinken nicht zu kochen braucht, und wo Äpfel und Birnen und Pfirsiche vom Baum gepflückt und gleich so gegessen werden können.

Jeden Tag gingen sie zum Meer baden, es sei denn, daß es einen Taifun gab und die Wellen zu rauh waren, und einmal ereignete sich eine sonderbare Sache, die in späterer Zeit immer wieder als Geschichte erzählt wurde. Caries Hand war noch sehr mager, und eines Tages glitt ihr im Wasser der Ehering vom Finger, ohne daß sie es bemerkte, und erst später sah sie, daß der Ring fort war.

Sie ging sogleich zum Strand und suchte, und sie alle suchten, aber es nützte nichts. Sie dang einen kleinen Chinesenjungen am Strand, daß er an der Stelle, wo sie am Morgen gebadet hatte, tauchte, aber er fand nichts.

Am späten Nachmittag ging sie langsam den Strand entlang, noch einen Versuch zu machen, obwohl sie schon alle Hoffnung aufgegeben hatte, und plötzlich schienen die letzten Strahlen der schrägstehenden Sonne tief in das glatte, stille, nicht gekräuselte Wasser. Ein Strahl leuchtete bis ganz auf den Grund, und dort lag in einem seichten Becken funkelnd der Ring. Der kleine Junge tauchte noch einmal und brachte ihn herauf, und Carie steckte sich triumphierend den Ring an den Finger. Als Andrew davon hörte, bemerkte er gelassen: „Ich habe gefühlt, daß du ihn finden wirst. Ich habe gebetet."

Wenn sie diese Geschichte in späteren Jahren erzählte, lärmten die Kinder immer: „War es wirklich deshalb, weil Vater gebetet hatte, Mutter?"

Ihre klaren Augen zwinkerten, und sie sagte: „Vielleicht — aber der Ring wäre nicht entdeckt worden, wenn ich nicht noch einmal zurückgegangen wäre. Es ist recht, zu beten, natürlich — aber es lohnt sich immer, wenn man auch selbst noch einmal einen Versuch macht!"

Nun, da Carie wieder gesund war, meinte sie, sie müsse irgendwie Geld verdienen, bis zu der Zeit, da sie wieder kräftig genug wäre, die Küste zu verlassen und zurückzukehren zum eigentlichen Arbeitsfeld ihres Gatten. Der Sommer kam und mit ihm eine kleine Gruppe von Weißen. Carie zog mit ihrer Familie in die Dachräume und nahm Gäste ins Haus und verdiente auf diese Art genug, um das, was sie zuwenig Gehalt bekommen hatte, einzubringen.

Doch wichtiger als das Geld war ihr diese Probe ihrer Kraft. Sie mußte Brot backen, mußte waschen, kochen, ein Dutzend Personen im Haus versorgen, mit keiner anderen Hilfe als der eines Dieners und Wang Amahs, die bei der Pflege der Kinder half. Carie war imstande, das alles zu schaffen, obwohl sie jetzt schon wieder schwanger war. Aber weder das Fieber noch der Husten kehrte zurück und sie fühlte sich geheilt. Am Ende des Sommers, als die Gäste fort waren, versperrte sie das kleine, an der See liegende Landhaus mit dem sandigen Garten, und sie kehrten wieder nach Südchina zurück.

Aber sie bat Andrew, nicht mehr an die Mündung des Yangtse zurückzukehren, wo sie gewesen waren. Sie war gesund, aber nicht kräftig, und so schickte man sie in eine mittlere Region, in den Flußhafen Tschinkiang, eine Stadt am Fluß, schon seit den Zeiten Marco Polos berühmt ob ihrer großen Tempel und ihrer Pagode und ihres reichen Handels, denn sie lag günstig am Kreuzungspunkt des Flusses und des Großen Kanals. Carie gewann den Ort sogleich lieb, der Berge wegen, die vom Fluß hinanstiegen. Aber für das Pionierblut in Andrews Adern war es ein allzu kosmopolitischer Ort. Es fanden sich hier andere Missionen und Weiße, und er sehnte sich nach den weiten Gebieten, wo es keinen anderen gab, der der Menge predigen konnte. Er war mißvergnügt, und Carie wagte nicht, an einen Garten zu denken, bis seine Missionsleitung erkannte, daß er bei Pionierarbeit Besseres leistete und ihm die Erlaubnis gab, hinzugehen, wohin er wollte. Er mietete ein Haus, drei Zimmer über einem chinesischen Laden am Ufer des Flusses, und ließ dort die Familie zurück, dann nahm er eine Dschunke und machte sich auf den Weg zu den obersten Gebieten am Großen Kanal, in die nördlichen Teile der Provinz Kiangsu.

Wieder stellte sich Carie die Aufgabe, ihren Kindern ein Heim zu schaffen. Die drei Räume hatten den Ausblick auf den Yangtse, der breit und rasch dahinfloß, gelb von der Erde, die er in seinem raschen Lauf von den Quellen auf Tausenden Meilen von den Ufern gerissen hatte. Während der kommenden Monate lernte Carie diesen großen unerbittlichen Strom hassen und fürchten, denn er war so rasch in seinen Engen, so langsam und verdrießlich in seiner Ausbreitung über das Land. Er wurde für ihre Phantasie ein Symbol des alles überschwemmenden, alles überwältigenden sinnlosen Lebens im Osten, das alles andere Leben zu verschlucken schien, wenn es ihm in den Weg kam, und gegen das sie sich zur Wehr setzte, indem sie immer wieder ihren Kindern ein amerikanisches Heim aufbaute.

Sie saß oft nähend beim Fenster und oft hob sie den Blick, hinauszuschauen über die langsam plätschernde, wirbelnde Fläche des Flusses. Sie sah die schwerfälligen Fähren von der Stadt am anderen Ufer herüber- und wieder hinüberfahren; sie sah die leichten bootähnlichen Sampans, die hinübertrieben wie zufällig von einem Baum abgefallene Blätter und sich manchmal in den Querströmungen verfingen, so daß der Führer des Sampans die größte Gewandtheit anwenden mußte, um in diesem Netz des Wassers ein und aus zu finden.

Im Frühling stieg der Fluß hoch, angeschwollen vom Bergschnee und von den Wildbächen am Oberlauf, und dann war er etwas Furchtbares, Ergrimmtes. Sie konnte seinen Anblick kaum ertragen, denn mehr als einmal sah sie, wie ganze Boote voll Menschen kenterten, und wie die Leute mit dem Wasser rangen, und keiner kam davon. Zweimal sah sie auch eine Fähre, allzuvoll mit Menschen, die sogar am Rande sich angehängt hatten, umkippen, keuchend wie ein wildes Tier und kieloben davontreiben. Es gab einen Augenblick, da schwarze Köpfe aus dem gelben Wasser tauchten, Arme sich verzweifelt emporreckten, und dann zog der Strom sie alle hinab und floß weiter wie vorher, nur daß das Boot wie toll hierhin und dorthin trieb.

Es heißt, daß niemand, der in diesen Strom fällt, gerettet werden kann, so tief und so rasch sind unter der kaum gekräuselten Oberfläche die einander kreuzenden Strömungen. Alle paar Tage wurde ein Sampan ergriffen und hinuntergezogen. Dennoch fuhren auch weiterhin die Leute mit dem sonderbaren Fatalismus des Ostens in jeder Art leichter Fahrzeuge über das gefährliche Wasser hin und zurück. Aber Carie lernte, den Strom mit einem tiefen Haß zu hassen, denn sie sah, wie er die Menschen bedrückte, und am allermeisten die Menschen, die ihren Lebensunterhalt darauf gegründet hatten. Sie mußte unablässig Edwin und Edith im Auge behalten, damit die Kinder, die es liebten, beim Fenster zu stehen und die Schiffe zu beobachten, nicht das entsetzliche Bild mit dem Tode ringender ertrinkender Männer und Frauen sähen.

Sie hatte jetzt schon erlernt, sich, wo es sein mußte, häuslich einzurichten, und sie tat es auch hier, an diesem Fluß, obwohl sie ihn haßte. Sie tünchte die drei Zimmer und ließ einen eingeborenen Maler kommen und Boden und Holzwerk bemalen. Dann kaufte sie in einem chinesischen Tuchladen weißen Musselin, wie er hier für die Moskitonetze verwendet wurde — die rosafarbenen Vorhänge waren schon lange verbraucht —, und verfertigte zarte gefältelte Vorhänge für die Fenster, breit genug, daß man sie manchmal vor das Bild des grausamen Stromes ziehen konnte. Und weil hier kein Platz für einen Garten war, nagelte sie eine leere Milchkiste vors Fenster, und eines Tages nahm sie die Kinder und Wang Amah und sie gingen mitsammen zu den Hügeln, die am Rande der Stadt lagen, und brachten gesunde schwarze Erde zurück, die Kiste zu füllen, und setzten Geraniumschößlinge ein, die Carie aus dem sandigen kleinen Garten in Tschefu mitgebracht hatte, und die Rosen, die sie immer bei sich aufbewahrte. Bald war es ein heller Farbfleck, über den sie schauen konnte, wenn sie zum Fluß hinsah.

Unter den drei Zimmern, die alles gewesen waren, was Andrew hatte finden können, lag ein Kramladen, in dem ein chinesischer Händler ein Durcheinander ausländischer Konserven und chinesischer Produkte, besonders aber ausländischen Whisky und Brandy feilhielt. Wenige Weiße im Hafen kauften hier ein, und noch weniger Chinesen. Die wichtigsten Kunden waren die Matrosen und Soldaten der amerikanischen und europäischen Kriegsschiffe, die von Zeit zu Zeit am Kai vor Anker lagen, denn der Strom ist so gewaltig und tief, daß die großen Schiffe noch viel weiter vordringen können als bis zu diesem Hafen. Für Carie war es ein herzerwärmender Anblick, die amerikanische Flagge mächtig über diesem dunklen, gefahrvollen Strom flattern zu sehen.

Dennoch lernte Carie, mit diesen Männern ihres Vaterlandes tiefes Mitleid zu fühlen. Sie kamen eifrig an Land, derbe junge Gesellen aus jeglichem Staate der Union, lachend, ausgehungert nach Unterhaltung. Sie konnten jedoch nichts beginnen, und da ihnen nicht anderes übrigblieb, drängten sie sich in diesen schmutzigen kleinen Laden, kauften altgewordene Schokolade und englisches Biskuit und vor allem anderen Flasche nach Flasche schottischen Whiskys. Aus dem Zimmer oben hörte sie Carie bis tief in die Nacht, ja bis zum Morgendämmern singen und schreien und trunken weinen. Flaschen schmetterten gegen die Wände, und einem dünnen Faden gleich, der sich durch den Lärm zog, konnte man den hohen, einem Moskitosummen ähnelnden Diskant der Singmädchen aus den chinesischen Bordellen hören. Manchmal gab es auch Schreien und Gekreisch, aber was da vorging, danach wollte sie nicht fragen, tief betrübt für diese Jungen, die so fern waren von der Heimat, und voll Scham, weil die ihre Landsleute waren und sich vor einem fremden, stolzen und von Verachtung erfüllten Volk so betrugen.

Manchmal ging sie am Morgen nach einer solchen Nacht hinunter in den Laden, um irgend etwas zu kaufen, und allenthalben sah man dann Scherben zerbrochenen Porzellans und verstreute Waren, und der ausgedörrte gelbe Besitzer stand da und musterte düster die Verwüstung. Einmal fragte sie ihn: „Warum verkaufen Sie den Leuten dieses Zeug, wenn es sie so bösartig macht?"

Darauf grinste er und antwortete: „Oh, wenn weiße Männer zerbrechen, ich sie lasse zahlen."

Aber sie konnte ihr Mitleid nicht vergessen und ihre Beschämung für ihre Landsleute, und so begann sie etwas zu tun, das sie dann viele Jahre fortsetzte. Wenn ein ausländisches Schiff im Hafen fällig war, buk sie Kuchen, große, schneeige Kokosnußkuchen und üppige schwarze Schokoladekuchen, deren lockeren Teig sie in der kühlen, fliesenbelegten Küche ihres Vaterhauses zu machen gelernt hatte, und Pasteten und Leckerbissen, und sie lud die Jungens zum Tee ein. Es war wenig Gemeinsames zwischen den ungeschliffenen Burschen, die sich, grinsend vor Schüchternheit, in die kleinen Zimmer drängten, und dieser kultivierten, anmutigen Frau. Aber für sie, für Carie, gab es das feste Band des Volks und des Landes, und ihr Herz wurde warm, wenn sie sah, wie die jungen Leute die guten Kuchen und Pasteten in sich stopften und Krüge voll Limonade tranken. Wenn sie gegessen hatten, soviel sie konnten, sang Carie ihnen vor, und manchmal saß sie bloß da und ließ sich von diesen Männern, die so ausgehungert waren nach Frauen, erzählen. Wenn sie fort waren, fühlte sie in der Seele den Triumph, daß sie sie wenigstens einmal bewahrt — sie geschützt und ihnen ein wenig von Amerika gegeben hatte.

Während dieses Winters wurde ein kleiner Junge geboren, den sie Arthur nannte. Wieder war es ein blauäugiges Kind mit hellem Haar, und wieder fand sie frische Freude an diesem frischen Leben. Kein einziges ihrer Kinder hatte sie je anders begrüßt als mit einer große Woge von Freude, was immer seine Geburt gekostet haben mochte, und Wang Amah freute sich diesmal besonders, denn es war ein Sohn, ein hübscher Knabe, aber von Anfang an nicht allzu kräftig. Sein Vater sah ihn erst nach zwei Monaten.

In Caries Tagebuch, das sie während dieser Jahre mit Unterbrechungen führte, finde ich immer wieder den Ausruf: „Wie reich bin ich in meinen Kindern!" Ohne Freunde, die sich in einer anderen Umgebung natürlich gefunden hätten, und da Andrew immer auf seinen langen Reisen abwesend war, fühlte sie sich dennoch zufrieden mit ihren Kindern, und die Kinder mit ihr. Einst, als wir einer Geschichte lauschten, die uns eine Frau von der großen romantischen Liebe ihres Lebens erzählte, sah ich in Caries Augen einen gewissen demütigen Ausdruck. Aber der ging bald vorbei, und sie sagte ruhig: „Meine Kinder sind meine große Romantik gewesen."

Sowohl Edwin wie Edith zeigte Anzeichen ungewöhnlicher geistiger Fähigkeiten, und es war Caries Entzücken, die Sehnsucht der Kinder nach Lesen und Gesang zu befriedigen. Was in dem seltsamen Leben, das sie führte, vor ihr lag, wußte sie nicht, aber in diesem Winter des Wartens schenkte sie sich frei und ganz den Kindern. Hier hatte sie keinen Garten, wo die Kinder spielen konnten, und die Straße war gemein und von Menschen überfüllt, aber an jedem schönen Morgen, wenn die Hausarbeit getan war, nahm sie mit Wang Amah die Kinder — den Säugling trug sie auf dem Arm — und sie gingen durch die Seitengassen, wo sie weniger Aufmerksamkeit auf sich lenkten, zu der großen Straße, die zu den Hügeln führte. Zum Glück war das nicht fern, und bald gelangten sie auf einen Weg, der sich unter Bäumen und Bambusstauden emporwand zu den grünen Gräbergründen auf der Höhe.

Immer wieder war Carie düster gestimmt auf diesen Grabäckern, die grün waren im Frühling und Sommer und kahl und braun im Winter, wenn man das Gras zum Heizen abgemäht hatte. Sie grübelte viel über diese Leben nach, die hier begraben und oft auch vergessen lagen. Einige Gräber, die kleinen, eng aneinandergesetzten Hügel, waren die letzten Ruhestätten von Soldaten, gefallen in einem Krieg; die großen, von Erdmauern umschlossenen, gehörten einem reichen Mann und seiner Familie; ein jedes hatte seine Bedeutung. Aber sie bewahrte immer die Kinder vor so traurigen Gedanken, und sie spielten fröhlich auf den Gräbern, pflückten wilde Blumen und liefen die steilen Böschungen hinauf und hinab. Als sie später in die Heimat kamen, waren sie erstaunt, dort glatte Hügel zu finden ohne Gräber, und sie erkannten zum erstenmal, daß sie die ganze Zeit auf den Gräbern der Toten gespielt hatten. So behütete diese amerikanische Mutter ihre Kinder und erhielt sie froh.

Der Hügelhang, wo sie am meisten spielten, lag im Schatten einer Festung, die oben auf dem Kamm errichtet war, und dort gab es ein Übungsfeld, wo die Soldaten marschierten, und die Kinder liebten es, die rot und blau gekleideten Soldaten zu betrachten, die mit Speer und Schwert fochten, oder die Schüsse der einzigen alten und veralteten Kanone zu hören, die tief im Lehm der Festungsmauer eingebettet war.

Am Fuß des Berges plätscherte der Strom. Er wich allmählich zurück und hinterließ eine ebene, reiche Landstrecke, über die sich unvermittelt die scharf zugespitzte Insel erhob, die bis zum heutigen Tag Goldene Insel heißt. Eine erlesene Pagode, die seinerzeit noch Marco Polo gesehen hat, erhob sich spitz in den Himmel über die geschwungenen Tempeldächer der Insel.

Aber wenn die Kinder die schimmernden Soldaten liebten und das plötzliche Krachen der spaßigen kleinen Kanone, liebte die Mutter die fernen Berge, die sich am Ufer des Flusses zackig erhoben. Klar und blau waren sie zu Mittag, von Nebeln verhangen am Morgen und Abend, und Carie liebte sie sehr, und sie trösteten sie einigermaßen in dem Kummer um die andere Kette von Bergen, die sich zehntausend Meilen weit entfernt rings um die Ebenen ihrer Heimat zum Himmel Amerikas erhob. Der Sommer kam wieder heran, der Sommer, den Carie jedes Jahr ob der lange sich hinschleppenden Reihe feuchter Tage fürchtete. Der Gestank der von Unrat erfüllten Straßen stieg zu den drei kleinen Stuben hinauf. Die Geranien wurden krank und starben in der Hitze, und die Rosen verwelkten. Von den Haufen halbverfaulenden Schmutzes, die in der glühenden Sonne dampften, schwärmten Fliegen auf. Die heiße Luft hing über der Erde gleich eklem Nebel. Irgendwie, so sagte sich Carie, irgendwie mußte sie ihre Kinder in die Berge schaffen.

Auf einem der Berge, nicht weit von der Festung, war eine alte Missionsanlage, und nach vielem Nachfragen fand Carie dort für den Sommer einen leeren Bungalow. Das war ein niederes, eckiges Haus mit sechs Zimmern, drei zu jeder Seite einer Hall, die das Haus der Länge nach teilte; an zwei Seiten hatte das Haus eine Veranda. Das war schier das Paradies nach den drei Zimmern über der gedrängten, lärmenden Straße. Dorthin zog sie, und der Sommer ging vorbei. Manchmal wurde sie ungeduldig, der Tausendfüßler wegen, auf die sie jeden Abend Jagd machte, damit sie nicht in die Betten der Kinder kröchen und die Kinder stächen und krank machten; auch brüteten die Teiche und Reisfelder in den abgeschlossenen Tälern der Umgebung viele Stechmücken aus, und die großen Töpfe mit Unrat, die die Pflanzer verwendeten, ihre Felder zu düngen, ließen Wolken von Fliegen aufschwärmen. Aber wenigstens konnte man hinausblicken über fruchtbare Täler und niedere Berge, bedeckt mit Bambus, und der grausame Strom lag meilenweit entfernt und war bloß harmlos am Rande des Horizonts als breites gelbes Band zu sehen. Am frühen Morgen erfüllte dichter silberner Nebel die Täler; über diesen Nebeln erhoben sich die Bergspitzen wie grüne Inseln. Das war schön, und um so schöner, weil Carie dabei an ihre Heimat denken mußte, bloß daß diese Nebel heiß waren und schwer, während die Nebel in Westvirginia scharf waren wie der Frost beim Morgentau.

Doch am besten von allem war dort ein kleiner Rasen, auf dem die Kinder sich tummeln konnten, und ein Stück Grund für einen Garten. Carie pflanzte Blumen und stand zeitig auf, um den Garten zu betreuen und die Blumen zu schneller Blüte zu bringen, ehe sie von ihnen scheiden mußte. Es war der erste wirkliche Garten, den sie in diesem Lande je gehabt.

Aber der Sommer ging zu Ende, und Andrew kam zurück und brachte die Nachricht, daß jetzt ein Haus für sie bereitstand an der oberen Strecke des Großen Kanals, in einer Stadt namens Tsingkiangpu, die er während all dieser Monate zum Mittelpunkt seiner Arbeit gemacht hatte. Von dieser Stadt aus bereiste er in weitem Umkreis das Land auf dem Maultier, im Wagen und zu Fuß, predigte und lehrte seine Botschaft in Weilern, Dörfern und Städten. Jetzt fühlte er sich in dieser zentral gelegenen Stadt heimisch genug, dort zu wohnen, und so hatte er ein chinesisches Haus gemietet und instandsetzen lassen.

Voll Bedauern, denn sie hatte den niederen Bungalow geliebt und alle ihre Blüten standen noch in Knospe, packte Carie ihre Habe, nahm ihren Hausrat und ihre Koffer und bestieg mit Wang Amah eine Dschunke. Nach zehn Tagen langsamen Segelns und Schleppens mit dem Tau, den friedlichen Kanal aufwärts, erreichten sie die alte chinesische Stadt, in der sie die einzigen Weißen waren. Andrew hatte ein ungewöhnlich großes Haus mit einem weiten Hof gemietet. Es hieß, daß in diesem Hause der Geist einer Frau umgehe, der mißhandelten Gattin des früheren Besitzers, und daß dieser Geist in Gestalt eines Wiesels erscheine, so daß niemand wage, das Haus zu bewohnen, und darum war der Besitzer froh, es vermieten zu können, sei es auch an einen Ausländer.

Doch wie immer das sein mochte, Carie war dankbar für dieses Haus, und wieder einmal machte sie sich daran, ein Heim zu schaffen. Saubere getünchte Wände — sie hatte jetzt fast schon ein Rezept dafür —, breite Fenster in den Mauern und frische gefältelte Vorhänge, saubere Matten auf dem Boden, der Hof mit Gras bepflanzt, wieder Blumen — Chrysanthemen, die sie wandernden Händlern abgekauft hatte, und da und dort helle kleine Rosen, rot, rosa und gelb. Und als dann die geliebte Orgel und der Tisch an Ort und Stelle standen und Betten und ein paar Rohrsessel, und als auch eine Küche angelegt war, war es wieder ein Heim. Vor dem Hause ging die lärmende Straße nach Osten und Westen quer durch die Stadt; das war die große Geschäftsstraße, und man hörte das Lärmen der Stadt, die Schreie der Hausierer, die Rufe der Sänftenkulis, die sich durch die Menge zwängten, das Knarren von Schiebkarren. Aber hinter der Mauer und dem Tor lag hier dieser Fleck des Friedens und der Sauberkeit, wo die Amerikanerin wieder ein kleines Stückchen ihrer Heimat aufbaute, wo sie ihre Kinder erziehen konnte und wohin sie oft chinesische Frauen brachte, die seufzend staunten, wie schön das war.

Andrew hatte in der Stadt viele Kapellen eröffnet und verfügte über ein Netz von Predigtstätten in der Umgebung, und er kam und ging, voll Eifer für seine Mission. Zu dieser Zeit hatte er schon eine sehr gute Kenntnis der Sprache und verwendete einen Teil seiner freien Zeit, für seine Zuhörer Bücher zu schreiben.

Carie folgte ihm nicht immer, sondern blieb in ihrem Heim und bei den Kindern; aber sie ging oft in die Kapellen, spielte die kleine Orgel, intonierte den Gesang mit ihrer klaren Stimme, und wenn Andrew gepredigt hatte, unterrichtete sie kleine Gruppen von Frauen, die gekommen waren, zu hören, was die seltsame Lehre sei. Die meisten dieser Frauen waren traurige, enttäuschte Geschöpfe, müde des Lebens und von irgendeiner Sorge niedergedrückt, angeekelt von den Forderungen, die die Priester ihrer eigenen Religionen stellten. Einige konnten die neue Religion nicht verstehen, eigentlich muß man bezweifeln, ob die Worte, die Carie sprach, die Botschaft auch enthielten, die sie in sie zu legen versuchte.

Eine stärkere Botschaft als ihre Worte war das rasche, angeborene Mitgefühl, das in ihrem Wesen lag, wenn sie den traurigen Geschichten dieser Frauen lauschte. Ihr unmittelbarer Impuls war dann immer: „Hier muß etwas geschehen." Die Frauen lernten, sie „die Amerikanerin der guten Werke" zu nennen, und viele kamen zu ihr ins Haus, Frauen, die sie nie gesehen, die aber von ihr gehört hatten, und wenn ihre Geschichten zu Ende gingen, kam jedesmal der wehmütige Satz: „Man sagt, daß du immer etwas tun kannst — daß du immer eine Möglichkeit findest."

Das war ihr großer Dienst, daß sie stets bereit war, sich Zeit zu nehmen und den Kümmernissen anderer zu lauschen. Ich erinnere mich vieler Tage, da sie am Fenster ihres kleinen Wohnzimmers saß, das bewegliche Gesicht zuckend vor Mitgefühl, und voll Ernst einer gebrochenen Stimme lauschte, die weiter und weiter sprach. Die Kinder spielten unter frohen Rufen im Garten, und dann und wann sah sie lächelnd zu ihnen hinunter, aber trotzdem hörte sie weiter zu, und ihr Blick war traurig. Viele dieser Frauen gehörten zu den Bedrücktesten ihrer Art und hatten im ganzen Leben nicht den Trost gekannt, jemanden zu haben, der sich hinsetzte, die Last ihrer armen Herzen zu vernehmen, und es war ihnen, als müßten sie immer wieder von vorne erzählen, solche Erleichterung gewährte es, zu einem Ohr zu sprechen, das lauschte. Einmal hörte ich eine zu ihr sagen: „Sag mir, was ich tun soll, und ich will es tun; sag mir, was ich glauben soll, und ich will es glauben. Mein Lebtag hat es nie jemanden gegeben, der sich die Mühe nahm, auch nur ein Wort zu beachten, das ich sprach, oder eine Träne, die aus meinem Auge fiel. Mein Vater hat mich nicht geliebt, denn ich war ein Mädchen; mein Gatte kümmerte sich nicht um mich; mein Sohn mißachtet mich. Ich bin mein ganzes Leben lang mißachtet worden, weil ich eine Frau bin, unwissend und häßlich. Und doch schenkst du mir Beachtung, und du bist Amerikanerin und eine Fremde. Darum will ich glauben, was du glaubst, denn es muß wahr sein, wenn es dich so gemacht hat — so gütig, sogar zu mir."

Sie verbrachte einen der glücklichsten Winter in dieser Zeit ihres Lebens. Das kleine chinesische Haus war behaglich, mit einem Blechofen, der nach genauen Anweisungen in der Werkstatt des Klempners verfertigt worden war, und Blumen blühten in den Fenstern. Sie hatte eine gute Hand für Blumen, und sie blühten ihr immer leicht, und ihre Zimmer, die sonst bei dem kargen Hausrat, den sie hatte, kahl gewesen wären, wirkten gastlich und wohnlich, dank solchem Wachstum.

Aber der Frühling und dann der Sommer kamen wieder näher. Wenn es nur keinen chinesischen Sommer gäbe, dachte Carie. Dieses Jahr war noch schlimmer, denn es war ein Sommer unerhörter Trockenheit. Tag für Tag während des Frühlings ließ der Regen auf sich warten, und die Bauern, die auf die Fluten der Regenzeit rechneten, auf daß ihre Reisfelder sich anfüllten, sahen, wie vor ihren Augen die junge Saat verdorrte. Der Hochsommer kam mit unglaublicher Hitze. Die Hoffnung auf eine Reisernte war für dieses Jahr vernichtet, und eilig pflanzten die Landleute hier und dort ein wenig Mais, um nicht vollends dem Hunger ausgeliefert zu sein.

Carie, mit ihrer scharfen Auffassungsgabe, immer bereit, den Wechsel in der Stimmung der Menschen zu fühlen, fühlte einen solchen Umschwung im Verhalten der Städter. Nur wenige kamen in Andrews kleine Kapelle. Es war ein merkwürdiges Nachlassen der Mengen, die ursprünglich gekommen waren — und eines Sonntags kam überhaupt niemand. Am nächsten Tag kehrte Wang Amah von ihren Einkäufen zurück und sagte zu Carie: „Es wäre gut, wenn du jetzt nicht auf die Straße hinausgingest." Als man in sie drang, sagte sie widerstrebend: „Die Leute behaupten, die Götter seien zornig, weil Ausländer in die Stadt gekommen sind. Eine solche Dürre habe es noch nie gegeben, und das ist das erste Jahr, daß Fremde in dieser Stadt sind, und darum zürnen die Götter, so sagt man."

Selbst Andrew, der sonst für nichts Augen hatte, außer für seine Arbeit, bemerkte Feindseligkeit in den mürrischen Gesichtern, wenn er auf den Straßen sprach oder wenn er den Versuch machte, seine Traktate zu verteilen. Einmal oder zweimal nahm jemand ein solches Heft und zerriß es vor seinen Augen. Das war ein bezeichnender Akt in einem Lande, wo das gedruckte Schriftzeichen um seiner selbst willen geheiligt ist. Aber Andrew war von solcher Art, daß er durch Widerstand noch fester gemacht wurde, und als er erkannte, daß seine Arbeit hier für einige Zeit unmöglich gemacht war, begab er sich auf eine große Reise durch die Gegend, um mehrere Wochen fortzubleiben, und Carie blieb mit den Kindern und Wang Amah allein.

An einem heißen Augusttag saß sie beim Fenster und nähte. Die Luft war schwer und drückend, und jedes Geräusch von der Straße schien durch die Dichte der Luft verstärkt zu sein. Sie hörte unter dem offenen Fenster flüsternde Stimmen. Sie lauschte, das Gehör geschärft von Besorgnis. Zwei Männer besprachen irgend etwas.

„Heute um Mitternacht", sagte der eine, „heute um Mitternacht wollen wir das Tor aufsprengen, sie töten und die Leichen vor die Götter werfen, damit Regen komme."

Sie stand hastig auf und ging, Wang Amah zu suchen. „Geh rasch auf die Straße", sagte sie, „und spitze die Ohren. Bring heraus, wenn du kannst, was für heute nacht geplant ist." Und dann flüsterte sie ihr zu, was sie gehört hatte.

Ohne ein Wort legte Wang Amah ihre ärmlichste Jacke an und ging. Nach kurzer Zeit kam sie zurück, starren Blicks. Sorgfältig schloß sie alle Türen, dann trat sie nahe an Carie heran und hielt ihren Mund an deren Ohr.

„Oh, meine Herrin", keuchte sie, „sie kommen heute nacht, dich zu töten — dich und die Kinder. Alle Weißen sollen getötet werden."

Carie blickte sie an. „Glaubst du, daß sie das wirklich tun werden?"

„Warum nicht?" antwortete Wang Amah bedrückt. Sie nahm ihren Schürzenzipfel und wischte sich still die Augen. „Alle die Menschen, zu denen du gütig warst —", murmelte sie, „alle diese Menschen — kein einziger wird wagen, dir jetzt zu helfen. Wenn sie sich zeigten, würden auch sie getötet werden.“ Carie stand still und sagte nichts. Ihre Gedanken arbeiteten schnell. Wang Amah blickte in die Augen der weißen Frau. „Aber ich bin noch da“, sagte sie fest.

Carie trat zu ihr und ergriff ihre harten, treuen braunen Hände. „Ich habe keine Angst“, sagte sie ruhig, „ich will hingehen und zu meinem Gott beten.“

Da ging sie in ihr Zimmer und schloß die Tür und fiel neben dem Bett auf die Knie. Einen Augenblick fühlte sie Schwindel von dem keuchenden Pochen ihres Herzens. Sollte dieser Tag wirklich ihrem Leben ein Ende setzen — dem kurzen Leben der Kinder? Sie sandte ihr Herz empor in jene unklare Höhe, wo Gott, so hatte man sie gelehrt, weilte, und sie betete: „Wenn es Dein Wille ist, rette uns, aber was immer komme, hilf mir, keine Angst zu haben!“ Dann, nach einer langen Pause, betete sie wieder: „Wenn die Zeit kommt zu sterben, hilf mir, daß es die Kinder zuerst treffe.“

Sie kniete lange Zeit so und dachte darüber nach, was sie tun sollte. Dann schwieg sie wieder lange Zeit und wartete. Keine Antwort kam, so wie immer bisher, aber endlich stand sie auf, gestärkt durch ihren eigenen Mut und durch einen guten kräftigen Zorn, der in ihr emporquoll.

„Ich werde mich von einer Horde abergläubischer unwissender Leute nicht töten lassen und ich kann nicht zulassen, daß die Kinder getötet werden“, beschloß sie, einigermaßen verblüfft durch ihre eigene Ruhe. Nun, sie wollte eben bloß auf Gott vertrauen, mochte er auch schweigen, und sie wollte nicht fürchten, was die Menschen ihr antun könnten.

Am Abend brachte sie die Kinder früh zu Bett und dann setzte sie sich ruhig zu ihrer Näharbeit. Den ganzen Tag hatte ihr Zorn sie nicht verlassen. „Ich habe keine

Lust zu sterben“, sagte sie mit großer Festigkeit laut zu sich. Allmählich war ihr aufgedämmert, was sie tun mußte.

Sie trat zum Fenster, und während sie nähte, hörte sie zu. Das Murmeln der Stadt dröhnte durch die erstickende, staubgeschwängerte Luft. Sie lauschte diesem Murmeln, angespannt nach einem Wechsel in seinem Ablauf suchend. Gegen Mitternacht kam dieser Wechsel. Das Murmeln stieg an und schien um die Mauern ihres Hauses zu wirbeln. Die Stunde näherte sich. Sie stand auf und rief leise Wang Amah, die schweigend im Schatten des Hofes saß. „Wang Amah, bitte, mach jetzt den Tee.“

Da stieg sie die Treppe hinab, stellte Schalen und Teller auf den runden Tisch und legte Kuchen auf die runden Teller. Als dann alles bereit stand wie für ein Festmahl, fegte sie das Zimmer, so daß es makellos sauber war, und stellte die Sessel auf, gleichsam für Gäste. Dann ging sie in den Hof und zum Haupttor und riß es weit auf.

An der Schwelle stand eine Vorhut von Männern, deren Gesichter im Dunkel der heißen Nacht nicht zu sehen waren. Sie wichen ins Schwarz zurück, aber Carie schien sie nicht zu sehen und wurde auch nicht unsicher. Sie ging wieder ins Haus und ließ die Tür zum Hof offen, dann drehte sie den Docht der Lampe hoch, damit das Licht hinausdringe, ging hinauf, weckte die drei Kinder, kleidete sie an und führte sie hinunter. Sie schwiegen, erstaunt über dieses sonderbare Vorgehen, aber Carie sprach zu ihnen wie immer und sang ihnen ein kleines Lied vor, dann setzte sie sie auf die Matte des Bodens und gab ihnen ihre Sonntagsspielsachen zum Spielen, und die Kinder begannen fröhlich zu spielen. Dann nahm sie wieder die Näharbeit zur Hand und setzte sich. Wang Amah hatte Kannen mit Tee gebracht und stellte sich hinter die Kinder, unbewegt, ausdruckslosen Gesichts.

Rings ums Haus schwoll das Gemurmel an, bis es ein

Dröhnen vieler Stimmen ward. Als man in diesem Dröhnen einzelne Worte hörte und sehr nahe, stand Carie gleichmütig auf, ging zur Tür und rief: „Bitte, wollt eintreten!"

Da waren sie schon im Hof, und beim Klang dieser Stimme drangen sie vor, eine Menge mürrischer zorniger Männer der niederen Arbeiterklasse, und sie hatten in den Händen Stöcke und Knüttel und Messer. Wieder rief sie freundlich, und in der großen Anspannung ihres Willens klang ihre Stimme hell:

„Tretet ein, Freunde und Nachbarn, ich habe euch Tee vorbereitet."

Die Männer blieben bei diesen Worten unschlüssig stehen. Ein paar drängten vor. Carie goß geschäftig den Tee ein und trat ihnen entgegen mit einer Schale in beiden Händen, wie es der höfliche Brauch vorschrieb. Sie bot sie dem großen, mürrischen, halbnackten Mann, der der Rädelsführer zu sein schien. Er riß den Mund auf vor Verblüffung, nahm aber hilflos die Schale. Carie lächelte den Gesichtern, die im Licht der weitgeöffneten Tür schimmerten, ihr strahlendstes Lächeln zu.

„Wollt ihr eintreten und Tee trinken?" sagte sie. „Und setzt euch auch. Verzeiht, daß mein ganz schlechtes Haus nicht genug Sitze hat, aber was ich habe, ist euer."

Dann trat sie zum Tisch zurück und tat so, als machte sie sich dort zu schaffen. Die Kinder hörten auf zu spielen, und Edwin lief an ihre Seite. Aber sie beruhigte sie freundlich: „Nichts, wovor ihr Angst zu haben braucht, meine Lieblinge. Bloß ein paar Leute, die gekommen sind, zu schauen, wie wir aussehen — so spaßige Leute, die schauen möchten, wie Amerikaner aussehen! Sie haben bisher noch keinen Amerikaner zu Gesicht bekommen."

Die Menge begann allmählich ins Zimmer zu dringen, mit weitaufgerissenen Augen und offenen Mündern, für den Augenblick abgelenkt. Einer flüsterte: „Seltsam, sie hat keine Angst.“

Carie hörte dieses Flüstern. „Warum sollte ich vor meinen Nachbarn Angst haben?“ fragte sie in gut gespielter Überraschung.

Andere begannen die Einrichtungsgegenstände zu mustern, die Vorhänge, die Orgel. Einer berührte eine Taste, und Carie zeigte ihm, wie man es anstellen müsse, damit es klinge. Dann sank sie auf den Sessel und begann leise zu spielen und auf chinesisch einen Choral zu singen.

Totenstille erfüllte den Raum, bis sie fertig war. Endlich blickten die Männer zögernd einander an. Einer murmelte: „Hier ist nichts — nur diese Frau und die Kinder.“

„Ich gehe heim“, sagte ein zweiter schlicht und er verließ den Raum.

Andere, noch immer feindselig, verweilten, und der Rädelsführer machte halt, die Kinder anzusehen. Er streckte die Hand nach Arthur aus, und der rosige freundliche kleine Junge, der sein ganzes Leben lang braune Gesichter um sich gesehen hatte, lächelte und griff nach dem hageren dunklen Zeigefinger des Mannes. Der Mann lachte entzückt und rief: „Mit dem ist gut spielen!“

Da sammelte sich die Menge um die Kinder, betrachtete sie, begann geschwätzig zu werden in ihren Bemerkungen, hob die amerikanischen Spielsachen auf, um sie zu mustern und damit zu spielen. Carie, die zusah, war in verzweifelter Furcht, eine rauhe Bewegung könne eins der Kinder erschrecken und so die Laune der Männer zum Umschwung bringen. Wang Amahs dunkles Gesicht beobachtete ernst von der Tür her. Endlich stand der Führer auf und verkündete laut: „Hier ist nichts weiter zu tun. Ich gehe heim.“

Das war das Zeichen für die ganze Menge. Rückwärts

starrend traten sie einer nach dem anderen in den Hof und hinaus auf die Straße. Carie setzte sich wieder, plötzlich matt, nahm das kleinste Kind auf den Schoß und schaukelte es sanft. Das war das letzte, was die Männer, die noch auf der Schwelle des Tors verweilten, von ihr sahen.

Als sie alle fort waren, stahl sich Wang Amah heran, ergriff den Säugling und preßte ihn fest an sich.

„Wenn einer ihm weh getan hätte, hätte ich diesen Teufel getötet", flüsterte sie, und Carie sah aus der Brusttasche ihrer Jacke den Griff des Küchenmessers ragen. Aber Carie lachte jetzt bloß, ein wenig zittrig, hob Edith auf den Arm, nahm Edwin bei der Hand und ging voran, die Treppe hinauf. Sie badete die Kinder wieder in kühlem Wasser und legte sie ins Bett zurück.

Dann stieg sie hinab und schloß das Tor zur Straße, die jetzt schweigend und leer dalag im Dunkel der Nacht, kurz vor dem Morgendämmern. An der Tür des Hauses hielt sie inne. Ein Wind hatte sich im Südosten erhoben, ein Wind, gleich dem Vorboten eines Taifuns. Sie lauschte; der Wind erhob sich plötzlich und fuhr mit einem Stoß durch die offenen Fenster, und die Vorhänge flatterten. Der Wind war frisch und kühl von der Kühle des fernen Meeres.

Da ging sie hinauf, legte sich zu Bett, lag still und lauschte. Brachte dieser Wind den Regen? Eine lange Stunde lag sie wach und sank endlich in leisen Schlaf und erwachte später. Auf dem Ziegeldach über ihr erklang die Musik herabströmenden Regens, der von den Ecken des Hauses herunterflutete und auf die Steine des Hofes klatschte. Sie lag da, durchdrungen von Wonne, ihr Körper endlich entspannt in der kühlen feuchten Luft. Die schreckliche Nacht — die schreckliche Nacht war vorbei!

Sie stand auf und trat zum Fenster. Grauer Tag stieg über die Dächer, aber keine Seele regte sich. Erschöpft von der vorbeigegangenen Hitze schlief die Stadt, und in die leeren Straßen fiel der gute Regen in langen ständigen Strichen. Sie waren gerettet... war das endlich ein Zeichen?

Das Ende des Sommers kam heran, und Carie war glücklich und sehr erleichtert. Doch als ob für sie keine Freude von Dauer sein könnte, erkrankte eines Tages im frühen September Arthur an einem plötzlichen Fieber. Das Kind war am Tag vorher im Hof in einen Ziegelkanal gefallen und hatte durch einige Stunden nach diesem Fall einen matten Eindruck gemacht, ängstlich beobachtet von Carie. Am Abend aber war er wie früher, froh und vergnügt.

Am nächsten Morgen jedoch kam die Ermattung wieder und am Mittag glühte er vor Fieber, und sie behandelte ihn mit den einfachen Arzneien, die sie hatte, und badete ihn in kühlem Wasser, und Wang Amah fächelte ihm ohne Unterlaß Kühlung zu. Dennoch stieg das Fieber, und am Abend war das Kind bewußtlos. Den ganzen Tag hatte der Knabe vor Schmerz gestöhnt, doch war er noch zu klein, um sagen zu können, wo der Schmerz saß, obwohl Carie den kleinen Körper immer wieder untersuchte. Als er endlich in eine schreckliche weißlippige Stille versank, beugte sie sich entsetzt und hilflos über ihn. Wang Amah fühlte seine kleinen Füße an.

„Er stirbt", sagte sie leise.

Es war kein weißer Arzt in der Stadt, aber die Mutter konnte das Kind nicht ohne die Hilfe eines Arztes sterben lassen. Verzweifelt wandte sie sich an Wang Amah: „Geh — geh — suche den besten chinesischen Arzt in der Stadt — bitte ihn, sogleich zu kommen — sag ihm, ein Sohn stirbt."

Wang Amah verschwand sogleich und kam nach kurzer Zeit mit dem Arzt zurück, einem kleinen verschrumpften alten Mann in schmutzigem schwarzem Gewand, der auf seiner Nase gewaltige stahlgefaßte Augengläser trug. Er betrat den Raum schweigend und unerschütterlich und ging, ohne nach rechts oder links zu schauen, geradewegs zu dem kleinen Bett. Er streckte die ungewaschene Hand mit den langen Nägeln, die Klauen glichen, aus dem Ärmel und hielt das kleine heiße Handgelenk des Kindes zart zwischen Daumen und Zeigefinger. So saß er lange Zeit mit geschlossenen Augen. Dann stand er auf, zog ein Stück gefaltetes Papier aus der Brusttasche, nahm seine Tinte und seinen Pinsel aus dem Gürtel und malte hastig ein paar Hieroglyphen hin.

„Trag das zur Apotheke", wies er Wang Amah an, „bring es nach Hause und koche es in heißem Wasser und gib dem Kind alle zwei Stunden ein Glas zu trinken." Er streckte die Hand aus, seinen Lohn zu empfangen, und war fort.

Wang Amah ging mit dem Stück Papier und brachte ein Bündel Kräuter zurück und einen großen Kupferring, der von Grünspan bedeckt und ganz grün vor Alter war. Hastig bereitete sie sich vor, das Getränk zu brauen, aber Carie rief: „Amah! Amah!" Dieser Ruf war ein Schrei, und Wang Amah lief ins Krankenzimmer. „Mein Kind — mein Kind!"

Carie hielt das Kind in den Armen. Es starb in Krämpfen. Wang Amah stieß einen grunzenden Laut des Mitgefühls aus, nahm vom Bett ein Kleidungsstück, das das Kind getragen hatte, lief hinaus, während sie im Laufen eine angezündete Lampe ergriff. Einen Augenblick später hörte Carie die Stimme der Amah von der Straße emporklingen.

„Kind, komm heim — komm heim —"

Wieder und wieder erklang der Ruf, schwächer und schwächer, in der Ferne verhallend.

Diesen Ruf hatte Carie schon viele Male gehört und viele Male war sie erschauert, weil er so traurig klang. Viele Male war sie auch an einer schluchzenden Mutter vorbeigekommen, die eine angezündete Laterne trug und in der Hand eine kleine Jacke, und Caries Herz war schwer geworden vor Mitgefühl, denn sie hatte gewußt, daß irgendwo ein kleines Kind im Sterben lag und daß die Mutter in ihrer letzten Hoffnung fortgegangen war, die kleine wandernde Seele wieder heimzurufen.

Jetzt handelte es sich bei dieser kleinen wandernden Seele um die Seele ihres eigenen Kindes. Sie hielt das gebrechliche Körperchen an sich gepreßt; während sie es so hielt, erschauerte es und war dann still.

Am nächsten Tag sandte sie einen Eilboten auf die Suche nach Andrew, denn damals gab es noch keinen anderen Postdienst. Wang Amah kaufte einen kleinen Sarg, und Carie schmückte diesen Sarg mit einem Stück blauer Seide, das sie aufbewahrt hatte; gemeinsam badeten die beiden Frauen das blonde kleine Amerikanerkind und legten es in den Sarg, und beide weinten so kläglich, daß niemand hätte erkennen können, welche die Mutter war. Die Leute, die den Sarg versiegeln sollten, wurden gerufen, weil noch immer sommerliche Hitze herrschte. Als alles getan war, setzte sich Carie hin und wartete auf die Ankunft ihres Gatten. Er kam am nächsten Tag, müde und erschöpft von der eiligen Reise. Carie trat ihm entgegen, jetzt schon trockenen Auges und verzweifelt.

„Ich muß fort", sagte sie. „Ich muß eine weiße Frau zu Gesicht bekommen — jemanden von meiner Art. Nehmen wir das Kind und legen wir es neben das andere in Shanghai. Ich kann nicht zulassen, daß mein Kind allein liege — hier in dieser — in dieser heidnischen Stadt."

Andrew hörte die Verzweiflung in ihrem Ton und war einverstanden. Schon am nächsten Morgen mieteten sie eine Dschunke und traten die Reise nach der Küste an, eine Fahrt von ungefähr vierzehn Tagen auf dem Kanal und dem Fluß.

Aber niemand hatte ihnen gesagt, daß in Shanghai die Cholera wütete. Es gab damals keine Zeitungen und keine Postämter, die rasch Briefe befördert hätten. Sie erreichten die dürftige kleine Missionarpension, durch Straßen, die dunkel waren vom Tod. Am ersten Tag zählte Carie mehr denn fünfzig Särge, die man am Fenster vorbeitrug. Sie war entsetzt, und nach dem Begräbnis beschleunigten sie ihre Rückkehr.

Aber am frühen Morgen des Tages, an dem sie aufbrechen wollten, wurde Carie von heftigem Durchfall und Erbrechen gepackt, und eine Stunde später griff das Übel auf Edith über, die damals vier Jahre zählte. Andrew versuchte einen Arzt aufzutreiben, es war aber keiner zu finden, denn an diesem Tag fanden die Herbstrennen statt, und die weiße Bevölkerung war zum Rennplatz gefahren, der am Rande der Stadt lag. Es gab zwei Stunden Verzug, und Carie war dem Tode nah. Als der Arzt kam, begann er rasch seine Arbeit und wies Andrew und Wang Amah an, seinem Beispiel bei dem kranken Kind zu folgen.

Carie hatte jetzt schon das Bewußtsein verloren, aber wieder half ihr ihr kraftvoller Körper, und sie konnte zu sich kommen. Gegen zehn Uhr abends war sie stark genug, zu flüstern: „Edith — Edith?"

Andrew, der nie vermocht hatte, ihr etwas zu verbergen, stammelte: „Versuche zu glauben —"

„Doch nicht tot?" keuchte die arme Mutter.

„Ja", sagte Andrew hilflos.

Am nächsten Tag wurde der zweite kleine Sarg gekauft. Andrew allein folgte ihm zum Friedhof, und man öffnete das frisch gemachte Grab, das Grab, in dem auch

Maude ruhte, und begrub das dritte Kind. Carie lag im Bett, tränenlos und bitter und versuchte, sich vor dieser erschrecklichen Macht zu beugen, die sie so berauben konnte.

„Ich glaube — daß es nachher besser sein wird — ich will vertrauen —" Aber im innersten Herzen, in diesem schluchzte und weinte sie: „W e m vertrauen?"

Nach langer, mühevoller Genesung nahm sie eine Dschunke, die sie zu jener Stadt im Innern des Landes zurückbrachte. Das Haus schien ihr allzu groß und einsam, da Edwin, jetzt ein Junge von neun Jahren, wieder das einzige Kind war. Es fiel schwer, ihm immer Beschäftigung und Freude zu schaffen. Sie wollte ihren Sohn männlich und kraftvoll haben, doch in dieser begrenzten und erschlaffenden Welt gab es nichts, das ihn fördern konnte, außer ihr selbst, und sie war dem Knaben zu traurig. Nun, da nur noch er ihr geblieben, dachte sie über ihn nach, erfüllt von leidenschaftlicher Furcht und Zärtlichkeit, Gefühlen, die — und das wußte sie selbst — für ihn nicht taugten.

Im verborgenen blutete ihr Herz Tag und Nacht um der toten Kinder willen. Andrew konnte, ja sollte zu seiner Arbeit zurückkehren, sie aber mußte allein bleiben. Wang Amah war ihr wie immer Freundin und Stütze, der Mutter aber tat jetzt mehr not denn solche Schlichtheit.

Wieder wandte sie sich ihrer alten Arbeit zu: sie heilte die Kranken, so gut sie das vermochte, und besuchte wieder die kleine Kapelle, aber wenn sie von Gott sprechen sollte, war ihr Herz dürr und stumm. Was wußte sie von Gott, außer den hohlen Worten, die man sie gelehrt hatte? Es lag keine Botschaft auf ihren Lippen. Nur die gehorsamen Hände arbeiteten weiter.

Selbst wenn sie die alten Lieder sang, konnte sie kein Lied ohne Tränen beenden. Schließlich verbrauchte sich ihr Körper unter diesem Druck, nicht nur unter dem ihres Verlustes, sondern auch unter dem seelischen Druck ihrer Lebensfrage, der Frage nach Gott. Sie betete oft und klammerte sich an ihre Hoffnung auf Gott, denn sie kannte sonst nichts, woran sie hätte glauben können, und der Glaube an etwas greifbar Gutes war ihrer positiven Natur wesentlich und nötig. Aber ihr Gebet schien zu ihr zurückzukehren wie das Echo eines Rufes, der in die Wüste hallt.

Da ging eines Tages Wang Amah, die das sah, zu Andrew und erklärte ihm, auch ihre Herrin werde sterben, wenn nicht etwas geschehe, und zwar rasch geschehe. Nun blickte Andrew seine Frau an. Wahrlich, sie sah traurig aus und weiß und mager, und der stumpfe Ausdruck ihrer dunklen Augen erschreckte ihn.

„Carie", sagte er zögernd, „sollen wir — möchtest du für einige Zeit nach Hause fahren?"

Sie sah ihn sprachlos an, und ihre dunklen Augen füllten sich jäh mit Tränen. Nach Hause — nach Hause — das war die einzige Rettung!

Sie waren jetzt zehn Jahre fort; nach der Gepflogenheit seiner Mission konnte Andrew jetzt einen einjährigen Urlaub nehmen. Und noch ehe ein Monat um war, fuhren sie wieder zu Küste.

Aber in Shanghai wurde Carie von heftigem Widerstreben erfaßt. Plötzlich verlangte es sie nicht mehr, nach Hause zu fahren. Sie fühlte, daß sie mit ihrem noch wunden, blutenden Herzen die mitleidigen Mienen daheim und das erneute Gefühl der Verwaisung nicht ertragen konnte. Andrew war sehr verwirrt durch diese Sinnesänderung; er zog einen Arzt zu Rate, der einen völligen Wechsel der Umgebung verordnete — „etwas, das sie noch nie gesehen hat". — Dieses Etwas war das Mittelmeer, war Europa.

Drei Monate reisten sie durch Europa — Carie teilnahmsloser denn je. Sie landeten in Italien und fuhren von dort in die Schweiz. Dort verbrachten sie einen Monat in dem herrlichen Luzern, aßen goldenen Honig, sahen unendlich blaue Seen und schimmernd weiße Berge. Das war die richtige Arznei. Solche Schönheit machte Carie wieder gesund, was nichts anderes vermocht hätte; und die Schönheit kühler Orte, ruhiger sauberer Menschen, kleiner Kirchlein mit spitzen Türmen, großer dämmerdunkler Dome ließ Caries Seele genesen. Irgendwie kehrte ihr die unklare Erkenntnis zurück, daß das Leben trotz allem gut ist, und wenn es gut war, mußte es auch einen Gott geben, und einmal, in ferner Zukunft, mochte Carie ihren Kummer mit dieser Erkenntnis in Einklang bringen. Aber sie war jetzt zu matt, um zu kämpfen. Das erstemal hatte sie gegrollt, zweimal getrauert, doch als ihr auch ihr hübsches vierjähriges Herzblättchen Edith genommen wurde, brach ihr das Herz, und endlich verstummte sie. Auch die Kümmernisse anderer, mit denen ihr Wirken sie in Berührung brachte, hatten das Gefühl allgemeinen Jammers in ihr verstärkt. Es tat ihr not, Länder zu sehen, deren Bewohner in friedlichem Wohlstand lebten, Länder, wo man das Leid nicht zu Gesicht bekam.

Sie wanderten schließlich nordwärts, nach Holland, und besuchten dort voll warmen Anteils die Stadt Utrecht und die alte Möbelfabrik Mijnheers, die jetzt moderner und noch immer ein stattlicher Betrieb war. Es war Carie ein Entzücken, daß sie Edwin mitnehmen konnte, um ihm das Haus und die Stadt zu zeigen und dabei zu beobachten, wie der Stolz auf die wackeren, kraftvollen Vorfahren in dem Jungen aufkeimte. Sie vermochte jetzt die Vereinsamung ihrer letzten zehn Jahre abzutun und war von neuem unter den Ihren verwurzelt.

Zwei Spätsommerwochen in England füllten ihr Gemüt mit Schönheit, und es schien ihr, als wäre sie wieder sie selbst, geheilt an Körper und ein wenig auch an der Seele. Endlich konnte sie ihres alten Kummers vergessen, und wenn sie auch noch nicht fähig war, der Zukunft die Stirn zu bieten, vermochte sie doch, froh erregt an Heimatland und Vaterhaus zu denken.

War es möglich, daß während dieser zehn Jahre die stille Ebene in solcher Schönheit dagelegen hatte? Wieder saß Carie beim Fenster ihres Mädchenzimmers und blickte hinaus auf das vertraute Bild. Dieses ruhige Sitzen und Schauen wurde ihr nie zuviel. Mehr als Musik bedeutete es ihr, daß sie die Hügel sah, die waldig aus dem fruchtbaren friedlichen Land emporstiegen, daß sie auf der Dorfstraße unter den breiten Ulmen und Ahornbäumen wieder in die kleine weiße Kirche ging, in der Andrews Bruder noch immer das Amt des Priesters versah, mochten gleich seine Predigten ein wenig unklarer geworden sein und seine kleine Frau ein wenig runder. Alles, alles andere war unverändert geblieben, nur daß auf jedem der wohlbekannten Gesichter zehn weitere Lebensjahre zu sehen waren.

Im Hause lebten die Menschen, die sie kannte und liebte; ihr Vater, jetzt schon schneeweiß, launenhafter denn je und noch immer ein wenig steif gegen Andrew; Cornelius, Gatte einer hübschen schwarzhaarigen Frau, die viel jünger war als er und ihn vollends beherrschte. Alle Schwestern Caries waren verheiratet, mit Ausnahme der ältesten und der jüngsten; Luther aber — war es denn möglich, daß aus dem wilden Jungen dieser stattliche, tüchtige Geschäftsmann geworden war und daß er eine Frau und zwei kleine Kinder hatte?

Hier waren sie alle, und sie freuten sich, Carie zu sehen; voll zärtlichen Mitgefühls nahmen sie sie wieder in dem alten Heim auf, und doch, wie sehr war Caries Leben für immer von diesem Leben getrennt! Ein bedrückendes Gefühl, daß sie anders sei, wich nie ganz von ihr, die Erinnerung an andere Gesichter, seltsamere Länder. Sie sprachen und plauderten hier; sie hatten wieder die alten frohen Musikabende; Carie besuchte ihre verheirateten Schwestern und nahm bis ins kleinste teil an ihrem Leben: sie half ihnen kochen, waschen, das Haus säubern; sie unternahmen in dem Wagen mit den beiden alten Pferden lange Fahrten in das herbstlich schöne Land — doch die ganze Zeit fühlte Carie, daß nicht ihre ganze Seele hier weilte, und endlich kam das Wissen über sie, daß eine tiefe Kluft des Lebens, des Erlebens zwischen ihren Erfahrungen und den Erfahrungen der Ihren lag. Hier lebte man sicher und geborgen in einem reichen, fruchtbaren, jungen Land. Doch sie kannte jetzt jenes andere Land so gut, jenes alte, uralte Land, das vollgepfercht war mit allzu vielen leidenden Menschen, das nach überflüssigem Leben stank — nach Leben, zu rasch geboren, zu rasch erlöschend, nach dunklem, heißem Leben.

Allmählich wurde ihr klar, daß sie zwar durch Geburt und Liebe in diesem Land, ihrer Heimat Amerika, verwurzelt sein mochte, daß sie aber auch an China gebunden war — gebunden schon durch ihre Kenntnis des Landes, gebunden durch solche Seelen wie Wang Amah, gebunden durch die kleinen Leichen, die dort in der alten Erde schlummerten und einst ihren fahlen Moder mit dem Dunkel dieser Erde mengen mußten. Nein, das ferne Land war ihr nicht mehr fremd. Sie konnte es über sich bringen, eines Tages dorthin zurückzukehren, weil ein

Stück ihres Leibes und ihrer Seele in diesem Land begraben lag.

Man sprach aber mehrere Monate nicht von der Rückkehr. Der herrliche Herbst verstrich — war je ein Herbst so herrlich gewesen? Hatten sich die Ahornbäume in diesen zehn Jahren wirklich Jahr für Jahr so entflammt? Der Winter kam, Weihnachten, und alle Söhne und alle Töchter und die Kinder der Söhne und Töchter versammelten sich unter dem Dach des großen weißen Hauses. Edwin, mitten unter ihnen, war außer sich vor Freude. Zu erregt, zusammenhängend zu sprechen, jagte er in diesen glücklichen Tagen ewigen Spielens durch Haus und Wälder, über Wiesen und Schnee, vom Eislauf zur Schlittenfahrt, in einer Freiheit, die er nie auch nur im Traum geahnt hätte.

„Oh, ich liebe Amerika, Mutter!" rief er immer wieder. Einzig und allein dieser Ruf machte Carie erschauern. Durfte sie ihn durch die Rückkehr in die Fremde dieses schönen Landes berauben, das durch das Recht der Geburt sein war? Dennoch bestand das stumme und traurige Band zwischen ihr und dem anderen Lande — nein, jetzt wollte sie noch keinen Entschluß fassen.

Nach Weihnachten fuhren sie zu Gast in Andrews Vaterhaus, ein großes, weitläufiges Farmerhaus am Greenbrier River. Hier waren die Leute anders als die Ihren. Sie gingen verschwenderisch mit den Vorräten um, ein Greuel für Caries gediegenes holländisches Wesen, das Geld aber war immer knapp, obwohl auf dem großen Farmhof Obst und allerlei Feldfrüchte ungenutzt lagen. Andrews Vater war ein hochgewachsener, hagerer, düsterer Mann mit tiefen, frommen Augen und verschlossenem, mystischem Wesen. Seine Stimme klang so feierlich, als spräche er aus einer Gruft.

Andrews Mutter hingegen war eine humorvolle, sarkastische alte Dame mit gar scharfer Zunge. Als sie sechzig Jahre alt wurde, entschloß sie sich, sich von jeder Tätigkeit zurückzuziehen und verbrachte fürderhin trotz ihrer körperlichen Rüstigkeit ihre Zeit im Schaukelstuhl oder im Bett, von wo sie das Treiben der Welt beobachtete wie von einer Warte. Die größte Freude im Leben war für sie ihr unablässiges Keifen. Dieses Gekeife galt immer nur ihrem Mann, der nicht ihre Gabe schlagfertiger Rede hatte und ihr mit donnerndem Gepolter antwortete, bis sie schwieg.

Der alte Mann ließ sich jeden Abend in dem großen Steinkamin ein Holzfeuer machen, dann streckte er sich auf das Fell vor dem Kamin, um schweigend und düster in die Flammen zu starren. Was er da träumte, das wußte niemand, doch in jenen Zeiten, da man den bösen Zauber der Zugluft fürchtete, war es ein allabendliches Wagnis, so vor dem Kamin zu liegen. Seine alte, ewig nörgelnde Frau unterließ nie, ihm zuzurufen: „Du wirst dir noch den Tod holen, wenn du so daliegst!“ Oder, falls sich dies als zu mild erwies: „Es ist wirklich zu kindisch, auf dem Boden zu liegen!“

Sie ruhte nicht und schalt so lange, bis sie sah, wie er sich ihr zuwandte und die buschigen grauen Augenbrauen verzog, und bis sie ihn donnern hörte: „Ruhe, Weib!“ Da wurde sie frohgemut und sprach nicht mehr zu ihm, es sei denn, daß sie während des Abends, wenn ihr Blick auf ihn fiel, ab und zu verächtlich grunzte.

Aus dieser Ehe und aus diesem ernsten, freudlosen Heim waren sieben Söhne und zwei Töchter hervorgegangen, und alle Söhne, außer einem, hatten den Priesterberuf gewählt. Das Haus erschien Carie absonderlich, ein Haus ohne irgendeine der anmutigen und freundlichen Kleinigkeiten des Lebens, die Caries Heim so freundlich machten. Aber nach diesem Besuch, den sie, sobald es anging, beendete, verstand sie Andrew besser, seine Strenge, seine Scheu, seine Glut, die so tief war und so seltsam eingedämmt, sein machtvolles mystisches Leitmotiv im Leben.

Im Spätherbst hatte sie bemerkt, daß sie wieder ein Kind gebären werde, und jetzt war ihr, als müßte sie in ihrem lieben alten Heim bleiben, bis dieses kleine Leben begonnen hätte. So blieb sie wieder in ihrem Zimmer und wartete und verlebte dort den schönen Frühling Amerikas. Sie lehnte es ab, an das zu denken, was vergangen war oder was kommen mußte; sie teilte mit Edwin das Entzücken über die Saat und die frühe Ernte; sie fand traumhafte Freude daran, im Juni Äpfel zu pflücken, Erdbeeren und Kirschen zu essen, die noch naß waren vom Tau, silbrig kühl vom Morgen.

Sie schenkte sich jetzt ganz diesem schlichten, vollkommenen Leben und wollte nicht mehr nachdenken, ehe das Kind geboren war. Selbst die Arbeit dieses Lebens war Freude: Wäschewaschen unter den Bäumen des Hintergartens, wo die Waschtröge unter eine große Ulme gestellt worden waren, der Kessel an einem Gestell aus eisernen Beinen hing und das klare Wasser aus dem nahen tiefen Brunnen gepumpt wurde; das Plätten der schneeweißen Wäsche in der Kühle der Waschküche, deren Tür zum grünen Garten geöffnet war, so daß Bienen umhersummten, während man arbeitete; das Buttern, bei dem man sah, wie die Butter zuerst in goldenen Körnern auf der rahmigen Oberfläche der Milch auftauchte und sich dann zu der festen goldigen Masse verdichtete; das Formen der frischen, gesalzenen Butter, deren Wecken mit dem alten Erdbeerstempel gezeichnet wurden.

Edwin tat überall mit, bestand darauf und ließ es sich nicht nehmen, daß er bei jeder Arbeit helfen durfte. Freilich machte er sich immer wieder davon, um mit den Vettern barfuß durch Obstgarten und Wiesen zu stapfen. Mehr denn alles andere beglückte es Carie, daß er allmählich die Blässe verlor, die der Osten seinen Wangen aufgedrückt hatte, und daß sie ihn heranwachsen sah, groß und mit roten Wangen und helläugig, und lärmender und froher, als sie es je für möglich gehalten hätte.

Das schönste waren aber die stillen Morgenstunden am Sonntag und das Frühstück, das in dem großen kühlen Speisezimmer so spät eingenommen wurde, daß sogar Hermanus daran teilnahm. Schon allein über dem Hause, das man am Sonnabend fleckenlos sauber gefegt hatte, lag eine Atmosphäre des Friedens und der Andacht. Dann kam der gemächliche Kirchgang in den frischesten besten Kleidern, vorn an der Spitze der Familienprozession, die durch die schattige Dorfstraße zog, der geliebte weißhaarige Kopf des Vaters; würdevoll und freundlich grüßten die Nachbarn; die Kirchenglocke erklang — lieblichste Musik für Caries Ohr —, und dann war man in der stillen heiligen Schönheit der ruhigen Kirche. Gewiß war Gott da, war schier sichtbar gemacht.

Auf solche Art, durch Frieden und Schönheit, heilte das Heimatland Caries Herz. Dann aber durchströmte sie wieder — unversehens und ohne jähe Vision — der Gedanke an ihr Ziel. Hier soviel Schönheit und Sauberkeit, solche Schönheit und Rechtschaffenheit; dort in der Ferne dunkle leere Hände und gebrochene Körper — der um so traurigere und unwiderstehlichere Hilferuf der Bedrückten an ein allzu zärtliches Herz.

Unversehens und ohne jähe Gesichte, und noch kein Ruf von Gott. Da sie diesen langen stummen Ruf der Unglücklichen hörte, die in ihren Augen auch dem Heil verloren waren, mußte sie zurückkehren, das wußte sie.

Ihr Töchterchen wurde ihr an einem wolkenlosen Sommertag geschenkt, und als Caries Stunde vorüber war, wandte sie sich im Bett um, hinauszublicken über die Ebene zu den Hügeln, und von irgendwo strömte ihr wieder des Lebens Schönheit ins Herz; wieder Leben, dieses kleine Leben hier an ihrer Seite — welchen besseren Namen konnte sie ihrem Kinde geben als diesen Namen, den Namen des Trostes: Comfort! Und sie nannte das Kind Comfort!

Sie blieben noch vier Monate, bis das Kind kräftig genug war, und jetzt war es schon der Mittelpunkt des Hauses. Jeden Tag wuschen die kleinen Kusinen voll Stolz die winzigen Kinderkleidchen und trugen sie, zusammengefaltet und frisch geplättet, süß duftend nach Sonne und Wind, ins Stockwerk hinauf. Sie alle waren stolz auf die helle Schönheit des Kindes; denn in dieser Familie hatten die meisten dunkle Augen; aber auch der Mutter wurde dieses Kindchen nicht nur Trost, sondern Hoffnung.

Mit dieser kleinen Tochter konnte sie, so sagte sie sich, sogar die Heimat wieder verlassen; mit dieser kleinen amerikanischen Tochter, die daheim geboren worden, konnte sie zurückkehren in das ferne Land. Obgleich sie sich manchmal bei dem Gedanken ängstigte, wie rasch jene anderen kleinen Leben gekommen und gegangen waren, wußte sie dennoch, daß sie fort mußte, auch um Andrews willen, denn er hatte das übermächtige Verlangen, von hier fortzuziehen, zurück zur Arbeit.

Ja, sie mußte fort. War der Tod der drei anderen Kinder notwendig gewesen, damit sie sich dem Willen Gottes beuge, seinem schweigenden Willen? Jetzt war sie gebeugt, bereit, nach diesem Willen zu tun. Sie begehrte kein Zeichen mehr von Gott, sie nahm sich vor, nur noch zu vertrauen und zu gehorchen, und sie konnte nun dem Ruf gehorchen, auch wenn es nicht der Ruf Gottes war, da er ja nicht sprach, sondern bloß ein Ruf der Menschen in jenem anderen Land, jener weniger Glücklichen, weniger Frohen, jener vom Leben Bedrückten. Vielleicht sprach Gott gerade durch solche. Aber ob er sprach oder nicht, sie wollte gehorchen und „hinausziehen in alle Welt“.

So fuhren sie also wieder zu Land und zur See. Die Furcht vor dem Meer lag in Caries Herzen, und entsetzliche Erinnerungen stürmten auf sie ein, als sie wie immer seekrank wurde und keine Milch für den Säugling mehr hatte, so daß sie zu künstlicher Ernährung übergehen mußte. Doch konnte sie das Kind auch nicht bewegen, daß es die Flasche nehme, da es von Natur schon so war: klein an Körper, aber mächtig an Willen. Eine der drolligsten Erinnerungen Caries an diese Reise war Andrew, der diesen munteren, aber hartnäckig entschlossenen Säugling in großen ungeschickten Händen hielt und gefährlich plump aus einer Schale mit einem Löffel fütterte. So wurde das Kind, dank den vereinten Bemühungen Andrews und der Stewardess, auf der Fahrt über den Stillen Ozean genährt, denn zum Glück war die Stewardess eine brave Frau, die das verstockt lächelnde Wurm mächtig ins Herz geschlossen hatte.

Doch das Kind gedieh trotz allem und kam in Shanghai kräftig und fröhlich an Land, sichtlich unberührt von dieser Reise über zehntausend Meilen, einer Reise, die es — noch nicht sechs Monate alt — unternommen. Das war gerade ein Kind, wie es Carie nottat, ein munteres, rundliches, zu Späßen aufgelegtes Kind, oft ein wenig anspruchsvoll, aber immer frohgemut. Wang Amah, die man von der Ankunft verständigt hatte, wartete im Hafen, und ihr freudestrahlendes Gesicht mit der hängenden Unterlippe war das erste, was Carie sah, als sie an Land ging. Das gute alte braune Geschöpf stürzte auf Edwin zu und drückte ihn, sehr zu seinem männlichen Ärger, innig an die Brust. Dann nahm sie das hübsche runde Mädelchen in die Arme; sie hatte das Gefühl, als wären die beiden toten Kinder zurückgekommen, und sie preßte die Kleine an sich, lachend und weinend. Als Carie für die Rikschafahrt zum Hotel das Kind selber nehmen wollte, gab Wang Amah es nicht her. Comfort aber, die nahm diese neue Liebe als ihr Recht entgegen; sie starrte in Wang Amahs dunkles Gesicht, verwundert über so seltsames Aussehen, erkannte sie aber an.

Sie blieben bloß einen Tag an der Küste, denn es war schon Spätherbst und kühl, und Andrew hegte den lebhaften Wunsch, seine Reisen über Land wieder aufzunehmen. Dennoch fand Carie an diesem Tage eine freie Stunde und besuchte das Fleckchen Erde, wo ihre drei kleinen Kinder lagen; sie pflanzte dort einen Strauch weißer Rosen, dessen Wurzeln sie aus dem Garten des Vaterhauses mitgebracht. Am Tag ihrer Abreise hatte sie die Wurzeln ausgegraben, die sie sorgfältig in Erde und Moos und Sackleinwand hüllte und während der ganzen Seereise begoß.

„Die drei haben unser Amerika, ihre Heimat, nie gesehen", sagte sie betrübt zu Edwin, der ihr half. „Sie sind in einem fremden Land geboren und gestorben, und der Gedanke wird mich froh machen, daß auf ihrer Ruhestätte etwas Amerikanisches ist, etwas aus unserem Heim, als Zierde und Schutz."

Eine große Palme stand über dem Grab; in ihrem kühlen Schatten wuchs und gedieh die weiße Rose aus Amerika.

So fuhren sie weiter, zuerst mit dem Dampfschiff den Yangtse stromaufwärts, dann auf einer Dschunke den Großen Kanal hinauf zu ihrer alten Wohnstätte Tsingkiangpu.

Hier fand Carie schmerzliche Erinnerungen in Haus und Garten — den furchtbaren Graben, in dem Arthur zu Schaden gekommen; sie konnte den Graben nicht sehen und füllte ihn aus und legte darüber ein Blumenbeet an. Doch jetzt wollte sie nicht mehr an das denken, was vergangen war. Jetzt hatte sie dieses kleine anspruchsvolle, muntere Geschöpf im Haus, zudem mußte sie Edwin unterrichten; dann war auch noch eine andere amerikanische Familie in den Ort gezogen, und Edwin hatte einen Jungen als Spielgefährten und Carie eine zarte, gütige Amerikanerin als Freundin. Und vor allem waren die hier, die sie zurückgerufen durch die Stummheit ihrer Not; die dunklen Mengen, die im Land ihrer Rückkehr lebten. Das erstemal war sie Gottes wegen hierhergekommen. Jetzt kam sie um dieser willen.

Von da an kann ich manches aus eigener Erinnerung erzählen, denn zu dieser Zeit begann meine Bekanntschaft mit der Amerikanerin. Meine Erinnerungen an sie reichen ins Haus in Tsingkiangpu zurück. Es sind sehr flüchtige Erinnerungen, kaum mehr denn leicht dahinhuschende Bilder, deren Wirklichkeit ich selbst beinahe bezweifle, freilich stehen sie unverrückbar fest in meinem Sinn.

Ich erinnere mich eines frühen Lenzmorgens im Hof; überall blühten Rosen gleich Girlanden an den grauen Ziegelmauern, bunt schimmerten sie am Rand eines kleinen Rasens. An Edwins Hand geklammert, torkle ich über den alten Steinfliesenpfad. Vor uns ragt das große, zumeist verschlossene Tor zwischen uns und der vorbeiziehenden äußeren Welt. Das Tor beginnt ungefähr sechs Zoll über dem Boden; darunter sieht man Füße in unaufhörlicher Prozession: nackte Füße, Füße in Strohsandalen, Füße in Samtschuhen. Diese Füße sind für mich die Welt dort außen, die unbekannte Welt. Ich bleibe stehen, und sehr behutsam, denn ich bin ein wenig dick, bücke ich mich zum Boden und luge unter dem Tor durch. Aber alles

Schauen ermöglicht mir nicht, mehr zu sehen als flatternde Gewänder bis zur Höhe der Knie oder nackte braune Beine, deren Muskeln vorstehen wie Stricke, und ich kann nicht klug daraus werden; so stehe ich wieder auf und säubere mich vom Staub.

In diesem Augenblick kommt sie, das Wesen, um das unsere kleine abgeschlossene Welt kreist. Sie trägt ein gefälteltes weißes Kleid, das im Gehen über das Gras fegt, und hat auf dem lockigen braunen Haar einen großen alten Strohhut mit rotem Band. Sie hält eine Gartenschere in der Hand und geht, Rosen abzuschneiden, so wie sie sind, naß vom Tau, bis sie einen ganzen Arm voll hat.

Jetzt hält sie eine herrliche weiße Rose, die mir so groß erscheint wie ein Teller, auf Armeslänge von sich, um sie anzublicken. Die Blüte ist bedeckt mit schimmernden Wassertropfen. Endlich führt die Frau die Rose zart zur Nase, und da ich den Ausdruck des Entzückens auf ihrem Gesicht sehe, fordere auch ich diese Vergünstigung. Worauf sie mir die Rose hinstreckt, und ich vergrabe darin bedenkenlos mein Gesicht. Die Rose ist noch größer und nässer, als ich dachte, und ich tauche aus ihr, niesend und nach Luft schnappend und naß; mir ist genauso, als wäre ich plötzlich in einen Teich gefallen.

Einen ganzen Sommer lang sah ich nur sehr wenig von ihr. Sie lag Tag und Nacht im Bett, sehr eingefallen und mager und mit ungeheuer großen Augen. Einmal am Morgen und einmal am Abend führt mich Wang Amah zu ihr auf Besuch. Da trage ich immer ein frisches weißes Kleid, das man mir vorher anlegt, und mein gelbes Haar ist in einem Zopf um meinen Scheitel gelegt worden, wobei Wang Amahs dunkle Finger geholfen haben. Bei der Arbeit hängt ihr die Zunge aus dem Mund. Wenn sich die Zunge in den Mund zurückzieht, weiß ich, daß der Aufbau zu Ende ist und ich mich wieder regen darf. Eigentlich ist Wang Amah in diesem Sommer für mich ungleich wichtiger als irgend jemand anderer. Sie badet mich, sie gibt mir zu essen, sie summt mir die krausesten chinesischen Weisen vor und stopft mir das Hirn voll mit chinesischen Reimen; sie schilt mich ob meiner ungebührlichen Selbständigkeit in Grund und Boden und bereitet mich zweimal am Tag für die heilige Handlung vor, für den Besuch im Zimmer jener anderen Frau, der weißen Frau.

Viel später, als Carie die Geschichte dieser Zeit erzählte, erfuhr ich, daß sie abermals das Opfer eines der gefürchteten Dysenterieanfälle geworden war und drei lange Monate im Bett gelegen hatte — den ganzen heißen Sommer. Da mußte sie die Kinder in Wang Amahs Obhut geben, und Edwin war zwar schon ein großer Junge, Comfort aber zählte erst zwei Jahre. Carie hatte jeden Tag Angst um das Kind, aber zweimal am Tag brachte Wang Amah Comfort zu ihr, makellos weiß und frisch und kühl, mit frisch gebürstetem und gekräuseltem Haar und glücklichem, gutmütigem Gesichtchen.

Es gab damals keinen Arzt dort in der Stadt, aber eine Freundin Caries, eine der vielen, denen sie einmal Gutes erwiesen hatte, eine Engländerin und Ärztin, hörte von Caries Lage, ließ ihre Arbeit im Stich und kam statt eines Urlaubs zu Carie, die sie während des Sommers behandelte und pflegte. Sonst wäre Carie wohl gestorben, denn sie war wieder schwanger.

Als im September die große Hitze aufhörte, kam an einem kühlen windigen Morgen ein kleiner Sohn zur Welt, den sie Clyde nannte; es war ein schwarzhaariges blauäugiges dickes Knäblein. Carie sah das rundliche gesunde Kind und wunderte sich, daß ihr erschöpfter Körper so gesunde, kräftige Frucht getragen hatte. Doch das kühle Wetter brachte ihr wieder Gesundheit, und ihr prächtiger Körper erstarkte von neuem.

Alles in allem waren das glückliche Jahre. Sie nahm allmählich ihre Arbeit unter den Leuten abermals auf, eröffnete von neuem ihre kleine Klinik für Mütter und Säuglinge sowie ihre Leseklassen und empfing wieder die vielen, die zu ihr kamen, Hilfe dieser oder jener Art zu suchen. Doch trotz allem vernachlässigte sie die Kinder nicht. Die Klinik war im Torhaus untergebracht, und den Unterricht und die Sprechstunden hielt Carie in einem Zimmer der Wohnung, durch dessen Fenster sie die Kinder beobachten konnte, wenn sie im Hof spielten.

Diese Arbeit leistete sie nachmittags. Am Vormittag mußte sie Edwin unterrichten, denn der war jetzt ein großer Junge und lebhaft für seine Jahre; doch ehe sie sich dessen versah, forderte auch Comfort stürmisch Unterweisung im Lesen. So wuchsen ihre drei Kinder heran, Schritt für Schritt, kräftig und gesund und lebhaften Denkens. Es waren Kinder, die an Musik und Farben Freude fanden. Carie mußte für sie so manches ersinnen, sie, die amerikanische Mutter, die durch ihr Wesen ganz aus eigenem die amerikanische Umgebung ersetzen mußte, dieser Kinder Erbteil. Besonders achtete sie damals auf Edwin, der zu einem großen Jungen heranwuchs und die Lektionen und Aufgaben, die die Mutter ihm gab, immer viel leichter fertigbrachte, als für ihn gut war. Sie wollte nicht, daß er zuviel Muße habe — zuviel Zeit, durch die Straßen zu schlendern. Die amerikanische Familie, auf die sie so große Hoffnungen gesetzt, blieb nur kurze Zeit, und wiederum war Carie Edwins einzige Gefährtin. Sie fürchtete immer, sie werde nicht fähig sein, ihrer Kinder Leben und Denken auf einer Höhe zu halten, die den Anforderungen der Heimat Genüge tat, denn trotz allen Bemühungen mochte das schlaffe östliche Sichfügen in die Dinge sich in die Seelen ihrer Kinder stehlen und ihnen die Kraft nehmen.

Darum drehte sich auch der einzige Streit, den sie je mit Wang Amah hatte. Carie, die bemerkte, daß Edwin körperliche Anstrengung nicht leiden mochte, stellte ihm die Aufgabe, jeden Tag das Holz zum Heizen zu bringen und sein Zimmer sauber und ordentlich zu halten. In Wang Amahs Augen bedeutete das nahezu ein Verbrechen. Daß man den ältesten Sohn zwang, die Arbeit eines Dienstboten im Hause zu verrichten, das war unvorstellbar! Während die Familie beim Frühstück saß, stahl sie sich in Edwins Stube und brachte sie rasch in Ordnung; wenn dann der junge Edwin hineinkam, war das Zimmer funkelnd sauber und makellos und alle Arbeit schon getan. Er war klug genug, reinen Mund zu halten, bis Carie eines Tages Wang Amah bei diesem verbotenen Liebesdienst ertappte.

Carie war von jäher Wesensart und hatte manchmal eine scharfe Zunge, jetzt beherrschte sie auch schon völlig die chinesische Umgangssprache. Zudem duldete sie, wenn es sich um ihre Kinder handelte, keine Einmengung, besonders dann, wenn sie in Fragen der Erziehung und der Charakterbildung anderer Ansicht war. Sie sagte Wang Amah ihre Meinung, und die freundliche alte Frau erwiderte schuldbewußt: „Es ist in unseren Augen eine Schande, den ältesten Sohn zur Arbeit zu zwingen. Für die Mädchen ist das gut, aber nicht für die Söhne."

„Ja", rief Carie entrüstet, „und dann werden eure Männer müßig und teuflisch, so wie der Mann, dem ich dich weggenommen habe."

Das war eine unwiderlegbare Antwort, und Wang Amah stahl sich besiegt davon. Später versuchte Carie, die ihre Rauheit wie immer rasch bereute, ihr zu erklären, daß man Jungen unterweisen müsse, zu arbeiten, wenn sie einmal etwas erreichen sollten, und daß in Amerika Knaben und Mädchen gleichermaßen erzogen und gleich hochgeschätzt würden. Das aber war eine Gesellschaftsordnung, die Wang Amahs Verständnis überstieg.

Ein großer Teil von Caries Leben war also damals der Formung dieses ältesten Sohnes geweiht. In einem Land, wo ihm die ganze Umgebung eine falsche und übertriebene Meinung von sich selbst beibringen konnte, hielt es schwer, ihn zur Höflichkeit gegen seine Mutter und Schwester und gegen die chinesischen Frauen zu erziehen, die zu Besuch kamen. Außerdem war Edwin ein jähzorniger Junge, und die Dienstboten behandelten ihn allzu ehrerbietig, und er hörte Reden über seine Stellung als ältester Sohn, und Carie fand es schwer, all dem ein Gegengewicht zu bieten. Andrew weilte ständig dem Hause fern, und wenn er zu kurzen Ruhepausen heimkam, war er zu müde und nahm sich nicht die Zeit, sich mit dem Leben des Jungen zu befassen.

Als Andenken an diese Jahre ihres Lebens bewahre ich eine kleine Zeitung auf, die Edwin auf Caries Anregung jede Woche zusammenstellte: einen kleinen Bogen mit einer bemerkenswert geschickt gemachten Federskizze, die eine Dschunke darstellt. Die Dschunke hat alle Segel gesetzt und fährt mit dem Wind — es ist eigentlich eine sehr lebhafte und lebensechte Zeichnung. Die Zeitung war Caries Idee, aber Edwin, dessen natürliche Neigung dem Schreiben und Zeichnen galt, griff den Gedanken eifrig auf. Er sammelte an verschiedenen Orten Neuigkeiten, sandte Ankündigungen an die weit verstreuten Missionsstationen und Hafenstädte und fand tatsächlich gar nicht wenig Abonnenten, von denen einige ohne Zweifel den Jungen gerne mit ein paar Pennys im Monat unterstützten. Er verdiente auf diese Art ein wenig Taschengeld, das er, so fürchte ich, trotz Caries Wachsamkeit auf Naschwerk verwendete, wie zum Beispiel auf gebackene chinesische Nudeln und Sesamzuckerstangen und kleine Speckkuchen, die von umherziehenden Händlern auf der Straße verkauft wurden.

Aber wenn Edwin ein ständiges Problem für Carie war, war er auch eine Freude. Er erinnert sich ihrer als einer fröhlichen, munteren, interessanten Gefährtin, die immer mit unfehlbarer Sicherheit wußte, was man tun solle. Jeden Moment flammten die goldenen Augen auf, und sie rief: „Paß auf, was wir jetzt tun wollen!"

Und das war dann immer etwas Entzückendes. Sie lehrte ihn singen und Geige spielen und war ein unabänderlich wohlwollender, wenngleich gerechter Kritiker seiner Versuche, einen Roman und ein episches Gedicht zu schreiben. Romane freilich ermutigte sie nicht sehr. Allerdings gab es nichts, was sie insgeheim lieber gehabt hätte als einen guten Roman, denn sie war bis ins innerste Fühlen menschlich, und das Tun und Treiben der Menschen interessierte sie mehr als alles andere. Aber sie war bei den religiösen Überzeugungen ihrer Zeit aufgewachsen, daß Romane ein Übel seien und dem Tanz und dem Kartenspiel gleichgesetzt werden müßten, und es war höchst bezeichnend für die Zweiteilung ihrer Natur, daß sie voll reinster Freude bei der Lektüre der „Pickwickier" in helles Lachen ausbrechen konnte und dann ein wenig schuldbewußt war, weil sie Vergnügen daran gefunden hatte. Sie schloß irgendwie ein Kompromiß, indem sie keine Romane im Haus duldete außer klassischen, und dem dankten ihre Kinder wenigstens das eine, daß sie sich schon früh eine Vorliebe nur für das Beste aneigneten. Mit sieben Jahren saß Edwin schon über Dickens und Thackeray und Scott, so wie später auch die anderen Kinder, und nach dieser starken Kost fanden sie in aller Hinkunft minder bedeutende Schriftsteller farblos und ohne Würze.

Trotz seinen sieben Kindern hatte Andrew nie erlernt,

wie man einen Säugling hält oder wie man ein Kind ankleidet. Er war als Prophet und Heiliger geboren, als Mann, der vom Alltagsleben der Menschheit weit entfernt war. Selbst in seinem eigenen Heim umgab ihn ein Nimbus der Entrücktheit. Keinem seiner Kinder kam es in den Sinn, zu ihm zu laufen, um sich einen Schuh binden oder einen Knopf zumachen zu lassen. Ich habe Carie lachend sagen hören: „Das allerkomischste war es manchmal, wenn ich krank lag und er der alten Wang Amah ein wenig bei der Wartung der Kinder helfen mußte. Wenn er sie dann zu mir brachte, hatten sie ihre Kleidchen verkehrt geknöpft. Sie sahen so sonderbar aus, man wußte nicht, wo vorn und hinten war."

In der Tat, er war ein Mann wie der heilige Paulus, mit dem ihn viele verglichen haben. Ein Mann, von Natur gläubig, ein Vorkämpfer, in vielen Dingen furchtlos, seiner Pflicht, wie er sie auffaßte, ergeben, ohne für anderes ein Auge zu haben. Für seine Kinder war er immer eine ein wenig unklare Figur, die außerhalb ihrer Welt lebte. Er war sehr streng mit ihnen, wenn er sich überhaupt ihrer erinnerte, denn er wünschte von ganzem Herzen und vor allem anderen, daß sie rechtschaffen würden, dennoch war er, weil ihm das Verständnis für sie fehlte, nie fähig, ihnen die Rechtschaffenheit als schön erscheinen zu lassen. Sie zogen das lebhafte Ungestüm ihrer Mutter vor, deren plötzliche, flüchtige Launen, die darauffolgende Bitte um Verzeihung, die langen innigen Umarmungen, die kleinen Späße und fröhlichen Mienen — dies alles war ihnen lieber als die Rechtschaffenheit ihres Vaters.

Dennoch muß man, um Carie Gerechtigkeit zuteil werden zu lassen, sagen, daß sie nie daran zweifelte, um wieviel wichtiger Andrews Mission sei. So ungeduldig sie auch manchmal sein mochte, der Strapazen wegen, die diese Mission ihr auferlegte, fühlte sie, wie ich glaube, doch, daß in seinem Mystizismus etwas lag, das ihr und unser Verständnis überstieg und dem wir bloß folgen mußten. Ungefähr aus dieser Zeit erinnere ich mich zum Beispiel an den Schatten dessen, was wir „Vaters Neues Testament“ nannten. Andrew hatte ein scharfes und kritisches Gefühl für Literatur und war schon lange Zeit unzufrieden mit der einzigen chinesischen Übersetzung der Bibel. Allmählich formte sich im Laufe der Jahre der Plan, wenigstens das Neue Testament zu übersetzen, und zwar unmittelbar aus dem Griechischen ins Chinesische. Er war im Griechischen ausgezeichnet beschlagen und las bei seinen Privatandachten die Heilige Schrift immer im hebräischen und griechischen Original. Ich kann mich des verblaßten Goldschnittes der kleinen griechischen Taschenausgabe erinnern, die er, welchen Anzug er auch angelegt haben mochte, immer in der Brusttasche trug. Als er starb und wir ihn für seine Ewigkeit schlafen legten, wußten wir, er werde keine Ruhe finden, wenn dieses Buch nicht bei ihm war, und so gaben wir es ihm mit für alle Zeiten.

So begann er, am Abend oder während der wenigen Tage seines Urlaubs im Sommer, an der Übersetzung zu arbeiten, und im Laufe der Jahre wuchs der Manuskriptstoß der mit den langen Linien seiner ein wenig eckigen chinesischen Schriftzeichen bedeckten Blätter auf dem Schreibtisch im Arbeitszimmer immer höher empor. Der alte, gebückte, chinesische Gelehrte, der Vater in grammatischen und stilistischen Fragen beriet, wurde geradezu zu einem Mitglied unseres Haushaltes.

Aber der Tag brach an, da die Arbeit vollendet war und veröffentlicht werden mußte, und es war kein Geld da, sie zu veröffentlichen, es sei denn das Geld, das wir von unserem ohnedies allzu knappen Gehalt absparen konnten. Sie besprachen es, Carie und Andrew, und sie dachte dabei an ihre Kinder und er an sein Buch. Sie sagte: „Aber, Andrew, die Kinder können doch nicht weniger zum Anziehen haben als jetzt, ich wende ihre Sachen ohnedies und flicke sie und arbeite sie um, aber ich wage nicht, die Kinder in der Kost zu verkürzen."

„Ich weiß", sagte er, verzweifelt und sehnsuchtsvoll.

Da blickte sie ihn an und sah, was es ihm bedeutete, denn dies war sein Traum, und so sagte sie endlich: „Wir werden es irgendwie zustande bringen. Leg jeden Monat fünf Dollar zur Seite; wir werden mit dem Rest auskommen. Ich muß eben, wo es nur geht, einen oder zwei Nickel absparen."

Da war er wieder glücklich, obwohl die Kinder von nun an allmählich die Vorstellung bekamen, Vaters Neues Testament sei eine Art Brunnenschacht, in den das Spielzeug fiel, nach dem sie verlangten, oder ein neues Kleid, das eins der Mädchen sich gewünscht hatte, oder die vielen Bücher, nach denen sie hungerten. Sie lernten es, demütig zu fragen: „Mutter, wenn Vater mit dem Neuen Testament fertig ist, dürfen wir dann etwas kaufen, das wir haben wollen?" Sie werden das Gesicht ihrer Mutter nie vergessen, als sie diese Frage zum erstenmal stellten. Sie sah zornig drein, aber nicht zornig gegen die Kinder, und sagte sehr fest: „Ja! Jeder von uns wird sich kaufen können, was er am meisten braucht."

Aber das taten wir nicht, denn sie starb, ehe Andrew je fertig wurde. Er ließ Ausgabe nach Ausgabe drucken und revidierte eine jede, damit sie noch vollkommener werde, und Carie ward ihr ganzes Leben ärmer und ärmer dieses Neuen Testaments wegen. Es beraubte sie des schmalen Zwischenraums zwischen bitterer Armut und bescheidenstem Behagen. Dennoch ließ sie nicht zu, daß die Betrübtheit der Kinder zu lauter Klage werde. Sie hatte einen Entschluß gefaßt und ihr Leben danach geformt und sie erzwang bei den Kindern Achtung vor Andrews Traum, selbst wenn sie sich — und manchmal nicht gerade verstohlen — dagegen auflehnte.

Dennoch war es den Kindern unmöglich, den großen Unterschied zwischen den Eltern nicht zu bemerken. Eine Frage, die dem kleinen Mädchen Comfort lange Zeit nicht aus dem Kopf gehen wollte, war die: jeden Morgen kam ihr Vater mit drei roten Malen zum Frühstück, die auf seine hohe weiße Stirn eingegraben waren. Diese Male verblaßten allmählich während des Vormittags, doch wenn er frühmorgens zum Essen hinunterkam und den Kopf neigte, um das Gebet zu sprechen, waren sie sehr rot und erweckten Angst. Eines Tages faßte sie Mut und fragte Carie: „Woher kommen diese roten Male an Vaters Stirn?"

„Das sind die Abdrücke seiner Finger, wenn er den Kopf in die Hand stützt, um zu beten", antwortete Carie trocken. „Dein Vater betet, wenn er morgens aufsteht, täglich eine ganze Stunde."

Solche Heiligkeit war furchterregend. Die Kinder suchten ähnliche Male an der Stirn ihrer Mutter, und eins fragte: „Warum betest nicht auch du, Mutter?"

Carie antwortete — vielleicht mit ein wenig Schärfe: „Wenn ich es täte, wer würde euch alle ankleiden und das Frühstück machen und das Haus säubern und euch unterrichten? Wahrscheinlich müssen manche arbeiten, während andere beten."

Andrew erwachte aus seiner gewöhnlichen Versunkenheit gerade zur Zeit, das noch zu hören, und bemerkte freundlich: „Wenn du dir ein wenig mehr Zeit zum Beten nähmest, Carie, ginge die Arbeit vielleicht besser vonstatten."

Worauf Carie mit bemerkenswertem Starrsinn erwiderte: „Es ist nicht so viel Zeit dazu, und der Herrgott wird eben einsehen müssen, daß eine Mutter mit kleinen Kindern ihre Gebete etwas zusammendrängen muß."

In Wahrheit aber taugte Carie nicht sehr für lange Gebete. Sie betete manchmal inbrünstig und rasch, aber sie betete während der Arbeit und war vielleicht immer ein wenig dessen bewußt, wenn auch gegen ihren Willen, daß ihre Stimme emporzusteigen schien und ohne die Gewißheit einer Antwort zu ihr zurückkam. Aber während der mittleren Epoche ihres Lebens schob sie ihr altes Streben nach einer Offenbarung Gottes mit Absicht in den Hintergrund ihres arbeitsreichen Daseins. Sie war nicht teilnahmslos und hätte das auch nicht sein können, aber sie wußte nur eins sicher, nämlich, daß sie tun mußte, was sie konnte, um jedem zu helfen, der ihr nahekam und Hilfe brauchte — ihren Kindern, ihren Nachbarn, ihren Dienern, den Vorbeigehenden. Ihre Religion faßte sie schließlich in drei Worte: „Vertrau und gehorche." Sie mußte einfach Gott auf guten Glauben annehmen, wenn es ihn überhaupt gab, und wollte so handeln, als gäbe es ihn, und wollte jene Dinge des praktischen Lebens tun, die jeglicher Religion sozialen Wert verleihen. Ich glaube, daß sie in keiner Zeit ihres Lebens typischer amerikanisch war als in dem geistigen Zweifel und der heimlichen Unsicherheit ihrer theoretischen Glaubenssätze und in der lebhaften, mitempfindenden Großzügigkeit ihres Wesens.

Die einzige Zeit, da Edwin seinem Vater überhaupt nahekam, war damals, als er zu Hause besonders ruhelos gewesen, und Carie ihren Mann verzweifelt und dringend bat, er möge auf seinen Reisen durchs Land gelegentlich den Jungen mitnehmen. Die beiden zogen mitsammen auf einer Dschunke oder auf Maultieren meilenweit durchs Land, und in der aufgezwungenen Kameradschaft gemeinsamer Mahlzeiten und in der Abgeschiedenheit des Abends, da sie beide die einzigen ihrer Art waren, verstand Edwin zum erstenmal, was eigentlich das Ziel seines Vaters war, und zum erstenmal zeigte sich ihm diese Leidenschaft für das Seelenheil der Mitmenschen in undeutlicher Schönheit.

Der Einfluß dieser beiden, des Vaters mit seiner Liebe für die Seelen der Menschen und der Mutter mit ihrem leidenschaftlich warmen Anteil an dem menschlichen Wohlergehen von Männern und Frauen, bewirkte am Ende, daß der Junge sich nie mehr im Leben mit einer Arbeit zufriedengeben konnte, deren bloßer Zweck das Geldverdienen war. Der natürliche Skeptizismus seiner Mutter, den sie all ihr Lebtag durch die angestrengteste Willensanspannung unterdrückte, blühte in ihm und auch in seiner Zeit, so daß Edwin sich nie einer religiösen Mission widmen konnte; dennoch gab es hier einen weniger greifbaren Einfluß, der ihn unwiderruflich so formte, daß er zuerst und vor allem anderen die Menschheit sah und augenblicklich auf ihre Nöte einging.

Indes war Andrew, wie immer von Zeit zu Zeit, zu einem seiner Entschlüsse gelangt und wollte noch weiter ins Innere des Landes dringen, wohin bis jetzt noch niemand gezogen war, das Evangelium zu predigen, und er sagte zu Carie, er „fühle den Ruf".

Carie hörte dies mit größtem Entsetzen. Dieses Haus und dieser Hof waren ihr ein Heim geworden. Hier waren ihre Blumen, hier war ein Ort, wo ihre Kinder leben und heranwachsen konnten. Die dunkle Stadt umgab sie von allen Seiten, aber Carie hatte gelernt, sich damit abzufinden, und hatte in der Mitte der Stadt diese Oase eines amerikanischen Heims geschaffen. Sie war ein Mensch, der es irgendwie verstand, seine bloßen Habseligkeiten mit einer Atmosphäre der eigenen Persönlichkeit zu umgeben. Ihr Garten, ihr Zimmer, ihr Arbeitskorb, ihr Fauteuil — all dies war als Caries Eigentum zu erkennen und ein Teil ihres Wesens.

Und außer diesen Wurzeln, die sie tief in den Boden zu schlagen begonnen hatte, gab es noch andere Wurzeln, ebenso tief. Sie hatte ihre Freundinnen, chinesische Frauen, die durch ihre Not und durch Caries Mitgefühl zu ihr gezogen wurden oder angelockt waren von ihrer Freundlichkeit, die ihnen erlaubte, nach Belieben hier durch das Haus zu wandern und das Zauberwerk der Öfen und der Nähmaschine und der Orgel zu bestaunen und alle die Wunder eines fremden Landes. Carie hatte gelernt, diese Frauen zu lieben, und hatte, wie sie es so leicht konnte, die Verschiedenheit der Rasse und der Umgebung vergessen. Außerdem sollten zwei weitere weiße Familien in die Stadt kommen, und Carie freute sich, noch zwei Freundinnen ihrer eigenen Art zu haben. Aber eben dieses Verwurzeln an einem Ort und in einer Gruppe von Menschen, das sie so liebte, machte Andrew rastlos. Er hatte das Gefühl, daß sich zu viele Arbeiter an einem Ort versammelten — er müsse fort zu neuen Äckern.

Carie widersprach, bat, war sehr zornig, weinte sogar ein wenig und kapitulierte dann plötzlich. Sie wußte jetzt schon, daß es nichts so Demanthartes gibt wie einen Mann Gottes, wenn er glaubt, seinen Gott sprechen zu hören. In steinernem Schweigen packte sie ihre Habseligkeiten, hob die Wurzeln ihrer Rosen aus, und Wang Amah schnürte ihre eigene Habe in eine Bettrolle und in ein großes blaues Tuch, und sie waren bereit.

VIERTES KAPITEL

Andrew hatte eine kleine Stadt gewählt, ziemlich weit im Norden, und wollte sie zu seinem neuen Stützpunkt machen. Aber die Leute dort waren den Fremden feindlich gesinnt und vermieteten ihnen kein Haus, und so brachte Andrew seine Familie schließlich in einen Gasthof, und dort lebten sie in drei elenden Stuben mit Lehmwänden unter einem strohgedeckten Dach und hatten gestampfte Erde als Fußboden. Rings um sie, nur durch eine niedere Lehmmauer getrennt, lebten die Scharen des niederen Volkes, starrend vor grauenhaftem Schmutz.

Carie pflanzte ihre Rosen in Töpfe und machte sich tapfer an die Aufgabe, wieder einmal ein amerikanisches Heim zu schaffen. Aber irgendeine Kraft war aus ihr gewichen. Das Fremde hier tat Andrew not wie die Luft zum Atmen und war eine Herausforderung für seine Seele, für sie aber war der neue Beginn in einer solchen Umgebung, waren die engen Räume ohne Garten, die Bedrohung durch Seuchen und Schmutz, vor allem aber die düstere Feindseligkeit der Menschen furchtbar. Die Erinnerung an ihre drei toten Kinder lebte in ihr machtvoll wieder auf. Diese Leben, die so rasch vorbeigegangen waren, bedeuteten ihr jetzt Opfer, die sie ihrem Gatten und dem Gott ihres Gatten gebracht hatte. Eifersüchtig hütete sie die drei, die ihr noch geblieben waren — es durfte kein Opfer mehr geben!

Aber für Andrew war es ein Jahr aufmunternder Aussichten, obgleich es auch für ihn ein Jahr großer Mühsal wurde. Es war gerade zur Zeit eines Krieges mit Japan, und in diesen fernen Gegenden wurde jedes ausländische Gesicht für japanisch gehalten. Als Carie eines Morgens mit den Kindern beim Frühstück saß — sie hatte Andrew mehrere Wochen nicht gesehen —, trat er unerwartet ein. Er trug nur die Unterwäsche, war barfuß und blutete aus mehreren Wunden an Schultern und Rücken. Er war von einer Bande wandernder Soldateska seiner ganzen Habe beraubt worden, seines Maultiers, seiner Reiseausrüstung und seiner Vorräte, und außerdem hatten sie ihn mißhandelt, da sie es sich trotz seinem Widerspruch nicht nehmen ließen, daß er Japaner sei — obwohl Andrew sechs Fuß hoch war, blaue Augen hatte und zu jener Zeit einen rötlichen Bart trug!

Das strohgedeckte Lehmhaus erwies sich im Winter als gefährlich feucht, und der kleine Clyde holte sich eine Erkältung, aus der eine Lungenentzündung wurde. Andrew war wie gewöhnlich ferne, und es gab im Umkreis von vielen hundert Meilen keinen Arzt, so daß Carie wieder einmal den alten lähmenden Schreck vor dem Tod durchleben mußte. Sie hängte Decken in den einen Winkel der Stube und schuf so einen kleinen Fleck, zu dem die Zugluft nicht gelangen konnte; hinter diesem schützenden Schirm wachte sie, abwechselnd mit Wang Amah, unablässig zehn Tage, und endlich begann der kleine schlaffe Junge, als wollte er es selber nicht, langsam wieder den Weg zum Leben zurückzufinden.

Carie preßte ihn an sich und rief ungestüm ihrem Herzen zu, es sei genug, genug! In dieser ganzen Stadt gab es keinen, der sich darum gekümmert hätte, ob Caries kleiner Sohn für Andrews Gott lebte oder starb. Kümmerte sich Gott selbst darum? . . . Sie wollte keins ihrer Kinder mehr opfern.

Grimmig begann sie ihre Besitztümer zu packen und schickte sich an, diese Höhle zu verlassen. Es hatte tagelang geregnet, und das Wasser war über den Lehmboden gequollen, so daß sie in der Wohnung auf Ziegeln Latten auslegen mußten, um darüber zu gehen. Tische und Sessel standen zolltief im Wasser, aber die geliebte Orgel war auf eine Bretterplattform gestellt worden. Jetzt packte Carie alles und erwartete Andrews Rückkehr. Als er an einem Morgen im frühen Frühling kam, sah sie ihn kommen und beeilte sich, ihren Hut aufzusetzen und den Mantel anzulegen; so trat sie ihm entgegen, zu seinem ungeheuren Staunen, denn die Möbel waren in Matten eingebunden und die Rosen wieder ausgegraben. Sie duldete kein Wort der Widerrede. Dieses eine Mal brachte sie ihn zum Schweigen, und ihre Augen schimmerten golden und schrecklich in ihrem Groll.

„Du kannst predigen, von Peking bis Kanton", sagte sie mit furchterregend leiser Stimme. „Du kannst vom Nordpol zum Südpol ziehen, aber ich und diese Kinder werden nie wieder mit dir gehen. Ich will sie nach Tschinkiang bringen in jenen Bungalow auf dem Hügel, und wenn das Haus leer ist, werden wir dort bleiben, denn dort ist Friede und dort sind Berge und frische Luft. Wenn aber nicht, kehre ich in die Heimat zurück. Ich habe drei Kinder dargebracht, ich habe jetzt keine Kinder mehr, die ich Gott geben könnte."

Andrew war ungemein entsetzt, konnte aber nichts gegen sie ausrichten, denn sie schritt durchs Tor, Edwins Hand in der ihren, während Wang Amah Clyde trug und Comfort an der Hand hielt. Dieses eine Mal konnte Andrew ihr nur folgen, und sie gingen zum Ufer des Kanals, mieteten eine Dschunke und machten sich auf den Weg nach Süden. Sie hielt ihre verbissene Entschlossenheit aufrecht, bis sie nach einer Reise von nahezu drei

Wochen Tschinkiang erreichten. Zum großen Glück stand der Bungalow leer, und ohne weitere Reden ließ sie sich darin nieder.

In dieser Stadt schlug sie ihr Heim auf, für siebenundzwanzig Jahre, und niemand vermochte mehr, sie von dort wegzubringen.

Die Übersiedlung in die Berge befreite Carie allerdings nicht von dem größten Problem ihrer damaligen Lebenszeit, und dies war wiederum Edwin. Als sie sich niedergelassen hatten und in Frieden lebten, wurde der Junge abermals ruhelos und fühlte sich einsam, ohne Gefährten seines Alters und seiner Rasse. Er war schon in den Jahren fürs College und ziemlich reif für seine fünfzehn Jahre, und Carie erkannte bald, daß sie ihn allein nach Amerika zurückschicken mußte. Diesen Entschluß faßte sie um so leichter, als sie den innigen Wunsch hegte, das wirkliche Amerika möge ihrem Jungen seinen Stempel aufdrücken, ehe er noch vollends zum Mann heranreifte. Andererseits war es ihrem Herzen wie der Tod, war ein neues Opfer für eine Sache, die sie allzu klar gesehen hatte; aber jetzt wußte sie schon, wie man dem Zweck des Lebens nachstrebt und ihn ganz erkennt, und im nächsten Sommer wurde Edwin in Begleitung von Freunden nach Amerika geschickt.

Carie schrieb lange flehende Briefe an ihren Bruder Cornelius, dem sie ihren Jungen anvertraute, damit sie an jedem Ferientag daran denken konnte, wie er dort in jener ruhigen und guten Atmosphäre weilte. Das war ihr ein Trost nach der Abreise des Jungen, aber trotzdem gab es viele lange Nächte, da sie wach lag und sich verzweifelte Vorwürfe machte, daß sie ihn so jung fortgeschickt hatte. Er, der ausgesehen wie ein junger Mann, wenn er neben ihr stand, war jetzt in der Ferne wieder ein Kind. Sie schrieb ihm lange Briefe, voll Eifer und voll Liebe, und versuchte, alles zu fühlen, was er dachte und tat. Als sie erfuhr, daß er zu rauchen begonnen hatte, ging sie ein paar Tage unglücklich umher, denn sie fürchtete, er könnte auch andere Dinge erlernt haben. Aber Cornelius sandte günstige Berichte über den hochaufgeschossenen Jungen, und diese Briefe las sie voll Stolz. Am Ende eines solchen Schreibens bemerkte er vorsichtig: „Wir finden, daß Edwin ein wenig träge ist." Da freute sich Carie, daß ihr Sohn die müßige, verträumte Atmosphäre des Ostens verlassen hatte und in das muntere, rege Leben seines Heimatlandes zurückgekehrt war. Es war zu seinem Besten — es war zu seinem Besten —, aber ihr Heim schien ihr halbleer!

Der Bungalow in den Bergen sollte ihr nicht lange gehören. Die Eigentümer kamen auf Urlaub zurück, und wieder mußte sie fortziehen. Diesmal suchte Andrew ein kleines Haus in der Chinesenstadt, aber zum Glück am Rande dieser Stadt, so daß Carie mit geringer Mühe die beiden Kinder jeden Tag in die Berge führen konnte, frische Luft zu schöpfen.

Aber das Haus stand nahe dem „Bund", auf dem Gebiet, das die Chinesen kraft der Verträge nach den Opiumkriegen den Engländern hatten abtreten müssen, und die Gegend war erfüllt von Schlupfwinkeln übel beleumundeter Personen. Wenn Carie ihre Kinder hastig an den offenen Türen vorbeiführte, in denen umherlungernde halbnackte Frauen jeglicher Rasse saßen, war sie unaussprechlich dankbar dafür, daß Edwin nicht mehr hier war, Edwin mit seinem scharfen Jünglingsblick. Weiße Männer von den Schiffen trieben sich in diesen Bordellen umher, und für Carie war dies unendlich schrecklich und noch viel schrecklicher, als wenn es bloß Chinesen gewesen wären. Es bereitete ihr ein Gefühl der Scham und der

Hoffnungslosigkeit, daß aus ihrem schönen Lande, auf das sie so stolz war, gleichzeitig diese beiden Arten von Männern hatten kommen können: Andrew mit seiner lauteren Flamme der Rechtschaffenheit und so betrunkene, fluchende, geile Männer. Dennoch wandte sich ihr Herz auch diesen zu, denn oft waren sie jung, manchmal beinahe so jung wie ihr eigener Sohn, und sie alle weilten der Heimat fern. Und wenn sie alt waren, hatten sie schon so lang im Exil gelebt, daß sie jetzt keine Heimat hatten auf Erden, und das war noch trauriger.

Wieder nahm sie ihren alten Dienst auf und hielt Ausschau nach den Schiffen, die aus fremden Ländern einliefen, und sie kochte und buk und sie füllte ihr kleines Haus mit Matrosen und Marinesoldaten und lauschte ihren ausgehungerten Bekenntnissen und ersetzte vielen Mutter und Schwester und Freund.

Carie fand in diesen Tagen ihr besonderes Entzücken an Clyde, denn von allen ihren Kindern glich er ihr am meisten und war ihrer Seele am innigsten verbunden. Er wuchs zu einem ganz ungewöhnlich tapferen und hübschen Kind heran, mit einem gleichzeitig ernsten und munteren Wesen, und ebenso wie Carie hatte er ein Herz, das wärmer war, als ihm guttat. Seiner Mutter wandte er sich instinktiv zu wie eine Blüte der Sonne, und wenn die beiden beisammen waren, schienen sie gesättigt zu sein von Glück.

Ihr mutiges Herz hatte sie ihm vererbt, und ich sah sie nie mehr erregt als eines Tages, als der Junge nahezu fünf Jahre alt war und Andrew ihn wegen irgendeines kindischen Mißgriffes gar bitter verprügelte — und Andrew hatte eine feste, harte Hand —, und als Clyde nach einem kurzen Anfall von Tränen starrsinnig zu singen begann: „Vorwärts, ihr Streiter Christi!“, die Augen noch naß von Tränen und das kleine Hinterteil wund und mit den Malen der Schläge. Viele Jahre später, als Clyde nur noch eine Erinnerung war, dachte sie an sein kleines nasses Gesicht, an die großen tapferen blauen Augen und an die kleine bebende Stimme, und dann drangen auch ihr die Tränen ins Auge. Er besaß ihre Liebe zur Schönheit, und ich erinnere mich, wie er mit einem lauten Schrei auf die ersten Löwenzahnsprossen im Frühling zulief, und wie Carie nach Clydes Tod in jedem Frühling Hände voll Löwenzahn sammelte und sein Grab damit schmückte, weil er ihn so geliebt hatte.

Denn dieses geliebte Kind wurde eines Tages, als es nur wenig über fünf Jahre alt war, von einem hohen Fieber ergriffen und war bald verzweifelt krank. Es gab keinen Arzt in der Stadt, nur einen indischen Mischling, einen gütigen, freundlichen Mann, jedoch ohne große ärztliche Kenntnisse, und den britischen Zollarzt, einen Mann, der ständig so betrunken war, daß man von seinen Fähigkeiten nichts wissen konnte. Der Inder stellte die Diagnose Bronchitis, aber Carie befürchtete von Anfang an Diphtherie, denn jetzt besaß sie schon bemerkenswerte praktische medizinische Kenntnisse, dank ihren Studien und den Erfahrungen bei den Chinesen, die sich um Hilfe an sie wandten.

Sie hielt ohne Unterlaß Wache, aber mit Clyde ging es immer schlimmer, und sie sandte einen Eilboten nach Andrew, der drei Tagereisen entfernt im Lande war. Endlich versagte dem kleinen Jungen der Atem völlig, und es war offenbar, daß nichts mehr ihn retten konnte. Ehe Andrew das Haus erreichte, starb das Kind, und wieder hielt Carie einen toten Sohn in den Armen.

Andrew kam gerade rechtzeitig nach Hause, um seinen hübschen kleinen Sohn im Sarg zu sehen. Am nächsten Tag, dem Tag des Begräbnisses, ging starker Sturm und

Regen fiel unaufhörlich, und Carie, die erschöpft war und selber krank und wieder ein ungeborenes Leben in sich trug, war nicht imstande, dem kleinen Zug zu dem Fleck Erde zu folgen, wo die toten Weißen lagen.

Ach, die unendliche Tragik dieser kleinen Landfleckchen, die in solchen chinesischen Städten hier und dort verstreut liegen, der Landfleckchen, wo Weiße und Fremde sich einen kleinen Ort geschaffen haben, in dem sie im Tode liegen können! Sie sind immer von hohen Mauern umschlossen, diese Orte; die Tore sind hoch und mit eisernen Spitzen versehen und mit großen Eisenriegeln verschlossen. In der seltsamen Ruhe sind ein paar Bäume und ordentlich angelegte, sandbestreute Pfade, und die Gräber liegen dicht aneinander, zumeist Gräber von Frauen und kleinen Kindern — von vielen, vielen kleinen Kindern, auch Seemannsgräber, und immer die Gräber solcher, die nach den Grabinschriften von zornigen Volksmassen ermordet wurden. Aber wenn alle diese hier auf dem chinesischen Boden fremd gewesen waren, solange sie noch lebten, sind sie nicht minder fremd im Tod; nie fremder als im Tod. Es ist, als ob sie sich selbst im Grab davor schützen wollten, von diesen lauernden, lieblosen, brodelnden Mengen, die sie umgeben, verschluckt zu werden.

Ich erinnere mich, daß Carie an dem Tag, da man Clyde begrub, schluchzend am Fenster stand und zusah, wie die kurze Prozession über den Pfad des Hofes schritt, und ihre Tränen sanken mir aufs Herz, und obwohl ich sie nur halb verstand, stahl ich mich an ihre Seite und blickte hinaus. Regen fiel in langen Strichen und klatschte auf den kleinen Sarg, den man durchs Tor trug. Als wir ihn nicht mehr sehen konnten, weinte sie noch immer, jetzt nicht zornig, auch nicht leidenschaftlich, sondern so, wie man aus einem Herzen weint, das jede Hoffnung verloren hat.

Eine Kraft wich an diesem Tag aus Carie und kehrte nie wieder; ein Teil ihres Lebens hörte auf zu sein. Sie hatte die anderen in jenem internationalen Land in Shanghai begraben wollen, diesen Kleinen aber konnte sie nicht einmal im Tod von sich getrennt wissen. Da das Leben seiner Mutter in dem fernen Lande gelebt werden mußte, mußte ihr kleiner Sohn ihr noch immer Gesellschaft leisten.

Am Tage nach Clydes Begräbnis wurde Comfort sehr krank, und Carie sah mit frischem Entsetzen die Zeichen derselben Krankheit. Sollte ihr denn jedes Kind genommen werden? Sie konnte den Anblick des indischen Arztes mit dem dunklen stumpfen Blick und den schlaffen Bewegungen nicht mehr ertragen. Sie schritt hinaus in Regen und Wind und rief eine Sänfte, um sich, so schnell es nur ging, zu dem versoffenen Hafenarzt tragen zu lassen. Sie fand ihn in einem Bordell, ein kicherndes Chinesenmädchen auf den Knien; rasch trat sie zu ihm und packte ihn an der Schulter, um ihn aufzurütteln.

„Mein Kind stirbt", sagte sie schlicht. „Es hat Diphtherie. Wollen Sie kommen?"

Ein lang vergessenes Pflichtgefühl erwachte mühsam in den blutunterlaufenen Augen des weißen Mannes und er erhob sich taumelnd, so daß das Mädchen hinabglitt. Wortlos folgte er Carie und murmelte im Gehen: „Ich habe ein neues Medikament — sehr viel Diphtheriefälle — aus Shanghai bekommen — das könnte man versuchen —"

Später fand sie, daß er in seinen lichten Augenblicken ein Arzt von nicht geringem Range war und zufällig gerade am Tag vorher aus Shanghai das neue Antitoxin erhalten hatte. Carie wagte keinen Augenblick, ihn allein zu lassen, damit er nicht wieder in Bewußtlosigkeit verfalle, und sie wies die Sänftenträger an, ihm zu dem Haus zu folgen, in dem er lebte. In dieses Haus ging sie ihm nach; sie rüttelte ihn auf, als er sich niedersetzte und zu dösen begann; sie durchsuchte sein Ordinationszimmer nach der kleinen Flasche, die zu finden er zu wenig nüchtern war, ergatterte seine Injektionsnadel und trieb ihn dann an, bis sie ihn endlich in ihrem Hause und am Bett des kranken Kindes hatte.

Dort kam er plötzlich zu sich und war wider alles Erwarten vernünftig und sicher in den Händen. Er machte die Injektion. Innerhalb eines Tages ging es dem Kind besser. Zwei weitere Dosen, und das Mädchen war außer Gefahr. Dann kam Carie, da die Krise vorbei, plötzlich ans Ende ihrer Kraft, und jetzt hatte sie niemanden, der das Kind wieder gesundgepflegt hätte. Andrew, der zu Hause geblieben war, bis es keine Gefahr mehr gab, fühlte nun, daß er sich wieder auf den Weg zur Arbeit machen müsse, und außerdem hätte er, selbst wenn er geblieben wäre, nicht viel nützen können, denn Comfort wollte von ihm nichts wissen.

Da trat einer jener Freunde von irgendwo auf den Plan, einer der Menschen, die Carie immer zu haben schien, jemand, dem sie einst Hilfe erwiesen hatte. Dieses Mal war es ein junges englisches Mädchen, das unwissend und unbehütet als Kindermädchen in die Familie eines Zollbeamten eingetreten und in eine der schmutzigen Liebesaffären des Hafenlebens verwickelt worden war. Sie hatte sich, als sie endlich gezwungen wurde, das Haus ihres Dienstgebers zu verlassen, zu Carie geflüchtet, und die hatte ihr Obdach gewährt und ihr weitergeholfen, bis sie ihre Tollheit erkannte und den Mann verachtete, der sie in Schande gebracht, und sich bereit erklärte, wieder nach Hause zu fahren. Jetzt schob sie ihre Abreise auf und blieb im Hause, um Comfort zu pflegen, und das fiel nicht leicht, denn das Kind, dem die Kräfte wiederkehrten, rief immer wieder nach der Mutter und legte seinen ganzen Vorrat an Entschlossenheit und Launenhaftigkeit an den Tag. Für diese Hilfe war Carie aufs innigste dankbar, und die Beziehung zwischen den beiden Frauen vertiefte sich zu einer langjährigen Freundschaft; sie dauerte noch lange Zeit, nachdem Comfort schon zur Frau herangereift war.

Es schien Carie, als könnte sie sich nie wieder kräftig und nie wieder froh fühlen. Sie blieb teilnahmslos während des Frühlings und erschauerte in der feuchten Kühle des Flusses im frühen Frühjahr. Das Haus war traurig und wieder einsam, mit bloß einem Kind, und Edwin war jetzt sehr ferne und von seinem neuen Leben in Anspruch genommen. Der Gedanke an das Kleine, das kommen sollte, ermutigte sie nicht, denn es schien so sinnlos, immer wieder zu gebären und zu verlieren — welch schrecklicher, herzzerreißender Verlust und welche Vergeudung von Leben! Wieder überkam sie die alte krankhafte Furcht, sie habe durch irgendein sträfliches Tun den Tod ihrer Kinder bewirkt, durch Sündhaftigkeit und innere Auflehnung. Hatte sie denn nicht von der alten inbrünstigen Suche nach Gott gelassen und sich mit dem bloßen Dienst an den Menschen zufriedengegeben? Ihr Versuch, Gott zu finden, war nicht ernst genug gewesen. Jetzt schien ihr, als ob Gott sie neuerlich brechen könnte und wieder und wieder, bis sie sich ihm unterwarf, und sie begann sich diese Unterwerfung abzuringen, damit sie nicht von neuem zerbrochen werde — solange ihr noch ein Kind geblieben war, konnte Gott sie noch einmal zerbrechen.

Sie wandte von nun an mehr Zeit an den Versuch zu beten und strebte, das alte Verlangen, Gott möge ihr ein Zeichen geben, daß er sie gehört habe, zum Schweigen zu bringen. Sie las Bücher mit religiösen Übungen und trachtete diese Regeln des Betens und Bibellesens zu befolgen.

Aber ihr ungeduldiger praktischer Sinn lief den Worten voran, und noch während des Lesens grübelte sie über andere Dinge nach.

Die Schönheit allein, so dachte sie endlich in einer Art Verzweiflung, die Schönheit allein mochte sie noch gesund machen; die stille, in ihrer Erinnerung unvergänglich lebende Schönheit der Nebelschwaden über Tälern, der Berggipfel, der kleinen Blumenbeete, die sie in jedem Heime gehabt hatte; auch die Schönheit der Musik und der Dichtkunst brachte eine Art Frieden, und doch fürchtete Carie diesen Frieden, denn sie war nicht sicher, ob dieser Friede von Gott kam, war nicht sicher, ob er nicht trotz allem nichts anderes war als die Befriedigung jener Seite ihres Wesens, die die Freude liebte und die sie immer hatte unterdrücken müssen. Der Gott, von dem sie alle ihre Tage gehört hatte, war hart, in ihr aber wohnte keine Härte, und durch Härte konnte sie nicht geheilt werden.

Als ihr im Mai eine kleine Tochter geschenkt wurde, ein kleines blauäugiges, dunkelhaariges Mädchen, vermochte sie kaum zu lächeln. Tag für Tag verging, und es schien, als könnte sie sich von der Geburt nicht erholen. Endlich befiel sie Fieber, und es war offenbar, daß es sich um eine Blutvergiftung handelte. Ihre Milch versiegte, und in dem stillen Haus hörte man das Schreien des neugeborenen Kindes, das Hunger litt. Andrew und Wang Amah versuchten gemeinsam, der Kleinen eine Milchmischung einzuflößen, gegen die sie sich trotz ihrem Hunger heftig sträubte. Aber jetzt wußte die Mutter nicht mehr, was dem Kind widerfuhr.

Da sah Wang Amah voll Verzweiflung dieses letzte Unheil. Sie betrachtete mit tiefstem Mißfallen die schwachen Brühen und wässerigen Milchspeisen, die der Arzt ihrer Herrin verschrieb. Einmal nachts, so erzählte mir Carie später, schmeckte die Suppe, die man ihr einflößte, sehr stark nach Fischen. Das war ekelerregend; aber Carie dachte unklaren Sinnes, die Suppe müsse irgendwo in der Nähe von Fischen gewesen sein und könne ihr gewiß nicht schaden, und da sie Nahrung brauchte, schluckte sie das Zeug. Doch, nachdem sie es geschluckt, fühlte sie sich sonderbar angeregt. Sie schlief sogleich und ruhiger als seit langer Zeit; am Morgen erwachte sie früher und begann von nun an, sich zu erholen.

Nach Wochen, als Carie schon auf war und wieder gesund, erzählte ihr Wang Amah, sie habe nicht mitansehen können, wie ihre Herrin starb, und ihre Herrin hätte sterben müssen, wenn man den weißen Arzt weiter so gewähren ließ. Darum braute sie insgeheim eine eigene Brühe für Carie aus einer besonderen Fischart und aus verschiedenen Kräutern, die die Chinesen bei Kindbettfieber anwenden, und sie unterschob diese Suppe an Stelle der Schale mit der gewöhnlichen Suppe, und Carie trank das Gebräu.

„Ich weiß nicht, ob das mich gerettet hat“, pflegte Carie immer zu sagen, „oder ob das Fieber auch sonst nachgelassen hätte. Aber Wang Amahs Brühe schadete mir nicht, und die Alte hatte eine tiefe Weisheit eigener Art, Weisheit, die das Leben sie gelehrt.“

Jedenfalls war Carie wieder gesund, und uns genügte das.

Im nächsten Sommer stand der Bungalow auf dem Hügel wieder leer, denn die Familie, die darin gewohnt hatte, kehrte für immer nach Amerika zurück, und das Haus wurde Andrew und Carie als Heim überlassen. Jedem anderen wäre dieses kleine baufällige Ziegellandhaus als armselige Freude erschienen, ein Haus, dessen eingesunkene Fußböden von Tausendfüßlern und Skorpionen wimmelten. Ich erinnere mich des regelrechten Brauchs, daß allmitternächtlich während der warmen Jahreszeit Andrew die Kerze hoch hielt, während Carie die giftigen Tiere behende mit einem alten Lederpantoffel totschlug. Tausendfüßler lauerten an den verstecktesten Stellen; einmal fand Carie ein Nest solcher Tiere unter ihrem Kissen; einmal drückte Andrew beim Morgenbad ein großes Exemplar aus seinem Schwamm. Dennoch war das Landhaus Seligkeit und genügte für Carie. Dort gab es einen alten Garten und alte Bäume, und ein weißer Rosenstrauch hing über die Veranda. Als sie im Mai das Haus bezogen, stand der Rosenstrauch mit ganzen Büscheln winziger, knopfgroßer weißer Rosen in Blüte, schwer und süß duftend wie Moschus. Und die Turteltaube hatte dort ihr Nest.

Hier wandte Carie ihren Sinn wieder mutig dem Leben zu. Comfort wuchs jetzt zu einem großen Mädchen heran und mußte in allem unterwiesen werden, was eine Amerikanerin zu wissen hat, und dann hatte Carie den Säugling Faith. Carie konnte wieder nach Herzenslust leben, denn ringsum lag Schönheit auf den Bergen und in den kleinen gartenähnlichen Tälern dazwischen, wo kleine braune Männer und Frauen auf ihren Feldern arbeiteten; für Carie aber war die Schönheit eine Art Sauerstoff, der ihr Leben und Spannkraft verlieh. Hier stiegen ums Morgengrauen die Nebel vom Fluß empor und bedeckten die taufeuchten Bambusstauden; hohes Gras wuchs silberig auf den Grabhügeln im Gebirge. In den Tälern lagen zwischen den Feldern runde Teiche, umsäumt von Weidenbäumen und Pfirsichbäumen, und im Frühjahr war es so schön wie nur irgendwo auf Erden.

Auch Edwins Briefe trugen zu Caries Zufriedenheit bei, denn er war weit glücklicher denn je zuvor. Anfangs hatte er sich verzweifelt einsam gefühlt, und das Land, das Heimat zu nennen sie ihn gelehrt, war ihm trotz allem so fremd erschienen. Darüber war sie sehr traurig gewesen, so daß sie dachte: Es ist gut, daß ich ihn damals zurückgeschickt habe, sonst hätte er sich nie mehr an sein Vaterland gewöhnt.

Und so schuf ihr das Bewußtsein Trost, daß sie zum Besten ihres Sohnes gehandelt hatte, und als er begann, sich in seinen Platz zu fügen und auf eigene Faust Amerika zu entdecken, war das, als erneuerte Carie ihre eigene Liebe zur Heimat.

Was die vier betraf, die tot waren, waren sie ihr nie sehr ferne. Sie besuchte die drei in Shanghai, sooft sie nur konnte, und der stille abgeschlossene Fleck Erde, wo Clyde lag, war leicht durch einen Spaziergang zu erreichen; sie konnte sich dorthin stehlen und eine kleine Weile an dem ruhigen Grabhügelchen sitzen.

So fügte sie sich entschlossen in diese mittleren Jahre ihres Lebens, in ein Leben, mannigfaltig wie noch nie. Wieder schuf sie sich ihr Heim, und diesmal so wie im Anfang mit dem Gefühl der Dauer. Die sechs Zimmer waren groß und hatten breite Rahmenfenster, die sich auf Garten und Tal und Berge öffneten, und es machte Carie glücklich, daß sie sich dort ihr Heim schaffen konnte. Ich erinnere mich, daß dieses Heim uns allen ob seiner schlichten Ordnung und Sauberkeit, ob seiner anmutigen Blumen eine Stätte des Entzückens war, und heute noch spüre ich in der Nase den angenehmen Geruch der Grasmatten auf den Fußböden. Dort wuchs Comfort zur Reife heran, dort begann Faith zu sprechen und zu gehen und wurde ein Mädchen. Aus diesem Haus zog Andrew ins Land, erfrischt und ermutigt für seine langen Reisen des Predigens und Lehrens. Von diesem Heim strahlte auch die überquellende Gastfreundschaft Caries aus: junge amerikanische Paare, verwirrt von ihrer Ankunft im Fernen Osten, verbrachten die erste Zeit in Caries Gastzimmer; müde Missionare rasteten dort; dort schliefen umherziehende Landstreicher, jenes seltsame vergessene Strandgut der weißen Rasse, das gelegentlich vom großen Meer des Ostens ans Ufer gespült wird und selber kaum wissen dürfte, wie es hierhergekommen ist, und ganz gewiß nie weiß, wohin es geht — kurz: jeder, der heimatlos war und betrübt, kam auf irgendeinem unbekannten Pfad an Caries Tür, und Carie empfing ihn, und wenn er fortzog, war er sauber und satt und ermutigt.

Was sie zu solchen Leuten sagte, war kaum mehr als die praktischen munteren Reden, die sie im gewöhnlichen Leben für diese oder jene Gelegenheit bereithielt, denn sie war im Predigen nie sehr stark gewesen. Wenn es geistliche Dinge gab, von denen sie zu jemandem sprechen wollte, tat sie dies zumeist durch ihren Gesang: durch einen Lieblingschoral, durch Stellen aus einem Oratorium. Diesen Gesang ließ sie hervorquellen, reich und zärtlich, zur Abendstunde, da das Haus ruhig war und erfüllt von Gedanken und Träumen, und sie überließ es der Musik, ohne weitere Bemühungen die nötige Arbeit zu tun.

Einmal kam ein sonderbarer Landstreicher, und er blieb eine Woche bei uns. Was er war, wußte niemand; er sagte, er sei Amerikaner, und seine Redeweise klang in der Tat wie die eines handeltreibenden Yankees. Aber die Welt hatte ihm so übel mitgespielt, daß er kaum noch als menschliches Wesen zu erkennen war. Er blieb im Haus, verschlang gierig das Essen und hörte die meiste Zeit nur schweigend zu, denn er konnte kaum sprechen, ohne zu fluchen, und erkannte unklar, daß solche Sprache hier fehl am Orte war. Als er uns verließ, ausgerastet, sauber, in einem Anzug Andrews und mit Schuhen Andrews an den Füßen, verweilte er noch an der Tür und flüsterte endlich: „Hätte nie gehofft, Amerika wiederzusehen — ist mir aber doch widerfahren — hier bei Ihnen, Gnädige!“

Ungefähr in diesem Abschnitt ihres Lebens blieb ihr ihre sogenannte „chinesische Tochter". Eine Chinesin, der Carie einst in einer Zeit furchtbarer Not geholfen, starb als Witwe und hinterließ ein kleines Mädchen von zehn Jahren, namens Kostbare Wolke. Als die Frau starb, weilte Carie an ihrer Seite, und da es ans Ende ging, sagte die Chinesin: „Noch nie hat jemand so für mich gesorgt wie du. Mein Vater liebte mich nicht, weil ich in einem ohnedies schon allzu kinderreichen Haus nur ein Mädchen war. Mein Gatte liebte mich nie, denn ich kam bloß als zweite Gattin in sein Haus, die er, als die erste gestorben war, nahm, daß sie ihm das Haus in Ordnung halte; auch mein Sohn liebt mich nicht. Warum hast du mich geliebt, obwohl ich anderes Blut und andere Knochen habe?"

Da lächelte Carie bekümmerten Herzens und erwiderte sanft: „Ich weiß es nicht; es sei denn, daß die Not deines Herzens mein Herz anzog, und schließlich sind wir trotz allem die Kinder eines einzigen Vaters."

Die Frau sagte: „Ich habe nur einen Besitz, den ich dir hinterlassen kann, denn meinem Herzen liegt nur an einem. Nimm meine kleine Tochter als eigen und mache sie zu einer Frau, die dir gleicht."

Carie nahm dieses Kind, als dessen Mutter gestorben war, und viele Jahre gehörte Kostbare Wolke unserem Haus und unserer Familie an. Mehrere Jahre besuchte sie eine chinesische Schule, wo sie in ihrer Muttersprache erzogen wurde, denn es widerstrebte Carie, das Kind von seinem Volk zu trennen, konnte sie selbst sich doch keine tiefere Einsamkeit vorstellen als diese. Sie ließ Kostbare Wolke auch immer chinesische Tracht tragen, nur band sie ihr die Füße nicht ein. Kostbare Wolke schämte sich anfangs ein wenig ihrer Füße, dieser großen Füße, denn zu jener Zeit hatten alle Mädchen eingebundene Füße,

Carie aber gab sich die größte Mühe, ihr hübsche Schuhe zu nähen und diese schön besticken zu lassen, viel schöner, als üblich war, damit Kostbare Wolke erkenne, daß auch natürliche Füße hübsch sein können.

Als Kostbare Wolke siebzehn Jahre alt war und die Schule hinter sich hatte, verlobte sie Carie, die in allem dem Brauch der Heimat des Mädchens folgen wollte, mit einem gebildeten jungen Chinesen, über dessen Charakter sie sich Sicherheit verschafft hatte. Sie schloß jedoch den Kompromiß, daß sie sich vorerst vergewisserte, ob Kostbare Wolke mit dieser Ehe einverstanden sei, und richtete es so ein, daß die beiden jungen Leute in Caries Wohnzimmer zusammentrafen — in jenen Tagen etwas noch Unerhörtes! Kostbare Wolke war ein sehr hübsches, sanftes junges Geschöpf, der junge Mann sah würdig und stattlich aus, und sie fanden sogleich Gefallen aneinander. Carie prüfte sorgfältig die beiden Temperamente und war auch ein wenig belustigt über diese neue Rolle als Heiratsvermittlerin; sie glaubte fest, daß die beiden glücklich sein würden, und sie wurden es auch nach der Hochzeit, die Carie in jeder Einzelheit so chinesisch wie möglich veranstaltete. Kostbare Wolke nannte Carie Mutter, und später sagten ihre kleinen Kinder Großmutter zu Carie, und so nahm sie auch diese Kinder an ihr großes tiefes Herz.

Sie hätte sich viele Kinder schenken lassen können, wäre sie imstande gewesen, sie aufzunehmen. Manchmal gab es da geradezu tragische Möglichkeiten. Einmal stelzte ein Mann in die Kapelle, wo Carie mit einigen Frauen sprach; er trug eine große baumelnde Gestalt in den Armen und legte sie direkt vor Caries Füße auf den Ziegelboden.

„Hier unser Sohn“, sagte er rauh. „Er ist so, wie du ihn siehst, und taugt nur für den Tod. Wenn du ihn jedoch aufnehmen willst, erspart uns das die Tat, schließlich ist er doch ein Sohn."

Carie sah das arme Geschöpf an; es war ein schwachsinniger Knabe, hilflos in jeder Beziehung. Sosehr ihr Herz auch bewegt war, sie konnte das Kind nicht aufnehmen, und darum schüttelte sie betrübt den Kopf und versuchte, diesem Mann die Verantwortung klarzumachen, die er sogar einem solchen Kind gegenüber hatte. Doch der Mann antwortete nichts, er hob den langen, bleichen, nutzlosen Körper nur wieder auf und ging fort. Bis zum Ende ihrer Tage sagte Carie verwirrt, wenn sie daran dachte: „Ich möchte wissen, ob ich das arme Ding nicht trotzdem hätte aufnehmen sollen. Irgendwie hätte ich es vielleicht trotz allem zustande gebracht!"

Diese mittleren Lebensjahre verstrichen in Tätigkeit und daher voll Freude für Carie, obwohl das einstige losbrechende Ungestüm ihrer Jugend zu einer ruhigen, friedlichen Gesetztheit beschwichtigt war. Sie hatte zuviel vom Leben gesehen, zuviel, das sie nicht verstehen konnte, aber trotzdem hinnehmen mußte, während sie gleichzeitig die alte herrische Frage nach Gott aufgab. Erheiterung fand sie jetzt nur noch gelegentlich, manchmal aber doch; ihre beiden kleinen Mädchen hielten eifrig nach dieser Stimmung Ausschau, und die Augenblicke, da ihre Mutter froh war, waren ihnen die Lichtpunkte im Leben. Caries Frohsinn kam wie ein munterer Wind und begann mit heimlichem, scharfem Funkeln ihrer goldigbraunen Augen. Ein Licht schien von ihr auszustrahlen, und dann lauschten die Kinder atemlos ihren Worten, denn diesem lachenden Licht folgte unabänderlich „etwas Komisches", irgendein absurder Reim oder ein lebhafter Scherz. Sie hatte die Fähigkeit, leicht zu reimen, und spann manchmal aus dem Stegreif in reinem Übermut einen lächerlichen Vers nach dem andern.

Da schrien die Kinder vor Lachen, aber so völliger Unsinn war für Andrew immer Pein. Er hob einhaltgebietend die Hand, zuerst freundlich, aber schließlich verärgert. „Carie — Carie — bitte, bitte!“ flehte er.

Doch bei diesem Widerspruch ergriff ein Kobold schlimmer Freude von ihr Besitz, und sie reimte strahlenden Gesichtes noch toller denn zuvor und hörte nur dann mit einer schönen Verbeugung auf, wenn sie sah, daß es ihn wirklich erregte. Oder sie kam manchmal heim, nachdem sie irgendeine gutgemeinte, aber alberne Rede hatte anhören müssen, und sie ahmte den pomphaften Tonfall nach, sehr zu Andrews Entsetzen und zur Freude der Kinder, denn die hatten den aufblitzenden Humor und die Liebe zu Späßen von ihr geerbt. Sie war eine geborene Mimikerin, und wenn sie jemanden nachäffte, wurde sie wahrhaftig dieser Person gleich.

Solcher Heiterkeit ließ sie jedoch nie ungehemmten Lauf. Zu oft hielt sie inne, wenn die Kinder in die Hände klatschten und vor Freude kreischten, und war ein wenig verwirrt und sagte, plötzlich nüchtern geworden: „Es ist sehr unrecht von mir, daß ich mich über einen rechtschaffenen Mann wie Bruder Jones lustig mache — über einen so wackeren Mann. Kinder, ihr dürft nicht so werden wie eure böse Mutter.“

Das war der alte Kampf zwischen ihrer gesunden, kräftigen Natur und dem Gepräge, das die puritanischen Anschauungen der Jugendzeit ihrem zarten Gewissen aufgedrückt hatten. Sie kämpfte ohne Unterlaß mit sich selbst, um das zu werden, was sie „rechtschaffen“ nannte, um dieser kühlen — vielleicht auch selbstsüchtigen — Auflösung in einer mystischen Beziehung zu Gott teilhaft zu werden, so wie Andrew.

Doch diese Amerikanerin sollte sich nie im Leben für lange Zeit des Friedens erfreuen. Im Jahre 1900 kam der Aufstand in China, der unter dem Namen Boxeraufstand bekannt ist, da die Kaiserin in einem letzten verzweifelten Versuch, die alte Nation zusammenzuhalten, das Land von den Fremden durch eine einfache Methode befreien wollte: alle Fremden, die sich im Land befanden, sollten getötet und keine neuen ins Land gelassen werden. Das kaiserliche Edikt wurde insgeheim in jede Provinz geschickt, und im Sommer jenes Jahres begannen erstaunliche Berichte einzulangen, daß Gruppen weißer Leute hier und dort ermordet worden seien. Caries Herz schwoll an vor Sorge um diese beiden Kinder, die ihr geblieben waren. In höchster Angst wartete sie ab, was der Vizekönig ihrer Provinz tun werde.

Der Vizekönig von Kiangsu war ein Mann von Intelligenz, der nicht verfehlte, die Torheit des kaiserlichen Ediktes zu erkennen. Die Kaiserin war eine unwissende Frau, engstirnig und provinzlerisch. Wie Carie gehofft, hatte der Vizekönig nicht die Absicht, das Edikt durchzuführen und in seinem Gebiete die Weißen zu töten. Statt dessen schloß er mit den ausländischen Konsuln einen Pakt, er werde die Weißen, wenn sie keine Kriegsschiffe in seine Gewässer entsandten, schützen.

Das war zum Teil ein Trost, aber nur zum Teil, denn man konnte nicht genau wissen, wie lange er sich an sein Versprechen halten mochte oder ob es nicht eine Falle war, damit er, wenn er die Weißen schutzlos sah, sie nur desto leichter töten könnte. Andrew und Carie hielten lange Beratungen mit ihren chinesischen Freunden. Andrew war dafür, einzig und allein auf Gott zu vertrauen und hierzubleiben. Carie aber erinnerte sich noch sehr gut, daß der Glaube vier ihrer Kinder nicht gerettet hatte. Aber von Tag zu Tag beschlossen sie, weiter zu bleiben.

Andrew dang einen alten chinesischen Christen, der eine Dschunke auf dem Fluß besaß, und befahl ihm, an einer gewissen Stelle, nahe dem Ende einer Straße, die in den Fluß mündete, mit dem Schiff zu warten. Carie ersann einen abgekürzten, verborgenen Weg zu dieser Stelle, so daß sie in jedem beliebigen Augenblick mit den Kindern durchs Bambusgehölz hinter dem Haus und durchs Schilfröhricht der Teiche und Täler zu dieser Stelle laufen konnte.

Tag und Nacht waren sie in jenem heißen Sommer auf diesen Augenblick gefaßt; ein Körbchen mit Essen für das kleine Kind, Extraschuhe und eine Garnitur Wäsche für jeden lagen zusammengeschnürt bereit. Sie packte auch ein paar Besitztümer, die sie liebte, in eine kleine Kiste: ein wenig Silber, das ihrem Großvater gehört hatte, eine von ihrem Vater in Silber gefaßte Amethystdruse, einige Bücher ihrer Mutter, und sie vergrub die Kiste, mit des Dieners Hilfe, im Boden des Kellers.

Einstweilen war Carie entschlossen, daß die Kinder keinen Schatten der Furcht verspüren sollten, die überall umging. Sie wollte sie nicht verstören, wollte die jugendlichen Gemüter nicht verdunkelt wissen von den Schatten dieses Landes, in dem sie leben mußten. Sie hatte immer versucht, ihnen eine so helle und echte Kindheit zu schaffen, wie die Kinder sie in der Heimat hätten haben können. So verbrachten sie in fröhlichem Spiel die Sommertage jenes Jahres, und ihr Vormittag war erfüllt mit den Spielen, die die Mutter ihnen ersonnen hatte, sie aber verrichtete indes die Arbeit im Hause. Sie spielte auch mit ihnen, und sie erinnern sich bis zum heutigen Tag dieser Kameradschaft. Sie hatte mehr Zeit als je zuvor, denn jetzt kamen nicht mehr viele Besuche. Die Leute hatten Angst vor dem, was die Zeit bringen mochte, und wenn die Kaiserin gegen die Fremden war, durfte man nicht in nahem Umgang mit Amerikanern gesehen werden.

Aber ein paar Getreue kamen noch immer, und Carie schätzte sie hoch, denn sie liebte gar sehr alles, was tapfer und mutig war. Es erweckte einen ererbten Edelsinn in ihr, und sie sagte ihnen schlicht, daß sie standhaft an ihrem Glauben festhalten müßten wie alle anderen, wenn die Stunde der Verfolgung nahte, denn so hätten manche vor ihnen getan. Das konnte auch sie, und die Kraft des Pionierblutes in ihren Adern machte sie ruhig und stark und furchtlos. So war sie immer, wenn Heimsuchungen kamen und es Schweres zu tragen galt.

Endlich hatte der amerikanische Konsul, der im „Bund" lebte, Ursache, Verrat zu fürchten, und er sandte der Familie die Botschaft, sie sollten die Konsulatsflagge im Auge behalten, die sie von ihrer Veranda sehen konnten. Wenn unmittelbare Gefahr bevorstand, wollte er einen Kanonenschuß lösen und die Flagge dreimal senken lassen, die amerikanische Flagge über dem Konsulat. Das sollte das Zeichen sein. Dann hätten sie das Haus, ohne einen Augenblick des Zögerns, zu verlassen und sich sogleich ans Ufer des Flusses und an Bord eines Dampfers zu begeben, der dort auf sie warten werde. Alle anderen Weißen waren schon fort.

Carie mußte nun dem Zwiespalt im eigenen Herzen die Stirn bieten. Hier waren ihre Kinder, und ihr Herz trieb sie, sich mit ihnen in Sicherheit zu bringen. Aber der kleine Kreis chinesischer Freunde und Christen lebte in panischem Entsetzen. Die waren in gewissem Sinne geistig von ihrem Volke losgetrennt und wußten jetzt nicht, was aus ihnen werden sollte. Das war für Carie der alte Ruf, der unwiderstehliche Appell an ihr Mitgefühl.

So wurde abgemacht, daß Carie, wenn das Zeichen gegeben wurde, die Kinder und Wang Amah nehmen und fliehen solle, während Andrew zurückblieb, die Leute zu trösten. Carie erklärte sich einverstanden und dachte, wie ich glaube, ein wenig wehmütig, daß Andrew trotz allem „besser“ sei als sie, die zu oft Ungeduld und Ungestüm zeigte, selbst wenn sie gut sein wollte. Diese Wochen, die sie in der möglichen Nähe des Todes verbrachte, übten eine sehr ernüchternde Wirkung auf sie. Sie erkannte von neuem, daß die alte Natur noch immer kräftig in ihr lebte, selbst nach all ihrem Kummer, und daß jene frühe Suche nach Gott noch nicht zu Ende war. Dies machte sie sehr demütig und wortkarg, denn wenn das Ende kam und kommen mußte, wie konnte sie dann die Leute zu Gott weisen, zu dem Gott, den sie selber nicht ganz gefunden hatte?

Demütig war sie daher auch, als sie am Nachmittag eines feuchten Sonnabends im August, da das Zeichen gegeben wurde, die beiden Kinder und Wang Amah nahm und mit Andrew so rasch wie möglich durch Seitengassen zu dem Dampfer schritt. Sie bestieg das Schiff und wandte sich zu Andrew um, der am Ufer stand. Sie hatte in diesem Augenblick vielleicht mehr Ehrfurcht vor ihm denn je vorher, wie er einsam und fremdartig dastand, in seinem weißen Anzug und mit seinem Tropenhelm, hoch gewachsen und weiß, inmitten der dichtgedrängten kleinen dunklen Gestalten auf der Reede. Ob sie ihn je wiedersehen sollte, das wußte sie nicht.

Acht Monate verstrichen. Andrew war auf seinem Posten, und sie lebte mit den beiden Kindern in einem kleinen Pensionszimmer in Shanghai. Sie unterrichtete sie regelmäßig jeden Tag, und zur Erholung gingen sie alle in einen kleinen Park, der auf einem schmalen Uferstreifen am Whangpu angelegt war. Dort spielten die Kinder in der besten Luft, die die dichtgedrängte Stadt ihnen bieten konnte, und die Freude des Tages waren die Schiffe und

Dschunken und Sampans, die das Wasser durchschnitten. Manchmal dampfte ein großes Ozeanschiff majestätisch am Kai vorbei, und das war für alle ein herrlicher Augenblick. Carie zog die Kinder an sich und zeigte ihnen das Schiff — ein Schiff, geradenwegs aus Amerika, von daheim! Wang Amah riß die Augen auf, und die beiden Kinder starrten mit verträumten Blicken. Keins von ihnen wußte noch, was Amerika war, es sei denn aus ihren Träumen, die ihnen endlose Schönheiten bedeuteten — rosa Apfelblüten, ausgesät unter einem blauen Himmel, kühle herbstliche Trauben, die man pflücken und „bloß so" essen konnte, ohne sie zu waschen, Äpfel auf dem Boden, nach denen man sich nur zu bücken brauchte, Pferde, darauf zu reiten, Wiesen, darin zu tollen, Baumzucker von dem großen Ahorn, der im Herbst goldfarben wurde: all das und noch viel mehr war Amerika, ihr Heimatland! An solchen Tagen, an denen diese Schiffe vorbeikamen, ließen die Kinder von ihrem Spiel und richteten an Carie tausend Fragen nach ihrer Heimat, und wenn sie in das kleine Zimmer der Pension zurückkehrten, machten sie es geräumig durch ihre Reden und ihre Träume von einem fernen Land, das ihnen gehörte.

Zehn Monate verstrichen, und die Expedition der Nationen des Westens gegen die Chinesen ermöglichte wieder eine gefahrlose Rückkehr zum Bungalow auf dem Hügel, und es war ein glücklicher Tag, als sie wieder beisammen sein konnten. Haus und Garten waren unversehrt, doch die kleine Kiste mit Wertgegenständen, die Carie vergraben hatte, war erbrochen — wie Carie argwöhnte, von dem Diener, der ihr beim Graben geholfen hatte. Sie gab sich einen Augenblick lang gerechter Entrüstung hin, doch wie immer folgte einem solchen Augenblick Zerknirschung, und sie sagte: „Nun, meinetwegen, der arme Kerl, irgendeiner hätte die Sachen ohnedies gefunden — also warum nicht er?“ Diese Haltung einem Vergehen gegenüber, das sie persönlich verabscheute, war bezeichnend für sie. Sie haßte, je älter sie wurde, die Sünde nicht weniger, eher noch mehr, aber irgendeine Weite ihres Blickes ließ sie die Sünde, selbst wenn sie sie haßte, verstehen, obwohl sie überaus rasch entdeckte, wenn man sie betrog. Als Beispiel nenne ich den Fall eines chinesischen Gehilfen Andrews, eines Mannes, der in diesem Winter nach Caries Rückkehr eines Tages kam, sein Gehalt zu beheben. Andrew war nicht zu Hause, und Carie sagte, sie werde ihm in Abwesenheit ihres Gatten das Geld ausfolgen. Sie ging die Treppe hinauf zu ihrer kleinen Privatkasse, brachte das Silbergeld in Dollarstücken herab und gab es dem Mann. Da rief eins der Kinder nach ihr, und sie ließ ihn einen Augenblick allein. Als sie zurückkam, sagte er: „Gnädige Frau, einer der Dollar, die Sie mir gegeben haben, ist falsch. Wollen Sie ihn, bitte, austauschen?“

Er hielt ihr die Münze hin, einen Dollar, der offensichtlich aus Blei war. Gedankenschnell nahm Carie das Geldstück und befühlte es. Es war warm. Die Dollar, die sie herabgebracht hatte, waren eiskalt aus einem kalten Raum gekommen. Dieser Dollar fühte sich ganz warm an von der Körperwärme des Mannes.

„Sie irren“, sagte sie ruhig. „Das ist ein Dollar, den Sie bei sich getragen haben.“

Sie sah ihn fest an, und ihr Auge füllte sich mit Mitleid.

„Mein Freund“, sagte sie traurig, „wollen Sie sich für einen bloßen Dollar Ihrer Ehrlichkeit berauben?“

Da senkte der Mann den Blick und verstummte und ging. Aber sie war betrübt, weil sie ihn für ehrenhaft gehalten hatte.

Doch bin ich zu weit vorangeeilt, in den Winter, denn der Herbst vor diesem Winter hatte wieder eine Heimsuchung gebracht. Jedes Jahr tobte nach dem Sommer die Cholera durchs Land, und jedes Jahr lebte Carie in Entsetzen und Furcht, bis die Seuche vorbei war, und sie überwachte mit äußerster Sorgfalt das Zubereiten der Speisen und das Abkochen des Wassers. Die Cholera war in jenen Zeiten, ehe man sich noch richtig auf ihre Behandlung verstand, eine so schnell verlaufende und so tödliche Krankheit, daß gar oft der Tod eintrat, sobald jemand sich die Krankheit geholt hatte, allzu schnell, als daß man noch Hilfe hätte bringen können. Im Herbst dieses Jahres erkrankte plötzlich Wang Amah eines Abends und legte sich nieder, ohne ihre Herrin zu rufen, denn es widerstrebte ihr, Carie aus dem Schlaf zu wecken.

Aber das Geräusch von Wang Amahs Erbrechen und Stöhnen erweckte Carie, die immer einen leichten Schlaf gehabt und in diesem Land der Überraschungen auch gelernt hatte, wie sie sich ausdrückte, „halb wach" zu schlafen. Sie stand sogleich auf und patschte barfuß, wie sie es nachts zu tun pflegte, weil sie immer zu ungeduldig war, sich mit den Pantoffeln aufzuhalten, in Wang Amahs Raum — freilich war dies eine gefährliche Hast in einem Hause, das von Tausendfüßlern wimmelte.

Tiefes Entsetzen faßte sie bei dem Anblick, der sich ihr dort bot. Wang Amah versank zusehends in Bewußtlosigkeit. Da kam Carie ihr mutiger Groll zu Hilfe, wie schon so oft. Sie wollte einfach nicht zulassen, daß Wang Amah sterbe! Sie eilte zum Küchenherd, machte rasch ein helles Feuer und erhitzte ein gewaltig großes Gefäß mit Wasser. Dann goß sie Wang Amah heißes Wasser mit Whisky in die Kehle und rieb ihr die Hände und gab ihr alle Medikamente ein, die sie im Haus hatte. In dem Augenblick, da das Badewasser heiß war, hob sie Wang Amah hinein und tauchte sie bis zum Gesicht unter und goß ihr dann Milch und Wasser in den Mund und knetete ihr die Kehle, damit sie schluckte. Unter dieser strengen Behandlung hatte sich Wang Amah bei Tagesanbruch erholt; freilich war sie sehr geschwächt, aber am Leben.

Da rief Carie den Gatten, denn in ihrer Hast hatte sie sich nicht damit aufgehalten, jemanden zu rufen, und sie hieß ihn sich abseits stellen, damit er nicht angesteckt werde, und dann gab sie ihm Weisungen der Kinder wegen und bat ihn, jetzt alle praktischen Fähigkeiten, die er überhaupt besaß, zu nutzen.

„Nimm dir heute morgen nicht die Zeit zu beten, Andrew", flehte sie, „sonst werden die Kinder noch vor dem Frühstück in alle möglichen Patschen geraten." Andrew sah sie vorwurfsvoll, aber wortlos an, und es gereichte ihm zur Ehre, daß er eine ganze Woche lang getreulich versuchte, Caries Weisungen zu befolgen, die sie ihm vom Ende des Gartens zuschrie, denn dorthin hatte sie Wang Amah gebracht, in einen kleinen Raum, der sonst zur Aufbewahrung des Gartenwerkzeugs diente.

Nach dieser Woche konnte Wang Amah desinfiziert und in ihr Zimmer zurückgebracht werden, und Carie durfte wieder bei den Kindern sein. Nachher war das Band zwischen diesen beiden Frauen fester denn je. Wang Amah konnte nicht vergessen, daß Carie die Kinder im Stich gelassen hatte, um sie zu pflegen, und daß sie ihr eigenes Leben der Gefahr der Ansteckung preisgab. Sie fragte Carie staunend: „Was für eine Frau bist du, und was für ein Herz ist es, das du einem gewöhnlichen braunen Geschöpf gleich mir entgegenbringst? Denn niemand sonst hat mich ein zweites Mal ansehen wollen, du aber würdest dein Leben für mich geben?"

Carie wurde von je durch Verehrung beschämt, und jetzt gestand sie dem Gatten in ihrer Demut, sie müsse leider bekennen, daß sie das bei besserem Nachdenken wahrscheinlich nie getan hätte, doch habe es sie plötzlich mit Zorn erfüllt, daß sie sehen mußte, wie eine so schmutzige Krankheit, die Cholera, Wang Amah fortraffte; so habe sie sich gar nicht Zeit genommen, nachzudenken. Ihr Zorn hatte für sie einen Schlachtruf bedeutet.

„Ich fürchte, ich habe es nicht um des Herrn willen getan", sagte sie mit verwirrter Miene. Irgendwie vergaß sie das immer.

„Wenn du dich bloß erinnern wolltest, alles in Seinem Namen zu tun!" sagte Andrew, besorgt für ihre Seele.

„Aber, Andy, ich habe ja nicht die Zeit", widersprach sie ernst. „Wenn jemand stirbt, hat man nicht Zeit nachzudenken, warum man ihn rettet. Man muß sogleich zu handeln beginnen."

Doch zwischen diesen beiden lag eine ganze Welt, und sie blickten einander ohne Verständnis an. Andrew lebte nie ohne den Gedanken an Gott, was immer er tun mochte. Für Carie war das Leben in seinem Reichtum nahezu ausreichend.

Irgendwo muß ich, wenn ich von diesem Teil ihres Lebens spreche, auch von Kuling erzählen. Ich glaube, diese Erzählung gehört hierher, nach der Krankheit Wang Amahs, denn Carie hatte wieder einmal gesagt: „Jeden Sommer widerfährt uns etwas Schreckliches. Wenn wir nur für eine kleine Weile im Sommer dieser furchtbaren Hitze des Yangtse-Tales entrinnen könnten, wäre die große Angst für das Leben meiner Kinder vorbei."

Auch andere Weiße, die im Tal verstreut lebten, hegten dieselbe Furcht für ihre Kinder; doch ein Engländer hatte bei der Jagd in den Lu-Bergen eine Stelle gefunden, die als Sommerzuflucht taugte: ein paar liebliche seichte Täler auf der Höhe einer hohen Gebirgskette. Hier war sogar mitten im Sommer die Luft ums Morgendämmern und auch bei Sonnenuntergang herb und kühl, und selbst zu Mittag war sie kräftig dank den kalten Bergbächen und Nebeln. Der Engländer erzählte anderen von dieser Entdeckung, und eine Gruppe von Leuten schloß sich zusammen und mietete dort Land, und sie bauten aus den in den Tälern reichlich vorhandenen Steinen kleine Landhäuser.

Carie drängte Andrew so lange, bis er fortreiste, diese Gegend zu besichtigen, und nach seiner Rückkehr sagte er: „Er gleicht unserer Heimat mehr als irgendein anderer Ort, den ich auf Erden gesehen habe." Das genügte. Mit dem Geld, das sie aufbringen konnten — und wie mir scheint, kürzte Carie diesmal Vaters Neues Testament —, kauften sie ein Stückchen Land, und im nächsten Sommer bestieg Carie mit den Kindern einen Dampfer, um stromaufwärts zu der Stadt zu fahren, die den Bergen am nächsten lag; von dort machten sie in Sänften eine lange Tagesreise durch meilenweite Reisfelder und sanft geschwungene, bambusbedeckte Hügel und begannen endlich den Berg zu ersteigen.

Die Luft im Hügelland war feucht und drückend vor Sommerhitze, doch als die Sänftenträger mit sicherem taktmäßigem Schritt den Berghang zu erklimmen begannen, stahl sich herb-süße Kühle in die Luft und füllte Caries Herz mit Erregung. Der Atem dieser Luft war genau der gleiche wie in den Bergen Westvirginias, und Carie hatte, seit sie die Heimat verlassen, dergleichen nicht gerochen. Zwei Stunden dauerte der stetige Anstieg auf dem Pfad, der sich wie ein gekrümmtes Band den Berghang hinaufzog; unten aber lagen die Felsschluchten, durch die die Bäche von den Berggipfeln in schäumenden silbernen Fällen hinabstürzten, um dann in tiefen grünen Wassern zu rasten.

Sie hatte auch noch nie solche Gebirgsblumen gesehen,

nicht einmal in Amerika. Dort waren die Bergblumen klein und geruchlos und zart, hier aber blühten, von der vorbeiziehenden Sänfte gestreift, große gefleckte rote Tigerlilien und große weiße, trompetenähnliche Lilien mit Purpurstreifen auf der Hinterseite der Blütenblätter; hier sprossen allenthalben lange zarte Farne empor, und unter Fichten und federigen Bambusstauden war die Erde mit dichtem, farnähnlichem Moos bedeckt. Hier bildete auf einem Baum eine Schlingpflanze einen Wasserfall sternähnlicher Blumen, Blumen von üppigem Duft, und dann rief plötzlich durch die Stille ein tiefer, voller, wilder Klang, der Schrei eines Vogels, laut und deutlich in seiner Lieblichkeit.

Das war eine Schönheit, die Carie nicht einmal im Traum in diesem Lande dicht aneinandergepferchter Menschheit für möglich gehalten hätte, in einem Lande, wo nach ihrem Ausspruch „immer zu viele lebten und zu viele starben". Zurückgelehnt in ihre Sänfte, blickte sie hinauf zum blauen Himmel und sah hingerissen, wie sich die glänzenden weißen Nebelschwaden vor ihr auf den Gipfeln und hoch über ihr sammelten. Weiter und weiter klommen sie empor, bis es schien, als wollten sie in den Himmel selber dringen; dann brachte sie eine unerwartete Biegung des Weges auf einen schmalen Bergpaß, und dort faßte sie der Gebirgswind, kalt von der Kälte der Bergwasser und voll Leben und Kraft.

Die Sänftenkulis stellten die Sänfte nieder und ließen sich den Bergwind um die schwitzenden, halbnackten Körper wehen, und dann stießen sie plötzlich, als wäre es ein Gruß, einen sonderbaren hellen Ruf aus, der zwischen den Gipfeln der Berge ringsum widerhallte und immer wieder hallte.

„Da la-la-la-la hu-u!"

Carie hörte dies und ihr war, als müßte sie selbst in

einen solchen Schrei des Entzückens einstimmen, in diesen seltsamen wilden Gruß an die Berge.

Dann kam nach kurzem raschem Anstieg die letzte Strecke, der Weg ins Hochtal, und oben lag dieses Tal, dicht am Himmel wie eine emporgehaltene Schale, umschlossen von den höchsten Spitzen der Bergkette. An der einen Seite der Schale lag das kleine Häuschen mit den drei Zimmern, das Andrew aus Steinen hatte bauen lassen.

Niemand kann ermessen, was damals und auch in späteren Jahren dieses Landhäuschen und das Tal und die Schönheit und Kühle für Carie bedeuteten. Die Erleichterung durch die kühlen Nächte und den guten Schlaf, das tiefe Einatmen der scharfen Bergluft, das frische kalte Wasser, das aus den Felsen quoll und das man trinken konnte, ohne es zu sterilisieren, die Freiheit von Angst vor Krankheit — zwei Monate lang —, die Freude, am Ende des Sommers die Kinder rosig und rund und gesund zu sehen, zu einer Zeit, da sie sonst immer mager und blaß und schlaff gewesen waren von schlaflosen Nächten und wund von Unreinheiten der Haut und von Blasen: das alles war unaussprechlich. Das Gefühl der Dankbarkeit quoll in Caries Herzen auf und manchmal betete sie laut mit den Kindern eins ihrer raschen Gebete, die mehr einem Pochen ihres Herzens glichen als einer Rede der Lippen. Diese Gebete schleuderte sie empor zu Gott, ob er sie nun auffing oder nicht, sie sandte sie empor aus lauterem Überschwang der Gefühle.

Sie durchstreifte mit den Kindern die Berge, nahm Vorräte mit und machte Ausflüge, hierhin und dorthin und überallhin. Wie ein Kind liebte sie es, in frischer Luft zu essen, und wenn Andrew fort war, rief sie oft vor irgendeiner Mahlzeit: „Nehmen wir unsere Teller und essen wir im Freien."

Dann setzten sie sich auf die Stufen des Landhauses

oder in halber Höhe auf den Abhang, wie es ihnen eben behagte, und sie aßen dort und sahen zu, wie die Sonne plötzlich, wie immer im Gebirge, hinter den Gipfeln versank. Dies tat Carie aber nur, wenn Andrew fort war. Er war gegen launenhafte und plötzliche Dinge und gegen die Unbequemlichkeit, daß er für seinen Teller keinen Tisch hatte; er war überhaupt gegen alles Ungewohnte, und wenn er zu Hause weilte, hatten sie sich alle sittsam zu den drei Mahlzeiten hinzusetzen und das Tischgebet zu sprechen, und Carie mußte sich damit begnügen, ihren Sessel so zu stellen, daß sie durch die weitgeöffnete Tür hinausblicken konnte.

Andrew kam zwar manchmal zu kurzem Urlaub ins Gebirge, doch schien er unter der Hitze der Niederung nicht so schwer zu leiden wie Carie und die Kinder. Im Lauf der Jahre war er noch hagerer geworden, erfreute sich aber offensichtlich einer felsenfesten Gesundheit. Anders als Carie fühlte er das Leid der Mitmenschen nicht im eigenen Fleisch und Geist. Musik sagte ihm überhaupt nichts, und auch nicht die Dichtkunst, und kaum die Schönheit der Natur. Auch war ihm die Stimme menschlichen Leids nur allzuoft die Stimme solcher, die sich gegen die gerechte Strafe für ihre Sünden auflehnten, und diese Strafe hatte ihnen ein gerechter Gott gesandt.

Es war unvermeidlich, daß diese Verschiedenheit in den Charakteren des Gatten und der Gattin im Laufe der Zeit größer oder wenigstens deutlicher wurde. Carie wollte ein solches Mißverständnis nicht einmal sich selbst eingestehen, zeigte es aber dennoch unbewußt in tausend Kleinigkeiten, aus denen ihre Ungeduld sprach, und Andrew trug es schweigend, aber merkbar als Prüfung Gottes. Diese Art Nachsicht und sogar seine außerordentliche geduldige Ruhe waren nicht dazu angetan, es Carie leichter zu machen, die sich immer schuldbewußt fühlte, weil sie glaubte, sie sei nicht gut genug und er sei trotz allem „besser denn sie“.

Aber die Spannung zwischen den beiden zeigte sich nicht allzusehr an den Tagen, da sie ihre Kinder bei sich hatte und betreuen mußte. Niemals hat es eine mütterlichere Frau gegeben als diese, die so überquellen konnte von hundert kleinen Liedchen und fröhlichem Unsinn, wenn dies nottat. Nie habe ich sie vollkommener müttergen wollte; sie war so reich an sonderbar wechselnden Stimmungen, und doch waren ihre Hände rasch bereit zu Zärtlichkeit und Fürsorge und ruhiger, verständiger Pflege, wenn dies not tat. Nie habe ich sie vollkommener mütterlich gesehen als zur Sommerszeit auf der Bergeshöhe, da sie sich ihren Kindern frei schenken konnte. Sie führte sie dahin und dorthin auf die Suche nach Schönem und lehrte sie, Felsen zu lieben und zackige Klippen, die sich scharf vom Himmel abhoben, und auch kleine Täler, wo um einen Weiher Farne und Moos wuchsen. Auch in ihr Haus brachte sie die Schönheit, denn sie füllte die Stuben mit Farnen und Blumen.

Ich glaube, daß ihr das Streben nach Gott, das sie nie ganz aufgegeben hatte, auf diesem Berggipfel leichterfiel, denn hier war nirgends menschliches Leid. Hier schien es ihr, als könnte sie ihn nahezu jeden Tag sehen, denn hier machte es einem all das Schöne leicht, geduldig und gut zu sein. Am Sonntagvormittag besuchte sie die kleine steinerne Kirche, die man gebaut hatte, als die Sommergemeinde anwuchs, und es gehörte für Carie zur Freude dieses Tages, daß dann eine helle kleine Glocke einladend bimmelte. Ich glaube, sie hörte diese Glocke nie, ohne an die Heimat zu denken, und wenn sie dem klaren Ruf folgte und zur Kirche schritt, ging sie dahin in Gedanken an ihr Heim jenseits der See. Aber sie ging auch, um zu beten und zu singen, ja sogar anzubeten, was sie nicht verstand. Denn diese Frau, diese amerikanische Frau, war durch Blut und Erziehung so geartet, daß alle ihre Freuden, auch ohne daß sie es gewollt hätte, sie zu etwas führten, das ihr höher erschien, als sie selbst war, und daß sie im Geist immer dieses Eine suchen mußte — etwas, das sie preisen und dem sie danken konnte, wenn sie das Leben als schön empfand. Sie war ein Mensch, den Glück und Friede anspornten und dazu brachten, sein Bestes zu leisten, Leid jedoch und allzuviel Schmerz machten sie toll und trotzig.

So vergingen, hier auf der Höhe rasch und dort unten im Tal gar langsam, neun Jahre, und wieder stand es Carie und Andrew frei, einen einjährigen Urlaub zu nehmen und nach Hause zu fahren, falls sie es wünschten. Sie setzten die Abreise für den Juni an und vermieteten das Häuschen in den Bergen an Freunde, die es gerne nahmen. Dann schifften sie sich ein, den Stillen Ozean zu überqueren. In diesen Jahren war Edwin ein Mann geworden, in diesen Jahren, die kein Ende genommen hatten, gemessen an Caries unablässiger Sehnsucht nach dem Sohn und an ihrer Furcht und an ihren schlaflosen Nächten. Er hatte die Mittelschule absolviert und war jetzt zum Universitätsstudium bereit, und darum wollten sie den größten Teil dieses Urlaubsjahres in Amerika nicht in dem großen weißen Haus verbringen, sondern in der Universitätsstadt, in der Edwin leben sollte, in derselben Stadt, in der sein Vater studiert hatte. Dieser Ort war das alte virginische Städtchen Lexington, das so reich ist an Tradition und historischen Erinnerungen, und Carie freute sich sehr, denn sie dachte, dort werde sie die jüngeren Kinder in dem Gefühl für ihre Heimat bestärken können, die sie zwar noch nicht gesehen hatten, aber trotzdem schon liebten.

Vorerst aber mußten sie den Ozean überqueren, und Carie war krank und unglücklich wie bei jeder Seefahrt, so daß sie es, als man sich San Francisco näherte, gar nicht erwarten konnte, endlich den Fuß auf den geliebten Boden zu setzen. Sie zeigte den beiden kleinen Mädchen dies und jenes, und die Kinder starrten alles mit weit geöffneten Augen an, über die Maßen stolz auf die erstaunliche Magie fließenden Wassers und elektrischen Lichts und auf die Stattlichkeit der hohen Gebäude. Gehörte denn nicht das alles zu Amerika, und war Amerika nicht ihnen zu eigen?

Eins nur versetzte sie in Erstaunen und schreckte sie. Das war der Anblick weißer Männer, die Lastwagen beluden und Gepäckstücke trugen.

„Mutter", fragte Comfort entsetzt, „sind hier sogar die Kulis Weiße?"

Carie lachte. „Wir haben keine Kulis in unserem Land", antwortete sie. „Darum sind die Leute glücklich. Jedermann arbeitet, und es ist keine Schande, körperliche Arbeit zu leisten."

Aber solche Fragen der Kinder stimmten sie immer nachdenklich, denn sie fürchtete, die Kleinen könnten trotz aller Bemühung vom Orient gezeichnet sein. Darum fühlte sie Sorge und beschloß, Comfort müsse noch in diesem Jahr Kochen und Nähen und Geschirrwaschen lernen und überhaupt in alle häuslichen Arbeiten eingeführt werden. Sie hielt die Hausarbeit für die beste Kur gegen weibliche Unzufriedenheit.

„Jede Frau muß wissen, wie man das Haus führt und Brot bäckt und wie man kocht und näht. Mag man auch viel Gesinde haben, als Frau muß man wissen, wie alles gemacht wird." Und später sagte sie zu Comfort, die manchmal über die praktische Anwendung dieser Theorie ein wenig verdrossen war: „Einmal im Leben wirst du es allein machen müssen. Und vergiß nicht: wir Amerikaner arbeiten."

Das war das entscheidende Wort, die Überlieferung ihres Volkes, die sie aufrechterhalten wollte, und wahrlich, in diesem furchtlosen, kraftvollen Körper rollte kein einziger Tropfen lauen Blutes.

Die Eisenbahnfahrt durch die Vereinigten Staaten war ihr jedesmal Freude und Reichtum. Zu sehen, wie sich vor ihren Blicken die Heimat abrollte; die Schönheit von Berg und Feld und Ebene zu sehen; zu beobachten, wie abends in kleinen Häuschen Lampen angezündet wurden; das Leben der Landstraßen und Dörfer — das alles war für sie wie Musik, und sie saß beim Wagenfenster und sah strahlenden Auges die Bilder vorbeiziehen. Jeder geringste Fortschritt erfreute sie; sie bemerkte jede Veränderung; jedes Zeichen von Wohlstand bereitete ihr Freude, und sie zeigte es den Kindern.

Zu dieser Zeit hatte Amerika noch eine besondere Bedeutung für sie. Edwin lebte hier als erwachsener Mann.

Hier war wieder die traute Gegend, hier das weiße Tor, der große Ahorn, das massige Haus, das ihr für immer die Heimat bedeutete. Hier war ihr Vater, zart, aber noch immer kerzengerade wie ein Jüngling, weißhaarig und peinlich sauber in seiner makellosen Wäsche und seinem schwarzen Anzug — wurde Hermanus denn nie zu alt für die Eitelkeit? Und diese andere weißhaarige Gestalt, konnte das Cornelius sein; war er schon so alt und gebückt? Und die jungen Frauen hier waren seine Töchter, dieser junge Mann sein Sohn, ein großer eckiger rotwangiger Jüngling, und neben ihm seine Frau, jetzt ruhig und mütterlich geworden? Ja, neun Jahre waren verstrichen. Wenn Carie in ihrem alten Zimmer in den Spiegel blickte, sah sie die beiden weißen Schwingen ihres

Haares, und die Blüte ihrer Wangen, einst tiefrot, war verwelkt.

Alle ihre Schwestern hatten jetzt ein eigenes Heim, und das Haus war so sonderbar, da keine von ihnen an der Schwelle stand, Carie zu begrüßen. Aber dort stand schüchtern ein großer schlanker junger Mann mit klugem Blick. Es war Edwin. Carie wollte ihrem Sohn die Arme um den Hals legen, doch war er so groß geworden, daß er sich bücken mußte, sonst hätte sie die Hände hinter seinem Kopf nicht zusammengebracht. Er trug einen Kneifer und einen hohen Kragen und sah weit älter aus als einundzwanzig Jahre. Sie hielt ihn auf Armeslänge von sich, um ihn gründlich zu mustern. Ein guter Blick begegnete da dem ihren, ein Blick, der vielleicht ein wenig verträumt war, aber freundlich und offen und klug. Von neuem mußte sie erforschen, was hinter diesen ernsten kurzsichtigen Augen lag, denn sie sah deutlich, daß es ihren kleinen Jungen nicht mehr gab.

Dann war es ihr eine Lust, ihre beiden Töchter zu nehmen, sie überallhin übers Grundstück und durchs Dorf zu führen, ihnen jede Stätte der Erinnerung zu zeigen und alle alten Freunde wiederzusehen. Hier, an diesem vertraut ruhigen Ort, lag für sie das wahre Herz Amerikas. Am Sonntag hatte sie von neuem die Freude, wieder zur Kirche gehen zu können und die kleine, kühne, liebliche Kirchenglocke zu hören, deren Läuten ihr unvergessen geblieben. Obwohl Hermanus schon sehr alt war, schritt er noch immer wie einst der Familie voran; er zog an ihrer Spitze durch die Dorfstraße, und die anderen folgten im Gänsemarsch. Jetzt nahm auch Carie, jetzt nahmen auch Andrew und ihre drei Kinder teil an diesem geliebten Brauch. In der Kirche predigte noch immer Andrews Bruder, weißhaarig und schon sehr gebrechlich. Er hatte sich nie ganz von den Beschwerden des Bürgerkriegs erholt, und die alte Wunde an der Hüfte brach von Zeit zu Zeit auf. Dennoch gelang es ihm, seine gütigen, weltabgewandt lehrhaften Predigten zu halten, und es war Manna für Caries Seele, daß sie seine Stimme wieder hören durfte.

Ach, Amerika, Amerika, wie konnte sie es je wieder verlassen?

Nach dem fröhlichen Sommer, und nachdem sie sich an all dem alten Tun erfreut hatte, am Melken, am Buttern, am Wäschewaschen unter den Bäumen, am Plätten in kühler Kammer, am Einkochen des reifen, frisch geernteten Obstes, machte sie noch eine Besuchsrunde bei ihren verheirateten Schwestern und ihrem Bruder — konnte sie denn glauben, daß diese dunkeläugige Mutter von Kindern die kleine Greta war, der man von ihrem alten Unfug doch noch eine Spur anmerkte, und daß dieser tüchtige stattliche Kaufmann, Vater von vier Kindern, ihr Bruder Luther sein sollte? Sodann fuhren sie nach Lexington und fanden ein altes Haus am Rande der Stadt, nicht allzu schön eingerichtet, und das wurde ihr erstes Heim in Amerika. In diesem alten Haus aus der Zeit vor dem Bürgerkrieg lag die Küche abseits in dem Nebengebäude, das zu den Sklavenwohnungen gehört hatte, so daß Carie durch einen dicht verwachsenen Garten hin und her gehen mußte. Jedem anderen wäre dies zu mühselig gewesen, ihr aber war es geradezu ein Geschenk, daß sie über den Garten auf den Hügelhang, der sich dahinter erhob, und auf Wald blicken konnte. Die Arbeit fiel ihr leicht, denn ihre Schritte waren rasch und immer hatte sie ein Lied bereit, und die Arbeit deuchte sie ein Nichts nach dem Leben, das sie geführt. Sie brauchte jetzt nur ihre Familie zu betreuen, brauchte nichts anderes zu tun, als die Ihren zu nähren, zu pflegen und zu erheitern. Hier stellte niemand die anderen Ansprüche an sie, die man in China erhob. Ansprüche der Krankheit, des Kummers und des menschlichen Leids. Daß diese Last des Mitgefühls für kurze Zeit von ihr genommen war, bedeutete an sich schon Rast.

Sie brauchte hier auch die Kinder nicht zu unterrichten, denn während des Jahres konnte Comfort die Schule besuchen. Edwin war an der Universität und entzückte Carie durch seine ungewöhnlichen Erfolge. Faith aber hing ihr immer an der Rockfalte und ward ihre Spielgefährtin. Es war eine Zeit der Vereinigung. Am Abend versammelten sie sich um den alten Steinherd, in dem Andrew ein Holzfeuer machte, und zum Abendmahl tranken sie Milch „von einer Kuh", wie Faith jeden Abend gar ernst erklärte; dazu aßen sie große Ingwerkuchen und die Obstsorten, die man in China nicht bekommen konnte.

In solchen Stunden beobachtete Carie den Sohn; sie suchte zu ergründen, wie er jetzt war, und das alte innige Band wieder zu festigen, das ihn an sie gebunden, ehe er sie verließ. Innig wünschte sie, er möge all das werden, was sie nicht erreicht hatte. Aber gerade seine Freundlichkeit erschien ihr schwer zu fassen. Er erwies sich als nachgiebig und aufrichtig und gewiß auch als gutherzig, dennoch fühlte sie, daß er ihr ferne war. Widerstrebend ließ sie ihn am Ende sein, wie er wollte, und wartete — bitter dieser Entfremdung bewußt, denn sie hatte trotz allem noch immer gehofft, ihn als ihren kleinen Jungen wiederzufinden. Doch in den Jahren des Alleinseins war der Mann in ihm erwacht, und Edwin konnte nie wieder von ihr abhängig sein.

Vielleicht machte es ihr diese Unabhängigkeit leichter, daß sie am Ende des Jahres wieder in den Orient zurückkehren mußte, denn dort gab es so viele, die sie noch brauchten. Zweiundzwanzig Jahre hatte sie jetzt fern von dieser Heimat verbracht. Sie bewahrte sie getreulich im Herzen wie eh und je; für immer war dieses Land ihrem Gemüt das schönste und beste der Länder und gesegnet von Gott. Doch der Platz hier im Land, der der ihre gewesen, verschwand jetzt allmählich. Zwanzig Jahre — und ihre Schwestern und Brüder hatten gelernt, ohne sie zu leben, obgleich sie Carie sehr liebten. Zwanzig Jahre — und die Töchter ihres Bruders Cornelius waren erwachsen und wohnten in den Zimmern, in denen sie als junges Mädchen gewohnt hatte; die Kleider dieser Mädchen, die Kleider mit den langen Röcken und den üppigen Schinkenärmeln hingen jetzt dort, wo einst Caries Krinolinen gehangen hatten. Und die Momentaufnahmen aus der Schulzeit waren nach neuester Mode in einem Fischnetz an der Wand untergebracht, dort, wo Carie in alten Tagen ihre dunkle kleine Madonna gehabt hatte. In dem Zimmer, in dem Caries Mutter gestorben, wohnte Cornelius mit seiner Gattin schon so viele Jahre, daß sogar Hermanus der Frau nicht mehr zu denken schien, die ihm in so inbrünstiger Liebe ergeben gewesen. Im Dorf waren die alten Dunlops schon lange tot, Caries Schulfreundinnen verheiratet und fortgezogen, und nur der alte Neale Carter lebte noch immer als Junggeselle, verschlafen und einsam, mit seinen Negern. Der Anblick dieses stämmigen, geröteten und zwischen Anfällen von Schlaftrunkenheit großsprecherischen Gesellen machte für ewige Zeiten der Romantik ein Ende, die in dieser Erinnerung gelegen haben mochte. Er hatte alles vergessen, bis auf sein Essen und seinen Schnaps.

Ja, sie hatte Amerika verlassen, und Amerika hatte ihrer vergessen, und wäre sie für immer hierher zurückgekommen, sie hätte sich von neuem ein neues Nest bauen müssen.

Aber davon war keine Rede, denn lange, ehe das Jahr

um war, hegte Andrew ungeduldig den Wunsch, wieder bei seiner Arbeit zu sein. Sein Vaterhaus war verkauft worden, die Eltern gestorben, und jetzt gehörte all sein Streben jenen dunklen Menschen. Zudem hatte er das Gefühl, Amerika brauche ihn nicht. Hier gab es allenthalben Prediger und Kirchen, und jeder, der wollte, konnte hören und das Heil finden. Die aber in dem fernen Land, die, selbst wenn sie wollten, nicht hören konnten, weil niemand da war, der zu ihnen gesprochen hätte, die riefen nach ihm, und darum hörte er nichts anderes; als daher Edwin im nächsten Sommer seine Studien mit Auszeichnung beendet und als Hilfslehrer an einer Schule Anstellung gefunden hatte, so daß er jetzt wirklich ganz unabhängig war, machten sie sich zur Rückkehr bereit.

Tiefe Trauer lag in Caries Herzen, als sie diesmal ihrem Sohn Lebewohl sagte. Wenn Amerika ihn festhielt — und sie wollte, daß Amerika ihn festhielte —, hatte sie ihn verloren, mochte sie auch kaum wissen, wie. Doch war er jetzt ein Mann und mußte selber sein Leben wählen; sie aber durfte ihn nicht tadeln, wenn er das Vaterland wählte, denn sie hatte ihn ja von seiner Geburt an gelehrt, dieses Vaterland innig zu lieben! Doch seine Wahl bedeutete, daß sie, seine Mutter, jetzt in der Verbannung leben mußte, fern ihrem Sohn, den sie vielleicht noch ein- oder zweimal im Leben sehen mochte. Sie verließ Amerika, Tränen im Auge — das war selten bei ihr — und Einsamkeit im Herzen. Diesmal war es mehr denn bloß räumliche Trennung; diesmal begann eine Trennung im Geist, und sie zog fort, irgendwie heimatlos.

Wieder kehrte sie in den Flußhafen zurück, zu dem Haus im Kreis der Hügel, zu dem Bungalow über der dunklen chinesischen Stadt, die unten auf dem Flußufer wie Bodensatz lag. Sie ließ sich hier nieder, in jener Ruhe des Geistes, die für ihre überschäumende Natur der Verzagtheit am nächsten kam, und richtete von neuem ihr Heim ein und ihren Garten. Merkmale des Alters lagen auf ihr. Ihr Haar wurde weiß, obwohl es seine lockige Dichte und Weichheit bewahrte und ihr bis ans Ende ihrer Tage einen Kranz der Schönheit ums Haupt wand. Die reifen Rundungen ihrer mittleren Lebensjahre wurden wieder zu Schlankheit.

Ich glaube, sie fühlte zu dieser Zeit ihres Lebens, daß sie sich von ihren Mädchenjahren völlig getrennt hatte, es sei denn im Erinnern. Amerika war gewachsen, ferne von ihr, hatte sie vergessen, ihren Platz ausgefüllt. Man muß mit einem Land wachsen, im Land wachsen, wenn man ihm völlig angehören soll. Darum war sie froh, daß sie der Heimat den Sohn geschenkt hatte. Was aber sie betraf, so wandte sie sich zum erstenmal ernstlich ihrem eigenen Leben zu, ohne daran zu denken, daß sie Amerika war, daß sie Amerika mitbrachte, wohin sie auch ging, und es allen schenkte, mit denen sie zusammenkam.

Wieder nahm sie ihren Liebesdienst an den Menschen ihrer Umgebung auf. Wieder machte sie sich daran, ihren Kindern die Umgebung zu schaffen, die sie ihnen zu bieten wünschte. Comfort war jetzt ein großes Mädchen, ein Kind, in vielen Dingen schwer zu behandeln, trotzig und leidenschaftlich — und der Mutter sehr ähnlich, doch Carie vermochte dies nicht zu erkennen. Carie konnte bloß mit einiger Furcht und Sorge sehen, daß dieses Kind, das von solcher Art war, im Leben dereinst Leiden erdulden mußte, so wie ihre Mutter ob ihres allzu tiefen Empfindens und zu lebhaften Gemüts gelitten hatte. Darum versuchte Carie ihrer Tochter Selbstzucht beizubringen, Carie, die den Kampf in ihrer eigenen Seele nie ganz siegreich bestanden hatte. Sie entwarf also einen Stundenplan für die Arbeiten des Mädchens, sie unterrichtete das Kind in Musik und Malerei und achtete darauf, daß die Tochter jede Woche einen langen Aufsatz verfasse, damit sie sich schriftlich gut auszudrücken lerne. Für beide Kinder tat Carie, was sie konnte, und sie tat es ganz allein, ohne irgendeine der Hilfen, die den heutigen Müttern zur Verfügung stehen. Sie hielt sie auch an, sich körperlich zu stählen und durch Übungen geschmeidig zu machen, achtete auf ihre Haltung und ermunterte sie in allem, was Mut erfordert.

Ich erinnere mich, daß sie für jedes Krähennest, das Comfort von den Bäumen holen konnte, dem Kind eine Silbermünze bot. Die Krähen bauten die Nester sehr hoch auf den Baumwipfeln, und eins der Gefühle, die dieses Mädchen, jetzt eine Frau in mittleren Jahren, nie vergessen wird, ist das Gefühl, an einem windigen Märztag immer höher und höher zu klimmen, immer höher und höher an einem vom Wind gepeitschten schlanken Baumstamm, und endlich zu dem Nest zu gelangen. Man mußte frühzeitig hinaufklettern, denn wenn das Nest einmal vollends gebaut war, ließ Carie in ihrer Weichherzigkeit dessen Zerstörung nicht mehr zu. Doch was sie den Kindern beibringen wollte, war der Mut, körperlichen Gefahren zu trotzen.

Es fiel jedoch nicht immer leicht, Comfort zur Unterwerfung unter das Alltagsgetriebe zu zwingen. Das Mädchen konnte da herzhaft Widerstand leisten und sich des Widerstandes freuen, und endlich erkannte Carie, sie müsse, wenn sie obsiegen wollte, dies durch Anerkennung tun und dadurch, daß sie den Ehrgeiz des Mädchens weckte, denn Comfort ließ sich nichts befehlen. Dank ihrem stets bereiten Mitgefühl lernte Carie endlich, das eigene Herz zu erforschen und darüber nachzudenken, wodurch sie des Kindes Herz gewinnen könnte, und so verstrich die gefährliche Zeit des Heranwachsens leichter für beide.

Doch trotz der Leidenschaftlichkeit der Mutter und der Leidenschaftlichkeit der Tochter schuf Carie dem Mädchen die richtige Umgebung und erfüllte das Leben ihres Kindes mit den besten Gütern, die die Kultur ihrer Heimat geschaffen, und lenkte Comforts Schritte fest und für immer auf den Pfad des Verlangens nach Schönem und Gutem. Das war kein geringer Erfolg, denn außer Büchern und der Schönheit der Natur hatte sie keinerlei Hilfe.

Abgesehen von diesem ihren Kindern gewidmeten Streben waren Caries Tage wie noch nie zuvor in Anspruch genommen von den Menschen ihrer Umgebung. In besonderem Maße war dies der Fall nach einem der vielgefürchteten Hungerjahre. Das war ein furchtbares Jahr, dieses Jahr 1905, in dem die Ernte mißriet, so daß sogar in dem reichen Yangtse-Tal, das so fruchtbar und gut bewässert ist, die Vorräte knapp wurden; besonders knapp, als die Flüchtlinge aus dem Norden herbeizuströmen begannen.

Zu Beginn des Winters füllten sich die Stadt und deren Umgebung allmählich mit diesen unseligen Geschöpfen, mit Männern, Frauen und Kindern, die zu Fuß kamen und unterwegs Nahrungsmittel erbettelten, um ihr Leben fristen zu können, und viele von ihnen starben auf der Wanderung. Das kalte Wetter kam, und noch immer fanden sie sich in stets wachsenden Scharen ein, hager, grimmig, dem Tod verfallen. Carie, die schon reichlich viele traurige Dinge gesehen hatte, fühlte neue Verzweiflung und übermäßiges Mitleid, und sie tat ihr möglichstes und spendete nach Kräften, was sie hatte, sammelte auch hier und dort Geld. In diesem Jahr gab es bei uns keinen Nachtisch, und jede Brotkrume, die sie ersparen konnte, wurde erspart. Sogar das Neue Testament mußte zurückstehen.

Sie wagte nicht, tagsüber das Haus zu verlassen, wenn sie die karge Hilfe spenden wollte, die sie zu spenden vermochte, und wie wenig war dies, gemessen an solcher Not, denn für die angesammelten Tausende von Verhungernden bedeutete das ein Nichts, und Carie brachte durch die Spende sogar ihr Leben in Gefahr, denn es stand zu befürchten, daß die Leute sie überfallen und um das, was sie brachte, kämpfen könnten. So ging sie tagsüber mit leeren Händen von Hütte zu Hütte und merkte sich die schlimmsten Fälle vor; nachts aber legte sie Wang Amahs alte Jacke an, ging mit Wang Amah verstohlen unter den Leuten umher und ließ hier einen Dollar zurück, dort ein Bündel mit Lebensmitteln.

Andrew war den ganzen Winter nicht zu Hause. Er war nach dem Norden gezogen, wo die Hungersnot am schlimmsten wütete, und leistete aus den von Amerika geschickten Beträgen Hilfe. Von diesen Summen sandte er ein wenig an Carie, der das Geld um so willkommener war, weil es aus der Fülle und aus dem hilfsbereiten edlen Herzen ihrer Heimat stammte.

„Das schickt man euch aus Amerika — aus Amerika!"

Immer wieder und wieder hörte ich sie diese Worte sagen. Carie wurde für die hoffnungslosen Menschen zu einer lebenden Verkörperung Amerikas.

Manchmal war es nicht Geld, was von Amerika kam, sondern Schiffsladungen mit Nahrungsmitteln, und diese Vorräte waren nicht immer geeignet. Ich erinnere mich, daß einmal ein Schiff viele Hunderte leicht schadhafter Käselaibe brachte. Nahezu die einzige Speise auf Erden, die die Chinesen nicht essen können, ist Käse, ein Nahrungsmittel, das ihnen Brechreiz erregt, es sei denn, daß sie im Ausland lernen, Geschmack daran zu finden. Carie sah tieftraurig all diesen Käse, der auf den Stromkai geladen wurde; dann verwandelte sie sich plötzlich in eine Käsehändlerin. Sie ging zu den Häusern aller Weißen, deren es auch in den besten Zeiten nicht viele gab, und überredete mit ihrer flinken Zunge und ihrem warmen Herzen die weiße Gemeinde, entsetzlich große Mengen Käse zu kaufen. Sie selbst stopfte ihre Keller voll damit und kaufte persönlich alles, was sie nicht an den Mann bringen konnte. Jahrelang mußten wir von diesem „Hungerkäse“ essen. Für das Geld aber kaufte sie triumphierend Reis und Mehl und sie gab vielen Flüchtlingen Speise.

Aber die Bilder des Grauens, die sie jetzt täglich und stündlich sah, ermüdeten ihre Seele, bis ihr war, als müßte sie zusammenbrechen unter der Last ihrer Trauer und ihrer Unfähigkeit, trotz allem guten Willen mehr zu tun als nur ganz wenig im Verhältnis zum Umfang der Not. Sie hatte es nicht für möglich gehalten, nicht einmal sie, daß dem menschlichen Körper solche Qualen zugefügt werden konnten, so langsam waren die Martern, so angeschwollen diese Gestalten des Todes, so fahl die Kinder mit den hoffnungslosen Augen, so ungestüm die wilde Selbstsucht, die nur nach Essen strebte, der Kampf — manchmal sogar zwischen Mutter und Kind, oft zwischen Gatte und Gattin.

Schließlich wurde es unmöglich, den Leuten in den Hütten zu verbergen, wer sie war, und sie fanden den Weg zu Caries Haus und taumelten, halb toll vor Hunger, den Hügel hinan, auf dem der Bungalow stand. Sie pochten ans Tor und lagen in furchtbaren, bebenden Rudeln vor den Mauern.

Ich glaube, daß noch nie jemand so gelitten hat wie damals Carie. Die Speisen waren ihr wie Asche im Mund, und sie konnte kaum etwas zu sich nehmen, um jener willen, die nichts hatten. Dennoch wagte sie nicht, ihnen Einlaß zu gewähren, aus Angst, sie könnten alles verschlingen und nachher — waren sie doch so zahlreich — noch immer nicht besser daran sein als früher.

Aber das Stöhnen und die lauten Rufe, wenn die Hungernden Tag und Nacht nach ihr schrien, der Anblick der Toten, die jeden Morgen vor dem Haus lagen und dann fortgetragen wurden, all das machte sie beinahe toll vor ohnmächtigem Mitleid und zornigem Gram. Der alte ungestüme Groll gegen einen Gott, der dies zulassen konnte, quoll von neuem in ihrem Herzen auf. Doch hatte man sie gelehrt, daß sie mit Gott nicht hadern dürfe. Er war allwissend. Alles geschah nach seinem Willen. Ihr Kampf um den Glauben an ihren alten Wahlspruch „Vertrau und gehorche" und der Zwiespalt ihres Herzens waren jammervoll anzusehen. In verbissenem, verzweifeltem Entschluß tat sie jetzt, was sie konnte, und widmete sich Tag und Nacht der Aufgabe, Lebensmittel aufzutreiben, indem sie in die Häuser der Reichen und überallhin ging, so wie sie nie getan hätte, hätte es sich um etwas anderes gehandelt als um menschliches Leid.

Jetzt versuchte sie gar nicht, ihre Kinder zu behüten, ja sie hätte es nicht mehr vermocht. Welche Mauer hätte dieses Geheul der Leute fernhalten können, diese letzten Schreie entschwindender Hoffnung und die traurigsten aller Geräusche, die matten Stimmchen der kleinen Kinder? Nein, ihre eigenen Kinder mußten lernen, welches Übel das Leben einem zufügen konnte. Sie nahm sie in ihre Dienste und trug nur Sorge, ihnen allzu grausige Bilder schmerzhaften Todes fernzuhalten.

In diesem Jahr gab es keine Weihnachtsfeier. Jedes Jahr ihres Lebens hatte sie ihren Kindern Weihnachten zur glücklichsten und frohsten Zeit gemacht. Das Schmükken des Hauses mit Stechpalmen und Immergrün, das Umrühren des Plumpuddings waren immer feierliche Zeremonien im Familienleben gewesen. So wie überall hatte sie auch da alles selbst herschaffen müssen, denn es gab weder Spielzeugläden noch Läden mit Weihnachtswaren, wo sie hätte einkaufen können. Doch sie vermochte das Fest zu einem wahren Bacchanal zu machen, mit Männchen und Damen aus Lebkuchen und mit Spielzeug, das sie selbst verfertigte, mit Dingen, die sowohl nützlich wie unsinnig waren. Da gab es Strümpfe, die am Heiligen Abend an den Kamin gehängt wurden, einen Baum am Christmorgen, geschmückt mit selbstverfertigten Streifen aus buntem Papier und mit Bändern, die Carie im Lauf des Jahres aufgehoben hatte. Das war die einzige Zeit, da sie sich aus vollem Herzen der Fröhlichkeit hingab, und nichts durfte die Freude dieses Festes stören, das süße Geheimnis des Heiligen Abends, die Geschichten, die beim offenen Kaminfeuer erzählt wurden, die Weihnachtslieder, die wir vor dem Schlafengehen zur Orgelbegleitung sangen. Am Christtag klang schon ums Morgengrauen ihre strahlende Stimme durchs Haus: „Der Herr ist gekommen!“

Zu einem solchen Fest schuf sie Weihnachten. Die Überlieferung und den tiefen Sinn der Weihnacht pflanzte sie so fest ins Herz ihrer Kinder, daß sie es nie wieder vergaßen und daß dieses Fest sie heute noch, obwohl sie über drei Kontinente verstreut sind und Carie selbst in der fremden Erde eines vierten Kontinents begraben liegt, mit den innigsten Erinnerungen in tiefster Seele bewegt. Dennoch gab sie sich immer Mühe, den Kindern begreiflich zu machen, daß dies eine Zeit des Schenkens war, und jedes Kind wurde angehalten, Gaben vorzubereiten, nicht nur für die Eltern und für andere Kinder, sondern auch für die Dienerschaft und für kleine chinesische Freunde und für jeden, von dessen Notlage man wußte. Sie kannte gar gut die Freude des Teilens und die frohe Zufriedenheit, die es bereitet.

Aber in diesem Jahr hatte sie nicht das Verlangen, froh zu sein, nicht einmal um der Kinder willen. Wie konnte man sich freuen, wie konnte man Plumpudding bereiten und den Teig für Obstkuchen rühren, wenn jene vor den Mauern lagen?

„Kinder, wir können heuer keine Weihnachten feiern", sagte sie trocken. „Wir wollen alles nehmen, was wir sonst ausgegeben hätten, und auch noch alles, was wir überhaupt entbehren können, und werden den Leuten Essen kaufen."

Es war ein sonderbarer Weihnachtstag, und wir verbrachten ihn damit, daß wir in großen Kesseln Reis kochten, um ihn Schale für Schale durch einen Torspalt zu reichen, bis nichts mehr da war, und wir getan hatten, was in unseren Kräften gestanden. Es war ein langer, stiller Tag, Carie konnte am Abend nicht einmal singen. Ihren Lohn fand sie darin, daß nachts nicht soviel Geheul zu hören war; und sie schlief ein wenig besser.

Faith war zum Glück noch zu klein, die volle Bedeutung des Ganzen zu erfassen, aber auf Comfort machte es einen Eindruck, der allzu tief war für ihre Jahre. Als der Frühling allmählich weiterschritt und die wenigen, die vom Tod des Winters verschont worden waren, sich sammelten und wieder den Heimweg antraten, da sie hofften, ihr Land bestellen zu können, war das junge Mädchen nervös und fahrig, und Carie sah, daß die Tochter für eine kleine Weile fort müsse. In Shanghai gab es eine Mittelschule, die von Frauen aus New England geführt wurde, und Carie beschloß, ihre Tochter für die zwei Jahre hinzusenden, die ihr noch fehlten, nach Amerika ins College gehen zu können.

Comfort war wirklich zuviel allein gewesen und zeigte sich allzu verträumt. Die Einsamkeit eines Kindes, das in einem fremden Land aufwächst, lastete gar schwer auf ihr, und darum nahm Carie sich vor, sie fortzuschicken.

Es schien ihr, als sollte sie nie Trost an ihren Kindern

finden. Dieses Land und diese Arbeit forderten, daß man die Kinder zum Opfer brachte, wenn nicht durch den Tod, so wenigstens durch die Trennung. Doch solchen Kummer verschloß sie tief in ihrem Herzen und trachtete, ihrer Tochter die Trennung so hinzustellen, als wäre es nur eine fröhliche Besuchsfahrt zu Freundinnen ihres eigenen Alters und ihrer Art. Sie nahm sich große Mühe, eine hübsche Garderobe aus schlichten Kleidern zu verfertigen, und verpackte sie sorgfältig in den rundrückigen Koffer, der schon so viele Male über Länder und über Meere gezogen war, und Andrew brachte Comfort zur Schule. So blieb also nur die kleine Faith im Haus, ein ernstes, ruhiges Mädelchen.

Die tiefe Spur des Winters wurde durch einen neuen Sommer verwischt, einen gesegneten Sommer in dem kleinen Landhaus in den Bergen. Andere Weiße fanden sich jetzt in wachsender Zahl dort ein, und Carie erfreute sich nicht nur der körperlichen Erholung, die Luft und Himmel und Berge ihr boten, sondern auch an der Erholung durch die Freundschaft mit Leuten ihrer eigenen Art und Kultur. Das war ihre Freude. Es bedeutete viel, daß sie, und sei es auch nur für wenige Wochen, dem Leid in ihrer Seele entgehen konnte, das sie sonst nicht zu vermeiden vermochte, wenn sie zwischen den Chinesinnen ein und aus ging.

Es war gut für sie, sich manchmal in eine Gegend zurückziehen zu können, wo sie, wie hier in dem Gebirgstal, an Frieden und Schönheit Kräftigung fand, und diesen Sommer verbrachte sie in ihrem Garten, in dem sie Farne und wilde Blumen pflanzte, Bäume und Sträucher okulierte, die wild im Garten wuchsen. Es war für sie die beste Art, ihre Seele wieder zu stärken.

Alle diese Jahre war Andrew unablässig durchs Land gezogen, zu Fuß oder auf einem kleinen grauen Esel, jetzt aber hatte er schon Kirchen in vielen Dörfern und einige Schäflein, die so stolz waren, daß sie sich durch einen Pastor, der auf einem Esel ritt, herabgesetzt fühlten. So kam er eines Tages auf einem stämmigen weißen Pony heim, das seine Pfarrkinder ihm geschenkt hatten. Auf Caries erstaunte Frage antwortete er verlegen, und doch auch erfreut: „Vielleicht hätte ich es gar nicht nehmen sollen — unser Herr ist auf einem Esel geritten."

Aber Carie hatte das Pferd auf den ersten Blick liebgewonnen und tätschelte ihm die schwarze Schnauze. Sie sagte rasch: „Ganz gewiß wäre er auf einem Pferd geritten, wenn ihm irgendwer eins gegeben hätte."

Zu dieser Zeit ihres Lebens kehrte Carie, weil ihr nur ein Kind im Haus geblieben war, zu ihrer gemeinsamen Arbeit mit Andrew zurück und schmiedete große Pläne zum Frommen der chinesischen Frauen. Oft ging sie mit Andrew auf Reisen, und schließlich kauften sie eine kleine Dschunke und fuhren mit Faith auf gekrümmten Kanälen zu Städten und Dörfern. Zwischen den Lektionen ihres Kindes und dem Säubern der Dschunke unterrichtete Carie Frauen und Mädchen.

Oft hatte sie mit Andrew hitzige Auseinandersetzungen über den Zwiespalt zwischen der christlichen Lehre und den Lebensformen, die sie hier vorfanden. Da war zum Beispiel ein gewisser Mr. Ling, der der Kirche beitreten wollte, aber zwei Gattinnen hatte. Für Andrew bestand die einzig mögliche Lösung darin, daß er ihm befahl, die Nebenfrau fortzuschicken. Carie aber hörte die Worte der Konkubine an und sah ihre Verzweiflung, und sie stritt mit Andrew: „Aber die arme Frau kann doch nirgend hingehen — s i e hat doch keine Schuld!"

Da schwoll Andrews priesterliche Gerechtigkeit gar

mächtig an. Er ließ sich in seinen Grundsätzen nicht wankend machen.

„Dann muß Mr. Ling eben der Kirche fernbleiben."

„Das ist grausam", rief Carie, in der ihr ganzer alter Ingrimm gegen Ungerechtigkeit aufflammte. „Und wenn Gott selbst das sagt, werde ich doch behaupten, daß es grausam ist."

Darauf gab Andrew keine Antwort. Es fanden sich auch noch andere Schwierigkeiten. Carie entdeckte, daß ein Pastor, in den Andrew Vertrauen setzte, Opium rauchte. Sie hegte schon lange Zeit Argwohn, denn im Umgang mit Menschen verfügte sie über ungewöhnliche Hellsichtigkeit. Aber Andrew wollte kein Wort gegen diesen Mann hören. Eines Tages sah sie ein Papier aus seiner Bibel fallen. Ehe er es noch aufheben konnte, hatte Carie es schon in Händen. Es war eine Rechnung über Opium.

Dann wieder hörte sie ein Gerücht über einen anderen Gehilfen Andrews, dem dieser Vertrauen schenkte, und erbrachte wieder den Beweis für ihren Verdacht, daß dieser Mann allen Leuten, die der Kirche beitraten, eine Gebühr anrechnete. Es gab Zeiten, wo es sich lohnte, Mitglied der Kirche zu werden, denn die „Ausländer" waren mächtig und teilten den Schutz, den die Staatsverträge ihnen gewährten, mit jedem, der sich als Christ bezeichnete, und die Kirchen waren überfüllt. Andrew wäre kein Mensch gewesen, hätte er Caries scharfen Verstand nur als erfreulich empfunden, und gewiß war er nicht allzu froh darüber, daß sie recht behielt.

Aber Carie konnte nicht anders arbeiten. Sie mußte Wahrheit haben. Der Frau, die die Geschichte ihrer Kümmernisse als Nebenfrau vor ihr ausschüttete, lauschte sie; dann sagte sie lebhaft: „Natürlich verstehe ich genau, wie das ist. Was kann man da bloß beginnen?"

Und sie sandte eins ihrer raschen, halb im Gesprächston

gehaltenen Gebete zum Himmel empor: „Lieber Gott, Du siehst diese Frau. Du verstehst ihre schlimme Lage. Sie kann sich nicht helfen. Wenn wir keinen Ausweg finden, müssen wir sie aufnehmen, wie sie ist."

Später litt sie unter der Furcht, sie könnte unrecht getan haben, doch antwortete sie ihrem Herzen: „Nun, wenn ich es verstehen kann, wird es doch wohl auch Gott verstehen können."

Aber sie war nie gänzlich überzeugt. Denn hier war Andrew. Vielleicht war Gott wie Andrew.

Caries Heim wurde jetzt immer mehr zum Treffpunkt für allerlei Leute, die sich in Kümmernis befanden. In ihrer munteren, trostreichen Art, in ihrer hellen fröhlichen Stimme, in ihrer Liebe zu Sonnenschein und Blüten und trauten Stuben, in ihren funkelnden Augen, in ihrem heilsam guten Wesen lag etwas, das allen Dingen den Anstoß verlieh, sich wieder ins Gleichgewicht zu bringen. In diesen Tagen kam oft eine hochgewachsene hübsche Frau mit schwarzem Haar und schwarzen Augen in Caries Wohnzimmer, eine Frau mit glatter, blaß olivfarbener Haut, immer in wunderschöne Pariser Toiletten gekleidet. Sie war die Tochter eines wohlhabenden englischen Geschäftsmanns im Hafen, eines Mannes von Bildung und hohem Rang.

In seiner Jugend hatte dieser Mann, wie viele andere, eine Chinesin ins Haus genommen, ein unwissendes, hübsches Mädchen, in das er sich in einem Teehaus vergafft hatte, und hatte mit ihr zwei Kinder gezeugt, einen Knaben und ein Mädchen. Der Sohn war ein ausschweifender Schurke, der sich ständig betrank, und wenn sein Vater ihn wieder einmal aus einer seiner zahllosen Klemmen retten mußte und alle ihn verurteilten, sagte Carie immer: „Der arme Harry Evans — er ist so einsam. Niemand will etwas mit ihm zu tun haben, weder die Weißen noch die Chinesen. Er hat keine Heimat — das ist die größte Einsamkeit auf Erden."

Aber wenn schon der Sohn einsam war, war die Tochter Ella, ein schönes stolzes Geschöpf, über jede Vorstellung einsam. Sie nahm die Stellung der Herrin im Haus ihres Vaters ein, denn jene Chinesin entartete, als sie älter wurde, zu einem der gewöhnlichsten Geschöpfe ihrer Klasse und zeigte sich nie mehr in der Öffentlichkeit. Der weiße Vater jedoch war rührend stolz auf die stattliche Schönheit der Tochter und auf deren ruhige Würde; sie saß ihm gegenüber an der Spitze der Tafel und war die Hausfrau seiner vornehmen Dinnergesellschaften. Chinesen wurden in diesem Haus nicht geduldet, es sei denn als Diener, und sie hatte daher keine Gelegenheit, mit chinesischen Herren zusammenzutreffen, die sie ohnedies ganz gewiß verachtet hätten. Aber sie war eigentlich Engländerin, in nichts chinesisch, bis auf die Schönheit ihrer spitz zulaufenden Hände und ihre dunkle Hautfarbe. Dennoch machten diese leichten Spuren es in jenen Zeiten einem Engländer unmöglich, eine Ehe mit ihr auch nur in Betracht zu ziehen, und so blieb sie weiterhin im Haus, Engländerin, und doch nicht Engländerin, eine Weiße, und doch für ewige Zeiten fremd.

Diese Frau erlebte Stunden tiefster Verzweiflung, und sie lernte es, ihre Stimmungen vor ihrem Vater zu verbergen, denn der alte Mann liebte sie aufrichtig und machte sich immer die bittersten Vorwürfe, und er fühlte, er habe unrecht getan durch diese Mischung des Blutes in ihren Adern, und wenn er sie in einer ihrer düsteren Stunden sah, war er untröstlich und bereute gar bitter die Torheit, die er begangen hatte; und nie hätte er zulassen dürfen, daß seine Verliebtheit und der Schrei des Fleisches diese stolze Tochter zum Leben verurteilten.

Da fand Ella die Amerikanerin, und daher erinnere ich mich ihrer, wie sie abends, gewöhnlich bei Anbruch der Dämmerung, in ihrer hübschen Sänfte zum Tor kam und dann im halbdunklen Wohnzimmer saß und wartete, bis Carie Zeit hätte, mit ihr zu sprechen. Worüber die beiden sprachen, weiß ich nicht, denn Carie schloß jedesmal die Tür, und ich konnte nur murmelnde Stimmen hören. Aber einmal sah ich die beiden herauskommen, und da beugte sich die hochgewachsene Miss Evans zu Carie und blickte ernst und wortlos in Caries helle ehrliche Augen, und an diesem Abend war Carie beim Essen ein wenig schweigsam und ungewohnt traurig.

Manchmal wartete auch eine kleine Frau im Kimono. Das war die japanische Gattin eines alten englischen Sonderlings, der in einer Mulde der fernen Hügel in einem nach japanischer Art gebauten Hause wohnte. Im Hafen erzählte man einander die Lebensgeschichte dieses Mannes, der zu der Zeit, da ich ihn kannte, schon weißhaarig und recht alt, aber noch immer sehr gerade aufgerichtet und höflich und ganz und gar der reservierte, selbstbewußte englische Gentleman war. In früheren Tagen hatte er, so hieß es, hier im Hafen eine Stellung beim Zolldienst gehabt, und er war der jüngere Sohn eines englischen Baronets, vom Vater in die Fremde geschickt, damit er sein Glück mache, wie ja viele in ähnlichen Fällen nach dem Osten geschickt werden. In England lebte ein Mädchen, das er liebte, und sobald er die erste Beförderung hatte, sollte sie ihm nachkommen; sie war ein zartes goldhaariges Kind, so erzählte man, und als er drei endlose Jahre gearbeitet hatte, ließ er sie kommen, denn jetzt verdiente er genug, ihr ein passendes Heim zu bieten.

Man erzählte die wildesten Dinge über die Schönheit des Hauses, das er für sie eingerichtet, und über die Dinge, die er dafür in Shanghai gekauft hatte — kostbare Teppiche, Atlasmöbel, ein Rosenholzpiano —, um derentwillen er gehungert und auch Schulden gemacht hatte. Er fuhr das Mädchen abholen, unter seinem kühlen Äußeren brennend vor Glut. Als das Schiff kam, brachte es ihm nur einen Brief:

„Verzeih, lieber Ronald, aber es war nicht das Richtige. Ich liebe Dich nicht — ich kann Dich nicht lieben."

Sie war mit dem Zahlmeister des Schiffs durchgebrannt. Ronald Stearns faltete den Brief sehr klein zusammen, riß ihn in Stückchen und warf ihn in die wirbelnden, schlammigen Fluten des Whangpu. Nachts aber ging er in ein japanisches Bordell besserer Sorte und kaufte dort ein Mädchen, ein höfliches, sauberes kleines Geschöpf, ein wenig älter als die anderen und gar nicht hübsch.

Mit großer Feierlichkeit machte er ihr einen Heiratsantrag und führte sie zum britischen Konsulat, während sie, sehr verwirrt über diesen Wandel in ihrem Los, auf ihren Getas ängstlich durch die Korridore hinter ihm her trippelte. Und trotz der Vorstellungen des britischen Konsuls heiratete dort Ronald Stearns die kleine Japanerin und nahm sie dann mit in die Hafenstadt.

Er baute ihr ein japanisches Haus auf dem Hügelhang, zu weit entfernt für Besucher, und er versteigerte den Rosenholzflügel und die Aubussonteppiche und die Atlasmöbel und alle die Schmucksachen, die er angehäuft hatte. Als ich ihn kennenlernte, lebte er schon viele Jahre sehr würdig und achtbar, nahm aber nie teil an dem begrenzten gesellschaftlichen Leben der Weißen im Hafen, denn seinen Verkehr mit ihnen hatte er streng aufs Geschäftliche beschränkt. Als sein Vater starb, erbte er ein Vermögen, fuhr aber nicht mehr nach England zurück, sondern lebte weiter hier mit seiner japanischen Gattin, gegen die er immer die Verkörperung der Güte und Höflichkeit war. Sie hatten keine Kinder.

Warum die kleine Mrs. Stearns Carie besuchen kam, weiß ich nicht. Vielleicht nur, um mit einer Frau freundschaftlich plaudern zu können, denn sie war ein überaus einsames Geschöpf, so munter sie in ihren Kimonos aus geblümter Seide und mit ihren hellen Schärpen auch aussehen mochte. Sie sprach nur sehr wenig Englisch, und das war bezeichnend für ihre Gemeinschaft mit dem englischen Gatten. Aber auch in allem anderen muß sie ihm ferngeblieben sein. Er las viel und verbrachte nach den Geschäftsstunden lange Zeit beim Studium, obwohl er immer pünktlich darauf achtete, abends in dem hübschen japanischen Garten, den er für seine Frau hatte anlegen lassen, mit ihr spazierenzugehen. Es waren schweigsame Spaziergänge, denn die beiden hatten einander wenig zu sagen. Von der ganzen Welt, die nach Erziehung und Lebenserfahrung die seine war, ahnte sie nicht einmal etwas, und ihr kleines Leben war so einfach, daß es ihm wie eine Fibel erscheinen mußte. Dennoch vermochte Carie die in diesem Leben fehlende Kameradschaft zu ersetzen.

Aber gar nicht wenige gab es auch unter den Weißen im Hafen, die sich an Carie wandten. Da war die arme verrückte Engländerin, die zumeist nachts in ihrer Sänfte kam, die leidenschaftlich eifersüchtige Gattin eines kalten, grausamen Mannes. Ohne Rückhalt ergoß sie vor Carie die Tragödie ihres Lebens, und wenn sie fortgegangen war, zeigten Caries Augen verzweifeltes Grauen vor allzu vielem Wissen, einem Wissen, das sie lieber nicht gehabt hätte.

Da war die magere, schwindsüchtige Schottin, die einst Missionarin gewesen war und einen dem Whisky verfallenen schottischen Flußdampferkapitän geheiratet hatte, um ihn zu bessern. Dann mußte sie sehen, wie er sich nach den Flitterwochen wieder dem Trunk ergab. All ihre verzweifelten kleinen Bemühungen, ihm zu gefallen, seine

Liebe so wachzuhalten, daß es geeignet gewesen wäre, seinen Willen zu stärken, all die fruchtlosen Versuche einer Frau, die weder hübsch genug noch reizvoll genug war, einen Mann zu fesseln, all das vertraute sie Carie an, hustend und schluchzend.

„Wenn ich nur ein Kind haben könnte!" stöhnte sie immer wieder. „Er wünscht sich eine Tochter."

Aber dieser hagere gebückte Körper konnte keine solche Frucht mehr tragen, und endlich adoptierten sie ein Kind aus einem Waisenhaus in Australien und versuchten gemeinsam ein neues Leben zu beginnen. Aber noch ehe ein Jahr um war, erkrankte das Kind an Blattern, angesteckt von einer chinesischen Magd, und es starb, und der Vater, der das kleine blondhaarige Ding liebgewonnen hatte, wurde jetzt erst wirklich zum Säufer; die arme Mrs. Gibbs aber starb an der Krankheit, deren Keim sie schon lange in sich trug.

Diese und viele andere der Menschen, die in die Häfen des Orients gespült werden, kamen in Caries Heim und fanden Hilfe in Caries abgerundetem Wesen. Es schien eigentlich immer jemanden zu geben, der auf sie wartete. Sogar jener halbindische Arzt und seine dunkle dicke Frau sahen in ihr eine besondere Freundin, obwohl sie die beiden eigentlich nie anblicken konnte, ohne daß flüchtig die schmerzliche Erinnerung an den geliebten Sohn wiedergekehrt wäre, den sie verloren.

In dieser Zeit ihres Lebens war Carie eine außerordentlich anziehende, magnetische Person. Ein großer Teil des Ungestüms ihrer Jugend war ihr entschwunden und hatte auch die Glut eines Temperaments mit sich genommen, das manchmal allzu jäh gewesen war, um Trost spenden zu können. Sie war in Mitgefühl gereift, aber doch so kraftvoll, daß immer ein Hauch lebenskräftiger, frohgemuter amerikanischer Weiblichkeit sie umwehte. In ihrer Anwesenheit dachte man an die guten und schlichten Dinge des Lebens. Sie war innerlich so gesund, von sehr lebhaftem Witz und stark trotz einer Umgebung, in der weiße Männer und Frauen sich nur allzuoft ändern, in Wehmut verfallen und auf kaum merkliche Art entwürdigt werden. Sie war immer und kraftvoll die gleiche.

In ihrem Heim war die Atmosphäre ihres Wesens genau widergespiegelt. Sie hielt immer einen guten Gemüsegarten, einen üppigen amerikanischen Garten, und an ihrem Tisch aß man Bohnen und Tomaten und Spargel und irische Kartoffeln und Lattich, alle die guten amerikanischen Gerichte, die in jenen Tagen wohl kaum anderswo in China zu finden waren. Sie konnte die Sehnigkeit des verwahrlosten, halb wilden chinesischen Geflügels nicht ertragen und hatte immer ein Hühnchen im Haus und frische Eier und eine fette Henne, die zum Braten taugte, oder im Frühjahr junge Küken zum Backen, und sie bereitete sie auf die köstlichste südliche Art. Kuchen wurde unter ihren Händen flaumig wie Wolken, und ihre Kokoskuchen und schwarzen Schokoladekuchen und Obstkuchen und Baumkuchen hätten genügt, jemanden über Hunderte von Meilen herzulocken. Ich erinnere mich oft, wie sie an ihren arbeitsreichsten Tagen große Massen leichten schneeigen Brotteigs knetete und später die großen süßen Laibe in den Ofen schob und wie dann das ganze Haus erfüllt war von köstlichem Duft.

Auf so gesunde Art und so einfach heilte sie die, die zu ihr kamen, und durch ihr Wesen — dadurch, daß sie bloß selbst war und gerade das war, was sie war, schuf sie den Verbannten Heim und Heimat.

Ich glaube, daß diese Jahre, die Jahre, die sie allmählich ins letzte Drittel des Lebens leiteten, glückliche Jahre für sie waren. Sie hatte jetzt gelernt, daß der Mensch Heim und Vaterland im eigenen Herzen hat und sie überall auf Erden schaffen kann, wie dieses Herz es wünscht. Die alte krankhafte Sehnsucht nach den Bergen Westvirginias blieb in der Erinnerung Caries ein ewiger Besitz und konnte ihr nicht genommen werden; eigentlich existierte es nur in der Erinnerung, denn der Wandel der Zeiten hatte geändert, was einst Caries Eigen gewesen. Hermanus, ihr Vater, starb in hohem Alter, vornehm bis ans Ende, und sein Tod trennte Carie von ihm kaum mehr, als das Leben getan. Das Gedenken an den Vater nahm seinen Platz ein neben anderen Erinnerungen, die für Carie, solange sie lebte, lebendig waren, und dieses Gedenken war ohne Schmerz.

Ihrem Entschluß getreu, wechselte sie ihren Wohnort nicht mehr. Während dieser Jahre zog Andrew nach Norden und Süden und Osten und Westen, doch ging er allein und kam nur von Zeit zu Zeit nach Hause zurück, in das ruhige Heim, das Carie allen den Ihren geschaffen, und dort fand er Erholung. Diese Lösung taugte auch für ihn am besten, denn er war kein Mann für die Sorgen des Familienlebens; und so ersparte ihm Carie jetzt bloß die Unruhe und den Verdruß, mit den Habseligkeiten einer Familie von Ort zu Ort ziehen zu müssen; er ging seiner Pioniertätigkeit nach, zu der sein nun befriedigtes Gemüt ihn rief, und diese Stimme galt ihm als die Stimme Gottes.

Carie aber, die durfte Bäume pflanzen und sich auf die Früchte freuen, und ihre Kletterrosen erklommen das Dach des Bungalows, und sie brauchte nicht mehr ihre Kinder von einer elenden Hütte in die andere zu schleppen. In diesem Bungalow schuf sie ihnen die Atmosphäre der Heimat. Sie unternahmen Ausflüge ins Gebirge und zu den Tempeln im Bambusdickicht. Ich wüßte gerne, ob jemals irgendwer in einem buddhistischen Tempel fremdartiger ausgesehen hat als sie, wenn sie nüchtern und praktisch und gleichmütig vor den unheimlichen orientalischen Götterbildern stand? Jedenfalls hat es sich meinem Gedächtnis als einer der phantastischsten Gegensätze eingeprägt, deren ich mich erinnern kann. In einem Hofe, dem ein Jahrtausend sein Grau hinterlassen hatte, verteilte sie munter belegte Brote und Kakao und fütterte ihre Herde, und wenn sie die schweigenden Götter betrachtete, wirkte das so, als analysierte ein kraftvoller moderner Geist die Mythen toter Vergangenheit.

Jedes kleine Talent, das sich bei ihren Kindern bemerkbar machte, hegte sie fürsorglich. Sie veranstaltete nicht nur solche Ausflüge und lange Spaziergänge, auf denen man auf angenehme Art Botanik und das Pflanzenleben studierte, nein, es gab auch kleine gesellschaftliche Zusammenkünfte mancherlei Art, wobei die Kinder lernen konnten, sich mit Anstand zu betragen, auf daß sie nicht in Verlegenheit kämen, wenn sie in dem ziemlich begrenzten Leben der Stadt andere Häuser besuchten. Zu den interessantesten dieser Zusammenkünfte zählten kleine vierteljährliche Musikabend in Caries Haus; sie sang nicht nur selbst wunderschön an diesen Abenden, sondern trachtete auch, daß jedes ihrer Kinder irgend etwas beitrage. Sie hielt sie an, die schlichten Programme selbst zu entwerfen und mit Zeichnungen zu schmücken, und all dies tat sie zum Besten ihrer Kinder, damit es ihnen dereinst an nichts gebreche, das sie zu einem Leben an einem beliebigen Ort der Erde tauglich machen konnte.

Diese Jahre waren eine Zeit beispiellosen Friedens in China. Die Sühne, die man nach dem Versuch im Boxeraufstand, die Ausländer zu verjagen, dem Land auferlegt hatte, hatte im Volk ein niederschmetterndes Gefühl der eigenen Schwäche geweckt, so daß die Macht und Stellung der Ausländer für einige Jahre so gefestigt war wie noch nie vorher und wie auch seither nicht. Der Weiße konnte sich damals überall sicher fühlen, denn hinter jedem Ausländer sahen die Chinesen Kriegsschiffe, todspeiende Kanonen und rasch zuschlagende erbarmungslose Truppen. Dies schuf, wenigstens für einige Zeit, Frieden.

Am schönsten war diese Zeit für Carie, denn in ihrem Haus gab es keinen Todesfall mehr. Sie fand Trost und Freude daran, wie sich das Leben ihrer Kinder entfaltete, und sie fühlte sich sicher. Edwin war jetzt vermählt, und obwohl Carie die junge Frau und Edwins Kind, ihr erstes Enkelkind, nicht gesehen hatte, freute sie sich, daß jemand sie bei ihrem Sohn vertrat und ihm ein Heim schuf und ihn mit den tausenderlei kleinen Dingen umsorgte, die einen Mann glücklich und zufrieden machen. Auch Comfort wuchs heran, und obwohl die Beziehung zwischen Mutter und Tochter zu der Zeit, da das Mädchen heranreifte, Carie gar oft bitter betrübte, war die Mutter doch stolz auf ihr Kind. Die Zeit, da sie auch dieses Kind nach Amerika schicken mußte, rückte rasch näher.

Die kleine Faith aber war von allen Kindern, die Carie gehabt, vielleicht mit einziger Ausnahme Clydes, ihrem Herzen am teuersten. Im Aussehen glich sie Clyde, denn sie hatte das gleiche wuschelig gelockte dunkle Haar und seine großen dunkelblauen, eigentlich violetten Augen. In ihrem Wesen paßte sie besser zur Mutter als ihre Schwester Comfort. Sie war ein zärtliches, mitfühlendes, fügsames Kind von gleichmäßigem Gehaben und geselligen Neigungen. Comfort hatte zu sehr die Fehler ihrer Mutter geerbt: ein jähes, trotziges Wesen, eine sinnliche Liebe zur Schönheit und zur Musik; alle die Seiten ihrer Veranlagung, gegen die Carie selber von jeher mit allen Kräften angekämpft, sah sie zu ihrem Schrecken in dieser hochgewachsenen trotzigen Tochter von neuem geboren. Aber Faith ähnelte mehr dem Vater; sie war weniger stürmisch, vermochte sich besser zu beherrschen, war ruhig und nicht sehr gesprächig. Carie machte sie in größerem Maße als sie selber damals wußte, und mehr auch, als für die ernste und empfindsame Natur des Kindes gut war, zu ihrer Vertrauten und Freundin.

Diese Jahre waren zudem die Zeit der größten körperlichen Regsamkeit Caries. Sie war jetzt nicht mehr jung und darum nicht mehr gefesselt durch Geburten von Kindern. Das Klima in den Hügeln über dem Flußhafen tat ihr gut, machte sie kräftiger, als sie im Flachland des Oberen Großen Kanals je gewesen. Sie betätigte sich auch emsig und füllte in der gemischten, vorwiegend chinesischen Gemeinde und unter den mit den Chinesen kaum in Berührung kommenden weißen Männern und Frauen ihren Platz aus.

Aber im tiefsten Innern, trotz all dieser Fülle ihres Lebens, empfand Carie zuzeiten noch immer die Unzulänglichkeit ihrer Beziehung zu Gott. Manchmal schmiedete sie Pläne für die Zeit, da sie sich zurückziehen und in Wahrheit suchen wollte, was ihr nottat. Sie nahm sich vor, mehr in der Bibel zu lesen und mehr zu beten und nach Rechtschaffenheit zu streben. Sie kannte ihr eigenes Wesen nicht gut genug, um zu wissen, daß sie sich nur dann vom menschlichen Leben und von Männern und Frauen und allen menschlichen Nöten zurückziehen konnte, wenn sie einmal tot war. Das Leben war ihr trotz allem eine stärkere Herausforderung als das Jenseits, und einer Herausforderung hatte sie nie widerstehen können. Sie liebte es, wenn ihr Hirn und ihre Findigkeit auf die Probe gestellt wurden. Sie war, um ein kleines Beispiel zu geben, keine große Freundin von Spielen, denn es gab allzuviel andere Dinge, die sie gerne tat, doch liebte sie das Schach, wie ich glaube, nur deshalb, weil es ihre Denkschärfe auf die Probe stellte.

Ich erinnere mich, daß sie manchmal ein wenig bekümmert ihre Hände ansah, diese schönen, nützlichen, rauh gewordenen Hände, die — in den Flächen so kraftvoll — in den Fingern so unerwartet zart und spitz zuliefen, keine kleinen Hände, aber mit edlen und schön geschwungenen Linien. Sie hatte sich immer vorgenommen, daß sie eines Tages aufhören werde, mit diesen Händen bei jeglicher Arbeit zuzugreifen, sie plante, bei der Gartenarbeit Handschuhe zu tragen, wollte eine Hautcreme verwenden und wirklich „hübsche" Hände haben. Sie liebte weiße, damenhafte Hände mit glatter, weicher Haut und rosigen spitzen Nägeln. Aber wenn sie überhaupt daran dachte, Handschuhe anzulegen, was sie manchmal nach langen Pausen tat, zog sie sie doch früher oder später wieder ab und wühlte mit bloßen Händen in der Erde; dann pflegte sie aufzuschauen und verlegen zu sagen: „Mir scheint, ich muß fühlen können, ob die Wurzeln richtig wachsen. Sonst gedeihen sie nicht. Und ich liebe es, die Erde zu berühren."

Wir, die wir sie kannten, lachten dann nur und neckten sie ob ihrer Eitelkeit, denn wir wußten sehr gut, daß diese Hände vor nichts zurückschraken, weder vor Gartenarbeit noch davor, einem Kind die wunde Haut zu waschen.

„Nun schön, also warten wir, bis ich alt bin und nicht mehr arbeiten kann —", sagte sie dann beharrlich, lachte aber doch über sich selbst.

Ach, dieses Altsein, das nie kam, die Zeit, da sie alles mögliche tun wollte: ihre Hände hübsch halten und eine würdige alte Dame sein — sie, und würdig, da sie doch jeden Augenblick von heller Heiterkeit übermannt werden konnte! Auch wollte sie ihre Bibel öfter lesen, Gott zu suchen. Doch dieses Alleinsein kam nie und konnte nie kommen bei einem Menschen, der so unheilbar lebensvoll und jung war.

Wie kann ich ein wahres Bild ihres Lebens geben, das so sehr gehemmt war durch den Zwang zu strengster Sparsamkeit, daß sogar jede Zeitung für die Zwecke aufgespart wurde, für die man sie im Hause noch verwenden konnte? Diese Sparsamkeit hätte einen weniger festen Geist zermürbt. Mein Erinnern an Carie zeigt sie mir als stets wundersam frische und hübsche Frau, obwohl ich bei näherem Nachdenken entdecke, daß sie jahrelang dieselben Kleider trug. Aber sie konnte ein Band so binden oder sich eine Blume so an die Brust stecken, daß es aussah, als trüge sie eine neue Robe. Das lag an ihr selbst. Ich erinnere mich, daß auf dem Dachboden eine große Blechkiste stand, in die sie jeden alten Hut legte — ich glaube jeden, den sie je im Leben gehabt — und auch jede Stoffblume und jedes Endchen Band. Zweimal im Jahr rief sie uns dann fröhlich zu:

„Wir müssen jetzt nach Paris und unsere Hüte für die Saison kaufen."

Unter großem Zeremoniell stiegen wir dann auf den Dachboden und öffneten die Blechkiste, und Carie zauberte mit gewandten Fingern neue Hüte für sich selbst und für die beiden Mädchen hervor. Ich kann mich auch nicht erinnern, daß ich je mit diesen Erzeugnissen Caries unzufrieden war. Im Gegenteil: ihre Hüte waren hübscher als alle anderen, die ich irgendwo sah, und sie hatten Stil. Wäre Carie nicht das gewesen, was sie war, sie hätte eine erstklassige Putzmacherin, aber auch Sängerin oder Schauspielerin oder irgend etwas anderes, was ihr lag, werden können. Jedenfalls schufen ihre Phantasie, ihre fröhlichen Scherze und ihre flinken Finger in uns allen die erregte Illusion, daß wir einen neuen Hut kaufen gingen. Als ich nach vielen Jahren wirklich nach Paris fuhr und dort einen neuen Hut kaufte, fühlte ich bei weitem nicht so freudige Erregung wie bei jenen alten Expeditionen nach dem Paris in der Blechkiste, bei den Expeditionen über die Bodentreppe.

Sieben Jahre verstrichen. Rascher als je sieben Jahre in Caries Leben. Es waren gute Jahre, in denen der Tod kein einziges Mal ihr Haus heimsuchte. Ihr Wesen ward immer tiefer und tiefer an menschlicher Weisheit und war alles in allem eine unglaublich reiche, unglaublich schöne Natur, obwohl sie ihre Fehler nie verlor. Trotz vorübergehendem Zank lebt sie für immer im Gedächtnis ihrer Kinder als die beste Gefährtin und die beste Spaßmacherin, wenngleich die Zeiten des Spaßes nun seltener waren als früher. Sie wuchs auch an Geduld und Verständnis, obwohl sie, war ihre Empörung einmal erweckt, niemals ein übermäßig duldsames Geschöpf war.

Dann kam die Zeit wieder, da sie für ein Urlaubsjahr nach Amerika zurückkehren sollte. Comfort war jetzt ein schlankes junges Mädchen von siebzehn Jahren und schon reif fürs College — ein strebsames, aber kindlich verschlossenes Wesen und voll Widersprüchen, in manchen Dingen aber sonderbar reif. Carie fühlte den Wunsch, ihr aus Anlaß der bevorstehenden Trennung ein Abschiedsgeschenk zu geben, etwas, das die Liebe dieses Kindes zur Schönheit und zu Abenteuern befriedigen mochte. Nach einigem Nachdenken beschloß sie, dieses Geschenk solle die Reise sein, ein Umweg über Europa. Sie wollte mit den Kindern die Erinnerungen an fremde Länder teilen, Erinnerungen, die noch immer in ihr lebten.

Ich glaube, damals gab es den großen Kampf um Vaters Neues Testament, und das war das einzige Mal, daß es Carie gelang, durch große Entschlossenheit und etliche Zornesausbrüche Andrew zum Aufschub einer lang geplanten neuen Ausgabe zu bewegen, damit Comfort für das College auch einige Kleider bekomme.

Jedenfalls hörte das Mädchen sorgfältig gedämpften, aber heftigen Wortwechsel hinter der geschlossenen Tür des elterlichen Schlafzimmers, und sie erinnert sich, wie ihr Vater, in Gedanken versunken und reichlich verzagt, heraustrat; ihre Mutter aber kam entschlossen und gerötet mit sehr hellem Blick und sagte: „Ich werde dir doch noch dieses zweite Kleid machen lassen, mein Kind, und wir fahren über Europa nach Hause."

Diesmal wählten sie die Eisenbahnroute durch Sibirien, damit Carie eine Seereise erspart bleibe. Sie fuhren auf dem Dampfer den Yangtse aufwärts und bestiegen dann in Hangkau die Bahn nach dem Norden. Carie nahm an allem Neuen nicht minder Anteil als die Kinder; besonders Rußland interessierte sie sehr. Sie sah hier die Keime zu einer überaus ernsten und gefährlichen Krise und war entsetzt über den Unterschied zwischen dem Leben der wenigen Reichen und Gebildeten und dem der Millionen gewöhnlicher Leute, die beinahe wie Tiere lebten. Immer wieder sagte sie: „Dieses Volk muß eines Tages eine Revolution machen, die die Welt erschüttern wird. Man kann solche Zustände in einem Land nicht ungestraft bestehen lassen."

In nicht ganz zehn Jahren erfüllte sich ihre Prophezeiung, und sie konnte das Weltbeben miterleben, das sie vorausgesagt hatte. Mit lebhaftem Anteil verfolgte sie die einzelnen Etappen der russischen Revolution, und trotz ihrer angeborenen konservativen Gesinnung, die jede Ausschreitung verabscheute, gehörte ihre Sympathie dem russischen Volk.

In jenem Sommer aber sättigten sie und ihre Kinder sich an den Schönheiten Europas, und jeder von ihnen sah, was ihm am besten gefiel. Andrew interessierte sich für Dome und Kathedralen, und Comfort nahm gierig alles auf, was es hier an Neuem zu schauen gab. Carie jedoch fand ihr höchstes Entzücken an Heimstätten und Bauernhöfen und Menschen. Sie verbrachten zwei Monate am Ufer eines blauen Schweizer Sees, in einem kleinen Schlößchen, in dem die Witwe des Mannes, der einst reich dort gelebt hatte und arm gestorben war, für Reisende eine Pension führte. Carie teilte ihr Interesse zwischen der Schönheit des von schneebedeckten Alpengipfeln umgebenen Sees und den Erzählungen der kleinen Witwe. Es gab eben immer und überall jemanden, der ihr seine Lebensgeschichte erzählte. Sogar die Stubenmädchen in jedem Hotel, in das sie kam, vertrauten sich ihr schon am Ende des zweiten Tages an.

Als es Zeit war, nach Amerika zu fahren, blieb die Freude aus, die Carie früher jedesmal empfunden hatte. Ich glaube, diesmal näherte sie sich ihrem Heimatland sogar mit gemischten Gefühlen. Amerika stand unverrückbar in ihrem Herzen, mochte aber auch die Wirklichkeit diesem Bild im Herzen gleichen? Das letzte Mal hatte sie sich der Zugehörigkeit zu ihrem Heim nicht mehr so sicher gefühlt — das Leben dort war wieder sieben Jahre weitergegangen ohne sie. Wie mochte es diesmal sein? Sie hörte viel Neues. Man erzählte, das Land sei voll neuer Erfindungen, zum Beispiel gebe es überall Automobile und sonderbare Apparate für den Haushalt. Das alles war ganz anders als in den alten Zeiten.

Doch mochte gleich Amerika fremdartig geworden sein, sie konnte Edwin sehen und dessen Frau und das Enkelchen. Dies genügte, daß sie sich erwartungsvoll auf ihren Besuch freute. Sie hatten eine stürmische Überfahrt über den Atlantischen Ozean und bestiegen in New York den ersten Zug nach dem Süden.

Aus irgendeinem Grunde gelang es weder Carie noch Andrew, das ganze Jahr durchzuhalten. Bei ihrer Rückkehr in das große weiße Haus vermißte Carie bis ins unerträgliche die kleine alte, hochmütige, weißhaarige Gestalt des Vaters. Sein Zimmer, das einst eine solche Schatzkammer selbstgefertigter Schmuckstücke, kostbarer Edelsteine in sonderbaren Fassungen, verschiedentlicher Wand- und Taschenuhren gewesen war, war jetzt dem Sohn ihres Bruders Cornelius zugewiesen. Carie gehörte dem großen Haus nicht mehr an. Sie war jetzt nur Gast, ein seltener Gast, der nach langem Fernsein aus der Verbannung wiederkam. Die Gattin ihres Bruders war die anerkannte Herrin des Hauses, und Carie fand keine Spur des alten Lebens mehr; sogar die Erinnerung daran, daß es jenes Leben jemals gegeben hatte, schien verblaßt.

Im Dorf war Andrews Bruder gestorben, und ein Fremder stand auf der Kanzel der weißen Kirche. Auch Neale Carter war tot, und sein Haus hatte man an Sommergäste verkauft. Fast alle die alten Gesichter waren verschwunden, und sogar die Stadt hieß jetzt anders. Die Stadt war ihr fremd und traurig, und Carie konnte nicht bleiben.

Aber Edwin mit seiner kleinen Familie war da, und dann mußte Comfort zur Schule gebracht werden, und darum widmete sich Carie diesem Ziel. Sie lebte sechs Monate in Edwins Haus. Das Kindchen machte sie glücklich, denn sie hatte von jeher geliebt, kleine Kinder im Arm zu halten, und ihr Herz war an Mütterlichkeit reich genug für alle kleinen Kinder dieser Welt. Aber auch hier, in diesem jungen Heim, war sie trotz allem nur zu Gast.

Sie hatte keine Heimat mehr in ihrem Heimatlande, keinen Ort, der ihr gehört hätte. Sie brachte Comfort ins College und sah, wie das Mädchen ins neue Leben und in neue Kameradschaft gezogen wurde; und da erkannte sie zu ihrer Trauer, daß keine einzige Seele in diesem Land, das das ihre war, wirklich ihrer bedurfte, nicht einmal die eigenen Kinder, denn deren Leben war jetzt von Dingen in Anspruch genommen, an denen sie nicht teilhatte. Darum mußte sie zurück übers Meer, weil dort Leute lebten, denen sie nottat, die ihre Abwesenheit nur schwer ertrugen und freudig auf ihre Rückkehr warteten. Bei keinem ihrer früheren Urlaubsbesuche in Amerika hatte sie die Frage der Rückkehr selber angeschnitten, denn immer war ihr gewesen, als könnte sie es dieses eine Mal nicht ertragen, die Heimat von neuem zu verlassen. Jetzt aber wandte sie den Blick dem Land der Verbannung zu und tat es mit festem Sinn, denn Amerika, ihr Amerika, lebte in ihrem Herzen und ihrem Erinnern.

Ich glaube, irgendeine Vorahnung sagte ihrer empfindsamen Seele, daß sie jetzt zum letztenmal das Meer überqueren werde. Ob sie diese Ahnung deshalb hatte, weil sie jetzt schon den Keim der Tropenkrankheit in sich trug, die sie immer mehr schwächen und ihren Tod beschleunigen sollte, oder deshalb, weil das Vaterland ihr gleichgültiger geworden war und ihr kein Heim mehr bot, das weiß ich nicht. Aber im innersten Herzen sagte sie aller Schönheit Amerikas ein letztes Lebewohl.

Während des langen, strahlend schönen Herbstes, den sie im Haus ihres Sohnes verbrachte, ging sie oft und einsam durch die Wälder, sah sich satt am rotgoldenen Laub, nahm zum letztenmal mit einem langen Blick das Bild der Nebelschwaden auf, die purpurfarben über den Hügeln lagen. Voll Liebe betrachtete sie die Wohnstätten, die ruhigen, sauberen, zufriedenen Menschen, diese glücklichen, vom Schicksal begünstigten Menschen, die ihr ganzes Leben in Amerika verbringen konnten. Oft war ihr, als müßte sie den Leuten die Augen dafür öffnen, welch frohes Los ihnen zuteil geworden, daß sie in einem Lande leben durften, desgleichen auf Erden nicht war. Doch fiel es ihr schwer, über tiefe Dinge leichthin zu sprechen.

Sie konnte bloß lächeln, flüchtig und schmerzlich, wenn die Leute staunend fragten, ob sie wirklich „in jenes Heidenland“ zurückkehren wolle. Ich meine, sie fühlte bis ans Ende ihres Lebens Heimweh nach dem Amerika, das sie einst gekannt hatte.

Was dieses Jahr für sie bedeutete, wußte ich selber kaum, bis eines Morgens, da ich neben ihr in der Kirche stand, ein Lied gesungen wurde, das Lied, das beginnt: „O wundervoll ob Deiner weiten Himmel!“ Caries Stimme hatte fröhlich geklungen, doch plötzlich verstummte sie, und ich sah sie fragend an. Da war ihr Gesicht verzerrt vom Weinen, und ich hörte sie wieder und wieder flüstern: „O Amerika — Amerika!“

Darum kehrte sie zurück, und diesmal hatte sie nur Faith mitzunehmen. Sie überquerte den Stillen Ozean, seekrank wie immer, aber in der ruhigen Überzeugung, es sei das letztemal.

In Shanghai sahen sie Wang Amahs treues braunes Gesicht wieder, jetzt schon verrunzelt und zahnlos, mit schütterem weißem Haar. Die alte Dienerin und Freundin leistete in letzter Zeit nicht mehr viel Arbeit, lebte aber noch einige Jahre bei Carie, bis sie später ins Haus ihres Adoptivsohnes zog, weil sie ständiger Pflege bedurfte und nicht zugeben wollte, daß Carie sich mit dieser Mühe belaste. Jetzt aber nahm Carie die harte braune Hand der Alten in die ihren, und gemeinsam zogen sie alle zurück in den Bungalow. Vor ihr lagen, so sagte sie sich, die langen friedlichen Jahre des Alters, und sie konnte ihnen getrosten Herzens ins Auge sehen.

Aber Caries Leben war nicht für den Frieden geschaffen. Schon die Zeitereignisse verschworen sich gegen sie. Die Katastrophe der chinesischen Revolution brach über das Land herein und zog jedermann in den Taumel ihres

Wirrsals. Elf Jahre hatte eine sonderbare Ruhe der Betäubung über China gelegen — eine ungewohnte Ruhe, eine ungewohnte Sicherheit für alle.

Plötzlich begannen die Ereignisse mit einer Raschheit ihren Lauf zu nehmen, die bewies, daß der Friede nur oberflächlich gewesen war, während sich in der Tiefe gewaltige Umwälzungen vollzogen hatten. In Peking wurde die Mandschudynastie gestürzt, und der Erzrevolutionär Sunyatsen rief in China die Republik aus.

Carie weilte kaum ein paar Monate in ihrem Hause, als der amerikanische Konsul allen Amerikanern den Rat erteilte, sich an die Küste zurückzuziehen, denn es sei zu befürchten, daß in dem allgemeinen Wirrwarr und bei dem Mangel einer zentralen Regierungsgewalt verbrecherische Elemente gegen die Weißen vorgingen. Carie und Andrew blickten einander an. Mußten sie schon wieder die alten Kümmernisse erleben? Andrew sagte unschlüssig: „Du tätest gut daran, zu fahren", und halb unschlüssig packte Carie ein paar Habseligkeiten zusammen. An dem Morgen, da alle gemeinsam aufbrechen sollten, fühlte sich Carie krank — ich zweifle sehr, ob sie sich so krank fühlte, wie sie glaubte — und erklärte, sie könne nicht fahren. So blieben sie zurück. Am nächsten Tag erholte sich Carie, packte triumphierend aus und blieb, gesonnen, die Revolution bis zum Ende durchzumachen. Sie hatte keine kleinen Kinder mehr an der Rockfalte, vor allem aber haßte sie eine scheinbare Flucht vor Gefahr.

Die schwersten Kämpfe gab es in Nanking, einige Meilen stromaufwärts, und Carie konnte in ihrem Bett das tiefe Dröhnen der modernen Geschütze hören, deren Anwendung die Chinesen vom Westen erlernt hatten. Einmal hörte sie das scharfe Knattern von Gewehren sehr nahe dem Hause und eilte, bedenkenlos wie immer, an ein Fenster, um zu sehen, was geschah.

Da sah sie im Bambusgehölz vor der Mauer des Grundstücks verborgene geduckte Gestalten. Hastig fuhr sie in die Kleider und lief die Treppe hinab, ohne jemandem etwas zu sagen. Außen entdeckte sie, daß diese Flüchtlinge Frauen waren, Mandschudamen, schön gekleidet in langen Seidenroben, mit hochaufgetürmtem Haar und uneingebundenen Füßen, nach Art der Mandschufrauen. Einige von ihnen hatten chinesische Tracht angelegt, aber ihre hohen Backenknochen und ihre großen Füße verrieten sie. Carie erkannte im Augenblick, daß es Gattinnen und Töchter von Mandschuwürdenträgern waren, jetzt, durch den Sturz der Dynastie, auf Gnade und Ungnade den Revolutionären ausgeliefert. Man hatte in China von jeher den Brauch geübt, beim Fall einer Dynastie alle überlebenden Mitglieder der alten herrschenden Klasse abzuschlachten, und diesen armen Geschöpfen stand das gleiche Los bevor. Einladend winkte Carie der einen zu, sie solle ins Haus kommen und sich verbergen, die Frau aber floh entsetzt ins hohe Gras, und Carie ging, ohnmächtig die Hände ringend, zurück, und Ohnmacht war das einzige, was sie nicht ertragen konnte. Freilich, helfen konnte sie nicht; sie hätte den Frauen vielleicht noch größeren Schaden gebracht, wenn sie als Ausländerin das versucht hätte.

Niemand weiß, wie viele Mandschus — Frauen und Kinder und Männer — an diesem Tag hier in der Stadt und in ganz China mutwillig niedergemetzelt wurden. Carie saß mit Faith im Zimmer, und sie schlossen die Augen und versuchten, den Lärm ringsum nicht zu hören. Ich glaube, die Grausamkeit dieses Tages war für Carie zuviel, sosehr sie auch an traurige Bilder gewöhnt sein mochte, und nie konnte sie den Jammer vergessen, daß diese fein erzogenen und ihr ganzes Leben behüteten Damen jetzt gehetzt wurden wie Wild und tot im Bambusgehölz lagen, die Atlasgewänder voll Blut.

Doch als diese Tage vorbei waren und die chinesische Republik wenigstens der Form nach feststand, nahm Carie großen Anteil an diesem Wechsel. Sie war eine geborene Aufrührerin, und Aufruhr interessierte sie immer. Ihr Heimatland war Republik, und darum hielt sie die republikanische Staatsform für die beste. Hoffnungsvoll richtete sie den Blick in die neue Zukunft.

„Vielleicht machen sie jetzt ein wenig Ordnung", pflegte sie zu sagen, und sie billigte von ganzem Herzen die Verordnung, die sofort herauskam und bestimmte, daß alle Männer den Zopf abzuschneiden hätten, denn der Zopf sei ein Zeichen der Knechtschaft und von der landfremden Mandschudynastie eingeführt. Gewiß fand Carie auch manchmal beträchtliche Belustigung an der Durchführung dieser Verordnung, und sie vermochte auch mit dem würdigen, konservativen alten Chinesen zu fühlen, der seinen Zopf als wesentlichen Bestandteil seiner Persönlichkeit betrachtete. Bauern, die arglos am Morgen durchs Stadttor kamen, die Körbe mit frischem Gemüse an einer Stange über den Schultern, wurden zu ihrem Schrecken plötzlich angehalten und ergriffen, und ein am Tor aufgestellter Soldat schnitt ihnen mit einer derben Schere das Haar ab. Mehr als einer dieser Leute brach in ein Geheul des Entsetzens aus, denn er glaubte, mit dem Haar werde ihm das Leben abgeschnitten.

Aber zeitweise wenigstens war die neue Regierung stark, und überall standen Soldaten, um das alte Zeichen der Knechtschaft abzuzwacken; viele Männer gingen in diesen Tagen morgens fort, voll Stolz auf ihr Haar, und stahlen sich bei Anbruch der Nacht nach Hause wie verprügelte Hunde, denn ihr Haar war an der Wurzel abgeschnitten. Aber Carie sah darin doch einen Fortschritt. Sie bestand darauf, daß ihr Gärtner und ihr Diener sich ebenfalls die Zöpfe abschnitten; denn für sie war das kurze Haar ein Schritt auf dem Wege zu ihrer Auffassung von Sauberkeit und Rechtschaffenheit.

Nach kurzer Zeit lag die Stadt wieder in Frieden, und die Revolution zog nach Norden weiter. Trotz allem gab es keinen unmittelbaren Wechsel, der größer oder durchgreifender gewesen wäre als das bloße Abschneiden von Zöpfen. Carie fand sich, nachdem die Erregung weitergezogen war, einem Leben gegenüber, das gar sehr dem früheren Leben glich; jetzt widmete sie sich völlig der Missionstätigkeit, so wie sie es sich vorgenommen hatte, sobald die Kinder sie einmal frei ließen. Faith war alt genug, um nach Shanghai zur Schule zu fahren, und so blieb gar kein Kind mehr im Hause, und Caries Hände waren fast ohne Arbeit.

Jetzt zog sie überall hin mit Andrew auf seinen langen Reisen mit Dschunke und Schiebkarren und Sänfte. In diesen letzten Jahren war eine Eisenbahn bis zur Küste gelegt worden, und diese Bahn verwendeten sie für ihre Reisen, zweigten aber oft viele Meilen nach Norden und Süden von der Strecke ab, um Marktflecken und Städte und Dörfer zu besuchen, und sie zogen auch zu Fuß meilenweit durch die Gegend. Überall, wo Andrew predigte, sammelte Carie Gruppen von Frauen und Kindern um sich, lehrte sie lesen und singen und stricken und Handarbeiten verrichten und versuchte bei diesem Unterricht gleichzeitig auch, ihnen die einfachsten Anfangsgründe christlichen Lebens und Betragens zu vermitteln.

Aber all dies tat sie auf die ihr eigene Art, nie so, wie Andrew es tat. Er bestellte seine Botschaft wie einer, der als Fremder in ein fremdes Land kommt und einen Brief vom König seiner Heimat mitbringt. Es war seine Pflicht, diese Botschaft zu verlesen, damit jedermann sie höre. War diese Pflicht getan, hatte seine Verantwortlichkeit ein Ende.

Ich glaube, zu dieser Zeit ihres Lebens erkannte Carie, daß sie und Andrew, mochten sie auch länger denn dreißig Jahre Mann und Weib sein und mehrere Kinder gezeugt haben, einander noch sehr fremd waren. Sie hatte einen Mann für die strenge, puritanische Seite ihres Wesens geheiratet, doch indem das Leben sie weitergeleitete, war die reiche menschliche Seite ihrer Seele gewachsen und tiefer geworden. Wenn sie allein miteinander im Haus waren oder allein auf der Dschunke, wenn sie allein, Seite an Seite, über die staubigen Landstraßen oder durch die menschengedrängten, mit Schotter gepflasterten Straßen der Städte trotteten, gab es zwischen ihnen nichts zu sprechen. Carie, deren muntere, humorvolle, lebhafte Rede so vielen anderen Entzücken bedeutete, bemerkte bald, daß ihre scharfen Bemerkungen über das, was sie sah, Andrew oft nur ermüdeten und ihm als recht zweifelhafte Gewagtheiten erschienen. Seine ziemlich pedantische Redeweise, sein spärlicher, langsamer Humor, seine völlige Vertiefung in das Werk, seine Unfähigkeit, den praktischen Schwierigkeiten des menschlichen Lebens zu begegnen oder auch nur Verständnis entgegenzubringen, sein eigenes asketisches, strenges Leben, das keinen Platz hatte für Schönheit oder Vergnügen: das alles begann sie abzustoßen, mochte sie seine Selbstbeherrschung und den hohen Flug seines Geistes auch bewundern.

Sie hatte sich einst ausgemalt, wie sie in einer völligen und unbezwinglichen Kameradschaft an seiner Seite arbeiten wollte. Während ihre Kinder klein gewesen waren und ihr Leben voll Pflichten, hatte sie nicht vermocht, diese Kameradschaft so recht zu verwirklichen, aber jetzt, da die Kinder erwachsen waren, dachte sie, sie werde mit dem Gatten alles gemeinsam erleben können. Gemeinsam mochten sie lesen, so plante sie, sie mochten miteinander sprechen, miteinander arbeiten, und er sollte sie lehren, wie man besser wird und wie man das geistige Leben vertieft; auch konnte er ihr erklären, was sie in der Heiligen Schrift nicht verstand. Und sie — gewiß gab es auch Möglichkeiten, wie sie ihm helfen, wie sie ihn ergänzen konnte. Zum Beispiel in der Kirche, mit der Musik; dort konnte sie die wirklich schönen Kirchenlieder auswählen statt der gewöhnlichen ernsten, die niemandem besonders gefielen, auch konnte sie mit ihrer Gabe für klugen und kraftvollen Ausdruck Andrews einigermaßen trockene Predigten vielleicht ein wenig leichter machen. Sie wollte seine Predigten mit ihm durchnehmen, ehe er sie hielt, und wollte ihm Parabeln, Beispiele, interessante Analogien vorschlagen.

Mit all der alten frohen Kraft stürzte sie sich voll Freude in diese neue Epoche ihres Lebens, ohne je zu fragen, ob Andrew ihre Hilfe wünschte oder nicht. Es schien ihr, als wären das die Jahre, um derentwillen sie eigentlich ihr Vaterland verlassen hatte, die Jahre, die das Opfer lohnen sollten. Sie sagte sich, Andrew werde gewiß freudigen Gebrauch von ihrer Kraft machen, ebenso wie sie seine brauchen konnte, auf daß sie einander ergänzten.

Aber sie irrte. Andrew mochte es ganz und gar nicht leiden, daß man ihm bei seinen Predigten half. Er war völlig zufrieden mit ihnen und zweifelte gar sehr, daß Carie durch ihre Vorschläge etwas verbessern könnte; die Kirchenlieder aber, die sie liebte, hielt er für absonderlich und sinnlos und allzu lebhaft, als daß sie sich für den Gottesdienst geschickt hätten. Es war nicht schicklich, die Freude und Schönheit der Welt zu besingen, wenn hinter dieser Welt die Hölle gähnte.

Zudem war er durchtränkt von der Paulinischen Lehre, daß sich die Frau dem Mann unterwerfen muß, und ihm genügte, wenn sie ihm das Haus führte und Kinder gebar und ihn betreute. Der Mann sei das Haupt der Frau — nur durch den Mann könne sie sich Gott nahen, so lehrte die Schrift. Freilich billigte er es, daß Carie einige Frauen in den Gemeinden unterrichtete, soweit sie dessen fähig war, aber die Schlußprüfung in den Dingen des Glaubens mußte er selber abhalten, um zu ermessen, ob sie etwas wußten, und er behielt sich, als Priester Gottes, die endgültige Beschlußfassung darüber vor, ob sie der Gemeinde beitreten durften oder nicht.

Als Carie diese Einstellung bemerkte, wallte das lebhafte rebellische Blut in ihr auf. Es schien ihr, als sähe sie jetzt zum erstenmal ihren Heiligen, den sie um seiner Gerechtigkeit willen geheiratet hatte, sähe ihn so, wie er wirklich war — trotz all seiner Güte gegen sie beschränkt und selbstsüchtig und anmaßend. Wie? Durfte sie sich nicht ohne Mittler Gott nahen, weil sie als Frau geboren worden? War ihr Denken nicht rascher, schärfer, klarer als das Denken der meisten Männer? Warum? War Gott etwa ebenso? Andrews Gott? Es schien ihr, als hätte sie sich genaht, in beiden Händen reiche Gaben: Hirn und Körper, sie frei zu schenken, und rührend wie ein Kind gewiß des Dankes — und diese Gaben wurden als nutzlos zurückgewiesen. Das war ihr erstes wirkliches und als solches erkanntes Zusammentreffen mit Andrews Denkungsart.

Hier bleibt mir nichts anderes übrig, als schonend das Bild dieser Frau zu verhüllen, deren Seele tödlich verletzt war. Schließlich kannte ich sie zu gut, war ihr zu innig verbunden, als daß ich mit der Sonde der Analyse in diesen Teil ihres Lebens dringen könnte, den sie niemals mit Worten irgendeinem Menschenwesen bewußt enthüllte. Freilich, wir wußten es, und manchmal brachen wider ihren Willen traurige und wilde Worte aus ihr hervor. Aber solche Worte entschlüpften ihr nie, ohne daß sie sogleich innehielt, und hinterher bedauerte sie es immer wieder.

Von Geburt an war sie in den Anschauungen eines Zeitalters erzogen worden, das streng gegen die Frau war, streng vielleicht gegen alle, die den Dienst an der Religion als Beruf wählten. Für sie gab es kein Abweichen vom Pfad der Ehe. Wie sehr zwei Menschen auch auseinanderstreben mochten, wie fruchtlos die Vereinigung zwischen ihnen auch war, wie weltenfern sie im Geiste auch voneinander lebten, das äußere Band durfte nicht zerrissen werden. Stärker, als jedes Band der Liebe je sein konnte, waren die Bande der Religion und der Pflicht.

Carie wußte dies sehr genau. Sie bezwang sich, bezwang wieder einmal ihre warme, frohsinnige Natur, und keiner von uns kann wissen, was es sie innerlich kostete. Sie begann von neuem, mit ungewohnt schweigsamer Freundlichkeit, ihr Leben einem ruhigen Kommen und Gehen unter den demütigen Chinesinnen zu widmen. Jetzt schwebte ihr nicht mehr der Wunsch vor, eine starke und mächtige Schar von Frauen in der Gemeinde zu versammeln. Nein, sie wollte Andrews Kreise nicht stören. Sie wollte nur dahin und dorthin gehen und für diese oder jene Frau tun, was sie konnte, mochte das nun in der Kirche sein oder nicht.

Erst unlängst hörte ich einen chinesischen Collegeprofessor über jene Zeit Caries sagen: „Ich erinnere mich ihrer wie an niemand anderen, weil sie sogar Wäsche wusch, um das Geld zu sparen und es den Bedürftigen zu geben. Diese Frau war ein Mensch, wie ich ihn weder zuvor noch seither je gesehen habe."

Indes zog sie sich damals in sich zurück und lebte seelisch einsam wie noch nie in allen ihren Tagen arbeitsreicher Mutterschaft. Sie sang manchmal — leise, wenn Andrew im Hause war — und legte ihren Garten so an, daß er allen, die ihn besuchten, eine Stätte des Entzückens bedeutete, und solcher Besucher gab es viele. Zu Fuß trottete Carie die rauhen Landstraßen hin und zurück, zu kleinen strohgedeckten Häusern, wo kleine Gruppen von Mädchen und Frauen auf sie warteten. Sie nahm erneuten Anteil an ihren Nachbarinnen und Mägden und sandte der alten Wang Amah kleine Geschenke, denn die war jetzt schon zu alt für irgendeine Arbeit und lebte bei ihrem Adoptivsohn. Auch schrieb Carie ihren Kindern lange, liebevolle Briefe und sann für sie kleine Überraschungen aus, soweit sie es sich leisten konnte, und sie freute sich auf die Rückkehr der Kinder, denn diese mußten einmal wiederkommen.

Aber es war dennoch nur der Ersatz eines Lebens. Irgend etwas vergiftete sie. Sie war ein Mensch, dem es nottat, große Aufgaben zu erfüllen, denn sie konnte sie erfüllen. All der schöne, reiche Überschwang ihres Wesens schien irgendwie eingedämmt zu sein. Sie war in diesen Jahren vielleicht eines der einsamsten Geschöpfe auf Erden, denn sie bedurfte vertrauter Liebe. Als die Kinder klein gewesen waren, hatten sie ihr solche Liebe geschenkt, daß die Mutter dieses Gefühl anderswo kaum vermißte. Nun, da die erwachsenen Kinder fern von ihr weilten, schien ihr das Leben unerträglich leer.

„Es wäre so hübsch", so pflegte sie manchmal zu murmeln, „wenn ich jemanden hätte, mit dem ich einen kleinen Spaziergang machen könnte — jemanden von den Meinen."

Dies sagte sie, wenn sie Andrews Gestalt einsam auf der krummen Straße wandern sah. Es kam ihm, der immer in seine Gedanken und Dienstpflichten eingesponnen war, gar nicht in den Sinn, sie zum Mitgehen aufzufordern, und sie war zu stolz, es ihm vorzuschlagen. Wie seltsam weltfremd war die Seele dieses Mannes, die in den Himmel eindringen und Gott mit solcher Gewißheit schauen konnte, aber nie das stolze und einsame Geschöpf in seiner Nähe richtig zu sehen vermochte! Für ihn war sie ja nur eine Frau. Seit jenen Tagen, da ich ihr ganzes Wesen umdüstert sah, bin ich dem heiligen Paulus aus ganzem Herzen feind, und so muß wohl jede echte Frau fühlen, um alles dessen willen, was er in vergangenen Zeiten Frauen von Caries Art angetan hat, stolzen, freigeborenen Frauen, die dennoch, nur durch ihr Frauentum, verdammt waren. Um ihretwillen freue ich mich, daß in diesen neuen Tagen seine Macht zu Ende ist.

Sie alterte während dieser Jahre zusehends. Sie wurde klein und dünn, kläglich dünn, obwohl ihre Haltung ebenso aufrecht und straff war wie immer. Ihr schweres langes Haar wurde schneeweiß, ohne eine einzige dunkle Strähne, und schwang sich weich von der Stirn empor. Dieses Haar bewirkte eine gewisse Ähnlichkeit mit ihrem Vater Hermanus, und wenn sie auch nicht mehr viel von seinem Feuer und seiner Streitbarkeit hatte, fand doch hin und wieder für eine kleine Weile diese Lebenskraft im Lachen und Reden oder in raschem Eingehen auf einen Scherz ihren Ausdruck.

Sie las in der Bibel, ein wenig wehmütig, wenngleich sie Gott nur sehr selten erwähnte. Ich glaube, sie war in ihrer alten Suche nach ihm ein wenig unsicher, weil sie jetzt das Alter nahen fühlte und noch nichts von all dem getan hatte, was sie sich einst als Ziel gesetzt. Und trotz allem hatte ihr in diesen vielen Jahren Gott kein wirkliches Zeichen gegeben — kein solches Zeichen, daß sie es nicht mir irgend etwas Zufälligem hätte verwechseln können. Sie pflegte aus Zeitungen und Zeitschriften kleine Verse und Gedichte auszuschneiden und zwischen die Blätter ihrer Bibel zu legen. Dieses Buch war angestopft mit solchen Ausschnitten — zumeist traurigen kleinen Verslein oder Naturbeschreibungen, die ihr gefallen hatten. Nach ihrem Tode las ich sie alle, und da ich sie las, erkannte ich, was sie zu jener Zeit gedacht hatte. Es waren Gedichte über tote kleine Kinder, über Verbannte, die fern der Heimat weilen, und immer wieder über den Gott, den man auf Treu und Glauben hinnehmen muß, weil ihn noch keiner je gesehen hat.

In ihrem sechzigsten Jahr gab sie plötzlich der Tropenkrankheit nach, die, wie sich später herausstellte, schon seit langen Jahren an ihrem Leben gefressen hatte. Man kennt weder die Ursache dieser Krankheit, noch weiß man sie zu behandeln, nur hat die Erfahrung gelehrt, daß sie manchmal durch eine gewisse Diät geheilt werden kann. Die Krankheit tritt bei den Eingeborenen der tropischen Länder selten auf, ist aber unter den dort lebenden Weißen sehr verbreitet.

Caries einst so widerstandsfähige Konstitution war durch oft wiederkehrende Anfälle von Malaria und Dysenterie untergraben worden; darum machte diese Krankheit bei ihr raschere Fortschritte, und obwohl sich Carie anfangs nur höchst widerstrebend entschloß, das Bett zu hüten, zeigte sich doch deutlich, daß ihr ein Kampf ums Leben bevorstand. Comfort kehrte sogleich zu ihrer Mutter zurück, schon als erwachsenes junges Mädchen, das das College absolviert hatte. Voll Eifer widmete sich Comfort der Aufgabe, ihre Mutter zu pflegen.

Sobald Carie sich zu Bett legte, ging es ihr schlechter. Einige Tage lag sie stumm in einem fast ununterbrochenen Schlaf der Erschöpfung, denn sie hatte sich erst dann niedergelegt, als sie buchstäblich nicht mehr auf den Beinen stehen konnte. Als diese Tage vorbei waren, raffte sie sich plötzlich mit einer großen Willensanstrengung auf, entschlossen, für die ihr bevorstehende Aufgabe, wenn sie am Leben bleiben wollte, alle Kräfte aufzubieten. Nichts war ihr verlockender als eine solche Aufgabe. Sie wurde plötzlich ungemein munter.

„Ich habe beschlossen, nicht zu sterben“, verkündete sie fröhlich eines Morgens. „Ich lasse mich von diesem alten Kadaver nicht unterkriegen — ich bin noch zu jung! Ich weiß noch eine Menge Dinge, die ich gern täte, hübsche und angenehme Dinge. Ich war dumm. Ich habe lange Zeit das Leben nicht genug genossen. Von nun an will ich mich seiner freuen.“

Sie nahm sich also unter Aufsicht, als wäre sie ihr eigener Arzt. Der Doktor war erstaunt über die Veränderung, die mit ihr vorgegangen. Sie stürzte sich mit ungeheurem Eifer in die Kur und besprach mit dem Arzt jede mögliche Einzelheit, so sachlich, als handelte es sich um jemand anderen und nicht um sie selbst. Sie litt an einer Krankheit, von der die Ärzte wenig wissen. Darum ließ sie durch Comfort einem jeden schreiben, der dem Vernehmen nach von dieser Krankheit genesen war.

„Die Toten zu fragen, hat keinen Sinn“, bemerkte sie in bester Laune.

Als die Antworten eintrafen, zeigte sich, daß man nur durch Diät eine Heilung erzielen konnte. Daran war nur erstaunlich, daß die Diät in jedem Fall anders zu sein schien. Offenbar wurde diese Krankheit durch irgendwelche Idiosynkrasien hervorgerufen.

„Ich werde endlich herausbekommen müssen, was meine besondere Eigenart ist“, lachte sie. „Ich hatte mich immer in Verdacht, daß ich eine habe.“

Vielen schien Milch geholfen zu haben. Carie legte sich daher eine Milchdiät auf, indem sie durch zwei Monate nichts anderes zu sich nahm und alle zwei Stunden eine kleine Menge Milch trank. Das nützte nichts; sie nahm ab, bis sie schrecklich anzusehen war. Nur ihre dunklen Augen blickten hell und ungezähmt aus dem kleinen, eingeschrumpften Gesicht.

„Ich werde bald wie Alice im Wunderland sein", bemerkte sie eines Morgens, als Comfort ihr beim Waschen half. Dabei musterte sie ihre eingeschrumpften Glieder. „Ich werde etwas anderes schlucken müssen, um stärker zu werden, ehe ich mich ganz verflüchtige."

Da versuchte sie Buttermilch. Das war ein wenig besser, denn sie nahm wenigstens einen Monat lang nicht ab. Inzwischen aber war der Juni gekommen und mit ihm die Sommerhitze, feucht und schwer von der Nässe der überfluteten Reisfelder.

Jetzt brachten wir sie nach Kuling, in das kleine steinere Landhäuschen — und die Reise war mühselig, denn Caries arme Knochen standen so hervor, daß man, ehe man sie aufhob, eine dicke, gefütterte Matratze unterlegen mußte.

Aber die Luft der Berggipfel half ihr sogleich, und unversehens hörte sie von einer neuen Kur. Es hieß, daß irgend jemand durch Leberbrühe und Spinatsaft geheilt worden sei. Sie begann diese ekelerregende Mischung mit ungeheurer Begeisterung einzunehmen. Ihre Couch stand auf der kleinen Veranda; dort lag sie, trank ihre Suppe und blickte über die Baumwipfel ins Tal hinunter. Wir wußten, daß sie sich an dieser Schönheit freute und sie mit Wissen und Willen nutzte, um sich von dem Gebräu, das sie trinken mußte, abzulenken.

Wie eifrig beobachteten wir in dieser ersten Woche die Waage! Carie nahm zwei Unzen zu. Am Ende des ersten Monats waren es schon anderthalb Pfund. Gewisse Symptome zeigten sich nicht mehr, zum Beispiel ein Ausschlag am Mund. Sie war sehr ermutigt und angesichts der Aufgabe, die sie sich gesetzt hatte, sehr munter.

In diesen Tagen sann sie viel nach und erschloß uns hier und da einen Blick auf dieses Sinnen.

„Wißt ihr, ich werde ungeheuer egoistisch sein, wenn ich gesund bin. Ich habe die Absicht, mich ganz ernsthaft zu pflegen!" Wenn wir darüber spöttisch lachten, flammte in ihren Augen gute Laune auf. „Ja, ich werde noch wirklich hübsche Hände haben!"

Dann malte sie uns das Bild der reizenden, entzückenden alten Dame aus, die sie werden wollte: freundlich, würdig, makellos gekleidet. Wenn wir darüber wieder lachten, denn wir wußten genau, daß sie, sobald sie nur wieder Kräfte hatte, gewiß wieder unter ihren Armen umherlief und zwischendurch in der schwarzen Erde ihres Gartens wühlte, sagte sie, ein wenig nachdenklich: „Nein, ich meine es ernst. Wie dumm, daß ich traurig war! Ich werde mich des Daseins mehr freuen denn je. Mein Lebtag habe ich alles mögliche für andere getan, jetzt aber will ich so egoistisch werden, daß ihr mich nicht erkennen sollt. Ich habe insgeheim immer gewünscht, daß ich die Zeit hätte, egoistisch zu sein! Ich will so viele Bücher und Zeitschriften lesen, wie mir behagt. Ich wünsche mir ein neues Kleid aus lavendelfarbener Seide. Ich werde meinen Freundinnen kleine Besuche machen. Wißt ihr, daß ich trotz den Hunderten von Besuchern in unserem Hause niemals bei irgend jemandem bloß zum Vergnügen einen Besuch gemacht habe? Ich war immer allzusehr beschäftigt, für andere etwas zu tun."

Doch die Genesung schreitet bei dieser Krankheit nicht stetig vorwärts. Der Sommer verstrich in abwechselnder Erholung und immer wieder auftretenden Rückfällen, aber das Maß für ihren wirklichen Fortschritt bildete die Heftigkeit eines jeden Rückfalls, und jeder Rückfall war jetzt weniger schwer als der letzte. Sie war im Begriff, ihre Schlacht zu gewinnen.

Der Herbst nahte, und die Zeit kam heran, da wir zu unserer Arbeit zurückgehen mußten, Carie aber beschloß, allein im Gebirge zu bleiben und ihren Kampf zu Ende zu führen. Sie sehnte sich nach Wang Amah; die war aber zu alt und zu schwach, um zu kommen, und so blieb Carie mit dem Diener allein in dem Landhaus und widmete sich der Aufgabe, gesund zu werden.

Die Geschichte ihres Lebens in diesem Herbst und Winter muß ich aus ihren Briefen zusammenstückeln. Langsam, aber stetig erholte sie sich, während sie auf der Veranda lag und zusah, wie die Blätter einschrumpften und abfielen. Tiefe rostbraune Glut lag über dem ganzen Berghang, und purpurfarbene Astern erblühten. Sie hatte hier noch nichts gesehen, was dem Herbst in ihrer Heimat geähnelt hatte, und fühlte, wie diese friedliche Schönheit ihren genesenden Körper durchdrang.

Der Tag kam, da sie aufstehen und ein wenig gehen konnte, und jeden Tag massierte sie sich und nahm Sonnenbäder und hielt sorgfältig ihre Diät ein, die sie Schritt für Schritt erweiterte, indem sie allmählich auch andere Speisen darin aufnahm. Manchmal unterlief ihr ein Mißgriff, und sie aß etwas, das einen Rückfall zur Folge hatte, doch beobachtete sie sich wie einen ganz Fremden und sandte uns Bulletins über ihr Befinden, als ob sie ihre eigene Patientin wäre. Allmählich gelang es ihr, dank ihrem Experimentieren, eine Diät zusammenzustellen, die ihr zusagte; jetzt erholte sie sich rascher und kroch schon nach ganz kurzer Zeit die Stufen in den kleinen Garten mit den Farnkräutern hinab und konnte bald darauf ein wenig auf dem kiesbestreuten Bergpfad spazierengehen, der knapp oberhalb des Hauses verlief.

Dann schien nur kurze Zeit verstrichen zu sein, und sie besuchte schon andere, die weniger gesund waren als sie, ein paar Kranke, die sich in dem Tal aufhielten, um ihre Gesundheit wiederzuerlangen, und von jetzt an nahmen Caries Briefe auf diese Leute Bezug, nicht auf die eigene Genesung. Sie besuchte sie alle regelmäßig und kannte bald ihre Lebensgeschichten und die genauen Berichte über ihre Krankheiten. Dafür gab sie, davon bin ich überzeugt, ungezählte praktische Ratschläge. Besonderen Anteil nahm sie an einer nicht mehr jungen Amerikanerin, die an der gleichen Krankheit litt, und sie studierte den Fall voll jugendlichem Eifer, bestrebt, zu helfen.

Sie hatte die Genugtuung, diese Frau genesen zu sehen.

Als der Winter kam, kehrte Caries Gesundheit rasch zurück, und sie war rastlos bemüht, irgend etwas zu tun. Sie gewann ihre Spannkraft wieder und den scharfen Blick für ihre Umgebung, doch waren noch einige Krankheitssymptome zurückgeblieben, so daß ihr der Arzt nicht erlauben wollte, die Bergluft zu verlassen. Da faßte sie den Plan, diese Zeit erzwungener Muße zum Wiederaufbau des Landhäuschens auszunutzen.

Das Haus war baufällig geworden, das Holzwerk morsch, weil Termiten darin gehaust hatten, und an vielen Stellen hatten sich die Steine gelockert. Zudem war das Haus zu klein, da Comfort wieder daheim weilte und Faith bald kommen mußte. Nichts hätte ihr größere Freude bereiten können als der Entwurf eines neuen Plans für das kleine Haus, obwohl alles für ein möglichst geringes Maß von Kosten zu geschehen hatte. Immerhin bereitete es ihr wirklichen Spaß, all das alte Material zu sichten und zu entscheiden, was man noch verwenden konnte. Es war wirklich ein Spaß, das Häuschen neu zu errichten — ein Spaß, die Familie damit zu überraschen! Sie stürzte sich mit all ihrem alten Eifer in diese Aufgabe und verlor das Interesse an ihrer Krankheit.

Sie berief einen chinesischen Baumeister und überprüfte

mit ihm Stück für Stück das ganze Haus; sie erprobten das Holz und musterten die Steine, um zu sehen, was noch verwendbar sei. Schließlich fanden sie, daß die Steine noch gut waren, denn nur wenige bröckelten ab, und auch die großen Balken ließen sich alle noch verwenden. Carie entwarf den Plan des neuen Hauses mit drei winzigen Schlafzimmern, zwei kleinen Baderäumen, einer großen Vorhalle und einem Wohnzimmer mit gewaltigem Steinkamin. An der abschüssigen Seite konnte man noch zwei Dienerzimmer darunter anbauen. Mit sorgfältiger Sparsamkeit, des Neuen Testaments unseres Vaters eingedenk, vermochte man dies alles für einen erstaunlich geringen Betrag herzustellen.

Sie zog in ein nahe gelegenes leeres Haus und beobachtete mit der größten Begeisterung, wie das alte Gebäude abgetragen und das neue Fundament gelegt wurde. Vom Morgen bis zum Abend trieb sie sich auf dem Bauplatz umher, überwachte das Legen der Steine, geriet in Verzückung über das Wachstum der Mauern. So gut sie vermochte, schuf sie dieses Haus vom Keller bis zum Dach als amerikanisches Heim. Gemeinsam mit einem Kuli fischte sie in den Bächen nach den glatten Steinen, die den breiten Kamin bilden sollten. Auch in eines der Schlafzimmer ließ sie einen kleinen Kamin setzen. Ich glaube, sie träumte halb und halb, sie könnte eines Tages im hohen Alter für immer hierher ziehen und dann beinahe glauben, sie sei in Amerika. Denn im Herzen hatte sie, mochte sie es sich auch nicht eingestehen, dem Heimatland, von dem der grausame Ozean sie trennte, schon Lebewohl gesagt — dem Amerika, das seine zurückkehrenden Kinder, und wenn die es noch so sehr liebten, ohne besonderen Eifer aufnahm.

Das war ein fröhlicher, glücklicher Winter für Carie. Sie war glücklich, weil sie etwas schuf, und sie fühlte, wie die Gesundheit in Körper und Geist zurückkehrte. Auch lebte sie inmitten der schönsten Natur, fern den Armen und Bedrückten. Ich erinnere mich, wie sie in ihren Briefen einen Eissturm schilderte, den sie im Winter dort im Gebirge erlebte, da sich jeder Zweig und jedes Bambusblatt und jede Schlingpflanze mit Eis überkrusteten, dann aber kam die Sonne. „Es ist zu schön, sogar für mich, die ich die Schönheit als tägliche Nahrung essen und trinken könnte, ohne ihrer satt zu werden", schrieb sie uns.

Sie tat in diesem Winter allerlei frohe Dinge. Dort gab es damals eine kleine Schule für amerikanische Kinder, und Caries größte Freude war es, mit den Kindern Schlitten zu fahren. Ich habe eine kleine Momentaufnahme von ihr, wie sie vorne auf einem von Kindern besetzten Schlitten sitzt, die Lenkseile in Händen, die Augen dunkel und froh und das Gesicht voll Lachen. Sie tat alles, was sie seit ihrer Mädchenzeit nicht mehr getan hatte, und hier war niemand, der an ihrer Fröhlichkeit Anstoß genommen hätte.

Als wir im August alle zurückkamen, um die Ferien im Gebirge zu verbringen, empfing sie uns in dem neuen Haus, so stolz, als wäre es ein Palast, nein, stolzer. Sie hatte schwer gearbeitet, um das Haus fertig zu bekommen, und jetzt war es fertig, hatte sogar weiße Musselinvorhänge an den Fenstern und frische Matten auf den Fußböden und grüne Farnkräuter in hängenden Körbchen und Blumen überall. Es war das Heim ihrer Seele, ihr Bild Amerikas, das Bild, das sie immer im Herzen getragen und jetzt hierher verpflanzt und hier verwirklicht hatte. Wie innig liebte sie es!

Und in der Tat, es war liebenswert, das kleine saubere steinerne Haus auf dem kleinen, in Terrassen abfallenden Rasen unter den Baumwipfeln des Hügelhanges. Durch die Bäume konnte man den gegenüberliegenden Berg sehen und durch die Bresche in den Bergen das blaue Bild der fernen Ebene. Im Innern des Hauses herrschte solche Schlichtheit, daß es fast ärmlich war, aber doch, wie frisch war es, wie sauber, wie reingefegt durch Bergwind und Nebel! Ich glaube, manchmal fand sie sich mit dem Gedanken ab, daß sie Amerika vielleicht nie wiedersah.

Doch nach dem Sommer wurde sie eines Tages nüchtern und sagte, sie habe jetzt lange genug gespielt und müsse zur Arbeit zurück. Andrew brauche sein Behagen, und sie wisse genau, wie es zu Hause aussehe, wenn sie nicht dort sei. Zudem hatte sich Comfort im Sommer mit einem jungen Amerikaner verlobt, und so gab es diese neue Sorge: eine Hochzeit in wenigen Monaten. Faith war aus der Shanghaier Mittelschule zurückgekommen und mußte jetzt ausgestattet werden, da sie nach Amerika ins College fahren sollte. Es lagen also diese Aufgaben vor Carie, und sie widmete sich ihnen voll Tatkraft.

Während des ganzen Winters beobachteten wir sie; sie bewahrte eine stetige, wenn auch nicht allzu kräftige Gesundheit, und dieses Wohlbefinden war erstaunlich, wenn man in Betracht zog, wie entkräftet sie gewesen. Sie hielt noch immer ihre Diät ein und gönnte sich, sehr wider Willen, viel Ruhe. Einstweilen schmiedete sie Pläne für die Hochzeit und Pläne für Faith und war wieder einmal glücklich und arbeitsreich — Worte, die ihr das gleiche bedeuteten.

Der Frühling kam, und die Hochzeit war so schön, wie Carie es gewünscht hatte. Dieses Fest hätte auf dem Rasen irgendeines amerikanischen Heims nicht anders ausgesehen — eine einfache Feier bei Sonnenuntergang, zu der sich ein paar Freunde versammelt hatten. Comfort, eine große schlanke junge Braut, kam in ihrem weißen Kleid und ihrem Brautschleier dem Bräutigam lässig entgegen. Carie sah zu, und ein Schauer neuen Lebens regte sich in ihr. Diese beiden Ihren, das neue Leben, das ihr von ihnen geschenkt werden sollte, die neuen Interessen — wie dumm war es doch gewesen, daß sie geglaubt hatte, es bleibe ihr nichts mehr zu tun übrig!

Sie selbst sah an diesem Tag ungewöhnlich hübsch aus mit dem hochaufgetürmten schneeweißen Haar in seiner üppigen Lockenpracht und den dunklen lebhaften Augen, die jung waren wie nur je. Sie trug ein silbergraues Kleid und einen großen Strauß blaßrosafarbener Nelken im Arm. Den Hochzeitskuchen hatte sie selber zubereitet und gekühlt; er stand unter dem Wistariabaum, und sie sah zu, wie die junge Braut ihn anschnitt, und als alles vorbei war, hörten wir sie mit großer Befriedigung murmeln: „Die Hochzeit hätte selbst in Amerika nicht schöner sein können."

Acht Jahre waren verstrichen, seit Andrew in Amerika gewesen, und jetzt nahte von neuem die Zeit, da er wieder auf Urlaub gehen konnte. Carie war in großem Zwiespalt zwischen ihrer tiefen Sehnsucht, Amerika noch einmal zu sehen, und der Gebrechlichkeit ihres Körpers, denn der Arzt sagte, sie werde den Strapazen einer abermaligen Seereise kaum gewachsen sein. Ich weiß nicht, wann sie endgültig verzichtete. Vielleicht geschah dies gar nicht in einem einzigen Augenblick; sie schwieg darüber, und wir wußten erst ganz am Schluß, wofür sie sich entschieden hatte. Sie beschloß, nicht zu fahren; Andrew sollte Faith nach Hause bringen und dann nach einem halben Jahr zurückkommen. Sie wollte allein im Hause bleiben und Andrews Arbeit, so gut es ging, bis zu seiner Rückkehr verrichten.

Gleichsam als Bestärkung in ihrem Entschluß kam die Nachricht, Cornelius sei gestorben, und der Gedanke, daß dieses geliebte Gesicht nicht mehr da war, der Bruder, der ihrer Jugend mehr als Bruder gewesen, ließ sie des letzten Gedankens an die Heimkehr leichter vergessen. Nein, sie wollte Amerika dort bewahren, wo es ihr für immer am lebendigsten bleiben mußte, in ihrem Herzen und Erinnern. Zu viele Gesichter waren verschwunden, zu viele neue Dinge gekommen, und für Carie gab es vielleicht überhaupt keinen Platz mehr. Selbst Edwin schien sehr ferne zu sein, dann er war von seiner Arbeit und seinen Kindern in Anspruch genommen und bedurfte nicht mehr der Mutter.

Sie schrieb ihm noch immer jede Woche einen langen Brief, so zärtlich, als wäre er der kleine Sohn ihrer Jugend geblieben, und eigentlich war er es für sie. Andrew dachte nie daran, sich zu fragen, wie seine Enkelkinder wohl aussehen mochten; Carie aber beschwor Faith, alle Einzelheiten zu berichten und mitzuteilen, was für Haare und was für Augen und was für kleine Absonderlichkeiten die Kinderchen wohl hätten. Sie sehnte sich unaussprechlich nach diesen Enkeln, dennoch war sie getröstet, denn die lebten in Amerika, geborgen, wie jedermann dort geborgen war.

So blieb sie ganz allein in dem alten, klobigen Missionshaus zurück, dem Haus, in dem sie einst die Stimmen ihrer Kinder gehört, dem Haus, wo Andrew gebetet und studiert hatte, aus dem er ausgezogen war auf seine langen Reisen, dem Haus, wo so viele andere gekommen und gegangen waren, und jetzt blieb sie ganz allein.

Kein einziges Mal im Leben hörte ich sie sagen, daß sie Angst habe. Der alte Diener, den sie zur Hilfe im Garten hielt, schlief unten in den Gesinderäumen, und außer ihm war keine Seele im Haus. Sie kaufte sich in einem Kramladen eine alte verrostete Pistole, obwohl sie nicht die geringste Ahnung hatte, wie man so etwas abfeuert.

Trotzdem stand sie zwei- oder dreimal während der Nacht auf und promenierte durchs Haus, die Pistole in der einen Hand, in der andern die Kerze.

Während der unsicheren Jahre nach der ersten Revolution war es gefährlich, so allein zu bleiben, aber die Nachbarn kannten sie gut, und sie hatte nie Furcht. Sie sagte immer, es fehle ihr an Zeit zur Furcht, denn vorerst werde sie jedesmal zornig, wenn irgend jemand wage, ihr Furcht einjagen zu wollen. Ich erinnere mich, daß sie einmal in früheren Jahren in einer heißen Sommernacht am offenen Fenster des Schlafzimmers ein Geräusch hörte. Sie sprang aus dem Bett und schob den Wandschirm zur Seite, der am Fußende des Bettes stand. Da sah sie im Fenster einen großen Chinesen stehen, der sie tückisch anstarrte.

„Hinaus!“ rief sie in ihrer ungestümen, jähen Art. „Was treibst du hier in meiner Wohnung?“

Sie lief auf ihn zu, eine kleine weißgekleidete Gestalt in ihrem altmodischen Nachthemd, und er schwankte und wich zurück, um unter den Schatten des Gartens zu verschwinden, wobei er die Handtücher und Kissenüberzüge verstreute, die er gestohlen hatte.

Andrew, der eine sonderbare nervöse Angst vor Dieben hegte, blieb im Bett, sehr zu Caries Entrüstung, die ihn, ehe sie sich barfuß zur Verfolgung des Diebes anschickte, vergebens drängte, aufzustehen. Im Laufen rief sie das Gesinde, aber die Leute kleideten sich erst sorgfältig und langsam an, denn in einem Lande, in dem jeder Dieb ein Messer bei sich hat, hegten sie Angst vor Dieben. Doch Carie stürmte hinaus und auf den taufeuchten, mondbeschienenen Rasen, ohne an Tausendfüßler und Skorpione auch nur zu denken, und erreichte die Umfassungsmauer noch zur rechten Zeit, um einen Sack erhaschen zu können, den sie über die Mauer verschwinden sah. Sie klammerte sich mit aller Kraft daran, während sie fortfuhr, chinesische Schimpfworte hervorzusprudeln. Ihr Lohn war, daß der Unbekannte am anderen Ende des Sackes diesen losließ. Carie sammelte die verschiedenen Dinge, die im Garten verstreut lagen, und jetzt hatte sich auch Andrew erhoben, mit einem ziemlich albernen Gesicht, was sogar bei Heiligen vorkommen kann, und auch die Dienerschaft war jetzt, da die Diebe sich davongemacht hatten, in geschäftigem Durcheinander. Auf diese Art rettete Carie den größten Teil ihres geringen Wäschevorrats und ging in großem Triumph ins Bett zurück.

„Du hättest ermordet werden können. Es war sehr dumm", sagte Andrew vorwurfsvoll.

Jetzt erst dachte Carie an diese Möglichkeit. Sie erwiderte nachdenklich: „Das mag wohl stimmen. Aber ich war wie toll bei dem Gedanken, daß sich jemand auf solche Art in mein Haus stiehlt. Und was soll man denn machen — soll ich, ohne ein Wort zu sagen, einen solchen Schurken mit meiner Habe fortlaufen lassen?"

Nein, ich glaube nicht, daß sie je im Leben Angst gehabt hat. Im Gegenteil, sie hegte die größte Verachtung für körperliche Feigheit, und dies war eine weitere Kluft zwischen Andrew und ihr, denn Andrew konnte zwar im Dienst an seiner Pflicht jeder Gefahr ins Auge sehen, war aber in allen außerhalb seiner Arbeit liegenden Dingen furchtsam. Carie wollte diese Furchtsamkeit nicht verstehen, die einem scheuen, mißtrauischen Wesen, einer fern vom Wirklichen weilenden Natur entsprang.

Doch obwohl sie allein war, schloß sie sich dennoch nicht in Einsamkeit ab. Sie ging jeden Tag fern und nahe unter den Leuten umher und kam abends müde heim, aber mit zufriedenem, ruhigem Gesicht. Ich fragte sie oft, was sie eigentlich mache, sie sprach sich aber darüber nicht deutlich aus. „Ach, nicht viel“, pflegte sie dann munter zu antworten.

Es war offenbar das alte Werk der Menschenliebe, die Arbeit, die sie immer verrichtet hatte, das alte Kommen und Gehen unter den Leuten. Ich glaube nicht, daß sie viel predigte, höchstens sagte sie, wir alle müßten versuchen, an Gott zu glauben, und versuchen zu tun, was er gerne sieht. Gewiß würde er es gerne sehen, wenn die Menschen ihre kleinen Kinder besser betreuten und die Männer nicht hart wären gegen ihre Frauen und die Frauen ihren Männern und Kindern ein hübsches Heim bereiteten und alles möglichst sauberhielten. Sie lehrte junge Mädchen lesen, das weiß ich — junge Mädchen, die nach ein wenig Wissen hungerten, denn ihr gesellschaftliches System verweigerte es ihnen. Sie pflegte über viele Dinge dieser Welt zu sprechen, pflegte andere Länder, die sie gesehen, zu beschreiben. Ich habe einst erlebt, wie sie so zu einer Gruppe von Frauen sprach, einfachen Geschöpfen, die wenig vom Leben hatten, außer dem Gebären von Kindern und dem ewig gleichen Kreislauf der Sorgen in dem kargen Heim, und sie lauschten ihr mit offenem Mund und verträumtem Blick. Sie erzählte ihnen von den Sternen und Planeten und sie erzählte ihnen vom Meer und seinem seltsamen Leben und pflanzte in diese schlichten Seelen das Gefühl, ein Teil eines großen und wunderbaren Weltalls zu sein. Ich habe sie nie anders als überaus zärtlich gegen solche ihres eigenen Geschlechts gesehen, die durch das bloße Mißgeschick ihrer Geburt jeder Hoffnung beraubt waren.

Aber sie konnte sehr zürnen gegen die Mutter eines kleinen weinenden Mädchens mit eingebundenen Füßen, und ab und zu obsiegte sie nur durch ihre Hartnäckigkeit. Dann und wann widmete sie sich auch eifrig der Aufgabe, einen Opiumsüchtigen zu retten. Ich kenne einen armen alten Tropf, den sie durch wochenlange Überwachung ganz gegen seinen Willen heilte. Daß es ihr schließlich gelang und daß er glücklich war, sich von der Last frei zu fühlen, die ihn und seine Familie in Schulden gestürzt hatte, das schrieb er ihren Gebeten und ihrer Religion zu, und wie könnte ich mir das Recht anmaßen, das Gegenteil zu behaupten, denn für ihn war, wie für so viele andere, diese neue Religion Christi in Carie versinnbildlicht und in Caries leidenschaftlichem Anteil an seiner Heilung.

„Es muß so sein, denn kein anderer Mensch auf Erden hätte sich darum gekümmert, was mir widerfährt oder ob meine Familie verhungert", folgerte er schlicht.

Ich glaube, Carie freute sich des Kampfes, wie sie sich jeder Aufgabe freute, die unausführbar schien. Gewiß machte sie damals das Leben des alten Mannes zeitweise zur Hölle; dennoch war das Ergebnis, daß er geheilt wurde, seine Tätigkeit als Weber wieder aufnahm und seine Familie erhalten konnte.

Sie war zu jener Zeit von einem ganzen Kreis alter Frauen umgeben, die sich nach Freundschaft und Anteil an ihren kleinen Sorgen sehnten und bei den eigenen Familien, für die sie nur noch eine Last bedeuteten, solches Mitgefühl nicht mehr fanden. Sie kannten Caries weiches Herz nur allzugut und wußten genau, daß Carie, selbst wenn sie zornig gewesen, ihnen immer ein wenig Geld zusteckte oder ein Körbchen mit Essen oder ein Stück Tuch für eine Jacke.

Dann hatte sie noch ihre chinesische Tochter, jetzt Mutter von sechs Kindern, deren jedem sich Carie verbunden fühlte, und dann noch die vielen anderen, die sie besuchte und die sie besuchten und mit denen sie lange vertraute Gespräche über ihre verschiedenen Sorgen führte. Hätte sich diese Amerikanerin dem Schreiben von Romanen gewidmet, sie hätte gewiß Dutzende von Büchern aus dem

Leben des Ostens geschaffen, denn sie kannte es besser als irgendeine andere weiße Person, die ich je gesehen habe.

Wenngleich sie die Fehler und Sünden der Menschen haßte, war sie doch auch großmütig und gerne bereit, auch die Tugenden zu sehen, und unterließ es nie, sich an einem Scherz zu freuen, mochte der auch auf ihre Kosten gehen. Einmal kaufte sie einen kleinen Teppich, den sie vor ihre Orgel legen wollte, eine kleine bunte Matte. Dieser Kauf legte ihr einige Opfer auf, doch hatte ihr die Matte sehr gefallen. Eines Tages kam ein Zufallsbekannter Andrews, um über die sogenannte „Neue Religion" zu sprechen. Andrew plauderte mit dem Mann geraume Weile und sagte, als der Gast sich zum Gehen erhob, er werde ein kleines Stück mitkommen und weiter mit ihm sprechen, wenn der Besucher warten wolle, bis Andrew andere Schuhe angelegt habe, denn es war Winter, und die Straße befand sich in schlechtem Zustand. Carie war oben und entschloß sich, als Andrew kam, mitzugehen, und so machten sich alle drei auf den Weg. Der Chinese ging ein kleines Stück mit, sprach dann von einer Abhaltung und bog in eine Seitenstraße. Als Carie und Andrew heimkamen, bemerkte Caries rascher Blick sogleich, daß irgend etwas im Zimmer fehlte. Das war der kleine neue Teppich. Während der Fremde über die Religion gesprochen hatte, hatte er die Matte bemerkt, und als Andrew ihn allein ließ, faltete er den Vorleger zusammen und stopfte ihn sich in das bauschige Wintergewand. So betrübt Carie auch war, daß sie die Matte verloren, lachte sie doch bis zu Tränen über diesen Zwischenfall, denn sie erinnerte sich mit immer erneutem Lachen an des Mannes frommes Gesicht und an seine ernste Stimme, während er die Beute schon im Gewand getragen hatte. Sie konnte nicht anders, sie mußte über die Schlauheit lachen, so verhaßt ihr die Tat auch war, und sie ärgerte Andrew sehr durch die Bemerkung:

„Hoffentlich sind nicht alle deine Gäste so, Andy, sonst müssen wir den Haushalt auflösen."

Sie war jedoch immer duldsam, wenn es jemand nicht bös meinte. Ich erinnere mich einst, wie ein Amerikaner ziemlich zornig sagte: „Ich ärgere mich wirklich sehr über diesen Schimpfnamen ‚Fremde Teufel', den uns die Leute immer zurufen. Sie müssen doch wissen, daß wir ihnen oft Gutes tun."

Carie lächelte freundlich und antwortete: „Manchmal kennen sie gar keinen anderen Namen für uns. Ich erinnere mich, daß sich einst eine alte kranke Frau um Hilfe an mich wandte, und sie verneigte sich tief vor mir und schlug mit dem Kopf auf den Boden und sagte, als ob sie zu einer Königin spräche: ‚Ich flehe dich an, überaus verehrungswürdige fremde Teufelin: hilf mir.' Nein, nein, es kommt nur darauf an, wie man etwas sagt."

Andrew kam nach acht Monaten ein wenig wirr aus einem ganz neuen Amerika zurück. Das waren die Jahre knapp nach dem Weltkrieg, und er hatte ein Land gesehen, keinem anderen gleich, das er je vorher gekannt. Was er beinahe für so feststehend gehalten hatte wie den Himmel, sein Heimatland, sah er jetzt erschüttert, sah es verwirrt und zynisch geworden in eben den Dingen, für die seine Väter gekämpft und um derentwillen sie sich auf den neuen Gestaden dieses Landes angesiedelt hatten. Er war nicht fähig, ausführlich seine Erlebnisse zu erzählen, aber Carie entlockte ihm Stück für Stück Teile eines Bildes, Teile, die ihr scharfer Geist zusammenzufügen vermochte, und das war das Bild eines Landes, toll geworden und außer sich — das Bild ihrer Heimat!

Da begann sie tief zu bedauern, daß sie alt und hilflos war und nichts für ihr Land tun konnte. Sie sagte gar oft zu uns: „Ach, könnte ich nur mein Leben von neuem beginnen, jung und frisch. Wißt ihr, was ich dann täte? Ich ginge nach New York und überall dorthin, wo die Fremden unser Land betreten, und ich würde mein Leben dem Ziel widmen, ihnen zu sagen, was Amerika bedeutet und was sie sein und was sie tun müssen, Amerika zu formen. Ich glaube, Amerika ist deshalb nicht mehr wie früher, weil zu viele Menschen nicht verstehen, was es bedeutet, Amerikaner zu sein."

Immer wieder sagte sie: „Ach, könnte ich mein Leben doch von neuem beginnen. Ich würde es für Amerika leben. Ich bin froh, daß mein Sohn dort ist; um meinetwillen wird er für Amerika etwas tun."

Während der nächsten zwei Jahre war sie, wie mir scheint, unablässig von diesem Wunsch beunruhigt. Sie las jede Zeile über das moderne Amerika, die sie nur auftreiben konnte, und versuchte, womöglich die Ursachen für Amerikas neuen Zustand zu ergründen. Wenn sie einst in jenem schönen und friedlichen Land den Ruf anderer vernommen hatte, die weniger glücklich waren, schien sie jetzt wieder einen Ruf zu hören, diesmal den Ruf der notleidenden Ihren. In der Ohnmacht ihres Alters und ihrer Lage kränkte sie sich tief und betete mehr für ihr Land, als sie seit langem aus irgendeinem andern Grund gebetet hatte.

Sie bemerkte nicht, daß ihr Körper hagerer und hagerer wurde und daß sich Anzeichen schwerster Blutarmut zeigten. Die alte Krankheit hatte ihr Inneres verwüstet, und ohne daß Carie es wußte, aß sie schon seit langem immer weniger und weniger, und wenn sie überhaupt je an ihr rasch fortschreitendes Abmagern dachte, sah sie die Ursache darin, daß sie jetzt nur so wenig essen konnte.

Doch eines Tages ließen ihre Kräfte plötzlich nach, und sie konnte nicht einmal mehr die Treppe zu ihrem Schlafzimmer hinaufsteigen. Comfort kam eilig, in liebevoller

Sorge, und sah sogleich, daß es schlimm stand. Sie ließ sich im Hause nieder, bis Carie wieder gesund sein mochte, und berief einen Arzt trotz dem heftigen Widerstand ihrer Mutter — Carie schien niemals so krank zu sein, daß sie nicht heftig widersprochen hätte, wenn ihr etwas nicht behagte.

Es stand wirklich schlimm. Eine alte Herzschwäche machte die Operation, die nötig gewesen wäre, unmöglich, und schon von Beginn an gab es wenig Hoffnung. Carie, die immer gut verstanden hatte, in den Gesichtern anderer zu lesen, sah, was Comfort so gerne verborgen hätte, doch jetzt kam ihr der alte Trotz ein wenig zustatten.

„Ich werde nicht sterben", beharrte sie trotz ihrer Schwäche. „Ich habe noch nicht Zeit gehabt, eine Menge Dinge zu tun, die ich tun will. Es gibt noch so viele Bücher, die ich lesen möchte, und viele Leute, die meiner bedürfen. Außerdem", fügte sie mit einem Augenzwinkern hinzu, „habe ich noch immer keine hübschen Hände. Nein, nein — ich will noch gute zehn Jahre haben und mich wirklich und richtig als nette alte Dame zur Ruhe setzen und hübsche lavendelfarbene Kleider tragen und den Kindern meiner Kinder Großmutter sein." Und dann rief sie in einer Art Zorn gegen Gott, als wäre sie von der Erkenntnis ihrer eigenen Schwäche übermannt worden: „Auf keinen Fall will ich sterben, ehe Faith nach Hause kommt und ich sie wiedersehe."

Wieder einmal war es der lange Kampf ums Leben.

Wieder einmal ließen wir sie von Kulis ins Gebirge tragen, in das steinerne Haus, das knochendünne, unzähmbare Geschöpf, dessen junge Augen tapfer wie immer unter der dichten Menge weißen Haars aus dem kleinen Gesicht blickten.

Wieder stürzte sie sich tapfer in die Aufgabe, ihren

Körper zu heilen. Das war ein guter Körper, voll ererbter Gesundheit, war aber zu oft gezwungen worden, sich auf ihr Geheiß wieder aufzuraffen. Es zeigte sich deutlich, daß sie sich diesmal nicht wieder aufraffen konnte. Sie wußte das genau, und es gab eine kurze Zeit, ein paar Tage, da wir das Schauspiel erleben konnten, wie ein junger tapferer Geist voll Schreck und Zorn den alten schwachen Körper beobachtete, der sterben mußte. Sie sprach zu niemandem ein Wort, bis auf die immer höflichen Worte, die sich nicht vermeiden ließen, aber der Ausdruck ihrer Augen war furchtbar, und wir wandten uns bei dem, was wir da sahen, verzweifelt ab.

Dann war es vorbei; sie schickte sich drein; es schien, als gäbe sie ihren Körper als unnütz und wertlos auf. In den letzten Monaten widmete sie sich der Erfüllung ihrer seelischen Wünsche. Nicht, daß sie vom Tod gesprochen hätte. Das tat sie nicht, denn sie wußte nichts über diese Dinge und verweilte mehr denn je bei der Schönheit, die sie stets inniger geliebt hatte denn jede andere Seite des Lebens. Sie sprach oft, wie süß das Vogelgezwitscher in den Bäumen rings um das Haus klinge, sprach von den grünen Schatten im Gras, von der Pracht der Lilien auf der Terrasse. Bei Sonnenuntergang lag sie ganz still und ließ den Blick über Wolken und Täler gleiten.

Ob sie an die Zukunft dachte, das weiß ich nicht. Sie war furchtlos und jetzt vom Leben gestählt; sie war entschlossen, allem zu begegnen, was da kommen mochte. Sie gönnte sich beim Sterben keine Heuchelei gegen Gott, der ihr bis jetzt noch immer kein Zeichen gegeben. Es schien, als erkenne sie, daß niemand, nein, niemand genau sagen kann, was jenseits des Augenblicks liegt, da man scheiden muß und einsam ist.

In diesen letzten Tagen klammerte sie sich ans Leben wie noch nie, obwohl sie ja schon immer nach dem Leben gehungert hatte. Als der Sommer zu Ende ging, brachten wir sie in den Bungalow am Fluß zurück, doch wußten wir damals alle schon, daß sie dem Tod geweiht war. Sie ließ jedoch durch kein Zeichen merken, daß auch sie das wußte, es sei denn durch die große Ruhe, mit der sie den Nächten und Tagen ins Auge sah. Manchmal in tiefer Nacht, wenn rings das Dunkel auf sie eindrang und sie schwach wurde und den Atem verlor, wandte sie den Blick der ungeheuer großen Augen Comfort zu, die bei ihr war, und stellte die alte Frage, die einst die Mutter ihr gestellt: „Kind — ist das — der Tod?"

Und als Comfort leidenschaftlich ausrief: „Ich lasse dich nicht sterben!", da lächelte sie, und sie sagte: „Wie du mir gleichst — auch ich habe das meiner Mutter gesagt."

Eines Tages sagte sie: „Es gibt so viele Dinge, von denen ich nichts gehört oder gesehen habe — so viele Freuden. Keiner von euch weiß, wie ich die Freude liebe! Ich will ein Grammophon. Ich will allerlei Musik hören, Musik von solcher Art, wie ich sie noch nie gehört habe."

Da ließen wir aus der Küstenstadt ein Grammophon und Platten kommen, und Carie in ihrem Bett hörte stundenlang zu. Was sie dabei dachte, weiß ich nicht, nur wollte sie keine traurige Musik. Eines Tages legte jemand die Platte auf: „O ruhe im Herrn, warte geduldig auf Ihn", und da sagte Carie in ruhiger, aber tiefer Bitterkeit: „Nehmt das fort, ich habe gewartet und sehr geduldig, aber vergebens."

Wir spielten diese Platte nicht mehr, und bis zum heutigen Tag kann ich das Lied nicht hören, weil es mir diese Erinnerung weckt, die Erinnerung an Caries Stimme — die nicht traurig klang, sondern ruhig, stolz, entsagend, mutig. Sie hatte jetzt die Wahrheit erkannt, daß die Suche nach Gott, in der sie ihr Leben begonnen hatte, hier auf Erden keine Erfüllung finden konnte.

Als das Ende nahte und Carie schwächer wurde, erkannten wir, daß sie eine eigens geschulte Pflegerin haben müsse, eine Pflegerin, die sich darauf verstand, sie aufzuheben und zu betreuen. Bisher war sie nicht einverstanden gewesen, einen Fremden um sich zu haben, zudem hegte sie ein sonderbares, tiefes Mißtrauen gegen Berufsschwestern. Jetzt fanden wir keine andere Möglichkeit, sie zu überreden, als daß wir das Argument anwandten, es ermüde uns zu sehr, sie Tag und Nacht zu pflegen, und sogleich war sie von dem eifrigen Wunsch beseelt, uns zu schonen. Das Gift der Seuche stahl sich jetzt durch ihren Körper; die Schärfe ihres Blicks und ihres Gehörs ließ nach, und sie schlief ziemlich viel, obwohl sie Zeiten großer Helle hatte, ja ganze Tage, an denen sie fast völlig die alte Carie war.

Ich werde die Ankunft dieser Pflegerin nie vergessen. Wir hatten in ein Spital nach Shanghai geschickt, doch hielt es damals schwer, jemanden zu finden, weil wieder eine Choleraepidemie wütete. Endlich aber fand sich jemand auf unsere dringenden Telegramme, und eines frühen Morgens, gerade zur Dämmerstunde, kam die Pflegerin ins Haus; ich hatte die Nacht bei Carie gewacht und ging der Fremden über die Treppe entgegen.

Mir wurde angst und bange, als ich sie sah: eine Engländerin von nicht mehr ungewissem Alter, mit Wasserstoffhaar und einem durch und durch künstlichen Gesicht. Gerade jene Art Frau, die die Kranke am meisten verabscheute. Aber im Drang der Stunde ließ ich sie eintreten und führte sie zu Carie.

Die starrte aus den erlöschenden Augen die Pflegerin unverwandt an, die als englische Pflegerin die umfangreiche Haube ihres Berufes trug. Da fragte Carie mit ihrer bezeichnenden Unverblümtheit: „Warum tragen Sie diesen Kissenüberzug auf dem Kopf?"

„Ich nehme ihn ab, wenn Sie wollen", antwortete die Schwester freundlich.

„Bitte!" rief Carie mit Nachdruck, und als es geschehen war, sagte sie: „Ach, was für hübsches Haar Sie haben, mein Kind! Warum verstecken Sie es so? Es paßt gut zu Ihrer zarten Haut!"

Ihre Augen konnten damals das wahre Bild des verwüsteten Gesichts nicht mehr sehen, und dieses aufrichtige und schlichte Lob rührte das arme Geschöpf und erweckte in der Fremden wirkliche Zuneigung; von diesem Augenblicke an pflegte sie Carie mit unwandelbarer Fürsorge.

Seltsam und passend war es, als Abschluß dieses großzügigen, überaus menschlichen Lebens, daß eine Gestrandete aus der Gosse Shanghais kommen mußte, ein solches Leben an sein Ende zu geleiten. Dieser Frau wandte sich Carie mit ihrem alten Mitgefühl zu; sie erforschte ihr Leben und ihre Geschichte mit viel Anteil. Die Schwester war, so glaube ich, gewiß ein höchst unmoralisches Geschöpf gewesen, eine der Frauen, deren letzte Hemmungen durch ihre Erlebnisse im Weltkrieg fortgeschwemmt wurden, und in ihrer Geschichte gab es viele schmutzige Episoden, über die Carie gütig hinwegging, indem sie bloß sagte: „Ich weiß — ich weiß, wie schwer es ist, gut zu sein — besonders wenn man keine Antwort erhält und weiter im Dunkel warten muß."

Dann sagte sie, mit einem ihrer plötzlichen Stimmungswechsel: „Sie haben vom Tanzen gesprochen. Wissen Sie, daß ich schon immer gewünscht habe, einmal einen Foxtrott zu sehen? Ich habe viel darüber gelesen. Wollen Sie mir einen vortanzen?"

Das war das Schauspiel, das wir zum Klang einer unruhigen Jazzplatte des Grammophons vorfanden. Da lag Carie, halb in den Kissen sitzend, das Bild des Todes, bis auf die Augen, deren Blick nicht mehr klar war, die aber trotzdem das alte Feuer und Funkeln bewahrten und mit lebhafter Freude der weißen dahinwirbelnden Gestalt der Pflegerin folgten. Als die Schwester am Ende des Tanzes atemlos auf einen Sessel sank, bemerkte Carie mit Kennermiene: „Nun, das ist sehr hübsch — so anmutig und leicht. Es würde mich nicht wundern, wenn Andrew in seiner Ansicht über Gott völlig unrecht hätte. Ich glaube, man sollte nach den frohen hellen Seiten des Lebens trachten, nach Tanz und Lachen und Schönheit. Wenn ich von neuem beginnen müßte, ich würde wohl diese Dinge wählen, statt sie für sündig zu halten. Wer weiß? Vielleicht gefallen sie Gott."

Dann versank sie in kurzes Grübeln und dann in Schlaf. So rief die Seite ihres Wesens, die sie in ihrer Jugend so entschlossen unterdrückt hatte, im Alter und in den Jahren ihrer Weisheit wieder nach ihr.

In diesen Tagen wandte sie sich scharf gegen Andrew und duldete ihn nicht in ihrer Nähe. Nicht, daß sie ihn fortgeschickt hätte, aber sie fühlte sich ganz offensichtlich ruhelos und unbehaglich, wenn sie ihn sah, und wieder schien in ihrem Innern ein Kampf zu toben. Einmal murmelte sie bei seinem Anblick: „Das Buch ist noch immer nicht fertig, nach so vielen Jahren —" Darum hielten wir ihn ihr ferne, und er war zwar verwirrt, fügte sich aber ganz gern, denn er hatte ihre Art nie verstanden, auch nicht die Veränderungen, deren sie fähig war und deren größte sich jetzt zeigte, am Ende, da sie bewußt alle Gedanken an Religion und Gott zur Seite schob und sich der Schönheit des Lebens und der Schöpfung hier auf Erden zuwandte, die sie so gut gekannt hatte und so innig liebte.

Wir rollten ihr Bett ans Fenster, und sie lag zufrieden da und blickte hinaus. Einmal sagte sie, halb im Traum: „Ich habe schließlich doch so viel von den guten Dingen dieses Lebens genossen. Ich hatte kleine Kinder an der Brust; ich hatte gute Erde im Garten zu bestellen, gefältelte Vorhänge, die in meine Fenster flatterten, Berge zum Ansehen und Täler und Himmel, Bücher und Musik — und Leute, denen ich nützen konnte. Ich hatte eine Menge Gutes im Leben. Ich würde gerne weiterleben, doch diesmal wäre mein Leben der Heimat gewidmet."

Der einzige tiefe Schatten, der über jenen Tagen lag, war die Furcht, sie könnte sterben, ehe Faith zurückkam. Aber Faith war jetzt schon jeden Tag fällig, und Carie entschloß sich, nicht zu sterben, bevor Faith gekommen war. Endlich kam der Tag und endlich die Stunde. Carie hatte nicht genügend Kräfte, sich Aufregungen zu erlauben, damit ihr Herz nicht unter dieser Überlastung zu schlagen aufhöre; darum war sie sehr ruhig und so wie sonst.

Aber sie war entschlossen, daß Faith, die jetzt als erwachsenes junges Mädchen aus dem College heimkam, das Haus nicht traurig finden dürfe, weil der Schatten des nahen Todes darauf lag. So bat sie, daß man ihr ihr neuestes Gewand anlege, ein zartes lavendelfarbenes Seidengewand, mit Silber bestickt, ein Geschenk Comforts, und sie ließ sich das Haar frisch ordnen, und als alles fertig war, ja sogar eine Schale mit Rosenknospen an ihrer Seite stand, verlangte sie — ein unerhörtes Verlangen — ein Stück Kaugummi! Wir sandten in den Krämerladen und kauften eins und gaben es ihr in großem Staunen, denn keiner von uns hatte Carie je Gummi kauen sehen, und nun legte sie sich in großem Staat in die weißen Kissen zurück. Sie lag so da, als Faith kam, und kaute kräftig und zwinkerte.

„Nun! Hier siehst du deine alte Mutter!" rief sie fröhlich und leichthin, als hätte sie Faith erst gestern gesehen und nicht vor drei Jahren. „Siehst du, ich kaue Gummi wie eine junge Frau — ich habe gehört, daß das in Amerika jetzt die neueste Mode ist!"

Wir alle lachten, und die Spannung des Augenblicks war gelockert. Das hatte Carie beabsichtigt, denn sie wollte, daß wir lachten und nicht weinten. Es war, als müßte sie sich jetzt vor Kummer hüten, damit das Herz den gebrechlichen Körper nicht sprenge. Sie nahm Faiths Anwesenheit ruhig entgegen und schien nach ein paar Tagen vergessen zu haben, daß die Tochter fortgewesen war.

Tag für Tag lag sie schlafend, und jetzt konnte man nur noch gelegentlich fühlen, wie sich der starke Geist noch einmal trotzig gegen die nahe Veränderung auflehnte. Einmal hob sie beide Hände, die waren angeschwollen und boten einen traurigen Anblick. Sie sah sie unverwandt an und murmelte vor sich hin: „Ich habe meine Hände doch nie pflegen können. Vielleicht später —"

Nur ein einziges Mal erwähnte sie ihren Tod. Sie erwachte plötzlich aus dem Schlaf und sagte sehr deutlich zu Comfort, die gerade Dienst bei ihr machte: „Kind, wenn ich am Ende furchtsam scheinen sollte, ist das nur deshalb, weil mein alter Körper mich einen Augenblick lang übermannt. Er war immer mein Feind — und hat immer versucht, mich kleinzukriegen. Vergiß aber nicht, mein Geist läßt sich nicht unterdrücken. Ich habe keine Angst!"

Nachher raffte sie sich noch einmal auf, diesmal, um ihres Grabsteins wegen Weisungen zu geben. Es sollten keine Worte des Lobes darauf stehen, nichts über ihre Eigenschaft als Gattin und Mutter, nur ihr Name und drei Bibelstellen in Englisch und auch in Chinesisch und die triumphierende Verkündigung: „Dem, der überwindet, soll die Krone des Lebens gegeben werden."

Noch einmal raffte sie sich auf, um zu sagen: „Singt

mir beim Begräbnis keine traurigen Lieder. Ich will ein Lied von der ewigen Seligkeit. Das Sterben ist mir verhaßt. Mein Leben ist nicht zu Ende. Ich wollte hundert Jahre alt werden. Aber wenn ich schon sterben muß — will ich in Freude und Triumph sterben, irgendwie werde ich weiterleben —“

Es gab keine letzten Worte und auch kein Anzeichen des Todes. Sie starb im Schlaf; in dem Augenblick, da sie dahinschied, erhellte sich ihr Gesicht in einem großen Lächeln und versank dann wieder in großen Ernst. Aber niemand von uns kannte die Bedeutung dieses Lächelns. Es war, als zöge sie sich einfach von uns allen zurück und ginge allein weiter und ließe uns zur Erinnerung bloß ihr Leben, ein lebensvolles, volles, bitter-süßes Leben. Wir legten ihr das lavendelfarbene Seidenkleid an, das sie geliebt, und streuten rings um sie die silbergrauen und blaßgoldenen Chrysanthemen des Herbstes. Es war ein Herbsttag, als wir sie begruben, ein windiger, nebliger Tag unter einem grauen Himmel. Die zuversichtlichen Worte des Liedes, das sie für ihr Begräbnis gewünscht hatte, stiegen empor gleich dem trotzigen Ruf des ganzen Lebens der Menschheit in verzweifelter Auflehnung gegen den unvermeidlichen Tod, der ringsum allenthalben lauerte. So endete die ganze Zeit ihres Lebens, von der wir etwas wissen können.

Ich glaube, sie hätte ihr Leben als Mißerfolg betrachtet, hätte sie es nach dem gemessen, was sie davon erwartet hatte. Gewißlich hätte sie, wäre es ihr zu Beginn möglich gewesen, das Ende zu sehen, es einen Mißerfolg genannt. Die Suche nach Gott, der Drang der tief puritanischen Seite ihres vielfältigen Gemütes fand nie Erfüllung. Ich glaube, bei einem Menschen von ihrem scharf praktischen Sinn konnte er auch keine Erfüllung finden. Sie war von

Natur skeptisch, aber doch auch mystisch, liebte die Schönheit und träumte vom Unbekannten.

Sie war eine von denen, die die Kranken aufsuchen und die Gefangenen, die für die Witwen und Vaterlosen sorgen, die Hungrigen speisen, mit den Weinenden weinen und mit den Fröhlichen lachen, sich dann aber tadeln, daß sie kein besser Teil erwählt haben. Sie war eine von denen, die sich selbst demütig Vorwürfe machen und demütig zu dem Gott, den sie suchen, sagen können: „O Herr, wann habe ich all das für Dich getan?“ Einem solchen mochte Er Antwort geben.

Sie hatte vielleicht ihr Leben als verkürzt betrachtet, doch was für ein Leben war das für uns, unter denen sie lebte! Ich glaube, keiner von uns hätte sie eine fromme Frau genannt. Dazu war sie viel zu praktisch, viel zu lebensvoll und leidenschaftlich, zu sehr erfüllt von guter Laune und Launen und Jähzorn. Sie war der menschlichste Mensch, den wir je kannten, der vielfältigste in ihrem raschen Mitgefühl, in ihren Stürmen der Erheiterung und ihrer schroffen Ungeduld; sie war uns der beste Freund und Gefährte.

Jetzt, da ich selbst das Land kennengelernt habe, das sie so sehr liebte, sehe ich, daß sie in Wahrheit die ureigentliche Blüte dieses Landes war. Jung im Geist bis ans Ende, ungebändigt, rasch bereit in ihrem Edelmut, in der eifrigen Suche nach den schönen Dingen dieses Lebens, und doch auch fähig, wenn es nottat, inbrünstig in Armut zu leben, idealistisch in dem wahren Idealismus, der sich nie zufriedengibt mit dem bloßen Idealismus, ohne ihn in die Wirklichkeit umzusetzen. So war sie der echte Atem Amerikas, zu Fleisch und Geist geworden.

Für die tausende Chinesen, mit denen sie auf diese oder jene Weise in Berührung kam, war sie Amerika. Wie oft hörte ich diese Leute sagen: „Die Amerikaner sind gut, denn sie sind gütig. Sie war eine Amerikanerin." Für einsame Matrosenjungen und Soldatenjungen und für alle weißen Männer und Frauen bedeuteten ihr herzhafter Frohsinn und ihre stets bereite Kameradschaft die Heimat — bedeuteten Amerika in einem fernen Land. Ihren Kindern schuf sie inmitten der fremdartigsten und seltsamsten Umgebung irgendwie — und niemand weiß, welchen Preis sie manchmal dafür zahlte — eine amerikanische Atmosphäre; sie machte sie in Wahrheit zu Bürgern ihres Heimatlandes und gab ihnen Liebe zu diesem Land, eine Liebe, die nicht sterben kann.

Für uns alle, wo wir auch sein mögen, für jeden, der sie gekannt hat, ist diese Frau Amerika.

HEYNE BÜCHER

PEARL S. BUCK

Die großen Asien-Romane der Nobelpreisträgerin. Bewegende Schicksale, fernöstliche Lebensweisheit, abendländische Humanität

01/5917 - DM 5,80

01/5959 - DM 6,80

01/5994 - DM 6,80

01/6043 - DM 6,80

01/6147 - DM 5,80

01/6206 - DM 12,80

01/6239 - DM 5,80

01/6407 - DM 6,80